NEVERMOOR
Hollowpox: The Hunt for Morrigan Crow
永無境
莫莉安與
空心症的獵物
III
潔西卡・唐森
Jessica Townsend

謹致上滿滿的愛，將本書獻給喬·勞倫斯，

以及她的好友米勒太太，她正是歌廳秀幻鴨的靈感來源。

# 目錄

# 第一章　九一九梯

次年之冬

明亮的更衣室，立著一扇光澤閃爍的黑門。黑門上有個發光的金色小圈，時明時暗，圓心是個熠熠閃耀的「W」字。

每次亮起輕柔的光芒，便像是在說：**進來吧，快進來！**

莫莉安扣好筆挺的白色衣袖，披上黑色外套，小心地在領子上別好金色W字別針，最後將指尖按上發亮的圓。彷彿轉動了插入鎖孔的鑰匙，門立時旋開，顯露空無一人的火車月臺。

這般沉靜平和的片刻，如今是莫莉安在一天當中最喜歡的時光。大多數早晨，她都會率先抵達九一九站；她喜歡閉眼半晌，聆聽幻鐵隧道遠遠傳來火車轟隆聲，有如從睡夢中甦醒的機械之龍，準備好在錯綜交織的軌道上奔馳，承載數百萬人前往永無境各地。

莫莉安微笑起來，深吸一口氣。

今天是上學期的最後一天。

她撐過來了。

同梯其他同學陸續抵達，打破寧靜。月臺上的門還有另外八扇，一頭是馬希爾‧易卜拉欣那扇繁複精緻的門，另一頭是埃娜‧卡蘿的樸實拱形小木門，這些門扉此起彼落開啟，小巧的月臺頓時充盈談天聲。

霍桑‧史威夫特是莫莉安最要好的朋友，他現身的姿態一如每個早晨：由於抱了滿懷的龍騎士裝備而搖搖晃晃，灰色上衣釦歪了，沒梳理的褐色捲髮翹出誇張的角度，藍眼閃著淘氣的光輝，八成剛夢到或幹了什麼惡作劇（莫莉安不想知道是哪一種）。見霍桑那堆裝備搖搖欲墜，一向舉止有禮、打扮整齊的雅查安‧泰特默默替他拿走一半，對他扣歪的衣服微微點了個頭。

今早最晚到的是詩律‧布雷克本，眼看只差幾秒就要遲到，她才奔了進來，濃密的黑辮在身後甩動，深色長腿邁著大步。就在此時，一節略顯破舊的車廂拖著朵朵白煙，匡噹匡噹駛入眼簾，車廂外側漆著熟悉的W字標誌和數字919。引導員雀喜小姐手拉著車門，上半身探出門外。

這是他們專屬的交通工具：家庭列車，接送幻奇學會九一九梯往返自家與校園。車上有懶骨頭軟椅、一張凹凸不平的舊沙發、成堆的坐墊、冬天時總點著火的柴爐，以及從未空過的北極熊陶瓷餅乾罐。這是莫莉安最愛的地方，也是這世上讓她最感自在的地方。

「早安安安安安安！」引導員喊道，咧嘴笑得開懷，手中揮著一疊紙：「各位學者，學期最後一天快樂！」

雀喜小姐是九一九梯的專任引導員，職務內容頗有意思，既要負責安排交通，又身兼輔導員，帶領他們安然度過加入學會的頭五年。幻奇學會是永無境首屈一指、要求極高的組織，成員個個皆是擁有非凡天賦的非凡人物，不過多數人忙著應付各自的非凡事業，沒法分神照顧學會新生。少了引導員，九一九梯鐵定會迷失於曠野之中。

在莫莉安認識的人當中，就屬雀喜小姐最當得起自己的名字——她的個性陽光開朗，有如剛洗好的清新衣裳，晨曦中的宛轉鳥鳴，烤得恰到好處的吐司。她總是穿顏色鮮麗的衣服，姿態端正得無懈可擊，擁有深色皮膚和燦爛笑容，每當光線灑落，在她的黑色捲髮邊緣照出雲朵似的光暈，莫莉安總會想到天使……當然，她打死也不會說這麼俗濫的話。

身為學會指派給九一九梯的大人，雀喜小姐唯一需要的大概是多那麼幾分端莊正經，但九一九梯就是喜歡她的真性情。

「放！假！放！假！放！假！」她反覆唱誦，不等列車停下，便慶祝般地將雙腳輪流往車門外踢。

埃娜語氣慌張地叫道：「雀喜小姐，太危險了！」

雀喜小姐一聽，臉上裝出萬分懼怕的浮誇表情，揮舞雙臂，一副快跌倒的樣子——結果在火車急煞時真的摔到月臺上。

「我沒事！」她邊說邊跳起身，鞠躬行禮。

大家笑著鼓掌，唯獨埃娜漲紅了臉，轉頭把他們通通瞪了一遍，金色捲髮誇張

你。」

九個人馬上被勾起好奇心，唰地抬起熱切的面孔。

霍桑坐得更直，「這個縮寫是不是代表……攀爬跟……嗯……做……什麼？」

「不是，但方向差得不遠了。」

「偽裝和隱蔽！」薩迪亞說，把紅色長髮在頭頂上盤成髻，捲起灰色衣袖，像是急著馬上開始。「我們總算要開始學迴避式格鬥技巧了，對不對？終於！」

「服裝和戲劇？」馬希爾猜測。

「喔！貓和狗！」埃娜雙手一拍，在坐墊上興奮得坐不住。「是不是要跟貓咪跟狗狗玩？」

雀喜小姐聞言笑了。「很可愛的想法，埃娜，不過猜錯了。」她舉起手，示意大家安靜。「好了，大家別再猜了，我口風很緊的，跟寶庫的門一樣緊。」

埃娜沮喪地垮下肩膀，將餅乾罐傳給馬希爾。

「勒法西拉。」他說，這是賈哈蘭語的「謝謝」，他精通三十八種語言，全都如同母語那般流利。最近，他會從最愛的語言當中挑選「重要知識」教大家說，主要是怎麼問路、「請」、「謝謝」、怎麼罵人跟說髒話。（莫莉安發現髒話最多，雖然那八成是因為霍桑老要他教。）

「西虛法拉赫林。」埃娜吃著餅乾，悶悶不樂地說。

馬希爾半是吃驚半是好笑地抬頭看她，莫莉安則是下巴都掉了。

「幹麼？」埃娜滿嘴都是卡士達醬。

「如果妳想說『不客氣』，那妳說錯了。」馬希爾忍著不笑出聲，可惜失敗。

「唉唷，你明知道我不擅長學語言，」埃娜鬧脾氣地輕哼一聲，「我說了什麼？」

馬希爾、霍桑和薩迪亞異口同聲，興高采烈喊出不登大雅之堂的翻譯，埃娜的臉燒得通紅，雀喜小姐面露嫌惡，剩下的人始終止不住格格竊笑，就這麼一路坐到了幻奇學會。

抵達傲步院站後，大家不得不離開舒適溫暖的家庭列車，感覺十分難熬。九一九梯互相依偎著抵禦冷風，向鵲喜小姐揮手道別，快步走向估計擋不了多少寒冷的哭哭林。

幻奇學會的校地簡稱幻學，占地百畝，位於永無境中心，此時已進入凜冬，比圍牆外的永無境全城都來得早。寒流侵襲幻學好幾週了，氣溫冷得足以讓鼻水結凍。這就是不可思議的「幻學天氣」現象，也就是說，假如永無境下著綿綿細雨，學會校園內往往會下起傾盆大雨，甚至挾帶冰雹。

實際上，無論外頭天氣如何，幻學內的天氣總會更過火。如果永無境下著輕度雷雨，幻學的天空就會黑壓壓地電閃雷鳴，舞廳般忽明忽滅，穿越校園時可要當心變成避雷針。

今天冷得刺骨，好在冬陽灑下微弱的日光，此外，等最後一堂課結束，他們便會離開校園，迎來兩週的聖誕假期，所以這天氣也就不那麼難以忍受了。莫莉安簡直等不及要放假，她住在杜卡利翁飯店，那裡的聖誕歡慶活動舉世無雙，整個冬天以來，她始終殷殷期盼著蛋酒、烤鵝和巧克力蘭姆球。

層紅磚建築下方的地底深處，僅限玄奧學者能夠進入。

相較於井然有序的世俗學院樓層，玄奧學院錯綜複雜許多，並非簡單區分為三大學門，而是無數聚落、工作坊、社團、研究室、微型機密團體、極機密公會，保守各式各樣的祕密，而且似乎都不願承認自身或彼此的存在。學院中處處可見無法開啟的門扉和無人解答的疑問，不過在這六週，莫莉安已經學會徑直前往課表所寫的上課地點，絕不亂闖——比方說，絕不走進昨天尚不存在、霧氣氤氳的走廊。一旦拐去其他地方，上課鐵定遲到。

默嘉卓讓莫莉安從世俗學院轉去玄奧學院時，迪兒本簡直氣瘋了。當然，並不是因為她喜歡莫莉安，事實恰恰相反，迪兒本認定她根本不該進入幻奇學會，只肯讓她學習最低限度的知識，多一丁點也不行。迪兒本的性格冷若冰霜，莫莉安認為，暗中耍手段破壞她所受的教育，確實很像這位銀髮學務主任的行事作風。

「妳想太多了吧。」那天下午，莫莉安提起這個念頭時，詩律對她說。她們在地下七樓的走廊徘徊，等著小蘭過來，好一起去上本學期最後一堂課。「話說回來，妳找默嘉卓做什麼？換作是我，一定能閃則閃。」

莫莉安心知，多數人碰到令人毛骨悚然的默嘉卓都是能閃則閃，而且理由充分……不過比起迪兒本，她還是喜歡默嘉卓多些。

「妳看。」她嘆口氣，拿出課表，指著當天早上的課程清單。「『窺看未來』、『找出屬於你的使魔』，昨天是『與亡者溝通』。」

「妳說妳很喜歡那堂課啊！妳最愛陰森的東西了。」

「我是說過，」她承認，「我是很愛。我只是不曉得默嘉卓為什麼幫我排這些奇怪的科目，明明是她自己說我應該要學——」莫莉安停頓一下，偷瞄四周，確保沒人會聽見，接著稍稍壓低聲音：「——**禍害技藝**。」

詩律臉上閃過一絲不自在。她對禍害技藝的了解跟莫莉安不相上下，也就是說，沒多少。

莫莉安知道，所謂的「非凡幻奇師」都能將禍害技藝運用自如，假如她想成為貨真價實的幻奇師，勢必非學習這些能力不可。她曾學過一點皮毛，也持續自行練習，可是除她以外，能夠真正使用禍害技藝的人，在這世上只有一個……這麼重要的事情，居然是她跟那個人的共通點，想來令人不安。

「我是說……我又沒有靈視！」莫莉安繼續說：「我也不是預言師、不是巫師、不是女巫、不是……」

「是是，妳是了不起的幻奇師，真是委屈妳了喔。」詩律悄聲回答。她瞥見上完超覺冥想課的小蘭，揮手招呼，小蘭照例是一副神遊物外的樣子。

玄奧生的數量遠比世俗生來得少，不過加上教師、研究生、學者、研究員，以及皇家巫術協會、超自然聯盟和永無境女巫團大串聯的客座成員，學院大廳通常人來人往。今天，到處都是歡慶學期告終的初階與進階學者，假如換到玄奧學院之外，他們慶祝的方式多半會遭到嚴格禁止。只有幻術生能在幻學隨處練習本領，因為默嘉卓說，幻術「就是無傷大雅的無聊惡作劇罷了」。（莫莉安覺得給予幻術生這種自由簡直是浪費，因為他們通常只會藉機噁心人，像是在走廊變出狗大便和老鼠亂竄的幻象，就連最愛拿噁心玩意嚇人的霍桑也不欣賞，說他們「沒創意到了極點」。）

樓，所以她經常過來。等莫莉安、詩律和小蘭抵達指定的教室，九一九梯其他人早已在教室外候著了。

「C＆D應該是『犯罪和甜甜圈』。」霍桑轉頭看著大家說，一手伸出來擋住門口，不給他們通過。「我就猜這最後一次。還有誰要猜？最後機會喔。」

「唉唷，開門就是了。」薩迪亞厭煩地說，從他旁邊擠過去。

空間很小，大約只有普通教室的四分之一，空空蕩蕩，伸手不見五指。大家走了進去，莫莉安摸索著牆壁。

「燈的開關在哪？」她問。

「好痛！你踩到我的腳了啦，法蘭西斯，笨手笨腳的。」

「對不起，我沒看到——」

砰！身後的門用力甩上，眾人安靜下來。

「老師呢？」埃娜小聲說，嗓音微顫。

「噓。」小蘭輕輕地說：「仔細看牆壁，要開始了。」

# 第二章 精心編排的一系列事件

黑暗中靜默數秒，隨後牆壁發出光芒，映照出鮮明的動態影像，突如其來的亮光讓莫莉安眨了眨眼。

投射在眼前的影片，是她印象深刻的一個夜晚。

九個孩子排成一列，站在幻奇學會外。

大門上覆滿花朵，交織成龐大繁複的圖樣，蜷曲的綠藤組成幾個字：

# 來吧 加入我們

九一九梯呆站在原地，觀看一年前的自己，內心疑惑這次又要搞什麼奇怪花樣。至少，多數人想的是這個。

「我的頭髮看起來真的那麼蓬？」霍桑悄悄在莫莉安耳邊問。

「對。」

他點點頭，「酷。」

「我們要做什麼？」畫面上的薩迪亞問。畫面上的莫莉安偷瞄她一眼，看起來比她印象中更畏縮膽怯。

接著，投影中發生了一件事，莫莉安的雙臂立刻寒毛直豎。她不記得有這件事。

詩律抓住她的手腕，靠過來問：「那些……是**什麼**？」

在那個冬暮午夜，九一九梯毫不知情的九名新生站在幻學外，滿腔興奮期待，屏息等待加入永無境的菁英組織，展開全新生活。

與此同時，就在他們身後，從暗夜中爬出數十隻……莫莉安不曉得那是什麼，大概是魔物吧。

那些生物擁有多隻手足，皮膚覆著黑色鱗片，肌肉結實，不太像奇獸，但也稱不上是人。牠們在地面爬行，用有力的前臂拉動全身，身後拖著粗壯的長尾，一張奇異的寬臉頗似人類，稜角分明，眼睛黑如鱗片，甲蟲般地閃爍光澤。

莫莉安從未見過這樣的東西。牠們宛若實驗失敗的產物，像是被變得近似於人的蛇，或是被變得近似於蛇的人。光是看著畫面中的這些生物，她就發自內心湧現想要逃跑的原始衝動，卻仍愣在原地，動彈不得。

「這是什麼玩笑嗎？」埃娜問，又高又尖的聲音打著顫，「這是什麼可怕的玩笑嗎？不怎麼好笑。」

她轉過身，衝向門口，竟發現門鎖住了。

「根本就不**好笑**！」她再度大喊。

九一九梯的其他人依憑本能彼此靠攏，愈發驚恐地注視這些類蛇生物向前滑行，逼近畫面中的另一個自己。要不是莫莉安親身經歷過那一夜，要不是她很清楚那天是如何告終，她鐵定會以為影像中的自己和朋友即將遭魔物生吞活剝。

當然，這樣的事未曾發生。就在爬行的生物即將碰到他們之前，黑暗中冒出更多影子，這次是人影。身穿黑色幻學斗篷的巫師手持燃燒的火把，揮舞冒著煙霧的奇特護身符，無聲地將魔物逼回暗影。

不可思議的是……令人不敢置信的是……當時，九一九梯壓根沒注意到這一切。他們的視線牢牢盯住正在開啟的大門，期盼進入充滿契機與冒險的祕密世界。

莫莉安留意到，唯獨蘭貝斯例外。她細看畫面中的小蘭，只見她站在隊伍的一端，驚懼地睜大雙眼，凝視黑暗。

「妳什麼都沒說。」莫莉安小聲說，轉頭看小蘭，投影的亮光映在她臉上。「為什麼不告訴我們？」

小蘭的下巴微微顫抖。「我……覺得……不說對你們比較好。」

九名新生渾然不覺身後的危機，迫切地走進幻學。

莫莉安鬆了口氣，在昏暗的教室中瞥了霍桑和詩律一眼，他們默默報以不解的目光。終於，等到大門在他們後方關上，再也看不見魔物時，教室中的氣氛才輕鬆了些。接著，擴音機傳出說話聲，蓋過影像的聲音，大家全嚇得驚跳。

「各位大概正在想，你們為何要來這裡。」

莫莉安認得這個犀利的嗓音，是坤寧長老。

格果利雅・坤寧是長老理事會的成員之一，理事會是由幻奇學會最德高望重的三位人物組成。在每個世代的開端，幻奇學會全體成員將選出理事會長老，負責帶領及管理學會，直到下個世代。莫莉安明白為何坤寧長老獲選擔任這項要職；縱然她身材嬌小，看似弱不禁風，加上極為年邁，但她絕對是個狠角色。另外兩位長老是翁螺旋和阿留斯・薩加，莫莉安覺得他們也相當了不起。（但還是略遜坤寧長老一籌。）

「多年來，」坤寧長老的聲音在他們身周迴盪：「幻奇學會身負一項使命，此乃全體成員共同追求的祕密目標。為此，我們分別實踐兩種同等重要的任務，儘管名稱不甚響亮，但我們稱之為：『管控和移焦（註1）』。」

「所以……不是薯片和沾醬啊。」霍桑喃喃說道，由於太過荒謬，莫莉安不得不摀嘴壓下歇斯底里的笑聲。

「噓，」詩律說，用手肘頂了她的肋骨一下。「快看。」

坤寧長老一邊說的同時，影像也繼續播放，呈現了與他們親身經歷中截然不同的真實入學儀式，簡直無法想像就是同一夜。

莫莉安記得，她走上通往傲步院的大道，雖然有些緊張，但並不害怕。她記得，路旁是一排枯萎的火華樹，身披斗篷、手持蠟燭的幻奇學會成員盤踞在樹梢，那些人的陪伴帶給她奇妙的安心感。她記得自己當時心想，最艱難的部分已經過去了，她通過考驗進入學會，從今往後，一切都會更加順利。

當然，她錯了。可是直到此刻，她才了悟自己究竟錯得多離譜。

在九名新生身後，那些躍下樹梢的影子根本不是幻奇學會成員，甚至不是人……只是看起來極其像人罷了。

「七域啊，這到底是怎麼回事？」雅查用氣音說。

那些影子彷彿脫下了近似於人的偽裝，現出真正的樣貌——是外形宛如禿鷹的巨獸，背部弓起，面目陰森，擁有鮮黃的雙眼，以及鉤狀的爪子。

註1 Containment and Distraction，首字母的縮寫即為C&D。

莫莉安不敢相信，她和同梯的大家竟渾然不覺。

「快跑啊，拜託，」雅查悄聲對畫面上的九一九梯說，雖然毫無意義，但莫莉安明白他為什麼要說。她也想搖晃過去的自己，強迫那個莫莉安回頭，看清危險。因為，除了從黑暗中爬出來、盤踞在樹梢的那些之外，還有更多。非常多。

她本以為——大家都以為——入學儀式上的絢爛奇景，是為了慶賀他們的成就。此刻她總算明瞭，那不是慶賀，而是移焦手段。那是一系列巧妙安排的煙幕彈，目的是將他們的目光轉移到分毫不差的正確位置，才不會注意到周遭發生的一切。

陪著他們走向傲步院的行進樂隊，讓他們忽略了簇擁在背後、像人一樣高大的禿鷹生物。

閃耀七彩光輝的彩虹拱門，讓他們無視傲步院的每扇窗開始流下血水——濃稠的血紅液體緩緩冒出，順著磚牆滴下，有如恐怖故事的場景。

在大理石階下方的大象發出長鳴時，一群幻奇學會成員引導大量蜘蛛從九一九梯的鞋子上爬過，數量多達上千隻。

他們沒有察覺任何異狀。

在他們抬起頭，仰望龍焰在空中寫出九個名字時，也錯過了當夜最驚人的奇景：哭哭林的外圍，許多樹從土中拔起樹根，極其緩慢地向傲步院前進，有如一支由樹木組成的亡靈軍團。

這些景象駭人至極，但也……萬分精妙。莫莉安驚懼之餘，也不自禁感到震撼：大家竟然在根本不知情的狀況下，完全按照劇本演出，在每個精準的時刻順從引導，往哪裡看就往哪裡看，該往哪裡轉就往哪裡轉，動作該做多久就做多久。她彷彿看著自己以完美的舞姿，跳了一支從未排練的芭蕾舞。

「做這些事的人根本有病。」馬希爾說。

「不對，」莫莉安搖頭：「做這些事的人是天才。」

「各位已通過最終的第五項考驗，亦即最重要的忠誠考驗，即將在幻奇學會展開第二學年。」坤寧長老的聲音再度響起，畫面上，新生跟隨贊助人走上大理石階。「既然各位已證明自己可堪信賴，身為學會的一員，你們有資格獲取更多知識，承擔更大的責任。」

莫莉安面露苦色。通過忠誠考驗不過是六週前的事，而且是有些慘痛的回憶。九一九梯面臨的忠誠考驗是威脅信函，逼迫每人完成一項不合理的要求，否則匿名寫黑函的人就要向全學會公開莫莉安的幻奇師身分。在那之前，長老命令九一九梯保守莫莉安身為幻奇師的祕密，一旦洩漏，就會被永遠逐出學會。這件事害莫莉安一整年都過得很慘，想不到都是一場考驗……還是長老設計的。

最矛盾的是，她為了通過考驗，必須揭露自己是個幻奇師，所以到頭來整個學會照樣知道了。現在想起來，她依然氣得牙癢癢的。

**好吧**，她不甘心地想，**起碼我們通過了**。

畫面中，九一九梯和贊助人走進傲步院，院門關上，影像告終，眾人再度身陷黑暗。

坤寧長老用權威的語氣繼續說，響徹整個空間。

「新的責任當中，當務之急是見證我們所愛的城市隱藏何等真相，了解各位該扮演的角色。」

莫莉安後頸寒毛豎起，有股衝動想說：**不用了，謝謝，我寧可不要見證永無境的真相，起碼不是今天。**

「若想了解你們在幻奇學會的未來，首先要知悉過去。」坤寧長老接著說：「學會成立之初，肩負一項特定使命。大約一百多年前，我們唯一的任務是支援九個人物。這九人深受推崇，地位遠高於任何人，而他們的任務是服務、保護此域人民，改善人民的生活。

「這些人就是幻奇師。九人擁有無與倫比的天賦，許多人相信，他們是由曾經守護此域的遠古神祇『奧妙神靈』親自選出。獲得這等力量的代價，是必須耗費一生掌握技藝，而且只能將力量用於服務他人。傳說，九名原初幻奇師壽命終結時，靈魂在其他軀體中重生，接替他們的位置，憑藉幻奇學會的指引和支持，繼續為社會付出。這樣的輪迴不斷循環，一代接替一代，從未遺忘身分：擔任九位神靈的代言人，在此履行神靈的職責。」

莫莉安思忖，真的嗎？難道她是九名原初幻奇師之一，只不過是重生在莫莉安．黑鴉軀殼中的最新版本？所以說，她是複製品的複製品的複製品？聽起來好像編出來的，猶如神話故事裡的夢幻情節。

「然而最終，」坤寧長老接著說：「學會的任務失敗了。」

莫莉安內心閃過一絲不安。即便在黑暗中，她也感覺得到八雙目光。

「九名幻奇師成了崇拜和奉獻的對象，甚至有狂熱的信眾。我們放縱幻奇師自認為神，凌駕普通人之上，有些幻奇師變得品行敗壞，散漫輕率，危害他人，渴求權力，甚至可謂邪惡。

「最後，有位幻奇師認為，屬於他的時代來臨了。於是，他在暗中汲汲營營，親手創造成群惡獸，建立魔物大軍，號召幻奇師同夥反叛皇室。

「當然，他失敗了。他因這些罪行遭到放逐，成為我們所知的最後一位幻奇師。埃茲拉・史奎爾意圖征服這個城市，奴役人民——我們從未忘記，也將永誌不忘。」

莫莉安想吐。她想摀住耳朵或逃走，卻又無法克制渴望知道更多的衝動。

「如今，幻奇學會的使命是保護永無境以及整個大自由邦地區，對抗歷代幻奇師創造的墮落魔獸，對抗仍在境內活躍的亂源。正因我們從前太過軟弱，未能及時採取行動，才導致這些亂源入侵城市。

「我們必須糾正往日的過錯。」坤寧長老無形的嗓音響亮地說道：「即便會留下疤痕，我們仍須療癒舊日留下的傷口。」

「抓緊。」小蘭說。

「妳說什麼？」埃娜用驚恐的語氣說，「她剛剛說什麼？」

但莫莉安與詩律早已把背緊緊貼在狹小空間的牆壁上，因為沒有東西可以抓。霍桑隨即效仿，馬希爾、雅查和薩迪亞迅速跟進。

某處傳來空氣咻咻聲，然後是機械嘎擦聲，又一聲「砰」，接著陡然間，他們彷彿一下子腳底騰空。埃娜跟法蘭西斯來不及遵從小蘭的建議，結果摔倒在地，倉皇支起身，手腳並用地爬向教室邊緣。

房間在動，以令人害怕的速度往下掉。

「怎麼回事？」雅查大喊。

「安靜！」莫莉安厲聲說，因為在一片混亂之中，坤寧長老仍然冷靜地說了下去，她一個字也不想錯過。

房間突兀地停止下降，隨後像開進隧道的列車般向前衝，害他們撞上背後的牆壁。

「經過許多世代，憑藉孜孜矻矻、縝密周延的努力，」房間飛速前進的同時，坤寧長老說：「我們結合巫術、法術、武力等各種手段，在某些情況下，也採取老派但實用的交涉和談判，成功控制住永無境的幾種異獸。這一切都是暗中進行，以求保護我城，抵抗侵害人民、招致混亂的危險力量。」

砰！房間再度驟然停下，隨後改變方向，這次他們被甩上右邊牆壁。

「我快吐了。」霍桑呻吟。

「你敢！」詩律喝道。

坤寧長老的聲音繼續說著，渾然不知教室內正上演這些戲碼。「你們剛才見識的威脅，有些正嚴格受幻奇學會控管。比如，那些躲在樹上，能夠改變外貌、模仿人類姿態的鳥形生物，名叫伏厄。伏厄一度極為凶惡猖獗，危及永無境居民的人身安全，我們耗時逾五十年終於控制住牠們的數量，也能夠應對其行為。管束伏厄可說是我們最大的成就。

「你們所見的部分魔物，儘管稱不上獲得控制，但經過多個世代的謹慎周旋，如今成了我們的盟友，受幻奇學會接納，一同出力守護永無境和自由邦。舉例來說，哭哭林的樹木就是我們邀來參加入學儀式的嘉賓，它們相當樂意參與為新生設計的重要訓練。

「最後，在這次示範中，有些異獸的行為相當易於預測，我們也善加利用這點。如你們所見，幻學大門外的那些生物，稱為屍鬼。我們不與屍鬼談判，原因是交涉協商對屍鬼無效。好在牠們很容易預測，可加以管束與規避。我們盡力而為。

「為了教導和提供知識，我們在各位的入學儀式之夜精心編排一系列事件，希望這次經驗有助大家了解本學會的使命。」

這段漫長的演說中，房間再次變換方向，又一次，接著是第三次、第四次——急轉左、往上，再轉左、向右，再向下，速度越來越快，彷彿馳騁千里。終於，教室放慢速度，停了下來，燈光重新亮起。

莫莉安睜開眼。九一九梯緊靠牆壁，坐在地上大口喘氣，誰也沒說話。

教室門打開，坤寧長老走進來，看見眾人坐倒在地，似乎嚇了一跳。

「老天，」她說著指向天花板的安全環，用手指做了個勾住的小動作，沒人注意到那些環。「大家沒帶傘嗎？」

莫莉安再度閉上眼，默默用意志力壓下胃裡的午餐。

九一九梯滿腔疑惑，有些狼狽地跟隨坤寧長老步出小教室，走進燈火通明的長廊。走廊寬敞富麗，牆上排列著壁燈與歷任長老的肖像，讓莫莉安聯想到杜卡利翁飯店。

「管控與移焦就像是用十指堵住上千個漏水的小洞，」坤寧長老邊走邊說，莫莉安沒想到原來她能走得這麼快。「這份職責永無完結之日，得不到感謝，骯髒、危險、反反覆覆，但唯有我們能夠執行這項工作。現在，你們也獲得了這項榮譽。」

她往左右兩側分別看了一眼，一瞥快步跟在她身後的新生。

「我知道你們的疑問，每年的新生都想問同樣的事。對你們來說，這代表了什麼？你們該不會無意間加入了一支軍隊，必須對抗黑暗力量，耗費一生與厄夜異獸奮戰？」

莫莉安本來在想的不是這個，不過現在她也想問了。

「或許吧——如果你想要的話，如果你擅長的話。然而，說不定你往後再也無須見到這些惡獸；或許你的命運、你在幻奇學會的終身責任，是透過各種形式，為世界帶來能夠與黑暗抗衡的光明，比如音樂、藝術，或一鍋美味絕倫的韭蔥馬鈴薯濃湯，好讓人民不致注意到黑暗，讓永無境不致遭黑暗吞噬。」

坤寧長老在走廊盡頭的門前停下，轉身面對九一九梯。她比九一九梯的多數人還要矮上幾吋，可是莫莉安不禁覺得，眼前是名高高在上的巨人。

「我並不知道諸位學者將扮演何種角色，來履行幻奇學會的重大職責。」她低聲說道：「這由你們自己決定。」

她背後的門扉開啟。

「歡迎來到聚會堂。」

# 第三章　聚會堂

這裡有點像是山怪武鬥館，差別在於這是室內，空間較暗、較小，以競技場風格排列的座位上，坐滿行為規矩的幻奇學會成員，而不是喧譁吵嚷的粗野觀眾，叫囂著要山怪噴更多血、打爛對方的頭。

「本週的聚會已經開始。」坤寧長老低語，引領他們走向這座圓形劇場後方的空座位。「通常，初階學者會坐在靠近中央的位置，如各位所見。不過今天是你們初次參加，坐在靠後面的位置旁觀即可。」

她讓新生自行坐下，然後沿著階梯步道走向圓形聚會堂的正中心，薩加長老在那裡替她留了個座位。翁長老站在講臺上，主持聚會。

幾名年紀較大的學會成員轉過頭，好奇地偷瞄九一九梯。或許是莫莉安想太多，但那些人的目光掃過她時，似乎停留得比較久。

彷彿有股重擔壓在她肩上。坤寧長老的一席話仍在內心迴盪，突然之間，她更深切明白了自己在學會的處境。

此刻莫莉安恍然想通，在她揭露幻奇師身分後，為何這麼多學長姊在有意無意之間流露敵意。不只是因為永無境全體市民都知道幻奇師是危險人物，更因為學會恰恰知道幻奇師多麼危險，能夠引發多大的亂象與災禍，他們的行為足以在一座城市留下印記與傷口，即便經過許多年仍無法彌補，只是默默藏在顯而易見之處。學會深明這個道理，因為負責收拾善後的正是他們。

**就算是這樣**，莫莉安邊想邊坐直，甩去鬱悶。**那又不是我做的。我可沒有製造一堆蛇怪跟禿鷹人，拜託。**

老被當成埃茲拉·史奎爾的同路人，和歷來所有幻奇師歸在同一類，讓她厭煩透頂。她已經不是詛咒之子了，無須躲在黑鴉宅邸的備用起居室，為了誰的果醬壞掉、誰摔斷髖骨寫道歉信；她跟每個人一樣，有權利待在這裡。

莫莉安揚起下巴，牢牢盯著翁長老，無視那些悄悄回頭看她的人。

「今天，特異地理隊一樣由八七一梯的艾德瑞娜·索特代表出席，」翁長老正說著：「索特女士，特異隊該不會只有妳在做事？我怎麼從來沒見過別人？叫邁爾斯下次要來。巫術與自然研究部，薇樂麗·刺藤博士……」

如是介紹了半天，莫莉安逐漸記不住長老提到的各種單位。隨著翁長老唱名，特殊工程與設施顧問委員會、異常建築協會、高伯爾圖書館的代表逐一站起身揮手，接受短暫的掌聲。

「探險者聯盟，」翁長老接著說，莫莉安頓時豎起耳朵：「八九五梯的朱比特·諾斯隊長……」

朱比特也來了！撇除跟她有關的事，她從沒見過贊助人前來幻學。她坐得筆直往下面看，越過一排排比她高得多的頭，只見一叢鮮亮得誇張的紅髮，底下是半掩在鬍子中的開懷笑顏。莫莉安留意到，他的衣著一如既往帶點浮誇：時髦的西裝背心和長褲是明亮的口香糖粉色，配上天藍色襯衫，袖口捲到手肘，腳踩一雙熠熠閃耀的晶亮電藍色雕花牛津鞋。

**真是深諳引人注目之道**，她暗忖，在這個下午首度泛起笑意。

朱比特站起來，獲得比別人熱烈許多的掌聲（甚至有幾聲讚賞的口哨）。他轉身答禮，雙眼在圓形廳堂中逡巡，莫莉安心知是在找她。她不好意思把滿屋子的注意力引來自己身上，但霍桑可不介意這種事。

「朱比特！我們在這！」他大叫，雙手高舉過頭揮舞著。

在座位上的莫莉安往下滑了好幾吋，高高聳起肩膀，兩側腋下都快勾住耳朵了。好在掌聲如雷，沒人聽到霍桑的聲音，於是莫莉安眼明手快抓住他的上衣背後，把他扯回位子上。

「最後是異獸部隊，八九九梯的蓋文・斯夸爾。那麼，斯夸爾先生，你應該有話要說？」

「謝謝，翁長老。」蓋文・斯夸爾揚聲答道，一躍而起，推著滿載設備的小推車上臺。他身材精實，充滿朝氣，渾身滿是錯縱複雜的疤痕，明明天氣很冷卻穿著無袖背心，莫莉安猜他應該頗以這身傷疤為傲。「好啦，各位，我想你們都知道，又到了一年當中非常特別的時節⋯⋯」

觀眾席傳出了然的哀號，還有人說「喔，不」。

蓋文不懷好意地咧嘴一笑，眼中閃過滿懷興味的光。「喔，是，**就是**，各位朋友，一年當中最美妙的時節即將來臨，大家最期待的特別日子——諸位先生女士，你們清楚得很，你們愛得很……」

他打住話頭，摸索設備半晌，一個巨大的立體動畫影像照映在寬廣的半空，那是莫莉安畢生見過最醜的生物，不自禁往後縮，而且她不是唯一有這種反應的人。

「……沒錯，永無境水道鱗片獸短暫而魔幻的繁殖季，**即將開跑！**」

莫莉安聽過永無境水道鱗片獸，可是從未親眼見過，坦白說，她一直不太相信牠真實存在。投影中是個黃白相間的奇異蛇形生物，乳紅色雙目覆著透明的眼瞼，碩大的腹部垂得靠近地面，六隻蜥蜴般的腳上帶有長長的尖爪；身上粗糙的鱗片坑坑疤疤，有的部位已然脫落殆盡，露出底下潰爛的粉色皮膚；長尾巴看起來強壯有力，威嚇地來回甩動，下頷大張，嘴裡彎曲的尖牙多得不可思議，還有一條舌尖分岔的藍黑色舌頭。

「好啦，好啦，」蓋文繼續說，舉起雙手示意安靜。「接下來要說的你們都知道了。水道鱗片獸會在繁殖季生出上百隻難纏的鱗片獸寶寶，入侵下水道系統，個個都有難纏的毒牙，假如不控制獸群的數量，要不了幾個月，永無境就會被巨型的鱗片獸把拔馬麻給淹沒——」他往投影一指，「——因為牠們長得很快，這些可愛的小麻煩。

「我知道，沒人喜歡這樁苦差事，每年下水道獸群肆虐季總有不少人受傷，味道還會留在鼻腔裡久久不散。可是，總有人要跳下來幫忙抓捕、追蹤這些小怪獸，把牠們移到城外去。我們異獸部隊有十六個人，估計需要再十二個幫手，萬一今天自願幫忙的人數不夠，有些人可能就要被自願了。所以，舉起你的手來——誰想為永無境下水道排除這些鱗片多多的害獸呀？」

幾名進階學者心不甘情不願地舉手，另外也有幾位年紀較長的學會成員。殊不知，薩迪亞的手迅雷不及掩耳地竄到空中，全九一九梯驚恐地轉頭看她。

「薩迪亞，妳該不會**真的**想鑽進下水道抓那些……東西吧？」埃娜不可置信地小聲說。

「跟永無境水道鱗片獸激戰的大好機會，妳該不會**真的**以為我會放過？」薩迪亞悄悄回答，整個人在位子上蹦來蹦去，一心想讓蓋文看見。

「好，有八個志願者了，感謝大家。」蓋文說：「我還要點名米提·海華、蘇西·李·沃特、菲莉絲·光年——對，各位大哥大姊，我知道你們去年參加過了，所以我才要找你們回來。要是不想又被選上，第一次就不要做得那麼棒嘛。」菲莉絲對蓋文比了個罵人的手勢，引起一陣笑聲，蓋文置之不理。「喔！後面還有個志願者……這位年輕的朋友，妳叫什麼名字？」

她飛也似地站起，「麥高樂部落的永不退卻薩迪亞。」

莫莉安看看霍桑、看看詩律，又回到霍桑身上，努力憋住笑聲。麥高樂部落**什麼**薩迪亞？

「來自自由邦第三域，生於高原，長於高原，胸懷榮耀，」薩迪亞朗朗說道：「父母為噬心瑪麗與隨和麥坎，祖母為死神迪爾卓，曾祖母為不屈愛琳，曾曾祖母為易怒艾爾莎，曾曾曾祖母為一踢即殺貝蒂，曾曾曾曾祖母為——」

「好，麥高樂部落的永不退卻薩迪亞，」蓋文抬起一隻手打岔，咧嘴露出燦爛的笑容：「既然妳這麼想冒著斷手斷腳的風險、讓身上好幾天都沾著屎味，我何必攔著妳？歡迎加入。」

薩迪亞坐下時，各位學長姊略帶震驚地鼓起掌來。眼看該任務人數已滿，不用繼續徵求志願者，眾人似乎不約而同鬆了口氣。

「真是個怪咖。」詩律嘟噥，假意給她拍拍手。

「但這個怪咖可以在半夜進下水道殺怪獸。」薩迪亞耀武揚威地說，彷彿得了超乎想像的大獎。詩律望向莫莉安，兩人不解地搖搖頭。

蓋文要求水道鱗片獸小組隔天集合討論戰略，隨後便把講臺交給公共移焦部門的吳樂迭。

莫莉安從沒用「炫」描述過一個人，但沒有別的詞能形容這位吳小姐。她蹬著莫莉安見過最高、最閃亮的高跟鞋，唇上是如火的口紅，搭配量身訂做的茄紫色三件式套裝，黑髮束成高馬尾，兩側的頭髮削短，左耳邊緣戴著一排碩大的鑽石耳針。她的打扮甚至比朱比特更光鮮亮麗，她**太炫了**。

「好，在異獸部隊圍捕那些噁心東西時，特殊工程團隊會關閉永無境的整個下水道系統，**以及**幻鐵網路。」她單刀直入地說：「蓋文跟我保證，他可以在兩到三小時內完成任務，時間從傍晚開始，因為永無境魄兮兮什麼的怪在那時候最活躍，也最容易被找到。

「綜合以上，我們需要執行跨地區的大型移焦活動，讓全城居民在週末晚上的交通尖峰時段有事可忙，而且不能搭火車、不能上廁所。這事並不簡單，再說了，我們最不想要的就是造成集體恐慌。」樂迭用投影機放出永無境地圖，上面用大大的紅叉標註幾個地方。「此外，還要特別防止大眾接近這十三個地點，異獸部隊認為這些是高風險地區，也就是永無境噁爛嘔吐獸的繁殖熱點。我們必須盡量把民眾從這些地方趕走，包括這裡的居民。所以，一如往常——」

「為什麼？」莫莉安壓根沒意識到自己張了口，便提高聲音問道。全場靜默下來，大家轉過頭看她。

「什麼為什麼？」樂迭反問，額頭擠出一條疑惑的皺紋。

莫莉安整張臉燒得火燙。自從坤寧長老對九一九梯說了那番話，這個問題便在腦中縈繞不去，但她本來不打算開口問的。她的視線飄向朱比特，只見他投來微笑，鼓勵地微微點頭。她坐直，清清喉嚨。

「為什麼……要轉移大家的焦點？」

前排傳出零星的竊笑，多數人只是面露困惑。樂迭狐疑地瞇起眼。

「妳是在打哈哈嗎？」

「不是！」莫莉安連忙道：「我是說……嗯。為什麼不能讓大家知道永無境的真相？他們就住在這裡啊。這樣不會比較……省事嗎？而且說不定比較安全？如果每個人都知道，那他們只需要保持冷靜就行了，還有……我想……不要搗亂就好。」

她的疑問引起一陣哄笑，不少年紀較大的學會成員搖起頭，她不禁越說越小聲。她暗自希望有隻大猛禽衝進屋內，把她從椅子上叼起來飛得遠遠的，然而就在這時，薩加長老站起身，狠狠一瞪，眾人便安靜下來。他目光凌厲，配上巨大的雙角、寬闊的毛茸茸胸膛，以及嚇人的跺腳方式，更是令人膽寒。

「這個問題不無道理，」他用低沉的聲音隆隆說道。「在某些情況下，我們的確會告訴民眾，至少會通知部分有必要知道的民眾。舉例來說，學會專屬的內部執法單位定期與永無境市警隊聯絡，並且和自由邦七大域各個有關局處合作。有時，我們也會和首相辦公室互通消息，辦公室再視情況公布，但大致上來說，只有別無選擇時才會這麼做。」

莫莉安嚥了嚥口水，忍不住又問：「為什麼？」

「黑鴉小姐，因為很多時候，告訴一個人他會遇到危機，可能導致其他風險，甚至造成更大的傷害。記住，人在驚慌失措時是很危險的。」

薩加長老最後一句話是對所有人說的，用招牌的堅定注視震懾全場，隨後把發言權交還給吳樂迭。樂迭繼續往下說，彷彿從未遭到打岔。

「一如往常，我們預期會有人反彈，這是不可避免的。我們可以避免的是有人妨礙、有人受傷，或是有人毀了整個行動。」樂迭雙手環胸，將馬尾往肩膀後一甩。「有什麼點子嗎？」

「去年繁殖季用的方法呢？」一名較年長的學者高聲說：「煙火之夜？這招成功讓大家忙著抬頭看天上，而不是地下。」

她乾脆地一個搖頭。「但下水道怪也被嚇得躲進更深的地方，老實說，根本是史上最爛的點子，太吵又太貴。」樂迭表情冷靜，但微微咬緊牙關，莫莉安看得出那次失敗的回憶依然慘痛。「還有嗎？」

聽眾席此起彼落拋出一連串提議，包括遊行、全城大停電、鎖定範圍的龍捲風，樂迭一一駁回。

「大家，拜託，你們只是在重複過去四年用過的招而已啊，來點創新的好不好。」

「我們可以跟第二界宣戰！」

樂迭朝提議的人射去凌厲目光。那是討人嫌的巴茲．查爾頓，也是詩律的贊助人，見到是他，莫莉安絲毫不感詫異。

「白痴。」身旁的詩律喃喃說道。

「然後呢？」樂迭用毫無起伏的語氣問巴茲。

他聳肩，「然後……再取消？」

她翻了個白眼，再度環視聽眾，「誰有不會引起大眾恐慌的點子？」

聚會堂的聲音轉為竊竊私語，大家似乎都洩了氣。終於，朱比特舉起手，交談聲頓時消失，莫莉安彷彿感覺到眾人一同傾身向前，想聽聽朱比特．諾斯隊長的見解。

「淘金之夜，如何？」

「淘金之夜。」樂迭重複一遍，若有所思，指尖輕點嘴角。「值得考慮……上一次舉辦是多久了，十二年？」

「我記得是十四年。」朱比特說，「詩人世代的十七年之春，一班幻鐵列車產生自我意識，在地底挾持了其他列車，需要非同小可的移焦手段。」

莫莉安、霍桑與詩律互望一眼，那是含意非常明確的眼神，混雜迷惑、驚恐、受不了和無奈。這眼神只有在特殊情況才用得上，比如說，你忽然發現火車會活過來挾持其他列車，而你不小心加入了一個組織，裡面的成員不知為何決定插手管這種事，你不是很想蹚渾水，偏偏大家都要加入，你只好跟著參與。就是這種眼神。

「財政部不肯讓我們頻繁舉辦這個活動，原因不在話下。」朱比特說，「不過這招一向有效，參加率幾乎保證高達百分之八十五到九十。」

莫莉安思忖，什麼是「不在話下」的原因？「淘金之夜」到底是什麼啊？

「不參加的人數只有百分之十五，我們能應付。」樂迭說，把手一揮。「好，淘金之夜，聽起來不錯，來規劃吧。」

討論接著持續了一小時，世俗和玄奧學院的成員不分年齡，紛紛主動提出意見、指出缺點、毛遂自薦提供協助，整場聚會成了無拘無束、風馳電掣的作戰會議。莫莉安覺得，她彷彿終於見證幻奇學會真正動員起來的樣子。

最終，大夥擬定了高成功率的周延計畫，避免永無境全體市民察覺水道鱗片獸行動的存在。除了薩迪亞，九一九梯也得軋上一個小角色，這讓莫莉安有些緊張。

有時候，學會的一切都像一種測試，一場考驗；每當你以為總算通過所有考驗，又會有下一個冒出來。

要誠實待人。要聽明處事。要勇往直前。要忠於朋友。

現在又來了新的考驗。

**要發揮用處**。

整整兩年前，朱比特就警告過莫莉安了，當時也是他頭一次解釋幻奇學會能帶給莫莉安什麼。尊敬、冒險、名氣！幻鐵上的保留席！「別針特權」，他是這麼稱呼的。

然而，學會要你憑一己之力爭取這個特權，不是只爭取一次，不是只要通過入學考驗，而是**不斷**、**不斷付出努力**，**窮盡一生**。

那時，莫莉安沒有細想。但朱比特確實警告過她。

莫莉安本來打算在聚會結束後跟朱比特說說話，可惜他正專注地和吳樂迭、薩加長老商討事情，她遲疑片刻，隨即連同九一九梯被捲進離開聚會堂的人流，就這麼錯過機會。

傲步院瀰漫著歡慶的氛圍，三五成群的初階學者聊著聖誕假期計畫，四周充盈歡快興奮的談天聲，但莫莉安等人好一段時間沒開口。彷彿有人朝他們丟了顆手榴彈似的。他們本來就隱約猜到，幻奇學會絕不如檯面上那麼簡單，畢竟長老給過不少暗示；然而，沒人說過幾乎所有問題都源於幻奇師，學會的使命也與幻奇師密切相關。至少朱比特絕對沒提過，得找他好好聊聊。

莫莉安明白，勢必要由她率先開口。他們穿過傲步院的大門，走進地面上的冷冽空氣，卻迎面遇上一群學長姊，顯然是刻意在等九一九梯。

「為什麼大家都討厭幻奇師，妳現在知道了吧。」一個九一七梯的男生說出她的心思，「因為大家一直在收你們的爛攤子。」

「我就說她很危險！」有個眼熟的女孩走上前和莫莉安對峙，她有一頭苔綠色頭髮，臭著臉，手持一枚鋼鏢隨意輕點腿側。

海洛絲・瑞德屈堪稱莫莉安在世上最沒好感的人（這世界有巴茲・查爾頓跟達辛妮亞・迪兒本，海洛絲的討人厭程度可見一斑）。身為學姊的海洛絲曾號令朋友架住莫莉安壓在樹幹上，海洛絲則對準她的頭射飛鏢，因此頗有資格榮獲莫莉安心目中的討人厭金獎。

「長老把妳的本領藏著不說這麼久，說不定就是這個原因。」那男生說：「怕大家會叫妳償還埃茲拉・史奎爾的罪。」

海洛絲陰狠地笑了，「說不定我們就該這麼做。」

莫莉安的指尖傳來麻癢感。她很想召喚幻奇之力給海洛絲一個教訓，可惜的是，她不太確定該做些什麼。

**危險**。莫莉安心想，**是啊**，**是危險**。

她張口正要說話，卻被詩律打斷。

「對啊，她很危險。」這名催眠師從容往前一踏，「我也很危險喔。要不要試試？」

莫莉安吃了一驚，海洛絲等人更是嚇得驚跳，顯然根本沒注意到詩律站在那裡（順帶一提，這也是催眠師危險的理由之一）。

「我也是。」薩迪亞雙手扠腰往前站，莫莉安差點迸出驚詫的笑聲。「我會六種武技，還能像甩溜溜球一樣揮巨錘。要不要表演給你們看？」

「沒錯，而且我認識龍。」霍桑說：「認識超多。」

這下莫莉安真的笑了出來。同梯其他八人圍到她身邊，她內心陡然充盈暖意，入學儀式那天許下的幻奇學會誓言在耳邊迴盪：**兄弟姊妹**，**一生忠誠**。

「我家有毒菇。」法蘭西斯威脅道。

「還有，我——我能用手術刀把你們的肝挖出來！」

最後這句緊張的宣言，來自最不可能叫陣的人。

「埃娜！」莫莉安震驚地大叫。

「這個……我是能啊。」埃娜堅持，嗓音只有略帶顫抖。「當然，要在消毒過的環境，而且要打全身麻醉。」

九一九梯爆笑出聲，薩迪亞拍拍埃娜的背，馬希爾則大喊：「布拉瓦！（說得好）」就這樣，對峙的緊張氣氛煙消雲散。九一九梯一起從學長姊身邊走過，埋伏他們的人留在大理石階上，目瞪口呆。

穿過校園，走向哭哭林時，莫莉安對埃娜咧嘴一笑。「妳明知道不該對其他學生使用本領。」

「吼唷，不要說了啦。」埃娜有些發抖地回答。

但她看起來頗為自豪。

---

莫莉安到家沒多久，有人敲了她的房門。

她馬上猜到開門時會見到誰。有那麼一瞬間，莫莉安考慮朝他大叫，要他走開，等他不再隱瞞重要事情之後才准回來。

不過她隨即改變主意，因為走廊傳來有些慌張的聲音：「莫兒？莫兒，妳在嗎？我帶蛋糕來了。」

果不其然，門一開，只見一大把紅鬍子、一雙心虛的藍眼，以及滿懷心虛的苦笑。朱比特搖搖欲墜地捧著超巨大的長方形蛋糕，表面鋪了一層淺黃色奶油霜，用亮粉色糖粉寫著字，為了塞進整段訊息而省略標點符號，字跡潦草難辨：

抱歉沒跟妳說C&D可是有些事沒辦法說我知道這不太好但也只能這樣有時候我必須保護其他人及遵守其他承諾但我保證如果是可能對妳有危險的事我絕不騙妳因為就算我沒法把全部秘密告訴妳我保證我的第一優先絕對是保護妳。妳誠摯的朱比特

P.S.期末快樂

莫莉安讀完整段訊息，嘴脣默念每一個字，然後重讀一遍。為了捧這個巨型蛋糕，朱比特的雙手抖個不停，不過莫莉安沒叫他放下，他也沒開口，算他識相。

「妳誠摯的？」她終於說。

「我本來想寫『給妳滿滿的愛』，不過我猜妳會尷尬。」

「嗯。這是什麼口味？」

「檸檬醬覆盆子千層蛋糕，加上蛋白酥和覆盆子奶油內餡，」他滿懷希望地說：「妳的最愛。」

確實是她的最愛。

「好吧。」莫莉安點了點頭，站到一旁讓他進房。「希望你有帶盤子。」

# 第四章　歡樂到危險的地步

**「喔，他拿起裝玩具的大袋子，對神奇雪橇一甩鞭子，馴鹿志得意滿飛上天際，聖尼可身邊坐著精靈的小小身子，這趟旅程——」**

「這首歌到底有幾段？」傑克嘀咕。

莫莉安扳起手指。「到現在為止，我已經聽了……十六段。」

「什麼？才不止，少說有二十段。他昨天唱了好幾段，都在講妥善維護雪橇的方式，記得吧。」

**「——可惜煙囪太窄，尼可太寬，精靈拚命塞，仍宣告失敗——」**

「對啊，我有算進去，」她說：「現在看起來怎麼樣？」

傑克（全名叫約翰‧阿朱納‧柯拉帕提）小心地拉開眼罩。眼罩讓他眼前的世界與普通人無異，拿掉這層屏障，他就會看到見證者的世界：各種事物之間千絲萬縷的連結和網路，任何祕密、危機和歷史皆無所遁形，使他眼中充滿飽和、舞動、有時錯亂得不忍卒睹的色彩。這是他繼承自朱比特的天賦，儘管稱不上是好是壞。

「很……亮。」傑克縮了一下，馬上把眼罩蓋回去。「歡樂到可能有危險的地步。」

莫莉安雙肘靠著螺旋梯的欄杆，窺視下方的大廳。在杜卡利翁飯店，每當她和傑克想觀察人群，這是他們最愛的位置。

然而，今天他們大多只是在觀察朱比特，一部分是好玩，一部分是真心關切他的安危。在彩條裝飾、聖誕歌和蛋酒的催化下，朱比特變得有點瘋瘋癲癲，歡慶聖誕的情緒高漲到昏了頭的地步，傑克怕他舅舅可能會……心臟病發，之類的。

莫莉安歪著頭，注視她的贊助人有如芭蕾舞者在大廳跳來跳去，往登記入住的客人撒出一把又一把紅紅綠綠的閃亮紙屑，整個過程中聲如洪鐘地高歌。

「**——身穿俐落紅衣裳，一夜間飛遍全境，多麼美妙的情景！蘇西拿到小卡車，米利拿到小風箏，精靈扭打成一團——**」

「他會不會是在亂編新的歌詞？」

傑克用鼻孔一哼，「鐵定是。」

「還說朱比特不支持聖尼可，」莫莉安故作隨意地說，用眼角餘光一瞅傑克，他惱火地把柔亮黑髮從臉上撥開。「我還沒聽他唱過任何一首耶魯女王的聖誕歌……有嗎？」

聖尼古拉斯和耶魯女王是永無境聖誕節的代表人物，雙方為了證明誰才是聖誕精神的最佳象徵，已經展開長達數個世代的戰爭。永無境市民必須在身上配戴或穿著其中一方的代表色，表示自己支持誰的陣營：紅色是作風誇張、性格爽朗的聖尼古拉斯，綠色是優雅高貴、行事低調的耶魯女王。大家極其嚴肅地看待這場盛事，嚴肅到讓莫莉安覺得有點沒必要。

每年，這場競賽的高潮都是聖誕夜大戰，兩名代表人物展開壯麗的魔法競賽，倘若聖尼古拉斯贏了，人人的聖誕襪都將裝著禮物，家家戶戶的壁爐都將燃起爐火；如果耶魯女王勝出，聖誕節的清晨將迎來厚厚的白雪，每戶人家都將受到祝福。（當然，雙方每年都會宣告平手，讓全體市民皆大歡喜，這是公開的祕密。）

傑克瞪她。「不能怪朱舅舅，聖尼古拉斯的歌就是比較好記，那個老騙子八成雇了一整組團隊，專門寫這種宣傳曲！」

莫莉安笑了起來。傑克是耶魯女王的死忠支持者，要鬧他實在太容易了，這是莫莉安最喜歡的聖誕娛樂。

離聖誕節只剩不到一週，莫莉安自己也頗受慶祝氣氛感染。自從杜卡利翁飯店成了她的家，這是她第二次過聖誕節。杜卡利翁飯店擁有自我意志與神奇力量，經常無預警改變內部陳設，怎麼變全看它神祕的心情，而今年的布置可說極為出色。

吸煙室簡直興奮過頭，始終拿不定主意該在聖誕季節放送什麼煙。短短十分鐘內，從牆壁送出的煙霧從白蘭地奶油醬口味（莫莉安覺得很棒，只是有點濃郁），變成醃漬糖梅口味的滾滾紫煙（又香又甜，幾乎令人頭暈），再變成帶有煙燻味、柔和而撫慰人心的烤栗子煙。朱比特本來覺得很好笑，直到牆壁開始飄出淺褐色的煮甘藍菜煙，他才有禮地叫吸煙室冷靜一點。

在整個十二月，大廳一天天逐步改變，像是要享受每個為節慶動手布置的步驟。先是十二月一日，黑白格子地板冒出一株松樹苗，直直向上竄，輕而易舉穿透大理石，樹幹底部抖落碎磚，把可憐的米范嚇得不輕，當時他正在附近的禮賓櫃檯處理事情。

隔天早晨，樹苗已徹底長大，幾乎有天花板那麼高，恰恰停在閃耀的黑鳥水晶燈底下。配合節慶，水晶燈變為銀色，瞇起眼看，有點像是立在聖誕樹頂端的天使。

僅僅三週以後，整個大廳化身為頗富冬日氣息的常青樹林，鳥鳴盈耳，瀰漫著松樹的泥土味，樹枝綴著點點白雪。

那不是真雪，這才是神奇之處。大廳森林的地面鋪上一層反射光澤的白毯，永遠不會消融，永遠不會變得像冰塊那般滑溜，永遠不會化為雪水。日復一日，白毯始終乾爽晶亮、無比柔軟、不顯溼滑……穿著靴子踩過，聽它發出清脆的聲響，令人渾身舒暢。

過了幾天，身為非凡女高音兼森林溝通師協會會長的香妲・凱麗女爵決定，林間多點野生動物最好，於是敞開杜卡利翁的大門，高唱她鍾愛的聖誕歌（《耶魯節之詩》），引來一群沉醉其中的森林動物在大廳聚集，接著便在林中安住。莫莉安最喜歡一隻友善的紅知更鳥，每天早上吃完早餐，這隻鳥兒都會向她打招呼，在雪中留下小腳印。

禮賓經理米范開始在室內穿上大衣、圍巾和手套，並且和司機查理一同在各處挖出幾個洞放置火爐，好讓賓客在等候入住或退房時圍在火邊烤暖。不過，撇除這些小小的不便，員工和客人都很喜歡飯店的變化。朱比特滿心洋溢著歡度聖誕的喜悅之情，甚至每天早上在大鬍子點綴小鈴鐺和彩燈。

「好像他還不夠吵似的。」魁貓芬涅絲特拉是杜卡利翁的房務總監，每當她聽見朱比特鈴鈴作響地穿過走廊，總會這樣抱怨。

儘管脾氣火爆的芬涅絲特拉和大多數貓一樣，不喜歡冷天（或者該說，不喜歡任何變化），但最終連她也敵不過佳節氣氛。

「我今天看到芬在嬉鬧。」某天晚上，年輕的客房服務員瑪莎小聲告訴莫莉安，那時莫莉安在鳥爪浴缸裡放洗澡水。「**嬉鬧**！在雪地上！像活潑的小貓咪那樣！」

「**什麼？**」莫莉安頓時往上看，目光從盥洗臺上挪開。她正在選藥水，震驚之下，打翻了最喜歡的粉紅玫瑰泡泡油，整整半瓶倒進水裡，泡泡變成玫瑰花苞漂浮於在水面，不出幾秒，水中的花便全數盛放，幾百朵玫瑰噴出瓷缸，落在大理石地板上。「妳說芬？妳確定？」

魁貓芬涅絲特拉的體型跟大象差不多，而且討厭大多數能讓別人開心的事物，莫莉安難以想像她嬉鬧的情景。

「我以生命起誓。」瑪莎將手放在心口，神情無比肅穆。「她說她是在追森林裡的野兔，但我百分百確定那就是在嬉鬧。」

唯一沒因為這些佳節裝飾而樂不可支的人，是吸血鬼矮人法蘭克。這位住在杜卡利翁的活動策劃人頗為喪氣，因為他挑的杜卡利翁年度聖誕晚宴主題竟然被飯店自己給否決了。

「我什麼都安排好了！」發現森林註定在飯店留一整個冬天之後，法蘭克哀叫。「邀請函都準備要寄出去了，現在又要從頭來過。我今年本來要走黑暗高雅路線——黑色、金色、血紅色的主色調，燕尾服和晚禮服，昏黃的燈光襯托鑽石。有這群眼睛大大的森林奇獸在旁邊蹦跳裝可愛，怎麼可能走黑暗高雅風嘛。我費盡心血要提升這個地方的格調，看看它用什麼回報我——兔兔跟獾！」他用浮誇的姿態把整整一茶杯的蛋酒一飲而盡，抹了抹嘴，慘兮兮地盯著在樹梢歌唱的小青鳥。「我的才華又被埋沒了。」

讓法蘭克更感受辱的是（雖然想必也暗自鬆了口氣），儘管主題臨時更改，杜卡利翁飯店卻迎來了迄今最受歡迎的聖誕派對。隔天，永無境各大報的社交版紛紛刊出全彩照片，披露貴族名流暢飲拐杖糖調酒、逗弄可愛森林奇獸的畫面（法蘭克則在背景中威嚇地露出尖牙）。

今年冬天實在荒唐，而且還有將近一週才會結束呢。

聖誕夜，在臥室的庇護之下，莫莉安動手練習。這週、上週、打從她摧毀惡鬼市集以來的每一週，她天天在晚上這麼練習。會養成這個晚間習慣是朱比特的建議，好讓她控制不斷增長的幻奇之力。由於她是幻奇師，這些力量不可抗拒地受她吸引，能量持續在身周聚集，儘管看不見也無從察覺，卻無庸置疑存在。然而，唯有強大的幻奇師能夠掌控這份力量，莫莉安去年是學會了幾個新招數，不過仍和強大沾不上邊。

身為幻奇師，她的潛質和實力之間存在深不可測的鴻溝，現在她才知道，正是因為這個情況，她原本身陷相當危險的處境。幻奇之力不斷匯集，套用埃茲拉·史奎爾的話來說，規模大到了危險的地步，也讓史奎爾趁機乘虛而入，掌控她的力量，納為己用。

在永無境，大部分的人都認為史奎爾是「最後的幻奇師」，提到他時總壓低聲音，語氣害怕，彷彿他是幻想故事中的邪靈。不過，莫莉安很清楚，他是真實存在、活生生的危險人物。

不過，除了最親近的朋友之外，她不打算把這件事告訴任何人。現在，幻學的大家已經知道她是幻奇師，這就夠糟的了。要是那些人得知，莫莉安曾經數度與永無境最大的敵人見過面，還被迫向他學習技藝，八成會被人舉著火把、拿著乾草叉趕出城去。

莫莉安不曉得史奎爾會不會回歸，何時會回歸。有永無境的古老魔法從中作梗，他本人無法進入這個城市，可是他依然能憑藉絲網，拋卻形體的束縛神遊至此。假如莫莉安身上匯集太多幻奇之力，不加以控制，史奎爾就可以藉此「穿越」絲網，操控她的力量，將她化作手中的傀儡。永無境已經是她的家，唯有召喚幻奇之力，加以運用，莫莉安才能保護這座城市。

「**晨曦日的孩子活潑乖巧，**」她輕聲唱道，幾乎用不著催促，指尖便傳來酥麻感。她越來越擅長了，雖然歌聲仍有些發抖。「**夕暮日的孩子壞又胡鬧。**」

莫莉安對禍害技藝依舊所知甚少，她對此沮喪不已，但她無比珍惜僅有的知識。

禍害技藝之夜曲：召喚幻奇之力，**藉詠唱實現**。

以及禍害技藝之煉獄：創造火焰，操縱火焰。

史奎爾教了她這兩件事。

每一夜，她反覆重溫這些微不足道的所學，精進技巧，直到爐火純青，暗暗盼望自己總有一天，會奇蹟似地知道下一步該怎麼走，才能成為非凡的幻奇師。

**「晨曦日的孩子帶來光輝破曉，夕暮日的孩子招來猛烈風暴。」**莫莉安閉著眼睛，微笑起來。她感覺到能量在身邊湧動，發出輕柔而堅定的嗡鳴，快樂地聚集至她向上攤開的雙掌。**「晨曦之子啊，你去哪裡？高高的天上，那裡風和日麗。」**

她不太明白，為何對幻奇之力而言，「歌唱」是幻奇師準備運用力量的訊號……話說回來，關於幻奇師，她有太多事情到現在仍不明白。

坦白說，是絕大多數的事。

幾乎可說是全部。

**「暗夜之女啊，妳去哪裡？」**莫莉安小心睜開雙眼，只見臥室沐浴在白金色光亮之中，如今她已經對這情景十分熟悉。

起碼，她明白一件事：她召喚了幻奇之力，幻奇之力亦應呼喚前來。力量在周遭飛舞，灑落滿地光點，不斷躍動，彷彿是在說很開心見到她。

莫莉安露出笑容。她連歌都用不著唱完。

她真的越來越拿手了。

莫莉安奔過臥室外的走廊，吹熄每一點燈光，一盞燈接著一盞燈、一座燭臺接著一座燭臺，直到東廂房的四樓徹底陷入黑暗。然後，她文風不動站著，閉上雙眼，熄滅的燭芯冒出縷縷輕煙，在她身周環繞。她吸進煙的氣味，在內心想像一星火苗。

想像一團火焰，在她胸口灼灼燃燒。

**煉獄**。

她全神貫注想著這股火焰，持續片刻，感到火苗漸長，由內而外讓她暖了起來。隨後，她睜開雙眼，沿著原路再度奔過走廊，一盞燈接著一盞燈、一座燭臺接著一座燭臺，對準每根燭芯吐出完美而精準的火焰，輕而易舉重燃蠟燭，內心雀躍難抑。

「有夠愛現。」傑克走出房間，他們的臥房只相隔幾扇門。他搖著頭，看莫莉安重燃最後一個燭芯，走廊恢復歡快的光亮。「有需要做到這種程度嗎？**每天晚上練習？**」

她看了傑克一眼，從鼻孔哼了一聲，不理會他的話。「帽子不錯嘛，綠花菜頭。」

「緞帶不錯嘛，資本主義奴隸。」他伸手一捋莫莉安髮梢的深紅蝴蝶結，另一手同時調整他那頂毫無美感可言的綠色怪帽。他去年聖誕夜也戴著這頂帽子，看起來依然很像頭骨忽然生出一坨怪東西。莫莉安半點想不透他怎麼敢戴著這頂帽子見人，但話說回來，傑克大約也想不透她為何支持聖尼古拉斯，而不是他摯愛的耶魯女王。

坦白說，見識過去年的聖誕夜大戰（也是莫莉安頭一次參加），她確實有點想換陣營。雖然她欣賞行事浮誇、快活無比的紅衣老人（傑克總說他「奴役精靈還擅闖民宅」），但耶魯女王的作風低調優雅，加上忠誠的雪之獵犬，同樣令她深有好感，甚至是感動。

只不過，如果傑克知道她哪怕有那麼一丁點贊成他的看法，鐵定會得意得要命。

他照著走廊的鏡子，又確認一次帽子的角度，稍稍調整眼罩，對鏡中倒影點了點頭，看似對眼前所見相當滿意。

「走吧。」他對莫莉安說：「趕快下樓，免得到時要跟朱舅舅一起坐馬車，我死都不想再配合他大合唱了。」

# 第五章　六個史威夫特兩隻貓

英勇廣場瀰漫著期待之情，隨時將化為脫韁野馬般的狂喜。上千位永無境市民在此集結，深紅和豔綠組成一片海洋，個個默然屏息，等待年度聖誕大戰的終局到來。

今年的大戰一樣壯麗酣暢，聖尼古拉斯的大砲射出百果派，上面繫著紅色絲綢做成的迷你降落傘，飄飄盪盪落入莫莉安手中，美味絕倫，她口中仍殘留著溫暖的奶油與香料味。截至目前為止，這是她心目中第二喜歡的時刻；第一名是耶魯女王變出一團螢火蟲雲，閃耀著如椋鳥般飛過英勇廣場上空，創造令人目不轉睛的光之舞。莫莉安原以為去年的表演已經無可匹敵，想不到她錯了，不禁雀躍無比。

「把蠟燭拿出來。」朱比特悄聲說，傑克、莫莉安和廣場上每個人紛紛從大衣口袋拿出隨身攜帶的蠟燭，高高舉向空中。

聖尼古拉斯使出壓軸好戲，搓搓雙手，雙臂伸向觀眾，開始轉起圈來，一圈又一圈。蠟燭一根接一根自動點燃，火光從廣場的正中央開始亮起，伴隨一聲悠長的呼嘯，蔓延至廣場角落。

燭光染亮整個廣場，全場依然寂靜無聲。

耶魯女王的雪之獵犬打破了寂靜，牠身軀巨大，渾身雪白，隨著女王一聲令下，仰頭對月發出長嘯。全城各處傳來應和的嗥叫，有那麼一瞬間，永無境所有狗兒紛紛互通聲息，令莫莉安的背脊竄過痛快的戰慄。

這是她最愛的部分。她閉上眼，仰起臉朝著天空，空氣徹底凝結，她聞得出就要下雪了。

剛開始落得很慢，一片雪花，接著又是一片雪花。

然後越來越快，越來越快。

雪花旋轉紛飛，聚攏起來，一面迴旋一面變化，彷彿擁有生命和自我意志，等莫莉安回過神，周遭已經是漫天的冬日暴風雪。大雪來得太快，她的眼前倏地一片全白。

然後，傳來一個美妙又嚇人的聲音，既像是五十頭猛獅的咆哮，也像是上千個銀鈴；隨即，無形的暴風向上升，化為恍若遊蛇的長雪龍，飛過眾人頭頂，打滾盤旋，做出極其精采的演出，張開的雙翼灑下點點雪片，輕柔地落在莫莉安、朱比特與傑克身上，他們伸出雙手，和英勇廣場上的人群一同發出歡呼。

「太棒了！」朱比特睜圓了雙眼叫道：「妙！真是絕妙。」

傑克大聲喝采，對莫莉安露出頗為得意的神色。「這才叫壓箱寶嘛。」

但對決還沒落幕。聖尼古拉斯不甘示弱，示意要觀賽的大家高高舉起蠟燭。上千個細小的燭光越來越亮，越燒越旺，直到火光似乎從燭芯躍起，融為一體，在空中形成如雲的篝火。光芒太耀眼，莫莉安閉了一下雙眼，感覺熱氣蒸騰著臉頰。

再度睜眼時，火焰已經變換形狀，成了金紅色火鳥，明亮得無法直視，美麗無方。牠拍動翅膀，愈升愈高，飛向天際。

「太棒了！」朱比特歡欣鼓舞地再度大叫，「了不起！幹得好，聖尼古拉斯，幹得好！」

莫莉安難以相信眼前的奇景，開懷笑著轉頭望向傑克，連他也露出驚豔的表情。「你剛剛說什麼？」

火鳥與雪龍繞著彼此飛舞，一同迴旋，鮮橘和亮白交織成一座塔，高聳入天……最終共同迎來壯闊的消亡結局，火焰熄滅，白雪蒸發，龍與鳥瞬間消失，只留下光的殘影襯著黑夜閃爍，烙印在眾人的視網膜上。

一陣震懾的靜默。

隨後響起響亮的喝采，聲音大得讓莫莉安不得不摀起耳朵。

---

大戰後，四面八方都是洶湧的人潮。莫莉安原先不確定能否在茫茫人海中找到霍桑一家，他們忘了事先約定會合地點，等她想起時已經來不及了。但她用不著擔心，因為史威夫特一家人先找到了她。

「莫莉安！妳在這啊，喂！」她的朋友一面熱切地大喊，一面奔了過來。莫莉安、朱比特與芬涅絲特拉為了更容易被找到，在廣場中央的噴泉等待，傑克跟其他人不想在雪中挨凍，已經搭馬車回家。

霍桑的父母和兄弟姊妹緊跟在他身後，一眼就能看出史威夫特家族是聖尼古拉斯的支持者，六個人從頭到腳包著深淺不一的紅色（不過，莫莉安隱約瞧見戴夫在絨褲底下穿了雙綠襪）。

莫莉安露出笑容。「聖誕歡樂！」

「還好你們找到我們了。」朱比特搓著雙手說，不時對雙手哈氣取暖，鬍子上落滿雪花。

「喔，簡單，只要在人群裡面找芬的超級大頭就好了。嗨芬，聖誕歡樂！」霍桑開懷地喘著氣說，芬報以不悅之色，轉過身，尾巴高高豎起。霍桑見狀，發出好脾氣的輕笑。「芬都這樣。海倫娜，我就說芬很好笑吧？」

莫莉安見過霍桑的父母戴夫跟卡瓊娜好幾次，以及他哥哥荷馬、妹妹戴維娜（大家喊她戴寶），但這回是第一次見到史威夫特家的長女。海倫娜就讀戈爾貢長嗥基本氣象學院五年級，這所學院位於第六域外海的一座小島，受到一個氣旋包圍，能夠安全返鄉的機會並不多。

「她好大，」海倫娜宣告，毫不掩飾仰慕之情地盯著魁貓看，「而且好有魄力。」

就在這個剎那，一名年輕男子走過芬，不小心踩到她的尾巴，她發出痛號，然後猛地把一張巨臉湊近那名男子，咧嘴露出黃色巨牙，發出威嚇的**哈嘶**，男子當場昏厥。

「**超有魄力**。」海倫娜低喃。

看到史威夫特全家站在一起，莫莉安發現他們恰恰分成兩派：霍桑跟海倫娜長得像卡瓊娜，有修長的四肢和蓬亂的褐色長鬈髮；至於荷馬和戴寶就比較像爸爸，身材結實，一頭金髮，維京人似的。

「我們晚點會送莫莉安回家。」戴夫告訴朱比特。

「喔，不用麻煩，」朱比特朝芬的方向大略揮了揮手，「我會派房務總監來接她。」

戴夫緊張地覷了芬一眼，芬耳聞朱比特如此大方提供她的服務，正怒目狠瞪兩人。「呃——諾斯隊長，你確定嗎？我們，嗯……我們真的不介意。」

「不，真的，沒關係，」朱比特保證道：「說老實話，魁貓做房務做得挺爛的，反正我都要付她薪水了，要是不叫她偶爾跑點腿，她會把九條命都花在睡覺上。對不對啊，芬？」他揚聲對芬說，還眨了個眼。

「你今晚睡魚堆。」她低吼。

「意思是她會在朱比特床上放沙丁魚，」霍桑大聲對他媽媽說悄悄話，對魁貓露出欣賞的微笑。「芬都這樣。」

「霍商，」戴寶在走出英勇廣場的路上說，不停拉霍桑的紅毛衣。「霍商，累了，抱抱。」

「**不行**，戴寶，」霍桑甩掉她的手，「妳長大了，都快三歲了！快三歲的小孩要自己走，跟大家一樣。」

小小孩聽了很不開心，莫莉安頗能理解為什麼。（畢竟，要是霍桑跟他家人停止喊她戴「寶」，她認同自己「長大了」的可能性估計會比較高。）

戴維娜透過淺金色的眼睫毛怒瞪霍桑。「**霍商！**」她發飆，嚇了莫莉安一跳。

「**累了！抱抱！**」

「喔，好啦。」他說，停下腳步，費了好一番力氣把戴寶抱起來。她安坐在霍桑懷中，高興地對人群露出笑容，像個小巧精緻的維京女王，正低頭審視她的臣民。他們跟著霍桑的爸爸，魚貫穿過繁忙幻鐵車站的閘門。

戴夫提議避開離英勇廣場最近的喀里多妮亞圓環站，直接前往綠門站，好迴避大戰後的人潮，可惜他沒想到，參加大戰的人多數都打著同樣的算盤。想當然，就在他們來到車站最繁忙的區域時，戴寶覺得被抱膩了，堅持要「霍商」立刻放她下來。

「手拉手！縱隊前進！」霍桑的爸爸對他們大喊，眾人穿越迷宮般的樓梯，來到底下的月臺。「組成人鍊！不要迷──不好意思，這位女士，我在想辦法讓大家不要走散──喂，妳什麼意思！好了，大家，不要把手放開──唔嗚！」

已經沒救了，人群宛若一片有生命的汪洋。一班列車駛入月臺，車門湧出新一波乘客，等候的眾人只停了足以讓他們下車的時間，隨即趕向前，人人急著上車，否則還要再等上痛苦的**整整兩分鐘**，下一班車才會到來。

一片混亂中，不知是哪一隻手滑脫，史威夫特家族的人鍊就此斷成兩截。莫莉安眼睜睜看著卡瓊娜、戴夫、海倫娜與荷馬被前進的人流吞噬，擠向一節車廂開啟的門，她自己、霍桑和戴寶則被推到下一節車廂。

「戴寶呢？」霍桑的爸爸語氣驚慌地大叫，同時卡瓊娜試著用手肘撞開別人，好往他們這邊過來，卻徒勞無功。「戴寶在誰那裡？」

「在這裡！」莫莉安從車廂深處喊回去，握緊戴維娜圓潤冒汗的小小右手（霍桑緊抓著左手）。

戴夫看來滿頭大汗，十分焦慮，雙眼瞪得突出，在人群中跳上跳下，努力看著他們的位置大喊指示：**「好，你們三個待在一起！我們在塔克公園站下車！要坐十二站！聽到了嗎？」**

「爸，我知道我們住在哪！」霍桑喊回去，翻了個白眼。「不會有事的！」

車廂嘈雜，雖然擠得像玻璃罐裡的醃菜，大家仍情緒高漲。其中一端有人開始唱鼓舞人心的《綠之喝采》，不久另一端唱起《大紅雪橇破雲霄》，相互比拚的兩組合唱漸漸相融，交織成頗為悅耳的和諧曲調。

「老爸就愛瞎擔心。」霍桑說，可是莫莉安注意到他環視車廂時雙眼微瞇，而且死死抓著戴寶的手——應該說，他們兩人都緊抓著不放，畢竟在跟其他人走散的狀況下要照顧一個小小孩，實在是重責大任。

霍桑彎身，再度抱起妹妹。「唉唷，好重，爸媽都餵妳吃了什麼啊？一整隻雞嗎？妳簡直跟我差不多大隻了。」

「霍商，放我下去！」戴寶扭來扭去，這次霍桑不肯。

「噓，戴寶，」他說：「這裡太擠了。妳——哎喲！」戴寶咬了他一口，用力得留下齒痕。霍桑舉起手腕，臉色半是錯愕，半是驚豔，轉頭對莫莉安笑道：「看見沒？她根本就是鯊魚。」

戴寶對莫莉安咧嘴一笑，莫莉安微微退後，暗自發誓絕不讓那口利牙接近她的四肢。

每過一站，就有三五成群的乘客下車，讓車廂的擁擠程度略略減輕。過了好幾站，車上總算有足夠的空間，讓霍桑放下吵個不停的妹妹。

「莫安，累了，抱抱。」不到一分鐘，戴寶便哀叫起來，抓住莫莉安的手誇張地向後仰，莫莉安不得不使出吃奶的力氣好讓彼此維持站姿。

「拜託，戴寶，要乖乖的，」她哄道：「再幾站就到了。」

「拜偷，莫安，拜偷抱抱。」戴寶哭喊，藍色大眼盈滿淚水。莫莉安恐慌地看著她，拿不定主意該怎麼做。

霍桑笑出聲，用唱歌般的語調說：「她吃定妳了。」

看見這一幕，坐在附近的一群老婆婆發出同情的嘖嘖聲，投來譴責的目光。

「沒良心。」莫莉安聽見其中一人說，整張臉不禁燒了起來。

「就是嘛。」另一個人說，直盯著莫莉安，用剛剛好能讓她聽見的音量悄聲說：「可憐的寶寶，顯然是累壞了。」

列車即將到站，莫莉安舉旗投降，把喜孜孜的戴寶抱入懷中。

「哎喲。」她咕噥，把戴寶的重量移到一側。「我應該抱不了多久，戴寶——」

車廂一端傳來的尖銳聲響打斷了她，緊接著是一聲咆哮，聽起來就像發飆的芬涅絲特拉。莫莉安不自在地環顧四周，想找出騷動的來源，偏偏旁邊的人太多了。

「怎麼回事？」霍桑問。

車廂盡頭，有人氣急敗壞地說：「牠抓我！那隻畜生剛剛抓我！克萊莉莎，妳看，我流血了，我被抓到流血！」

莫莉安踮起腳尖想看清楚，結果吃驚得差點摔一跤。「噢！天啊，是豹——呃，幻豹。」

她把「豹」改口說成「幻豹」，原因是那隻巨豹在頸間戴了串碩大珠鍊，一隻毛茸茸的耳朵綴有一顆鑽石耳環，看來價格不菲，何況牠搭乘了幻鐵，不像是普通豹會做的事。

幻獸族擁有覺知和自我意識，能使用人類的語言，完全融入人類社會；奇獸則是一般的動物，在一般的動物社會做些一般的動物活動。乍看之下，要分辨幻獸族和奇獸有時並不容易。次型幻獸族比較容易區分，他們是人與奇獸的混種，身上的人類特徵多半比奇獸特徵明顯。

主型幻獸族的外觀與奇獸沒有什麼兩樣，所以更容易使人混淆，除非他們開口抱怨天氣，或是詢問最近的傘鐵站在哪裡。因此，多數主型幻獸族都會穿特別訂製的服飾，或是至少戴頂亮麗的帽子之類的配件，表示他們是擁有智識的幻獸族，以免外人發生尷尬的誤會。

然而，撇開這名幻豹身上的首飾，以及他不知為何搭上了公共運輸工具，要說他是從永無境動物園逃逸的奇獸也不意外。在莫莉安看來，他的行為舉止幾乎是徹頭徹尾的奇獸，像正在狩獵的豹一樣嗅聞空氣，彷彿已然失去理智。

幻豹在車廂中穿梭，朝他們的方向走來，發出低吼，對驚嚇的乘客咬動強壯有力的口齒，乘客紛紛尖叫，試著退開。莫莉安害怕不已，喉嚨一緊，想要吞口水卻口中發乾，只能抱緊戴寶不放。霍桑站到莫莉安身前，擋住他妹妹。

下一站的燈光倏地從窗戶照進來，列車速度開始減緩，莫莉安吁了口氣。

「這一站下車吧。」霍桑急促地說：「我們搭下一班車，在塔克公園站跟大家會合，我爸媽不會怪我們的，而且只會比他們晚幾分鐘。」

「好主意。」莫莉安贊成道，兩人動身走向最近的車門，她的目光片刻不離那名行為怪異的幻豹。

然而車門遲遲未開，幻豹大步邁向他們，依然嗅著空氣，似乎在搜尋什麼。戴寶渾然不覺，拉動莫莉安頭髮上的深紅色緞帶，發出開心的嘻笑。

聽見笑聲，幻豹停下動作，雙眼鎖定戴寶。戴寶又發出開懷的叫聲。

接下來，一切迅雷不及掩耳。

莫莉安看見幻豹的雙眼閃過鮮亮的翡翠綠，彷彿啟動了腦中某種開關。他似乎不受地心引力影響，一下飛躍至窗戶，接著跳上天花板，在乘客之間彈射，所到之處隨即引發驚叫，最終驟然落在他們面前，低吼著露出獠牙。

莫莉安腦中飛速閃過一個念頭：應該召喚幻奇之力來……來做點什麼……可是這些都在電光石火之間發生，更何況，就算她知道該做什麼，抱著戴寶的她又能怎麼辦？

幻豹壓低身體，準備直撲過來，然後——

**啪噠！**

那群老太太的怒火壓過恐懼，從座位上站起來，揮舞不知裝了什麼的沉重皮包和毛氈提袋，整齊劃一地衝向幻豹，將他包圍，打得他束手就範，一面哀鳴一面後退。

「竟然膽敢——」

「人家只是小寶寶！」

「真該覺得羞恥——」

「**小寶寶！**」

「閃開，小花貓！」

「**那可是個小寶寶啊**，我的老天爺！」

「本站是學者路口站，」擴音器傳出平靜、愉快的嗓音：「如要前往永無境大學西校區，請在此下車。」

通往學者路口站的列車車門總算開啟，幻豹別無選擇，唯有下車，被那夥出奇凶狠的老太太壓著打，一路打到月臺上。

「走開，快滾！」

「好好記住這個教訓！」

「到底為什麼要讓幻獸族搭車——」

車門咻地關上，整節車廂爆出響亮的掌聲。

「謝——謝謝。」霍桑的聲音還在抖。

「對，」莫莉安喘不過氣來，「謝謝。」她整個腦袋都麻木了，想不出要說什麼其他的話。

「可憐的小乖乖，」一個太太說，同情地發出嘖嘖聲，捏了捏戴寶的臉頰。「嚇都嚇死了，是不是呀，可愛的小北鼻。」

可愛的小北鼻戴寶壓根沒嚇著，反倒像是被這整起風波給逗樂了，列車啟動時，她一邊格格笑，一邊跟幻豹揮手道別，幻豹則在月臺上來回走動，煩躁地咬動牙關，顫抖著大口吐氣。莫莉安注意到霍桑整張臉有點發白。

「呃……不要把這件事告訴爸。」他喃喃地說，從莫莉安懷裡接過妹妹，試著上下輕晃戴寶，但沒有成功。「他聽了只會不開心，然後怪自己讓大家被拆散。我晚點再告訴媽，她會比較冷靜。也許明天吧，或——不行，那聖誕節就毀了，還是再過一天好了。」

莫莉安點點頭，在接下來幾站，一路容忍戴寶狠力扯她的紅緞帶。

---

「喔，行進樂隊！」海倫娜打了個響指。「聖尼可的隱形行進樂隊，每個樂器都是自動演奏，這段最棒。」

「你們有吃百果派嗎？我吃過最美味的派。」卡瓊娜說，她和戴夫一起坐在軟綿綿的沙發上。經歷幻鐵驚魂記的戴寶累了，睡在父母中間，一手插在裝滿爆米花的碗裡，輕輕發出鼾聲。「莫莉安，妳最喜歡的橋段是哪個？」

莫莉安一邊想，一邊注視棉花糖串在火上滋滋作響，轉動那串棉花糖，好讓每一面均勻烤酥。（史威夫特家族的聖誕夜傳統是坐在火爐邊，把任何能串起來的食物拿去烤，莫莉安非常中意這個傳統。）

「我喜歡火鳥。」她終於開口。

坦白說，她不停想著那隻火鳥。那是怎麼辦到的？如今，她已經了解看似憑空創造火焰並任意操控的原理，可是相較於去年，聖尼可的招牌絕活在她眼中反而越發神祕。

他操縱火的能力實在太過精細，難不成，他從哪裡學會了「禍害技藝之煉獄」？這就是他能夠徹底掌控火焰的原因嗎？還是說，這只是個繁複的騙局，是經過規劃、精準控場和練習，由許多人共同構築的精巧幻象？

或者……聖尼可會不會也是幻奇師呢？

這個想法會很荒唐嗎？畢竟，幻奇師素來有九位，坤寧長老是這麼說的。世界上該不會有另外七位？總在聖誕節發送禮物、充滿歡樂的紅衣老人，該不會正是其中之一？

莫莉安默默微笑。另一位幻奇師說不定就活生生站在她面前，這念頭帶給她一絲奇妙的……**希望**。

但這想法太傻了。只是幻想而已。

「耶魯女王也挺厲害的，」莫莉安從白日夢回神時，戴夫正在說。「雪龍棒透了。戴寶說她想要一隻當寵物，她明年的生日禮物就這麼解決了，哈！」

「我以後也要有自己的龍。真正的龍，」霍桑煞有介事地說，舔掉手指上的烤棉花糖。海倫娜哼笑，荷馬真心誠意翻了個白眼，嘲諷地比讚。「不是，是真的，我會有，阿南說的！她說如果我保持下去，努力訓練，在之後幾年的年度大賽表現好，那等我從初階學者畢業，當上進階學者之後，她會考慮幫我找一隻幼龍，由我來培養跟訓練，只聽我指揮。我自己的龍，沒有其他人能騎！是真的啦，荷馬，不要再笑了。」

莫莉安詫異地抬頭望向默然無聲的荷馬，只見他確實在黑板上寫了「哈哈哈」。荷馬就讀於思潮人文學院，立下沉默之誓，一年當中只有一天能夠開口說話，所以總是隨身攜帶黑板。不過，他可沒有立下任何不能取笑、嘲諷或酸人的誓言，莫莉安就喜歡他這點。

「我說『旁邊的霍桑』，」海倫娜說，在串燒的尾端插上一塊起司。「為什麼龍的名字都這麼白痴？」

霍桑皺起整張臉。「什麼？亂說，哪有。」

「有啊，」她堅持：「他們的名字都又長又浮誇，像是『尊榮飛向英勇戰鬥與勝利』，或是『以怒火擊敗敵人』之類的。」

「喔，那些是大賽用的名字，」霍桑聳聳肩說，停頓半晌，大聲啜了口熱巧克力。「每隻龍參賽時都要在名冊上登記獨一無二的名字，不能跟大賽史上的其他任何龍太相似，可是大賽有將近四百年的歷史，只好取很有創意的名字了。」

「什麼創意，明明就是自戀。」海倫娜說：「比如說去年在近戰賽得金牌的那隻叫什麼，『看他的龍爪有多大』？真的不是我要說。大家都知道，龍騎士幫龍取的名字根本就是在誇自己，老實一點承認就好了嘛。霍桑，要是你有了自己的龍，你應該取個真正符合你的名字，像是……不曉得耶，『已經盡力了但還是很呆』？」她咧嘴笑道。

史威夫特全家都笑了，連霍桑也是。

「要更具體一點。」卡瓊娜眼裡閃著笑意，「不如叫……『在鏡子前面練習英雄的姿勢』？」

「這個好，媽。」霍桑伸手從她的木串上偷走一塊棉花糖。「如果妳要取一個，應該叫『不曉得自己打呼多大聲』。」

「哈！」卡瓊娜仰頭發出震天的笑聲，朝霍桑扔了一顆爆米花反擊，可是霍桑用嘴巴接住，歡呼起來。

「那爸要叫什麼？」海倫娜接話，促狹地對戴夫一笑。「就叫——」

「『放屁響得像拉車的馬』。」卡瓊娜大聲地用氣音說，莫莉安和霍桑笑得樂不可支，海倫娜則哀號：「媽，好噁！」

「喂，小心點，卡瓊娜・史威夫特，不然妳就要叫『從現在開始都自己泡茶』。」戴夫憤慨地說，但他也在憋笑。

霍桑眼睛一亮，「那荷馬呢？」

一陣沉默，莫莉安看看霍桑，再看海倫娜，接著是卡瓊娜，然後是戴夫，幾乎看得見每個人腦裡的齒輪飛速轉動，試著想出最有趣的名字。但荷馬腦筋動得最快，已經在黑板上寫了字，舉起來給大家看。

**不承認他是親生的**。

大家爆出笑聲，鼓起掌來，這場非官方龍名大賽的優勝者顯然非他莫屬。霍桑插上最後一個棉花糖，看似正暗自得意。

這為美好的聖誕夜畫下愉快的句點。可是，在芬涅絲特拉來接她時，莫莉安嚇一跳地發現自己大大鬆了口氣。

她喜歡霍桑的家人，真的喜歡。看卡瓊娜和戴夫互相取笑很有趣，荷馬常常逗她發笑；雖然她第一次見到海倫娜，但已經很有好感了。她甚至不介意被戴寶使喚，至於霍桑，嗯……他是她最要好的朋友嘛。

然而，儘管她絕對不會表露，可是像這樣和史威夫特全家人待在一塊，讓莫莉安感到有些……是什麼呢？確切來說不是嫉妒，只是……

嗯，對。就是嫉妒。如果她坦然承認的話。

她連自己究竟嫉妒什麼也說不上來，也許是他們彼此自在的相處，自然而然就顯得那麼……融洽。像是一塊不少的拼圖。

莫莉安的家人住在遙遠的冬海共和國——父親、繼母、祖母，以及兩個雙胞胎弟弟，他們同樣一塊拼圖也不少。以前，他們多了一塊不需要的拼圖，不過她如今定居在永無境的杜卡利翁飯店。

這只是隱隱的疼，疼在內心深處一個八成不太重要的所在，只要她別太在意自己的感受，便幾乎細不可察。（莫莉安也盡力不去太過在意自己的感受。）

然而，這疼痛就是存在，她不喜歡。史威夫特家是好人，一向對她很好，總是接納她。在心裡餵養這份小小的不甘，似乎有些忘恩負義。

可是，在回家路上，芬涅絲特拉嘀咕：「有夠煩的一家人。」莫莉安來不及阻止自己，不懷好意的笑聲便衝出喉頭。

她隨即後悔，指甲嵌入掌心，留下半月形的細小紅印。

# 第六章　德輕靈

那晚，莫莉安睡前沒拉窗簾，這樣一來，睡醒時就能迎接窗外的夢幻冬日世界。隔天早晨，莫莉安並未失望：雪似乎下了整夜，到現在仍下著茫茫大雪，幾乎看不清外頭景色。

她睡眼惺忪地在床上坐起。床在她熟睡時改變型態，從四柱床變成聖尼可那座雪橇的大型翻版，塞滿幾十個蓬鬆的絲絨枕頭，以及柔軟的羊毛毯。

「好棒。」莫莉安對房間說，嗓音由於剛睡醒而沙啞。最近，她決定在房間做了她特別喜歡的事情時多多讚美。幾週前，牆壁上冒出一幅非常現代的抽象畫，當時她含糊地發出了嫌棄的聲音，她發誓房間鐵定很受傷，因為接下來三晚，她的床先是變成狗屋，再來是倉鼠籠，然後是種滿仙人掌的大花盆。從那以後，她便格外謹慎。

聖尼古拉斯再度實踐諾言，壁爐架上掛了一隻鼓鼓的襪子，都要滿出來了。更吸引人的是，雪橇床的尾端多了個禮物堆。

瑪莎送來一個柳條籃，裝滿色彩繽紛的泡泡浴露和雕花香皂；米范的禮物是大廳那座飛鳥水晶燈的迷你版，手工製作，用閃亮的黑色珠子與銀色金屬線組成，精巧萬分；法蘭克送她一本書，裹著血紅色書衣，書名叫《夜行者世代的一百樁慘案》；香妲女爵送了精緻的紫水晶手鐲；查理的是一條騎馬褲，而且承諾要教她騎馬；另外還有一隻死掉的大野雞，沒附紙條，莫莉安猜是芬送的。（心意最重要，她一邊告訴自己，一邊小心地用一根腳趾頭，把渾身羽毛的雞屍推下床去。）

不過，最有趣的禮物掛在骸骨衣帽架的纖細手腕上。那是一雙深紅色的皮革溜冰鞋，鞋帶鬆鬆綁成一個結，附了張手寫小卡。隔這麼遠，莫莉安看不清上頭的字，但她立刻猜到送禮人是誰。

她七手八腳滾下雪橇床，橫越臥室，拿下鉤子上的溜冰鞋。果不其然，卡片寫著：

**聖誕歡樂，莫兒。**

——J．N

莫莉安笑起來，搖了搖頭。這雙鞋新亮美麗，可她又不會溜冰。

**話雖如此**，她心想，提起溜冰鞋，欣賞上好的紅皮和精巧的縫線，**真的很漂亮**。溜冰鞋打了個轉，她注意到一道反光。鞋帶繫了把老式的銀色小鑰匙。

**啊！**興奮之情開始在莫莉安胸中撲騰。說到底，這可不是朱比特頭一回送她有點奇怪的禮物，也不是頭一回給她一把鑰匙。

她腦中浮現回憶——在杜卡利翁飯店某個靜悄悄的樓層，有扇鎖起來的奇妙門扉，她拿出朱比特送的生日禮物：一把油布雨傘，將尖端插入鎖孔，聽見令人心滿意足的「喀答」，迎向以魔幻燈籠照亮的房間，以及滿屋的影子怪獸。

一個奇異卻妙不可言的禮物，來自她奇異卻妙不可言的贊助人。

突然，有人敲響莫莉安的房門。她奔上前應門，手裡仍抓著朱比特的禮物。門外是滿臉困惑的傑克，穿著皺巴巴的睡衣，眼罩歪了，頭髮亂七八糟……手裡也拎著一雙溜冰鞋，顏色是濃豔的森林綠。

「嗯，」傑克說，對莫莉安的紅色溜冰鞋眨眨眼，「我就知道。可是很奇怪，因為這附近又——」

「——沒有溜冰場？」她接話：「對啊，我也這麼想。不過，你有沒有拿到——」

「——鑰匙？」他伸出另一隻手，銀色鑰匙躺在掌心，反射光芒。「有。妳呢？」

她咧嘴一笑，拿出完全相同的鑰匙。「你覺得要不要——」

「絕對要，」他附議道：「把溜冰鞋帶上。」

時間還早，杜卡利翁飯店大體上寂靜無聲，只偶爾傳來穿粉金制服的員工匆匆經過走廊的窸窣。傑克與莫莉安試過飯店上上下下起碼十幾扇門（避開了客房跟他們已經知道的房間），總算在九樓找到禮物：巨大的橡木雙開門，附有兩個鎖孔。他們分別嘗試只開其中一邊，都沒有成功。

「啊，我就知道。」他們同時轉動鑰匙，門發出輕柔的「喀答」聲，這時傑克抱怨道：「我就知道他會想辦法叫我們合作之類的。朱舅舅就愛這套。」

木門開啟，一陣凜冽寒風迎面襲來。傑克和莫莉安呆立在原地，啞口無言，房內寬闊的空間讓他們反應不過來。

這房間不是房間，而是一片湖。在杜卡利翁飯店裡，竟有這麼一片實實在在、真真正正的湖泊，湖面已然結凍，四周環繞白雪覆蓋、連綿起伏的原野。對面牆壁矗立在原野盡頭的地平線上，牆面上有好幾扇拱形落地窗，冬日朝陽從結霜的窗面灑進來，照亮整個開闊的空間。莫莉安壓根想不到，飯店竟然大到能夠容納這樣的房間。

房間中央，朱比特．諾斯穿著時髦的藍色溜冰鞋，在湖面畫弧、轉圈，彷彿一生下來就能溜冰。

「你們還真慢，」他用雙手圍在嘴邊喊道，高速滑向兩人。「快來，這湖很棒，快把溜冰鞋穿上！」

傑克毫不遲疑，不出幾分鐘便綁好鞋帶，顫簸地站上冰面，隨即像職業選手般溜了開來。

**不意外**，莫莉安想，對他們倆做了個鬼臉。他們在彼此身邊繞圈，往後滑開，然後流暢地切換方向，再度向前。

傑克朝她喊道：「莫莉安，快過來！好好玩！這湖真的**很棒**。」

她有些遲疑。她從沒溜過冰，由於從小就是登記在冊的詛咒之子，她已學會避開任何有那麼點可能闖下大禍的活動，溜冰自然是萬萬不行。

「莫兒！」朱比特吆喝：「妳在等什麼？」

「我不會溜冰。」

「什麼？」

「**我不會溜冰！**」她吼道。

「我也不會。」傑克說，滑向湖的另一邊，姿態優雅得不可思議。

「嗯，我也不會。」朱比特跟著說。

莫莉安翻了個白眼。「是喔，看得出來，你剛剛那個四連轉有夠**不專業**。」

她的贊助人溜向她佇立的湖邊，俐落停住，氣喘吁吁，一張紅色大鬍子呆臉上掛著燦爛的笑容。

**好煩**，莫莉安暗忖。

「不是，我說真的，莫兒。」朱比特說：「我溜冰技術超級爛，根本不知道我是怎麼溜的。試試看就對了，好不好？這湖真的很棒。」

她猶豫不決，低頭凝視仍在手中的溜冰鞋。

「妳相信我嗎？」他問。

莫莉安抬頭。他以前也這麼問過，那時要冒的險遠勝在冰面上摔跤出糗，當時她清清楚楚地回答「相信」。

她如今的答案，依然是「相信」。

莫莉安鼓起勇氣，綁好溜冰鞋鞋帶，滿腹懷疑地踏上冰面，搖搖晃晃踩了幾步，篤定自己隨時會臉朝下一栽……

……接著踮起腳尖，做出一連串無懈可擊的旋轉，隨後是抬起一腿的阿拉伯姿，最終以乾脆俐落的一周半跳收尾。傑克和朱比特爆出掌聲，莫莉安吐出驚訝的笑聲，輕快溜過凍結的湖面。

他們溜了好幾個小時，感覺美妙得無與倫比。彷彿湖冰與她的雙腳相互連結，用某種方式交流，而她甚至不需費心思考。她感到安心又輕盈，完全用不著害怕跌倒，應該說，只要她在這湖面上，就完全用不著害怕任何壞事發生。

這湖真的很棒。

杜卡利翁的房客照常在豪華餐廳吃午餐，不過今年，朱比特在他的專用起居室設了張飯桌，讓員工（以及傑克跟莫莉安）像個大家庭般一同用餐。他們悠閒享用五道美味的餐點，最後一道是葡萄乾布丁，莫莉安發揮煉獄技藝點亮上頭的蠟燭，伴隨著勝利的「呼」一聲，迎來滿堂采。

好幾個小時後，大家仍待在那裡，酒足飯飽，興致高昂，誰也不願為慶祝畫下句點。瑪莎和查理一起拼一幅總共有一千塊的拼圖，坐得略嫌太近，不停咬耳朵講話和輕笑。為了永無境哪些飯店排名前五，法蘭克與米范爭執不下，短暫鬧翻，隨即和好，因為兩人都堅信杜卡利翁絕對當居第一，至於頭號競爭對手奧麗安娜飯店則連前五名都排不上。

香妲女爵面前堆著一落報紙，正在細讀藝文版，找出她在永無境歌劇院聖誕歌舞劇演出的相關評論，把寫得最好的段落朗讀出來。莫莉安、傑克和朱比特在火爐邊玩一個叫「收稅人」的老遊戲，比了一局又一局，芬涅絲特拉躺在旁邊的地毯上大聲打呼。（朱比特每局都贏，因為他老是鑽規則手冊上的各種神祕漏洞，可是傑克下定決心要打敗他。莫莉安最喜歡的地方是，如果其他玩家繳不出稅，可以放火燒了他們的村子，她已經融掉兩枚小道具，還把遊戲板中間燒出一個洞。）

不知過了多久，香妲女爵忽然誇張地倒抽一口涼氣。

「朱比特！」她大聲說，招手叫他過去看報紙，「你看到這個沒有？」

朱比特站起身，穿過房間，在香妲女爵的肩後讀報導，目光掃過報紙，額頭隨之皺了起來。

「天哪。」他喃喃地說：「太慘了。」

「多可憐的朱維拉，」香妲女爵神色憂傷，抬頭望著朱比特，抓住他的手臂。「親愛的，我們非送花過去不可。不對，我們非得**帶花去探望**不可，要一整車的花，人家可是**德輕靈**啊。」

「說得很是。」朱比特點頭贊同。

「德輕靈是什麼？」莫莉安問。

「哦，妳一定聽過德輕靈，親愛的，」這位女高音隨意地揮了揮手。「一定聽過。人家可是德輕靈。妳知道……就是**德輕靈**。」

傑克正在重新擺好遊戲，準備來第五局收稅人，聞言抬起頭。「德哪位？」

香妲女爵嘆氣。「親愛的，德輕靈就是一切。德輕靈就是世界。」

「德輕靈是天才。」法蘭克補充，神色肅穆，拿起遺落在一旁的報紙，自己讀起報導。

「這就是德輕靈，」香妲女爵繼續說，比了比身上的刺繡絲綢禮服。「我衣櫥裡面起碼三分之一都是德輕靈。我最愛的香水是『德輕靈的輕靈』，第二喜歡的香水是『德輕靈的精靈』，現在我噴的就是這支，我還擔任它的品牌大使，拍過廣告。」她按住胸口，低頭微微行了個禮。

「好巧，」法蘭克嗅嗅自己的手腕，「我今天是噴『德輕靈的男精靈』。」

傑克對上莫莉安的眼，兩人迅速別開視線，試著忍笑。

「我想也是，親愛的，你聞起來真棒。」香妲女爵對他燦爛一笑，接著轉頭對傑克和莫莉安說：「孩子們，朱維拉・德輕靈是標誌性的人物，是自由邦的時尚界大師。你知道嗎，她說過我是她的繆思。」她對旁邊的法蘭克加上一句。

「她來過七場我辦的宴會，」他志得意滿地吹噓：「如果算上她中途離場的那次，就是八場。她會走是看不下去馮・畢辛伯爵夫人穿的禮服是夏季材質，當時可是秋天哪。」

「噢，但這實在太讓人難過了。」香妲女爵從法蘭克手中取回報紙，「報導說，有人今天早上發現她躺在雪地裡，身上都是雪，張著眼睛卻沒有任何反應，像是沒有意識。沒人知道她怎麼去那裡的。現在她人在皇家光翼幻獸族醫院，處於……醒著昏迷的狀態？醫院說不準她什麼時候會醒，或……或是究竟會不會醒。喔，可憐的**朱維拉**，到底出什麼事了？」

她哽咽得說不出話，扔下報紙，雙手掩面。法蘭克滑下椅子，消失在桌下，從香妲女爵那側鑽出來，伸手安撫地拍拍她的肩膀，朱比特、米范和其他人發出同情的聲音。

莫莉安靠過去好看清報導旁的照片，接著倒吸一口氣：「喔！喔，我見過她。」

香妲女爵仍掩著臉，傷心地嘖了一聲。「是呀，親愛的，我不是說了嗎，妳一定見過她的，那可是**德輕靈**——」

「不是，我……我是說，我有碰到她。」莫莉安解釋，抓起報紙。「昨天晚上，在幻鐵。」

是那個幻豹——朱維拉・德輕靈就是那名企圖攻擊戴寶的幻豹。當然了，她在照片裡看起來鎮定得多，那是她出席永無境時尚週的照片，打扮雍容華貴，披著過大的粉紅羊絨披肩，但毫無疑問就是她，其中一耳的頂端佩有相同的貴氣鑽石耳飾。照片中，她戴著大大的太陽眼鏡，莫莉安看不出她的眼眸是不是同樣的鮮綠色，即便如此……她依然肯定，就是同一名幻獸族人。

香妲女爵皺著眉抬起頭。「不是吧，親愛的。朱維拉可不會搭**公共交通工具**，她有司機。」

「聽說她光是司機就編了一整個名冊，」法蘭克說：「還有一整支汽車車隊。」

「我倒是聽說她去哪都騎**獨角獸**。」躺在地上的芬涅絲特拉裝出傾慕的口吻說，眾人吃驚地轉頭看她，大家都以為她睡著了。「只要有人穿過季的鞋子，她就會叫獨角獸捅那個人。」

傑克、米范、瑪莎與查理費盡力氣忍住笑，這個笑話實在太不妥了。

「一定是她，」莫莉安不理會他們，堅持道。「看，報導說她是在永無境大學西校區附近被找到的。她就是在那裡下車，在學者路口站！應該說，她是在那裡被趕下車的。」

莫莉安把前一晚在幻鐵上發生的事告訴大家。

「噢不，」講完後，香妲女爵說：「不不不，那聽起來完全不像朱維拉會做的事。朱維拉連蒼蠅都不忍心殺，她還吃素！嗯，只有週間吃素，但還是——她絕對、絕對不會傷害小孩。」

「我就說了，她真的有，」莫莉安不肯退讓：「我親眼看到她這樣做的，整個車廂的乘客都看到了！霍桑也在，妳要是不相信我，可以問他。」

「我們當然相信妳，莫兒。」朱比特堅定地說，意味深長地瞅了香妲女爵一眼，香妲女爵仍神色煩悶。

「噢！是，親愛的，那是當然。」她忙道，伸出手來，輕輕握了握莫莉安的手。「我當然相信，妳**以為**妳看到的是——」

「但妳昨天晚上為什麼不告訴我？」朱比特打岔：「聽起來真嚇人，霍桑的妹妹沒事吧？」

「喔，她很好。」莫莉安聳了聳肩答道。「戴寶的膽子大得像鬥牛。沒跟你說是因為我忘了，整件事發生得太快，而且……這個嘛，坦白說也不是什麼大不了的事，就是有點怪。」

「非常怪。」朱比特贊同，「也很該告訴朱維拉的醫生，或許有助於弄清楚她出了什麼事。不過莫兒，除此之外，這件事我們幾個知道就好，好嗎？」

「為什麼？」

朱比特抿起嘴唇，和香妲女爵互看一眼，兩人面色凝重。「說到幻獸族，有的人會抱持特定的……看法。八卦小報最愛報導幻獸族做了什麼出格行為，何況牽扯到幻獸族名人……我們不希望別人在釐清真相之前預設立場，就這樣。這對朱維拉不公平。」

莫莉安答應保密，然而她思忖，假如德輕靈的名氣果真如他們所說那般響亮，八卦小報鐵定會很快接到消息，畢竟當時車廂中擠滿了人。

「好！」朱比特拎起外套，「香妲女爵，走吧！去醫院！」

女高音優雅起身，走向起居室的門，回頭拋給他一個極為嚴肅的眼神。「小朱，先去買花，**再去**醫院。我們可不是野蠻人。」

# 第七章　如克

開學那天，莫莉安的臥室窗外下著綿綿細雨。她在床上坐起，揉著眼睛，看到這個景象，不禁心一沉（今天的床是過硬的薄床墊，配上凹凸不平的難睡枕頭，彷彿房間知道要格外加把勁催她起床）。下雨不是好事，永無境下小雨，幻學可能會是滂沱大雨，對於新學期來說可不是好的開始。

門口傳來輕輕的敲門聲，等她走去開門，外面卻沒有人。她低頭一瞧，地上有個放了早餐的托盤，包括一壺茶、用銀罩蓋住的餐點，以及一張手寫字條。

**莫兒：開學第一天，萬歲！**
**別忘了帶傘。**

——J・N

她心想，朱比特一定是在幾天前寫好這張字條，交給瑪莎，才動身前往他界。他是探險者聯盟的一員，擔任隊長，經常被交派任務，前去各式各樣的神祕世界。莫莉安對於他在聯盟的職責內容所知不多，但她曉得那些工作至關重要，而且出乎意料地無趣。朱比特許多次出差，似乎都是出席加冕典禮、高峰會、各種典禮的繁瑣外交行程。

字條上流露的興奮和沒必要的建議讓她皺起眉頭，擱在一邊，端起餐盤，回到她那張石板似的囚犯床。銀蓋下是碗熱騰騰的蜂蜜燕麥粥，她出神地盯著雨看，默默吃完。

莫莉安明白，她應該要為重返幻學感到開心，卻只覺得沒勁。

整個假期，她每天早晚練習夜曲和煉獄，日日不輟，反覆操演相同動作：召喚幻奇之力、點亮蠟燭；召喚幻奇之力、點亮蠟燭。

她想做得更多，想學習新事物，但說實話，她怕得不敢自行嘗試。點亮蠟燭的過程，讓她自覺力量強大、掌控自如，她不想冒險做過頭，以免創造無法控制的危機。頭一次噴火的慘痛回憶歷歷在目——當時，火球自她的肺部迸出，導致傲步院站上方的樹頂起火，討人厭的海洛絲也因此受傷，害莫莉安暫時被踢出幻學。她可不想過度逞強。

她需要老師，需要有人教她禍害技藝，而不是玄奧之術。學務主任默嘉卓曾答應教育她成為幻奇師，莫莉安打算鼓起勇氣，直接前往默嘉卓的辦公室，要求她履行諾言。

某個東西吸引了她的目光。通往車站的黑門上，金色圓圈正發出柔和金光，表示家庭列車即將進站。她認命地嘆了口氣，喝下最後一口茶，抓起雨傘，用食指上的印記按住圓圈。黑門開啟，露出熟悉的明亮小房間。

在莫莉安的幻學更衣室中，門後掛著慣常穿的制服，但旁邊新添另一件上衣、厚外套、皮靴、厚得出奇的毛襪、皮手套、圍巾，清一色的黑。眼前情景讓莫莉安的嘴角往下撇，今天的幻學天氣顯然不怎麼舒適。

她再度嘆氣，想著有沒有機會躲回床上，不幸遭黑門搶先一步，在她背後鎖上。

「過分。」莫莉安嘀咕，不甘願地換起衣服。

---

雀喜小姐寫了一段長達七分鐘的精神隊呼，歡迎九一九梯返回校園（甚至用剩下的聖誕彩條親手做彩球）。她發下新課表，往他們外套口袋狂塞餅乾，好讓大家走去上課的途中能吃，接著在傲步院站揮手送他們離開，有如驕傲的鳥媽媽。

迎著寒風穿越哭哭林時，霍桑迫不及待為莫莉安和詩律帶來波瀾萬丈的史威夫特佳節軼事。節禮日那天，一大票來自高地的叔伯姑姨堂表兄弟姊妹湧入他們家，莫莉安打從聖誕夜就沒收到他的任何消息。

「我被困在到處都是小小孩的地獄，」他哀叫：「完全不曉得外界發生了什麼事。我堂弟喬迪尿在我的左腳騎龍靴裡！開學真開心。」

「只有你開心。」詩律嘆道：「我過了超棒的聖誕節。我外婆邀我跟我媽去月升灣度假，體驗火山溫泉浴。我們泡在溫泉湖裡整整十天，看岩漿順著山坡往下流，有夠享受。」她拉起衣領抵擋冷風，一臉忿恨。

莫莉安描述聖誕節後那週在杜卡利翁發生的每件事。「喔，而且法蘭克失蹤了三天！」她以此收尾：「原來芬涅絲特拉把他埋在大廳的雪裡面，挖了六呎那麼深，然後就忘了。雖然他是吸血鬼，不管什麼時候挖他出來他都死透了，但我從沒看他這麼火大，到現在他還不肯跟芬講話。」

他們在屋外跟詩律道別。詩律的第一堂課是辨識哭哭林的毒菇，她絲毫不感期待。

「你家有什麼是正常的嗎？」爬上傲步院的樓梯，走向黃銅吊艙停靠區時，霍桑真誠地問莫莉安。儘管時間尚早，這裡卻已排起長長的隊伍。

她從鼻孔哼了一聲。「沒有。如果我有自己的龍，我會幫他取名叫『在瘋人院的日子』。啊，差點忘了！你記得聖誕夜遇到的幻豹嗎？」

「老實說，我很想忘掉。」他抖了一下，「我還沒告訴爸媽。」

「不說他們大概也會知道，」莫莉安說：「因為她是名人！」

她接著告訴霍桑誰是朱維拉．德輕靈（霍桑也沒聽過她），以及香妲女爵跟朱比特去醫院看她。

「可是醫院不肯放他們進去，」她說：「拿出W別針也沒用。隔天他們又去了一趟，但她已經轉院了，醫院甚至不肯說她轉去哪。是不是很怪？」

「有點怪。」霍桑同意，口氣聽來不是很感興趣。他伸長脖子，數了數排在前面的人，月臺上的吊艙呼嘯來去。「要遲到了。」

這些大型黃銅球體是學會的內部交通網路兼聯外工具，可以載你前往幻學任何地點（只要你有進入的權限），以及永無境的多數幻鐵車站。吊艙懸掛於長長的纜線，每當一個吊艙滑進月臺一端的狹長隧道，另一個就會抵達月臺另一端取而代之，有如串在金屬線上的巨大珠子。

「妳第一堂課是什麼？要一起坐嗎？」霍桑問。

「喔，不用，我要去大廳。」她瞥了學務主任辦公室一眼，心中逐漸膽怯。「早上沒課，所以我……我要去找默嘉卓。」

莫莉安嚥了嚥口水，想像玄奧院學務主任化身為冷酷的世俗院學務主任：迪兒本女士。她倆交換身分的時機並不固定，變幻莫測，彷彿在擲骰子。想找其中一個人，很可能會碰上另一個。

「真的？」霍桑咂舌。「妳確定不來賽場看我訓練？很誘人。

「我今天要升一個級別，」他繼續說：「手指馬齊要讓我試騎低地光龍，鱗片會在黑暗中發亮！」

光龍確實非常美麗。莫莉安想，她是不必一早趕著去找默嘉卓，或許可以等到中午，或是明天……

她張口打算應承，卻發出驚叫——有隻手抓住她的白領，把她往後一拉。

「妳，」冷硬的嗓音說：「跟我來。」

莫莉安轉過身，學務主任本尊映入眼簾，宛如受她心電感應召喚。「默嘉卓夫人！我……我正要去找……」

「嗯，是喔，閉嘴。」默嘉卓粗聲說，抓住莫莉安的手臂，拉著她走到隊伍最前方。

莫莉安回頭望向霍桑，他面露同情，但整個人紋絲不動，彷彿是隻躲在草叢中的森林小動物，企圖躲避即將大開殺戒的餓熊。

來到隊伍前頭，默嘉卓把一名年紀稍長、戴著眼鏡的紳士踢出吊艙，推莫莉安進去，自己也跟著進艙。

「喂！誰這麼大膽子──哦，默嘉卓夫人，不好意思。」他說，從學務主任身旁退開，示弱地低下頭。「請搭我的吊艙，不用客氣，請坐。」

「這不就坐了嗎，笨蛋。」默嘉卓惡狠狠地說，當著他的面把艙門關上。

她用印記按住牆上的金色小圓圈，隨即開始操作鍊條、按鈕和控制桿，步驟複雜得莫莉安根本記不住。吊艙飛速向前衝，接著驟然像是從高處直墜，莫莉安抓緊天花板垂下的拉環，努力穩住腳步。

「呃……默嘉卓夫人……我們是要去──」

「時候到了。」默嘉卓勾起龜裂的嘴脣，露出泛黃的牙齒，投來駭人的冷笑。「既然妳參加過第一次C&D聚會，也是時候讓妳學必要的東西，好讓妳當個有價值的學會成員……免得妳像人體火山一樣爆發，逼所有人跟妳陪葬。」

莫莉安微微激動，那感覺的位置差不多在橫膈膜（不過也可能是暈眩，畢竟吊艙劇烈地左搖右晃）。是時候了，她總算要開始學禍害技藝，是正式修課，不是獨自在房間裡，搞不清楚自己在做什麼地瞎搞。

不，她會在理應展開學習的場所──教室，由真正的老師為她上課！有書，有桌子，有考試，而且絕對沒有隨時會降臨的危機。

打從默嘉卓應允讓她學習禍害技藝，莫莉安始終好奇，到底有誰能教她？照理來說，只有幻奇師能夠使用禍害技藝。除她以外，唯一仍在世的幻奇師是埃茲拉・史奎爾，她敢拿最愛的靴子、深愛的傘和整個杜卡利翁飯店打賭，學會絕不會聘史奎爾當她的老師。

等她總算鼓起勇氣想問，吊艙倏地急煞，艙門開啟。外面……空無一物。

她們抵達一個小小的月臺，周遭伸手不見五指，月臺的盡頭是列樓梯，通往……天曉得什麼地方。

「好啦。」默嘉卓說，把頭喀啦轉向一側。兩人踏上月臺，她朝樓梯點點頭，「在那下面。」

「什麼在那下面？」

「地下九樓。」默嘉卓吸吸鼻子，彷彿說了件無關緊要的小事，彷彿她帶莫莉安來的地方，不是全傲步院唯一禁止任何學者進入的所在。「祝妳好運。」

莫莉安胃裡一抽。「妳不跟我一起下去嗎？」

學務主任輕笑，然後馬上瑟縮。「我？不太可能。」

莫莉安聽見一連串輕微的劈啪作響，然後是熟悉的「喀啦、喀啦、**嘎啦**」聲，不禁寒毛直豎。

「妳不能把我一個人留在這！」她堅持道。

「妳不會是一個人。」**喀啦**、**啪**、**啪**、**啪**、**嘎啦**。

莫莉安一抖。「不要——拜託，**拜託**不要變成迪兒本女士！」胸口湧現一陣驚慌。

化身只花了幾分鐘，莫莉安卻覺得時間似乎停止。默嘉卓乾裂發黑的雙脣、凹陷的灰眼和佝僂的姿態扭曲轉化，直到眼前的人再也不是默嘉卓。

也不是迪兒本。

在她們共享的身軀上，改變相當細微，卻徹底形成了第三人。默嘉卓混濁如泥的雙眼變得清明，但不是迪兒本冰藍色的眼眸，而是深灰藍色，襯著濃密的黑睫毛和濃眉。她挺直背脊，雙肩和下巴變寬；純白髮絲並未轉為銀色，而是變成錫般的深灰，也比較柔順，形成茂密的長捲髮。這個人比默嘉卓年輕，不如迪兒本豔麗，不過比她倆都高。她低頭注視莫莉安，半是研究性質的好奇，半是狩獵似的喜悅。

「幻奇師。」女子招呼道。她的嗓音不若迪兒本那般冰冷，也不似默嘉卓那樣低沉粗啞。她這副嗓子，用不著有何奇特之處，用不著大喊大叫、厲聲說話或低吼，就能令人坐立不安。這聲音低沉冷靜，經過斟酌，堅定自信，極為和善；莫莉安覺得，一頭龍在把你吞吃入腹之前，大概就是用這種語調對你說話。

那對深色眼眸和緩地眨了眨眼，將莫莉安從頭打量到腳，目光最終落在她嚇得發白的臉上。

莫莉安再度開口，聲音細如蚊蚋。

「妳是誰？」

「如克。」黑暗中，她反射光芒的雙眼幾近黑色。「我叫如克・蘿森菲德，是幻奇技藝學院的學務主任。」

# 第八章　地下書呆團

「幻奇……技藝。」莫莉安跟著說了一遍。

她首次聽聞這個詞彙，卻不知怎麼地感到熟悉。好比每次聆聽香妲女爵唱詠嘆調，旋律堆疊得越發壯闊、高昂、激烈，即使明知高潮即將來臨，真正聽到時，依然不禁屏息。

莫莉安等著如克解釋，偏偏如克並未多說，反而轉過身，邁步走下階梯。她沒叫莫莉安跟上，有那麼一剎那，莫莉安腦中的理智之聲要她返回吊艙，直接上樓回到餐廳，坐下來喝杯美味的熱巧克力，假裝這一切並未發生。

可是，在永無境生活、加入幻奇學會、由朱比特擔任贊助人、與霍桑・史威夫特成為密友，造成了一個奇特現象：莫莉安腦中的理智之聲越來越微弱，有時候幾乎聽不見。

莫莉安一嘆，踏出步伐前便已開始氣惱自己。她當然會跟在可怕的陌生人後面，沿著幽暗的樓梯進入祕密地窖，根本不意外嘛。

階梯彎曲向下，形成大大的螺旋，莫莉安得一手扶著冰涼的石牆慢慢走，免得一失足便一路滾下去。來到最底層後，她尾隨如克走過黑漆漆的寒冷窄道，彷彿走了一世紀，儘管實際上大概只有一分鐘。

莫莉安打了個顫，試著說服自己是因為冷。「我們到底要去哪裡？」

如克沒回答。用不著回答。莫莉安一驚——眼前不遠處，有個歪倒的字開始發出明亮的金光，劃破近乎純粹的黑暗。更多字隨之亮起，一個接一個閃爍幾下後亮起光來，最終組成一行巨大標示；這些字刻在石拱門上，拱門之下是一扇木門。

頭兩字滿是切割和燒焦的痕跡，似乎曾有人試著用蠻力將之消除，先是用刀或鑿子之類的工具，然後用火，後來索性直接劃掉，用漆蓋過去。

**幻奇禍害技藝學院**

如克看了標示一眼，不悅地低哼。「別理這種蓄意破壞行為。」她抬手看似打算推開門，隨即停住，瞥了莫莉安一眼，微微點了個頭：「準備好了嗎？」

莫莉安仰頭呆看那行金色大字，胃裡開始凝聚一陣暴風——是緊張，是期待，最強烈的是對求知的飢渴。她的嘴角爬上一抹微笑。「準備好了。」

莫莉安心想，這裡從前想必是座頗為壯麗的學院，甚至比世俗和玄奧學院更加宏偉。穿過木門後，她和如克佇立在寬闊的長廊前，天花板到地板全是由白色大理石打造而成，四周沒有其他門，只見左右兩旁的高聳拱廊，通往廣大無人的廳室。這裡冷極了，一呼氣便凝結成霧。

如克帶領她經過一個又一個空廳，兩人的腳步聲在室內迴盪。每經過一個拱廊，莫莉安便偷看一眼，試著想像這些空間過去容納了什麼事物。是不是教室、實驗室、工作坊呢？但這裡連一件家具也沒有，徒留寬廣空曠的空間。

拱廊上也刻了字，每當莫莉安跟如克走過，那些字便隨之亮起，從石頭內部映出金光。可惜這些字說明不了什麼，只是些莫莉安不懂的字詞，比如**卡拉尼、哈默、張、西斯金**……

**等等**，莫莉安想道，在其中一個空間前停步，抬頭盯著發亮的字。**我聽過這個詞**。

**西斯金**。

莫莉安皺起眉頭。她在某個地方讀過，那是個名字。

「朱諾・西斯金！」她叫出來，聲音在空間中迴響。「哦——喔！齊里・卡拉尼！他們都是幻奇師——這些房間是以歷代幻奇師命名的，對不對？」

「可不是隨便什麼幻奇師，」走在前方的如克揚聲說道，腳步絲毫沒有放慢，也沒有等她。「是原初的九位。」

莫莉安跑步追上她，細看每個在途中亮起的字樣，每認出一個名字，便油然生出奇妙的興奮感。她彷彿正穿越歷史，而且是**她的**歷史。

去年，她被迫上了一門糟糕透頂的課，名叫「令人髮指的幻奇事件史」，授課教師是昂斯塔教授，所以讀過這些幻奇師的事蹟。當時，她不得不細讀昂斯塔教授的著作：《錯判、謬誤、胡鬧、暴行與毀滅：幻奇事件光譜簡史》，書中對幻奇師沒有一句好話，可是莫莉安現在知道，他那本書起碼有一部分是瞎編的（很可能全部都是）。

**瑪格努森**。據昂斯塔所言，泰爾・瑪格努森企圖發動政變，占領光翼宮長達七十天，挾持皇室全體成員做為人質，導致半數皇族活生生餓死。

**威廉斯**。莫莉安思忖，那想必是奧德利・威廉斯，據說這名幻奇師無意間創造了麻疹。

**維爾**。薇薇安・維爾隱居數個世代，嘗試寫出世上第一首絕對完美的樂曲，卻寫出史上最惱人的洗腦曲，導致數十人被診斷精神失常，從此在全界遭到禁止。（昂斯塔的書沒有寫下曲名，以免從此留在讀者腦中，無法甩去。）

那些昂斯塔記述的幻奇師軼事，有任何一個是正確嗎？建造傑密提遊樂園的歐布瓦・傑密提，書上寫錯了；創造瀑布之塔的黛西瑪・可可羅，書上也寫錯了。朱比特證明給她看過，帶她實地走訪，讓她看見那些傑作多麼了不起，甚至有幻奇事件評等委員會在一百多年前立的碑銘。昂斯塔的書告訴她，傑密提的祕密主題樂園是「胡鬧」級，真相卻是「奇景」級，僅限有資格的小孩進入，享受歡樂時光；瀑布之塔則屬於「獨一」級，是充滿創意的天才之作。

假如泰爾・瑪格努森、奧德利・威廉斯、薇薇安・維爾真如昂斯塔所說的那麼壞，幻奇學會敢把他們的名字刻在輝煌的大理石廳堂上，歌頌他們的成就嗎？莫莉安很懷疑。

在走廊的盡頭，兩人急轉向右，走進第十個廳堂，也是最後一個。相較於其他空間，這裡最小，但比起其他地方那種陵墓般的氛圍，這裡舒適宜人，憑藉燈光和巨大的壁爐點亮溫暖的光芒。

牆上滿是照片，記錄著奇珍異獸、壯麗建築和永無境著名地標；其中一處掛有巨幅幻奇鐵路彩色地圖；另有一整面牆掛著裱上鍍金畫框的油畫，大多是人像畫。

房間中央是張農舍風格的長桌，甚至有**活生生的人**坐在桌邊，起碼十幾位，說不定更多，看在方才走過那些死寂房間的莫莉安眼中，不禁吃了一驚。這些人動也不動地俯首閱讀，一言不發，專心致志，旁邊到處是成山的書和成堆的茶杯。這是間讀書室。

走進房間時，如克清了清喉嚨。眾人抬起頭，隨即紛紛站起，動作急得差點把書堆與燈打翻。莫莉安心想，難道他們不知道會有人來訪？難道他們是怕如克，還是很高興看到她？接著她又思忖，她該怕如克嗎？如克感覺沒有迪兒本那麼糟啊。

過了片刻，莫莉安才意識到那些人在看的不是學務主任，而是**她**。讓此情此景更不可思議的是，他們竟大聲鼓起掌來。

「歡迎！」有人大喊，另一個人則大聲說：「幹得好，莫莉安！」（不知道究竟是誇她什麼幹得好。）

「歐李瑞老師！」莫莉安忽然發現一張熟悉的笑臉，那是「與亡者對話」的授課教師：一名年長的紳士，擁有明亮犀利的藍眼，手持一根時髦的雕花手杖，旁分的白髮梳得齊齊整整。

「叫我康納爾就行了，幻奇師。」他說，眼裡閃著喜悅：「在這裡用不著客套。」

如克朝那群人大略揮了揮手。「莫莉安・黑鴉，他們是地下書呆子。地下書呆子，這位是莫莉安・黑鴉。」

康納爾朝學務主任挑眉：「妳應該是想介紹我們的正式名稱吧——地下九樓學術研究會。」

「愛怎麼想隨你。」如克回看著他。

莫莉安認出幾名她見過的研究會成員，只是不曉得他們的名字。康納爾・歐李瑞身邊是個年輕男生，莫莉安在玄奧學院樓層見過他，估計是進階學者或剛畢業不久；也有幾位她在傲步院見過的老師。最後一名成員是隻幻狐，身穿酒紅色絲絨製成的衣服，平靜地坐在前排地上凝視莫莉安，神色有禮而好奇。

「歡迎！」那位少年邊喊邊擠到前頭，稍嫌激動地和莫莉安握手。

「拉維，別在屋內大吼大叫，會嚇到人的。」幻狐平和地說，抬頭看著莫莉安，點點頭。「嗨，我是八九七梯的蘇菲亞。莫莉安，希望妳不介意我們躲在這等妳，大家真的很開心終於能跟妳見面了，深感榮幸。」

莫莉安環顧四周，眾人報以笑容，她詫異地發現儘管聽來難以置信，但自己相信蘇菲亞的話。從來沒人認為見到她很榮幸。

「蘇菲亞、康納爾，」如克招手示意他們過來，「我們帶莫莉安去過渡之廳。其他人就……繼續書呆吧。」

莫莉安尾隨如克、蘇菲亞與康納爾離開溫暖的研究室，回到冷颼颼的大理石走廊，左轉進入一個寬敞的廳室，走進去時，門上亮起了「威廉斯」的名字。他們並未在「威廉斯」駐留，而是穿越房間，走進另一個廳堂「慕赫」，接著又踏入「崔洛耳」。

「得知幻奇學會又收了幻奇師的時候，我們說不出有多高興。」蘇菲亞邊走邊說：「妳一公開身分，我們就想跟妳聊聊、替妳喝采。妳真的好勇敢。」

康納爾說：「可是，坤寧長老要我們等妳參加第一次C&D聚會。」

莫莉安抬頭注視他，「所以幻奇技藝學院也是長老管理嗎？」

康納爾、蘇菲亞和如克互看一眼。

「這麼說好了，長老跟我們有個非常**不成文**的共識。」康納爾字斟句酌：「只要他們不過問，我們就不騙人，這對他們也方便。我們認為，儘管長老所知不多，但一定明白地下九樓學術研究會做的事很重要。只要我們不惹任何麻煩，長老就會隨我們默默做自己的。」

莫莉安聞言露出微笑。長老未必通曉學會的一切，她覺得這樣挺好。「地下九樓學術研究會究竟在做什麼？」

「這裡從前是幻奇技藝學院。」蘇菲亞說。他們來到第四廳「吉布斯」，目前為止看到的每個空間大同小異，清一色的白大理石地磚，以及沒有窗戶的四堵牆。「但少了學者就不是學院，所以，最後一名幻奇師被逐出永無境後，這裡空置荒廢了很久。幾個世代前，地下九樓學術研究會在此成立，目的是研究與保存重要的幻奇師歷史。」

「我們是一群志同道合、相互合作的學者和研究員，」康納爾說：「對幻奇師滿懷興趣與熱忱，大多是祕密進行研究，收集幻奇師歷史的斷簡殘篇加以保存。要了解幻奇師，沒有比地下九樓更好的場所了，他們過去就是在這個幻奇技藝學院接受教育。」

「你們有幾個人？」莫莉安問。

「傲步院大約有十五個。」他說：「此外也有其他同道中人散布在七大域，我們偶爾會互通消息。沒幾個人有那個膽子，敢在學會的地盤研究所謂的禍害技藝。不過當然了，這些純粹是學術研究。」

「對我來說就不只是學術了，對吧？」莫莉安說。

「對，沒錯。」他微笑附和：「多麼不同凡響。」

「研究會由你們三個帶領嗎？」

康納爾跟蘇菲亞對看。

「嗯……就現況而言，我們稱不上有誰負責帶領。」蘇菲亞慢慢說道：「至於如克，嗯……她，呃——」

「喔，我跟他們不是一夥的。」如克有些倨傲地打岔。

蘇菲亞和康納爾思索著該怎麼解釋最好，一陣短暫的尷尬沉默。

「如克就是……有天突然冒了出來。」蘇菲亞終於說：「那是大概一年前的事。我們當然認識迪兒本跟默嘉卓，但卻……從沒見過如克，也不確定她為什麼會出現。說真的，搞不好連她自己都不清楚——」

「因為我高興。」如克簡短地說。

「可是她不斷出現，到了幾個月前的某天，一切都說得通了。那是萬鬼節的隔天，我們得知學會超過百年來頭一次收了幻奇師。」

「我們發現，如克首度現身大約是在妳的入學儀式前後。」康納爾解釋，向如克投去迷惑而驚嘆的眼神。「不知為什麼，幻奇技藝學院知道必須有位新的學務主任。」

這個資訊讓莫莉安的思路一頓，她瞥向如克。「呃……不好意思，但在那之前……妳在哪？」

「喔，妳懂的，到處忙我自己的事。」如克含糊地說，定睛望向莫莉安，目光充滿智慧。「學院不能沒有學者，但學者只要一個就夠了。」

又一個房間。四人快步穿越一個接一個廳堂，莫莉安一面默數，已經數到第六個。地下九樓儼然是座迷宮。

「那你們會教我禍害——對不起，會教我幻奇技藝嗎？就算你們不是幻奇師？」

「可以這麼說吧。」康納爾答道。

「莫莉安，今天我們只是想帶妳試試一個東西，明天開始正式上課。」蘇菲亞說：「我們跟如克花了好幾個禮拜，設計出我們認為嚴謹又有挑戰性的課表，簡直等不及要開始了。」

「我沒辦法一天到晚待在這裡，理由妳也知道。」如克解釋：「我有空就會盡量過來，不過我也指定康納爾跟蘇菲亞監督妳的每日上課進度。其他書呆不許來打擾妳，妳也不許去煩他們，懂了嗎？」

莫莉安心不在焉地點頭。他們終於在一扇緊閉的木門前停下腳步，到現在為止，這是她所見的第一扇門。如同其他拱門，刻在上方的名稱在大家走近時亮起，彷彿感應到他們的存在。

「過渡之廳。」她念道。門板中央有個金屬小圓圈，卻沒人上前觸碰。莫莉安看向如克，接著是蘇菲亞及康納爾。「我們要……進去嗎？」

「我們開不了這扇門。」如克說：「每個人都用自己的印記試過了……我們想方設法，只差沒拿破門槌，可是沒一個管用。」

「這裡面是什麼？」莫莉安問。

康納爾清清喉嚨，招認道：「我們也……不太確定。」

過了半晌，莫莉安才意識到三人都凝視著她，神情熱切而期盼。「喔！我是不是該，呃……」她伸出食指動了動，露出W字印記。

「試試看。」蘇菲亞點頭催促。

莫莉安胃裡一陣翻騰，又是緊張又是興奮。她顫抖著伸出食指，按在圓上，然後——

什麼也沒發生。

她再試一次，這次按得更用力，依然什麼都沒有。

興奮之情倏然破滅。她早該猜到什麼都不會發生，畢竟那個圓環冰冰涼涼，黯淡無光。每當她開啟房裡那扇門的圓環封印，也總是在圓圈變熱、發出陣陣柔光的時候，才會成功。她不情不願地轉過身，面對大家的失望。如克將嘴脣抿成直線，不發一語，不過康納爾安慰地拍拍莫莉安的肩膀。

「哎呀，」他用堅強的口吻說：「別介意。」

「還是我……明天再試試看？」她弱弱地提議。

「我們早猜到會這樣了，莫莉安。」蘇菲亞說：「沒關係的。」

一聽就知道是在騙人，莫莉安心知肚明。

如克仍一聲不吭。

# 第九章　幽魂時刻之書

隔天早上，莫莉安的課表多了兩門值得注目的課程。其中最令人期待的變化是，原本的空堂全填上了幾個字：**地下九樓學術研究會**。

看見這些字樣，莫莉安笑得臉都發疼了，等不及正式上課。如克說把幻奇技藝學院的事告訴九一九梯無妨，畢竟他們許下了忠於同梯的誓言，必須為她守密；此外，基於實際需要，莫莉安的引導員和贊助人自然也必須知道這些新課。

「不過，在傲步院盡量別提。」學務主任對她說：「這事八成沒辦法保密一輩子，但越久沒人來干涉我們越好。這裡雞婆的人真夠多的。」

前一天下午的回家路上，莫莉安不斷重述自己的經歷。幻學竟然有個不為人知的第三所學院，雀喜小姐和全九一九梯既震驚又興奮，這反應讓人很是滿意。其實，家庭列車這趟似乎花了三倍時間才到站，莫莉安懷疑雀喜小姐故意繞遠路，好讓大家把每個小細節聽上兩三遍。

「教室都是空的？」埃娜微微打了個顫，「好陰森。」

「我們可不可以參觀地下九樓？」馬希爾問。

「除了迪兒本跟默嘉卓，竟然從頭到尾都有第三個人，真不敢相信！」霍桑說。

「既然妳已經不是白袖，」詩律說：「也不是灰袖……那妳是什麼？」

莫莉安不知道答案，但小蘭默默指向家庭列車牆上的海報。一年前他們首次踏入列車，牆上便已貼著這張海報，雀喜小姐那天解釋過它的涵義，此後莫莉安便將之拋諸腦後。海報上是個標靶圖樣，由三個比例不一的同心圓組成；雀喜小姐說，外圍的黑色大環代表世俗學院（即是灰袖），中間略小的白環代表玄奧學院（即是白袖），中心則是小得多的黑圓，當時雀喜小姐認為是代表整個學會。可是……

「哦！」引導員盯著海報喊道，彷彿五雷轟頂。「哦，我懂了！」

莫莉安也看懂了，大家通通懂了。幻奇技藝學院一直都在那裡，始終就在他們眼前。

（可惜，今天早上走進更衣室時，眼前仍是熨燙、漿洗過的白淨玄奧學院上衣。莫莉安猜想，穿著黑衣在傲步院晃蕩確實不太妙，畢竟不能洩漏幻奇技藝學院的祕密，只是心裡難免有點失落。她覺得當個黑袖很棒。）

朱比特也聚精會神地聽她描述這一切——昨晚在他回家後，莫莉安衝進他的書房，宣布她難得知道了一個朱比特不知道的消息。（總算有件他不知道的事了，莫莉安頗為得意，但願以後還有。）

莫莉安把新課表反覆看上無數遍，「地下九樓學術研究會」這幾個字讓她太開心了，竟沒發現還有另一堂新課。

「那什麼味道？」霍桑問。

莫莉安蹙起眉頭，小心地嗅嗅空氣。

「是薩迪亞那套格鬥裝備的汗臭味，」埃娜皺起鼻子。「是不是從昨天放到現在都沒洗？**真是的**。」

「我今天早上又要上格鬥課啦。」薩迪亞反駁，把裝備塞進背包。「沒道理洗兩次啊，對吧？」

埃娜露出受不了的表情，「洗兩次明明就很有道理，薩迪亞。」

「我不是在說薩迪亞的臭襪子。」霍桑舉起他的課表，指著周四早上的課。「看，『那什麼味道？小型移焦術的高級課程』。有誰要上一樣的課嗎？」

「大家都要上。」坐在車廂最前方駕駛座的雀喜小姐揚聲說。「每個人去過聚會堂之後，都要修『那什麼味道』。不妨當成引發小型混亂的入門課，會學到聰明的小訣竅，比如腹語術啦，一秒哭出來之類的啦，想辦法混淆身邊的人，轉移焦點，讓你從棘手的場面脫身、幫助別人，甚至說不定能救人。很實用，在淘金之夜鐵定用得上，何況你們只剩幾個星期能準備了。我到現在還會用當初學到的——**喔我的老天，大家不要慌**。」雀喜小姐從座位上一躍而起，眼睛瞪得大如茶杯，所有人登時慌了起來。

「怎麼了？怎麼了？怎麼了？**怎麼了？**」埃娜馬上從坐墊跳起。

「**停住，法蘭西斯，不要動。你肩膀上有蜘蛛。我叫你不要動。**」

「**哪裡？**」法蘭西斯驚叫，拚命扭過脖子看肩膀，雙手再三撥弄短髮，接著甩動外套。「**在哪？把牠弄走！**」

「法蘭西斯，冷靜點。」雅查說，臉色驚恐中帶著堅定：「我幫你，你先別動，不要大吼大——」

「**把牠弄走——！**」

隨之而來的是一陣尖叫，眾人你推我擠、尋找蜘蛛，過了足足十五秒，九一九梯才意識到自己被耍了。他們不約而同轉頭瞪雀喜小姐，她早已回到駕駛座，對大家露齒一笑。

「搞錯了。」她聳聳肩，吃掉最後一塊巧克力餅乾。

莫莉安用不著等多久便開始學習幻奇技藝，那是她今天第一堂課。默嘉卓夫人在傲步院一樓跟她會合，將一群進階學者踢出黃銅吊艙，接著招手叫微微發窘的莫莉安進去。

「仔細看著，記起來。」默嘉卓運用複雜的手法，對按鈕和操縱桿又推又拉。「我不會每次陪著妳。」

學務主任在途中化身，莫莉安抖了一下，轉開目光，試著假裝沒看到。脊椎像小型煙火般劈劈啪啪的可怕聲響，她至今習慣不了。

抵達地下九樓後，如克再度領著她走下階梯，來到幻奇技藝學院的空曠走廊，這次把她交給康納爾和蘇菲亞，隨即匆匆離去。

三人繼續穿過幽暗長廊，康納爾走在前頭。「幻奇師，妳知道幽魂時刻是什麼嗎？」他的手杖敲在大理石地磚上，聲音響亮。

「沒有。我是說，我只聽過這個詞。」先前，在九一九梯的共同科目「破解永無境」，老師亨利・邁德梅曾提及幽魂時刻，但他們沒機會深究。邁德梅背叛了她，也背叛了整個幻奇學會，與惡鬼市集合謀綁架學會成員，拍賣那些成員身懷的本領。邁德梅已經被逐出學會，莫莉安也試著將他逐出自己腦海，不願多想。「那是不是……那叫什麼，一種特異地理？像詭騙巷那樣？真的會有鬼嗎？還是——」

「不不，那只是個蠢名字。」康納爾咕噥。「之所以叫『幽魂時刻』，是因為不知哪個白痴弄錯了，以為這是亡者引發的現象，結果大家只好沿用這個稱呼。」

「這個叫法的確是很誤導人，」蘇菲亞贊同道：「但誤導人也有好處。假如去問永無境大部分的人，他們都會說這個現象根本是子虛烏有，要不就是即使知道存在也怕得要命。每個人都聽過都市傳說，誰的朋友的朋友無意間撞見遙遠過去的片刻，彷彿親身經歷了那段過往。不過大致而言，除非你很清楚該怎麼辨識，否則幽魂時刻並不容易被發現，也因此免於受人注目。」

他們停在一個空廳前，拱門上刻有「柯可蘭」這名字。這個廳極為寬闊，與杜卡利翁飯店最大的宴會廳不相上下，但如同其他房間，這裡冰冷光裸、沒有窗戶，一片幽暗。走進去時，儘管莫莉安穿了兩件毛衣，仍不禁打了個顫。

「即使是在幻奇學會，也只有特異地理隊的怪胎對幽魂時刻稍有關注。對我們來說正好，其他人就可惜了，根本不曉得自己錯過什麼好東西。」康納爾往某個方向走幾步，接著再向前一步，環顧周遭，看似正在尋找什麼。他皺眉，瞥了眼懷錶。「蘇菲亞，不是八點十六分嗎？」

「八點十七分。」她答道：「還有時間。」

「噢。」康納爾將目光從懷錶挪開，望向房間中央，隨後再度往懷錶看去。

「三……二……一。」

莫莉安一個驚跳。康納爾注視的方向出現一道細長銀光，彷彿有人拿了把鋒利無比的刀劃破空氣，或是拉動絲網上的一條細線，扯鬆了現實這片帷幕的線頭，露出底下隱藏的事物。裡頭隱約傳來遠處的聲響。

蘇菲亞率先上前，用鼻子頂開那條縫。裂縫打開恰好能讓她穿過的寬度，她隨即失去蹤影。莫莉安猛抽一口氣，抬頭看康納爾，但他不顯意外。

「幻奇師，用不著害怕。我們走。」他像掀開窗簾般掀開空氣，充滿信心地隨幻狐而去。

莫莉安小心翼翼伸出手，指尖觸到光之線，感到一陣暖風，接著被輕輕往前拉，彷彿裡頭的神祕之物也有雙臂，正伸出手來迎她入內。她踏前一步，穿過裂隙，感覺時間震顫。

那是奇異無比的感受。

好像她整個人是水做的，而且不知怎麼地……起了波動。

蘇菲亞與康納爾在另一頭等候，觀察她的反應。

「有意思對吧，幻奇師？」康納爾問，微笑時眼角泛起皺紋。

確實有意思。他們仍在同一個空間，可是一切都變了，變得更明亮、更喧譁，也更溫暖。廳堂角落不時爆出刺目的橘光，逼得莫莉安眨眼，還伴隨火焰熊熊燃燒的聲響，以及幾聲歡呼和鼓掌。不知現在正上演什麼節目，一小群人身穿風格過時的衣著，圍攏在一塊，擋住了演出。

「做得好，史坦尼斯拉夫，很好！」一位年長的男人高聲道：「在這麼短的時間內進步這麼多，非常棒，孩子。接下來換誰？艾蜜莉亞！大家，給艾蜜莉亞三聲歡呼——上啊！」

「這是什麼？」莫莉安悄聲說。

「沒關係，他們聽不見我們說話。」蘇菲亞用正常音量回答。

「他們看得見我們嗎？」

「看不見。靠近點，我們來看看——啊！」她在眾人的腿間穿梭，在人群中隱沒。「康納爾，選得好，這有註解。」

似乎沒人注意到多了三名不速之客。莫莉安想起剛到永無境那年，她和朱比特在聖誕夜搭乘絲網列車（是種已除役的魔法列車，極度危險），前往位於豺狐鎮的黑鴉大宅，那是她從小長大的家。當時，儘管她站在人擠人的房間中央，卻只有奶奶看得見她，她對其他人來說並不存在，父親甚至直接穿過她。

「這是絲網旅行嗎？我之前——噢！」她撞上為艾蜜莉亞歡呼三聲的男人，那人轉過身來直視著她，她不禁臉上發燙。「喔，真的很抱歉……」

可是那人轉了回去，彷彿什麼也沒發生。

「來吧，我們走。」康納爾抓住她的手肘，帶領她在人群間穿行。

「真的嗎——不用小心一點嗎？」

他們一路推擠別人，偶爾會有人閃躲，甚至是轉頭張望，但他們隨即眼神渙散，再度移開視線，似乎一切未曾發生。沒人直視他們。

「吉米，換你！」年長的男人叫道。

大家一個個被點到名，急切地跑上前，展示形式內容不拘、種類繁多的能力。有人從牆壁摘下影子，披在身上，宛如一件黑暗做成的斗篷；有人看似憑空創造一組發光的立體幾何，顏色亮麗，在空中盤旋飛舞，組成不同形狀。一名少女維妙維肖地學起屋內每個人，摹擬他們的走路方式、姿態、說話、笑聲——那不只是模仿，而是真真切切化身為對方，將五官扭曲重塑，完美複製同儕的面貌，看得眾人歡欣鼓舞，喝采如雷。

然而，最奇妙的是，在那些人表演的同時，身邊的空氣也出現字樣，似乎有隻隱形的手寫下閃耀的字跡，短暫地懸在半空，接著逐漸褪色散逸：

**影幕**

**編織**

**裝扮**

莫莉安腦中靈光一現。

埃茲拉·史奎爾，保存時光博物館。

**夜曲，編織，節律，影幕。**

「這是幻奇技藝嗎？」莫莉安悄聲道。

「有些是。」蘇菲亞說：「創造這個幽魂時刻的人加了註記，好讓我們知道眼前的景象是什麼，可見這位歷史學家的用心。」

「好了，好了。」帶課的年長男人大聲說：「今天早上玩夠了。做得很好，各位，現在——能告訴我——昨天的課程，如果——為什麼——給十分——但從來沒人——」

莫莉安不解地眨了眨眼。男人的話聲時有時無，像充滿雜訊的廣播電臺，整個空間也緩緩黯淡下來。

「幻奇師，走吧。」康納爾邊說邊領她離開，「是時候了。」

他們回到裂隙，不過光之線在這頭成了暗之線。莫莉安伸手輕輕扯開回程的路，這次手指觸到的不是溫暖，而是冰涼的空氣。她踏過縫隙，再度產生奇異的波動感，世界的皺摺自動展平，有如洗淨的衣裳。

康納爾和蘇菲亞跟隨在後，回到熟悉、涼冷、昏暗的地下九樓。莫莉安凝視空中的切痕自行縫合，光線徹底消失。她舉手去摸裂隙方才所在之處，卻什麼感覺也沒有，甚至沒有殘留的餘溫。

「那是什麼？那些人是哪裡來的？」她有些喘不過氣地問。三人離開「柯可蘭」廳，走過幽暗的長廊，她不等人回答便接著問：「可以再來一次嗎？」

「如果妳想，天天都可以。」蘇菲亞告訴她：「在那之前，我們要帶妳看一個重要的東西。」

回到暖和舒適的研究室，幻狐跳上大木桌。昨天的茶杯和紙堆已然消失，其他地下書呆也不見蹤影，乾乾淨淨，只有放在中央的一本巨書，藍色書衣已然褪色，書頁因頻繁翻閱而浮皺不平。

蘇菲亞用一隻狐掌輕碰那本書。「這是我們最珍貴的資產。」

這書極為老舊，但看得出來書的主人十分愛惜。布質書衣的邊角已磨損脫線，不過都細心縫補起來，而且書上不帶一絲灰塵。

莫莉安用手指撫過凸起的黑色書名，朗聲念出：「《幽魂時刻之書》。」

「其實比較像帳目清單。」康納爾說，謹慎地將書打開，翻到年代較早的一頁，示意莫莉安靠過去看。

每頁都分成好幾個欄位與橫列，每欄每列寫滿了細小嚴謹的筆跡，全是些日期、地點、人名。

她掃過那一頁，試著搞懂眼前所見。

| | 日期&時間 | 參與者&事件 | 地點 |
|---|---|---|---|
| Ⓐ | 飛鳥世代，六年之冬，第七個週二<br>13:02–13:34 | 碧麗安絲・阿瑪迪奧、天棓三・河鼓三<br>阿瑪迪奧與河鼓三討論是否可能運用自我投影在絲網上旅行，以及背後的原理 | 幻奇技藝學院<br>傲步院<br>地下九樓<br>威廉斯 |

| | | | |
|---|---|---|---|
| Ⓐ | 東風世代，八年之秋，第一個週五<br>09:52–11:44 | 葛莉賽達・北極星、瑪提德・拉虔斯、黛西瑪・可可羅<br>節律進階課程，由北極星教導拉虔斯和可可羅 | 幻奇技藝學院<br>傲步院<br>地下九樓<br>蕭 |
| Ⓐ | 終結世代，次年之春，第九個週三<br>13:00–15:47 | 碧麗安絲・阿瑪迪奧、艾洛蒂・鮑爾、歐文・賓克斯<br>編織入門課程，由阿瑪迪奧教導鮑爾和賓克斯 | 幻奇技藝學院<br>傲步院<br>地下九樓<br>馮・奧夫芬 |

「看不太懂這是什麼。」莫莉安承認。

「我們也沒想過妳會一眼就懂。」蘇菲亞說：「莫莉安，這裡記載了史上每個幽魂時刻，至少是幻學裡面的每一個。我們所做的幻奇師與幻奇技藝相關研究，大多是憑藉這本書才得以完成，這本書也會教妳所有妳需要的知識。」

康納爾往頁面底部的某處一指，「妳看，這就是了。」

莫莉安讀著最後一行。

| | 日期&時間 | 參與者&事件 | 地點 |
|---|---|---|---|
| Ⓐ | 下壽者世代，六年之冬，第六個週二 08:17–08:34 | 考·莫羅伊、中村花虹、梅爾文·豪爾、艾蜜莉亞·埃勒威、史賓賽·霍蘭萊特、海瑟威·沙瓦吉、葛莉賽達·北極星、吉米·畢夏、史坦尼斯拉夫·拉德柯夫<br>早晨「自由練習」：展現不同幻奇技藝的暖身活動，由莫羅伊帶領，同期全體幻奇師參加，意在提升團隊精神和鼓舞士氣 | 幻奇技藝學院傲步院地下九樓<br>柯可蘭 |

看見教室名稱（柯可蘭）、參加人員的姓名、日期與時間，她豁然開朗。

「我們回到過去了？」她問。

「嚴格來說，是過去降臨此地。」蘇菲亞說：「幽魂時刻是從歷史紀錄摘取下來的片刻，以便在當代的相同地點見證與觀察。擷取、保存幽魂時刻的工程異常艱鉅，只有能力超凡的人辦得到，但只要做對了，幽魂時刻就會永不休止地反覆重演。」

「比方說，」康納爾接話道：「這個，妳瞧。次年之春，第一個週三，九點，河鼓三廳，製影中級課程。」

「製影！」莫莉安喜不自勝地叫道：「就是剛剛那個人做的。我也會學嗎？」

「製影屬於影幕的一種，所以沒錯，妳總有一天會學到。」他接著指向最後一欄。「這個幽魂時刻一年重演一次。有沒有看到這個圈起來的『年』？意思是每年春天，第一個星期三早上九點，都可以在這個地點觀看這個事件。」

然後他指向同一頁的另一筆紀錄。「不過，妳會發現有些地方標了這個小記號，看到沒？帶箭頭的圓形？意思是這個幽魂時刻會不停循環，妳可以坐下來看一輩子。」

「不建議這麼做就是了，」蘇菲亞補充：「幽魂時刻這名稱也容易讓人有種時間很短的錯覺，其實長度並不一定，有些只有幾分鐘，有些是一整天，非常少見就是了。

「莫莉安，打從我們得知再度有幻奇師加入幻奇學會，如克、康納爾跟我就翻遍整本書，找出最有用、最有趣的課。這就是幽魂時刻的意義：由史上最優秀的老師傳授幻奇技藝，妳能直接以前輩為師，時間可回溯許多世代，累計足足好幾百年，有無窮無盡的事物讓妳學習。」

莫莉安翻閱清單，洋溢著無以言喻的興奮之情。書中起碼記載了上千個幽魂時刻，意味著她有上千個機會能實地觀摩幻奇技藝，學為己用；這本書簡直就是個寶箱，是時光機，更是她的美夢成真。

她要當個真正的幻奇師了。

**終於要開始了**。

「這是怎麼做到的？」她問。

「憑藉幻奇技藝之節律的力量，莫莉安。」蘇菲亞說：「節律是運用不同方式操縱時間，比如穿越時間、記錄和保存時間、時間輪迴、壓縮時間、延展時間……」

「延展?」莫莉安吃驚地抬起頭,「像昂斯塔教授那樣?他是我去年的老師……負責教我幻奇師歷史,起碼他本來該教我那些歷史才對。可是他能延展時間!妳是說,這是幻奇技藝?」她笑出聲來,「要是昂斯塔曉得他的本領是**幻奇技藝**,鐵定——」

「他是曉得。」康納爾凝重地說。

莫莉安皺起眉。「但……但他不可能是幻奇師,他痛恨幻奇師。」

「他不是幻奇師。」他搖頭,「他以前是我們的一員。」

蘇菲亞輕巧地走向桌子邊緣,用後腳站起,朝一小張從素描本撕下的畫像點了點頭。畫中是幻龜昂斯塔教授,栩栩如生地描繪出那張粗糙的綠臉、幾綹白髮、巨大圓殼。莫莉安從未注意到這張畫,它以隨便的角度貼在牆上,隱沒在四周眾多裱框畫像和印刷地圖之間,畫像下方寫了一行字:**地下九樓學術研究會創始人**。

「他整理的紀錄非常縝密。」蘇菲亞說。

莫莉安低頭凝視眼前的紙頁。一絲不苟的端正筆跡,密密麻麻寫了幾百行,字小得幾乎看不見。「這是昂斯塔教授寫的?」

「對,《幽魂時刻之書》是他寫的。」蘇菲亞答道:「有幾個幽魂時刻是他親手創造的,不過大多數早已存在,由史上無數幻奇師留存下來。幻奇師一向把幽魂時刻當成教學工具來運用,昂斯塔找出既有的時刻,做了註解,然後記錄詳細資訊。」

「這本書是昂斯塔窮盡一生的心血。」康納爾輕點書頁。「應該說是心血的一部分,另一部分則是學會節律這門技巧。莫莉安,那不是他的本領,而是他一輩子追求的目標和執著。他的本領是……老天,我根本不記得了。蘇菲亞,妳有印象嗎?」

「沒有。」她若有所思地說：「我記得是世俗類的。我跟他不算熟。」

「重點是，」康納爾說：「誰都有辦法學幻奇技藝。」

莫莉安高高挑起雙眉：「真的？」

「嗯……」蘇菲亞歪過頭，接著又歪向另一邊，似乎不太贊同。「康納爾，我不認為每個人都有辦法學會**整套**幻奇技藝。或許……可以學會其中一種，至少學得會一些。拿聖尼古拉斯來說，他學的是煉獄——」

莫莉安倒抽一口氣。「**我就知道！**我就知道他表演的那些是煉獄！」

「有些是。」康納爾不表認同地哼了一聲，「其他只是運用幻術、精良設備，加上低薪小精靈團隊的能力。」

「可是，雖然聖尼克極具天賦，」蘇菲亞說了下去，像是沒人打岔。「仍遠遠稱不上通盤掌握煉獄的知識。昂斯塔教授則是耗盡畢生時光，專注於學習節律，他已經很厲害了，不過連他也不算精通。要學的實在太多，一輩子根本學不完。」

莫莉安的興奮感略略減退。「噢。」

蘇菲亞把蓬鬆的紅尾巴盤在身周。「所以，昂斯塔教授創立了地下九樓學術研究會。那是史奎爾遭到放逐之後的事，即使沒有幻奇師，昂斯塔仍然試著保存幻奇技藝。創始成員總共九位，每個人立誓貢獻一生暗中鑽研、專精一項幻奇技藝，以免這門知識消亡。

「昂斯塔是成就最高的。其他人包括尼古拉斯跟史黛拉莉雅，就是大家熟知的耶魯女王——」

「耶魯女王也在這裡研究過？」莫莉安開心地問。

「是的，她頗為擅長編織。他們取得了一些進展，可是在九位創始成員中，多數人一敗塗地，灰心喪志，徹底放棄了這項計畫。好在他們把所學傳承給康納爾那一代，他那代成員再傳給新的一代，接著又是新的一代……就這麼代代相傳，努力讓知識之火維持不滅。」

莫莉安好奇地看著幻狐。「妳學的是哪種幻奇技藝？」

「我？」蘇菲亞輕笑，「我哪敢！我是來見證技藝，不是來使用技藝。另外幾位研究會成員稍有涉獵，比如小拉維就鐵了心要學會裝扮。不過近幾年來，地下九樓學術研究會的重心已經轉向保存歷史，而不是重現歷史。」

「對我們這些普通人來說，」康納爾解釋：「想學幻奇技藝，就像學一種複雜至極的語言，卻不認識能說這種語言的人，也從來沒聽人說過這個語言。」

「我不太擅長學語言。」莫莉安招認。

蘇菲亞走近，坐在莫莉安面前，定睛注視她。「他那是在說普通人學幻奇技藝。對幻奇師來說，比較像是……突然想起妳從頭到尾都會說另一種語言。」

蘇菲亞停住話頭，讓她消化這些訊息，好一陣子只聽見爐火劈啪作響的聲音。

莫莉安蹙眉，盯著《幽魂時刻之書》的書頁。「我不懂。昂斯塔教授做了這麼多，終其一生學習幻奇技藝——可是他教我的東西，全都是幻奇師多壞、多笨、多危險。他說幻奇師死光是件好事。他是……妳覺得他是不是……嫉妒？」

康納爾和蘇菲亞互望一眼。

「我們知道他晚年變成這副德行，」康納爾說：「但這個海明威．昂斯塔跟我認識的那個差了十萬八千里。我認識的海明威——他曾經是我的朋友，當初跟我一樣，對幻奇師的人生滿懷熱情與興趣，只是後來變了。我不確定為什麼變了，那個老頑固有天氣沖沖離開了研究會，再也沒和任何成員說過一句話。」

蘇菲亞輕嘆一聲。「那是我來到地下九樓以前很久的事了。但他的死對幻奇學會來說是慘重的損失，甚至遠超出長老的想像。我們認為在當今世上，大概只有他精通節律，當然，是除了埃茲拉．史奎爾以外。」

莫莉安回想去年萬鬼夜在保存時光博物館，她仍清晰記得昂斯塔的臉，記得他緩緩眨眼，用口型說出「快跑」。

「很遺憾你失去一個朋友。」她告訴康納爾。

蘇菲亞將前爪搭在莫莉安的手臂上，抬眼看她。「沒人把昂斯塔的死怪在妳身上，妳明白的吧？那跟妳無關。」

「是有點關係。」她說：「畢竟他是為了救我才死的。」

「這是非常高貴的義舉，」康納爾說：「也是他的選擇。相信我，要是海明威．Q．昂斯塔不想做某件事，誰都說服不了他。」

說完這句話，康納爾拾起手杖。

「感傷的事情聊夠了，」他說：「莫莉安等著要見幻奇師呢。」

# 第十章 淘金之夜

接下來幾週的時光，徹底顛覆莫莉安先前在幻奇學會的體驗，她有如站在甜點店，愛吃什麼就拿什麼。《幽魂時刻之書》是場盛宴，而她已經餓得太久。

即便如此，如克嚴格規定莫莉安必須遵照她、蘇菲亞和康納爾編排的課表，並且警告她不要隨意闖入任何久遠的幽魂時刻。學務主任說，每堂課都是精挑細選過的，以上一堂課為基礎，建造通往下一堂課的橋梁。目前為止，課程主題僅限於兩種幻奇技藝：煉獄及編織。

「編織適合早點學，這是創造與重塑世界的技藝。」如克解釋：「從一個以上的不同來源取得能量和物質，加以調整或徹底轉化。多數幻奇師似乎都覺得在幻奇技藝當中，就屬編織最被廣泛使用，當然不是人人都贊成就是了。」

假如他們肯隨她去，莫莉安估計會在地下九樓消磨一整天，甚至天天泡在這裡。她簡直快活似神仙，既提升了煉獄的控制能力（在一堂特別印象深刻的課程中，她學會吐出七彩火焰），同時也在編織課學習隔空移動家具。

對莫莉安而言，編織學起來不如煉獄那樣輕鬆自在，光是原理就出奇難懂，要操作更是困難。移動椅子聽來容易，其實要做的不光是移動椅子，而是要創造一個椅子移動過的世界，或是……要說服幻奇之力，創造一個椅子移動過的世界。之類的。她依舊捉摸不透個中原理。

無論如何，莫莉安總算成功讓椅子歪倒在地時，她跟蘇菲亞都雀躍得發出歡呼。康納爾也帶她去觀摩進階課程，免得她在學基礎技巧時灰心喪志。歷代幻奇師能夠編織的事物實在了不起，她曾觀看一位幻奇師讓桌腳長成樹木，另一位幻奇師則把自己的淚水化為鑽石。

莫莉安相當清楚，她離淚之鑽的境界還遠得很。然而，每增進一點技巧，從前人身上每獲取一分知識，她的信心便隨之成長，更令人驚奇的是，這份自信也延伸到幻學生活的方方面面。偶爾，她仍然會在傲步院走廊聽見不懷好意的竊竊私語，不過現在，這些壞話宛如橡皮一樣從她身上彈開。她照舊得偽裝成白袖，可是那些奇異的玄奧課程又一次燃起她的興趣，不再令她煩躁。

史上頭一回，幻學的一切都合理了，莫莉安身在幻學更是至情至理。

週二下午，上完「艱深的奇獸語言」工作坊，莫莉安與馬希爾從餐廳外帶了些三明治，帶去地下五樓的騎龍場。

在九一九梯這位傑出語言學家的特別幫助下，霍桑的龍語逐漸進步（儘管馬希爾說進步速度極其緩慢），最近霍桑更是打定主意要說龍語。原先他連學一個字都沒興趣，但在修習一年之後，如今霍桑認定唯有直接與龍對話，才能實現成為世界最強龍騎士的遠大目標。

莫莉安跟馬希爾在觀眾席旁觀他努力跟龍閒聊，每當「噴出的火焰有如上千座柴火爐」從鼻孔哼出熱氣，或是心煩地抽動巨大尾巴，他倆便忍不住一抖。最終，那頭龍轉身背對霍桑，意思再清楚不過，接著閉上眼，顯然打算就在騎龍場中央安頓下來打盹。

「尷尬。」馬希爾嘀咕。

「龍語課不會告訴你的是，」霍桑總算來找他們，眼睛仍瞪著小火，「不管你講得多流利，只要那隻大笨龍不想理你，你一輩子都別想聽他們講話。」

莫莉安聳肩，拆開起司醃黃瓜三明治，遞出一半給霍桑，霍桑則給她一半的水芹烤牛肉三明治。「你也才試了幾個禮拜啊，不是嗎？這裡有些龍都好幾百歲了，霍桑。說不定你只是要有點耐心。」

「我很有耐心，我受夠要有耐心了，好無聊。」霍桑哀叫：「他們有夠沒禮貌。我跟他們說**哈爾克拉亥．飛濟．阿朗歐可**，他們都不會回答**密許．卡卓齊．法爾**。」

馬希爾一個嗆咳，連忙嚥下滿嘴的雞肉三明治。「**哈爾克拉亥．飛濟．阿朗歐可**？你幹麼跟他們說你家有絞肉機？不覺得有點像是……恐嚇嗎？」

「什麼？」霍桑皺眉，「才不是，那句話是說**君之火焰明亮如日**。」

「呃，不是啦。」馬希爾半是好笑，半是無奈。「真的不是。還有，我不曉得你以為**密許．卡卓齊．法爾**是什麼意思，但我不覺得會有龍跟你說**君之雙眼如腳飢渴**。」

莫莉安笑到巧克力牛奶從鼻孔噴出來。

「那他們怎麼還肯讓我騎？」霍桑說，臭著臉對她扔餐巾紙。

「大概是因為比起你慘不忍睹的龍族語，你的騎龍技巧比較好吧。不過那些龍鐵定在背後議論你。」馬希爾站起身，拍掉制服上的三明治碎屑，低頭對他們咧嘴一笑。「先走了，我答應法蘭西斯要幫他翻譯給奶奶的食譜。火車上見。」

揮手向馬希爾道別後，莫莉安仍在努力憋笑，霍桑終於投降，跟著笑出來，搖著頭說：「閉嘴啦，滴牛奶的。妳今天晚上負責哪裡？」

「坦特菲爾德。」她答道：「在幻鐵車站外面，那裡是灰色地帶。你呢？」

「索爾茲伯里站。灰色地帶是什麼？」

「顯然是最安全也最無趣的地方。」莫莉安嘆氣，翻了個白眼。「遠離所有永無境水道鱗片獸繁殖熱點，可是也看不到淘金之夜。我的工作是阻止路人走進車站，並引導他們去綠色地帶——你也知道，那些假想路人絕對不可能出現，因為他們早就在綠色地帶了。」

「看來妳今天晚上會很精采唷。」霍桑壞笑。

「絞肉機，雖然我不想這樣說，但索爾茲伯里也是灰色地帶。」

「**什麼？**」霍桑在座位上一癱，雙腿在前方伸直。「說到底，幹麼把我們拆散啊？難道不該跟同梯一起行動嗎？」

莫莉安吃掉最後一口三明治，才答道：「雀喜小姐說，因為我們第一次參加移焦行動，大家都會跟比較有經驗的人同組。」

「在沒人的車站外面待三個小時，哪需要什麼經驗？」霍桑更往下滑，整個人幾乎呈現水平，低聲長嘆，有如正在洩氣的輪胎。「早知道跟薩迪亞一起自願參加下水道任務，起碼不會無聊。」

「不要氣餒，」莫莉安說，一面起身，一面把裝午餐的紙袋揉成球。「要是你**那麼**想泡在水跟腰一樣高的下水道，明年還有機會。」

莫莉安寧可泡在水深及腰的下水道，也不想和「更有經驗的同組夥伴」共處三個小時。才過五分鐘，她已經暗自懊悔當初沒跟薩迪亞一起自願行動了。

「快點動手就對了。」

她沉著臉。「動什麼手，海洛絲？」

「妳自己清楚……**幻奇師**。」

「噓。」莫莉安倏地轉身，確認沒人聽見。「妳瘋了嗎？這是公共場合！不能讓學會外面的人發現，知不知道這會害我們惹上多少——」

「**拜託**。」海洛絲翻了個大白眼，簡直快翻到後腦勺。她一手拿著飛鏢清理另一手的指甲，指甲塗了劇毒般的豔綠色，襯托她染得很失敗的髮色。「這裡又沒人，大家都在尋寶。」

「他們哪是去尋寶。」

確切來說，他們不是尋寶，但也相去不遠。儘管莫莉安稱不上通盤了解，但淘寶之夜這計畫相當巧妙，規模極其龐大，幻奇學會花費數週擬定每個細節，加上吳樂迭的公共移焦部門大肆宣傳，令永無境居民的興奮情緒水漲船高，就連杜卡利翁飯店的員工也熱烈討論。

就莫莉安所知，淘金之夜類似解謎尋物遊戲，所有永無境市民都有專屬的地圖和謎題，為每個人量身打造解謎路線，引導他們前往指定的「綠色地帶」，遠離任何水道鱗片獸可能肆虐的地點，再搭配獎品，確保參加率居高不墜。

「寶物」只有一百個，參加人數卻幾乎涵蓋全城，聽大家興致勃勃的談論，有些人甚至肯賣掉自家老祖母，只求找到一個寶物就好。所謂寶物不是金銀珠寶之類看得見摸得著的東西，而是多數永無境居民都認為價值更勝金銀之物：幻奇學會給的好處。

「管他是寶物還是好處，不是都一樣。」海洛絲爬上護欄，盤腿坐在上面。「重點是，**沒人會來**。相信我，我參加過一堆白痴移焦行動，從來沒被分配到什麼有趣的地方。閉上嘴快點動手就是了。」

「唉唷，妳幹麼逼我再做一次？」莫莉安厲聲說：「上次妳可是被我燒傷了，妳的記性這麼差嗎？」

「妳做不到，對不對？」海洛絲臉上綻開滿懷惡意的笑容，跳下護欄走來，湊近莫莉安。「妳什麼都辦不到，我想也是。要是幻奇學會真的有個**貨真價實**的幻奇師，而不是妳這種廢物，他們鐵定會把人派去更重要的地點，哪會是這種鳥不生——」

火焰自莫莉安胸口向上延燒，迸出喉嚨，燒焦頭頂上方的一個路牌，但她隨即了悟自己中了對方的計。海洛絲倒抽一口氣，看似發自內心嚇了一跳，接著尖聲大笑。

「**妳瘋了嗎？這是公共場合！**」她模仿莫莉安剛才的抗議，尖著嗓子嘲弄地說。

「在學會外面不能做這種事，對不對？妳可不想被別人知道**妳是幻奇師**。」

「**小聲一點**，海洛絲。」莫莉安緊張地四處張望。

「我只好把這件事回報給長老了，」海洛絲繼續說，用鋼鏢輕點大腿外側。「不然，妳可以站在那個牆壁前面，讓我練練射飛鏢？我保證不瞄準妳的頭。」

「喔，閉嘴啦。」

海洛絲倏地臉色一肅。「妳知道，那個人應該是妳才對。本領被搶走的人應該是妳，不是阿弗。」

莫莉安嚥下口水，話題轉得太快，她有些措手不及。她經常想起海洛絲的男友阿弗·史旺，先前他從惡鬼市集獲救時，莫莉安也在過程中幫了一把。他原本能在水中呼吸，卻遭到綁架，公開拍賣，從此這項本領便遭人奪走，幻學沒人曉得究竟怎麼辦到的。在那之後，莫莉安就不曾在校園見過他，甚至不確定他是否還算學會成員。

「妳……跟他還會見面嗎？」她猶疑地問：「他還是……」

「沒有本領？」海洛絲怒聲說，微微哽咽，「對。他媽媽覺得——」

但莫莉安沒聽到阿弗·史旺的媽媽有何想法，因為附近街道忽然傳來咆哮聲，兩個女孩都一個驚跳，彈得足足有一公尺高。

莫莉安環顧四周，尋找怪聲的來源，只見在幾百公尺開外，一個龐大身影緩步沿著街道走來，不禁懼怕。對方是不是看到火光，循線找上來了？

她用力咬住嘴唇。那人會不會看到了火噴出去的方向？

兩人緊繃地默默觀望，直到人影走到足以看清的距離。

「他是學會的！」莫莉安說，不小心大聲了點。「是……布提勒斯・布朗，薩迪亞的格鬥教練。」

「喔！那隻幻熊。」海洛絲說：「太棒了，我這就去告訴他有可惡的幻奇師放火燒路標——」

「不行——海洛絲，等一下！」莫莉安抓住學姊的手臂，把她拉回陰影底下，背靠著車站牆壁。

「很痛，妳幹什——」

「噓。妳看。」

布提勒斯看起來很怪。他的行為模式跟熊沒有兩樣。

莫莉安上次見到布朗，他冷靜地向薩迪亞分析，在上一場比賽中她哪裡做得不對。當時布朗用後腳站立，手中拿著寫字板，身上還穿著緊身衣。

現在，他正胡亂翻攪垃圾桶，把裡頭的東西全往地上扔，猶如闖進營地的離群灰熊，不時噴氣、低吼。

「他喝醉了喔？」海洛絲咯咯笑。

莫莉安思忖，他確實有點像喝醉，但樣子一點也不好笑。隨著他越走越近，莫莉安注意到他口角流下一行白色濃涎，而且不停嗅著空氣，十分詭異。每隔半晌，他就會出手攻擊信箱，或是胡亂敲打路邊汽車的引擎蓋。

莫莉安腦中浮現一個念頭，讓她一顆心直往下沉……他看起來就像發狂的動物。

她猛地想起聖誕夜，想起幻鐵上的幻豹朱維拉・德輕靈，那時她在車廂內遊走，跟現在的布提勒斯一樣嗅聞空氣，目光空洞凶狠地撲向戴寶。

「我們要趕快逃，」她小聲說：「他會攻擊我們。」

「什麼？」海洛絲嗤之以鼻。「哪會。就算他喝醉了，也還是老師啊。」

與此同時，彷彿要印證莫莉安的話，一隻流浪貓經過幻熊面前，他猛力將貓揮開，發出震耳欲聾的咆哮。那隻貓一溜煙逃走，哀叫著竄上樹去。

海洛絲倒吸一口涼氣，摀住嘴巴。

莫莉安試著尋找能避開他的路徑，比如藉著陰影的掩護溜進旁邊小巷，可惜一無所獲。這裡是幻鐵車站，有如山怪武鬥館的夜間賽事那樣全場燈火通明，唯一有陰影之處就是她們此刻所站的地方。

「要轉移焦點才行。」她說。

海洛絲大口喘氣，似乎突然意識到情況危急。「然後呢？」

「想辦法把他的注意力轉移到其他地方，我們就能逃走了。」

「簡單。」海洛絲瞄準街道上斜對角的信箱，擲出飛鏢，「噹」一聲正中標靶。布提勒斯被那聲音引開，她們趁機飛奔到離車站大約五十公尺處，藏身在一個滿溢的垃圾桶後。

「再來呢？」海洛絲低聲問，顯然決定要聽莫莉安指揮，儘管她比莫莉安大了三歲。

「我……我不知道，讓我想想。」

莫莉安原本希望幻熊會走向聲音來源，然而布提勒斯發現了仍在冒煙的路標，也就是她跟海洛絲先前的位置。他著魔似地定睛凝視那個路牌，嗅嗅空氣，鼻頭微顫，臉上先是困惑，再來是憤怒，張口發出怒不可遏的狂吼，響徹整條街道。

吼聲太近、太大、太突如其來，莫莉安與海洛絲再度驚跳，不知是有人碰到還是震動所致，垃圾桶蓋往下滑去，在落地時發出匡噹巨響。

布提勒斯聞聲轉頭，從胸口深處發出低嗥。莫莉安口乾舌燥，腹中像是有隻遭到狩獵的小獸縮成一團，充滿古老、原始的恐懼。

他再度嗅聞，隨後用後腳立起，大喝一聲，莫莉安真真切切看見——他眼中閃過鮮豔的綠光。

布提勒斯猛力甩動巨頭，彷彿試著咬斷口中獵物的頸子，接著以四腳全力衝過街道，直奔莫莉安跟海洛絲所在之處。

「**快跑！**」莫莉安叫道。

她們拔腿就逃，跑向空曠街道的中央。莫莉安的胸口由於奮力狂奔而刺痛，耳邊迴盪著靴子踩在石子路上的聲響，直到聽見身後有人喊她的名字，才恍然發現海洛絲不在旁邊。

莫莉安轉過身，只見綠髮女孩跌倒在地，身軀龐大的幻態正衝向她。她想必是在跌倒時受了傷，或是已嚇得無法動彈。

布提勒斯幾乎就要追上她了。莫莉安哼起幾個音，感到指尖隨著幻奇之力匯聚而發熱，同時努力想法子卻難抑驚慌。**起來，海洛絲**，她迫切地想，**快動啊！**

不可思議的是，令人不敢置信的是——布提勒斯略過倒在地上的女孩，彷彿根本沒瞧見她。他的目標是莫莉安。

於是，莫莉安採取所能想到的唯一行動：轉身繼續逃跑，暗自希望海洛絲沒事，搞不好還有辦法幫忙求援。

她以最快速度衝刺，盡可能跑遠，奔過一條條街道，不時採取斜線或在意想不到之處轉彎。然而布提勒斯體型巨大、速度飛快，逐漸縮短距離。她跑不過幻熊。必須以智取勝。

莫莉安的腦袋高速運轉，留意路上經過的每樣事物，尋覓或許有幫助的東西。傘鐵纜線。**附近沒有月臺，手上也沒有雨傘。**

樹。**他會跟著爬上去。**

消防栓。**想不出怎麼用。**

詭騙巷。

等一下。

詭騙巷，紅色警示。

紅色警示詭騙巷，代表**進入後可能造成損傷的高危險級機關**。莫莉安必須抉擇，是要冒險進入詭騙巷面對未知的危機，或是留下來面對必定發生的危機：一旦她的體力支持不住，這隻身高九呎的凶猛幻熊就會用大如小刀的爪子，將她抓得皮開肉綻。她目前所學的幻奇技藝尚不足以保護自己，煉獄或許能，可是她不曉得該怎麼做。布提勒斯不對勁，他需要的是幫助，不是亂噴的火球。

說實在，她沒有太多選擇。

她維持相同速度，拐進狹窄的小巷，做好應付機關的心理準備。跑過紅色警示牌後不到三公尺，水從四面八方噴湧而至，灌進整條巷道，灌進她的口鼻，沖得她在水中不停翻滾，宛如在暴風雨中從船上落海。一陣又一陣大浪襲來，每當她好不容易浮出水面，就有另一道浪將她打回去。

莫莉安不曉得熊（或者該說幻熊）會不會游泳，但她明白自己占據先機。她明白詭騙巷運作的原理。

她知道，若想通過詭騙巷，就不能抵抗詭騙巷的可怕機關。順其自然，奮力深入巷弄，直到幾乎再也忍受不了，直到覺得快不行了……到了這個關頭，詭騙巷才會放你離開。

起碼，她過去經歷過的詭騙巷都是這樣。

她停止對抗洪水，停止努力浮出水面，不再試著遠離襲來的浪頭，反而游進去，潛入翻湧的水下。她覺得自己就要溺水，就要被沖走，沒有任何東西能讓她抓住，能保護她的安全。

腿側倏地傳來劇痛，莫莉安在水中尖叫。

一道綠光閃過，一團血霧冒出。

她踢起腿，踹中某個堅實的東西，是布提勒斯．布朗。有那麼一瞬間，雙方在水裡上下翻滾，他的臉逼近，張開血盆大口露出巨牙，暴戾的綠眼發著光。他再度出手攻擊，沒有打中，接著另一道水流湧來，他便失去了蹤影。

莫莉安口中都是血和鹹味，胸口發疼。

肺裡的空氣蕩然無存，四肢再也動不了，她宛如石頭般往巷底直沉——到極限了，結束了，真的不行了，然後——

**空氣**。

莫莉安總算從水中浮出，大口喘氣。她蜷成一團，倒在石子路上，汪洋突兀地轟然退去。

隨後，一片寂靜。

她辦到了。她通過了機關。

只要溺水就行了。

包括衣服、頭髮、靴子在內，全身上下被鹽水浸透，十分沉重。她嗆咳著吐出好幾口鹹水，努力將空氣吸入肺部，喉嚨疼痛無比。

至少眼前沒有幻熊。

待呼吸恢復順暢，莫莉安逼自己坐起身，光是這個簡單的動作就費勁不已，痛得一縮。左腿褲管裂了，膝蓋到小腿肚多了幾道又大又深的爪痕，血仍在流，加上腎上腺素消退，整條腿開始陣陣作痛。這條路黑漆漆的，她冷得發顫，附近一個能幫忙的人也沒有……

而且……而且她剛才被**幻熊**攻擊，還**溺水**，搞什麼鬼！

莫莉安忽然很想哭。不如就這麼辦吧，穿著溼答答的衣服，坐在地上哭。腦中有個理智的小聲音，告訴她這麼做一點用都沒有，也沒辦法讓她早點回家；可是那理智的小聲音聽起來很遠，坦白說，莫莉安只想叫它閉嘴。

她閉上眼，向後靠著磚牆，呼吸淺而急促。她好累。

只想睡覺。一分鐘就好。

她緩緩睜開眼，接著再度閉上。

夜色轉暗，世界陷入靜謐。

# 第十一章　訪客

莫莉安在寧靜的深海海底沉睡，一切都很好。她可以在這裡待一輩子。要不是有人打擾她的安寧，或許她真會待上一輩子。

寂靜之中響起一個嗓音，有如在遙遠水面引起漣漪的石子。

起來，那聲音說。**沒人會來幫妳**。

有人在這裡嗎？抑或這只是莫莉安腦中的聲音？無論如何，她沒興趣。幽暗溫暖的空無像毛毯般裹住她，她只想深埋在毛毯的褶皺裡頭。

**起來**，那聲音又說，**除非妳想死在這**。

「走開。」她沙啞地悄聲說。

幾分鐘默默流逝，莫莉安逐漸察覺自己穩定規律的呼吸聲，但仍留戀半睡半醒的溫暖。

**隨便妳**。那聲音說。

腳步聲遠去，莫莉安則輕飄飄地向上浮，往上，往上，直達意識的表層。她緩緩睜開眼。這裡只有她一個人。

一個顫抖的深呼吸，再一個深呼吸。莫莉安狠命咬緊牙關，扶著巷子的牆壁起身，一點點立起，試著把重量放在沒受傷的腳上。就在差不多能站直時，沒受傷的那條腿失去力氣，她往旁一歪，重重摔上石子路。

痛楚竄過整條腿，莫莉安叫出聲，好長一段時間動也不動，直到減輕為悶痛。她專心傾聽是否有任何聲音，腳步聲、遙遠的說話聲都好，再度考慮著是否要待在這裡，等待援手從天而降。

然而，路上一片安靜。她腦中的聲音說得沒錯，沒人會來。

「起來。」她從牙縫擠出這句話對自己說，「起、來。」

她花了十分鐘，不斷喊痛、發抖，一面嚴厲地自我訓話，終於成功站起身，踩著水聲緩緩前進，同時留意是否有認識的路牌或地標。只要她知道自己的所在位置，就有信心能找到回家的路，這是她的專長。

她在腦裡描繪永無境的地圖，這麼做通常能帶來奇妙的安心感。永無境看似雜亂無章，但你仍有辦法熟記並掌握路徑，她就喜歡這一點。巨獸是可以馴服的。

不過現在似乎有什麼出錯了。腦中的街道全混在一起，無法清晰描繪出地圖。走出巷子，只過不到一個街區，路上的人孔蓋忽然打開。

「又怎麼了？」她抱怨，在原地停住腳步，整個人有些搖晃。她該不會無意中進入紅色地帶，闖進水道鱗片獸的地盤？今天晚上**還有**生物要來殺她嗎？

但從下水道出來的是十幾名學會成員，他們身穿黑衣，滿頭大汗，把裝備隨手扔在路中央，彼此擊掌，拿起水壺狂灌，累得直接坐倒在地。

「莫莉安？」一個熟悉的嗓音說，薩迪亞亂七八糟的紅髮進入視野。她面露驚恐，莫莉安想，自己看起來鐵定糟透了，她的感覺也糟透了。「莫莉安，這是——妳的腳——妳在流血！怎麼了？」

「小傷而已。」莫莉安一直很想在顯然不是只受小傷時說這句話。眼見自己還有思考餘裕並把握機會，她頗引以為傲，朝薩迪亞露出得意的笑，但笑容也支撐不住地慢慢消失。

「哇，小心點。」蓋文・斯夸爾說。地面突然變得好近，莫莉安感到一雙壯碩的手臂抓住她的腰。他身上有濃濃的下水道味。

「你身上……豪臭。」

「趕快送她去醫院。麥高樂，發射訊號叫醫護人員來。」

「不要，」莫莉安說，周遭路面傾斜，令她頭暈目眩。「飯店。」

「她意識不清了。」第三個聲音說，是個女的。「我們要送妳去醫院，親愛的，是醫院。不用擔心——」

「飯店！」莫莉安大叫，口齒不清地解釋：「杜雷柯翁。杜克利翁。德可……里翁。」世界歪向一側，隨後陷入漆黑。

莫莉安醒來時，人不在杜卡利翁飯店，更不是其他飯店。

剛開始，她以為自己在家，也許八十五號房又生她的氣，把她的床變成難睡的奇怪平板，但她猜錯了。在幻奇學會教學醫院，這種東西顯然就被拿來當床。

她的腦袋緩緩清醒，花了幾分鐘拼湊前晚的事件。她記得大量的水，記得被布提勒斯・布朗攻擊，以及……薩迪亞也在？所以她才會在醫院裡嗎？

莫莉安的左腿包紮得整整齊齊，隨著脈搏跳動隱隱作痛。她嘗試彎曲膝蓋，可惜失敗，痛楚直達腳趾，不禁大聲哀叫。

「妳這傷挺嚴重，親愛的。」替她送來早餐的男護理師拖著聲音說，一臉無趣。「昨晚倒了大楣，是不是？」

**簡直是史上最輕描淡寫的說法**，莫莉安暗忖。她小心地緩緩撐起上半身，靠著枕頭，環顧四周。病房中的床位有一半睡著人，多數是成年的學會成員，另外有一兩位學者。她從沒進過醫院，這裡相當……乾淨，亮白，而且有個怪味。

「是不太好。」她沙啞地回答：「被一隻幻熊追，然後溺水。」

「是喔。」護理師沒什麼興致地說，抬起莫莉安的手腕測量脈搏，在寫字板上做紀錄。「真是可怕。那裡的露柏太太在出浴缸的時候滑了一跤，大家的晚上都很慘呢。」

「昨天晚上還有誰被送來嗎？」莫莉安問：「有沒有一個叫海洛絲的女生？」

「那個綠色頭髮的浮誇女？有啊。驚嚇過度送醫。」他湊近，翻著白眼小聲說：

「給她披了條毯子，就叫她回家了。」

這樣啊，原來裝死才是聰明的策略。小腿猛然抽疼，莫莉安縮了一下，暗自懊悔沒有早點想到這招。

「有人……嗯，知道我在這裡嗎？我的贊助人，或是……」

「紅頭髮的老兄？愛撩人？自以為好笑？」

「就是他。」

「親愛的，我叫他閃遠點了。沒見過這種硬要留在這的！」他忿忿地說：「我說等妳醒來再通知他，我猜現在是該——」

「莫兒！莫兒，妳醒了！我來了！」雙開門還沒完全打開，朱比特如雷的吶喊便傳了過來。

「——去叫他。」護理師說著翻了個白眼，走向下一位病患。

朱比特一側頭髮翹成奇怪的角度，雙眼大睜，像是整夜沒睡。他三個箭步穿過病房，把莫莉安摟進懷裡，用力得簡直要壓碎骨頭。

「我——朱比——好吧。」她放棄抵抗，任由朱比特緊緊抱住她，一分鐘就好。

兩人冷靜下來後，莫莉安把事件經過原原本本告訴朱比特，邊說邊拼湊支離破碎的模糊記憶。隨著每個惡夢般的細節，朱比特的臉色愈發蒼白，指甲也咬得愈短。說到在詭騙巷溺水的部分時，他發出尖細的怪聲，跳起身來，在床腳來回踱步，手指焦躁地梳過鬍子。

「可是，嗯，」莫莉安故作輕鬆地聳肩，希望他會收到暗示，重新坐下保持鎮定。「沒事了，我沒事，一切都沒事。」

朱比特甚至懶得答腔，只意味深長地看了她綁繃帶的腿一眼，便大步走出醫院，宣告要去找布提勒斯．布朗，以免他傷害更多人。

莫莉安覺得這主意不太妙，也在他直奔門口時這麼說了，可惜想當然耳，朱比特此時沒心思擬定更周詳的計畫。她無奈地嘆了口氣，揮手道別，確信到了明天早上，他要不是已經組了臨時人民法庭給布提勒斯．布朗判刑，就是（這個更有可能）將布朗給大卸八塊了。

她嘆了一聲，閉上眼，向從未有過的深沉疲憊感棄械投降。

朱比特隔天回來時冷靜了些，有部分要歸功於一起來探病的香妲女爵。她召集青鳥為莫莉安合唱早日康復之歌，還叫來松鼠幫忙拍鬆枕頭，只可惜松鼠不知是不懂怎麼拍枕頭抑或是不想做，反而四處亂竄，偷吃床邊桌上的葡萄，引發各種混亂，逼得護理師提姆勒令香妲女爵解散這群動物，否則就要把她請出醫院。

只有幻奇學會成員或直系親屬能進入教學醫院，所以杜卡利翁的員工託朱比特和香妲女爵帶來一堆禮物：巧克力、水果、書、花、卡片、空飄氣球，以及一個被咬過的舊橡膠玩具，用力一捏，玩具會發出聲音，好像得了支氣管炎的鴨在喘氣（這是芬送的）。傑克捎來一張手寫卡片，一方面慰問莫莉安的傷勢，另一方面又刻薄地說，莫莉安就是那種註定被熊亂抓一通的笨蛋，大家早該想到會有這種事。

「嚴格來說不是熊，是幻熊。」莫莉安嘀咕，將卡片立在床邊桌上。「誰才是笨蛋呀，**傑克？**」

香妲女爵為了逗她跟朱比特開心，談起在彩排新歌劇《詛咒》時發生的八卦趣聞，而且承諾等莫莉安的腳傷痊癒，要帶她去永無境歌劇院後臺。可是，莫莉安對歌劇界的愛情和較勁不怎麼感興趣，只想知道關於布提勒斯・布朗的消息，一逮到不至於失禮的時機便轉移話題。

「你們覺得他……會不會跟朱維拉・德輕靈一樣？會不會昏倒在某個地方？」她小聲問，香妲女爵驚駭地輕呼。

「我也這麼想過。」朱比特承認，「我找過長老跟潛伏者，他們說已經在調查了……」他的語氣隱含疑問，莫莉安明白他心存疑慮，但不想說出口。

莫莉安過了幾天才獲准回家，這段時間持續有人探訪。蘇菲亞在某個下午來找她，在床尾坐了好幾個小時，悄悄述說她在地下九樓的幽魂時刻見證了什麼不可思議之事。雀喜小姐帶來她最好吃的巧克力餅乾，以及九一九梯全體同學；薩迪亞不厭其煩表演莫莉安戲劇化昏倒的那幕，演了一遍又一遍，但莫莉安打死不信她在上救護車時，稱讚過蓋文・斯夸爾的眼睛很美。

在那之後，霍桑跟詩律天天都來。冬暮那天，也就是莫莉安十三歲生日，詩律設法催眠了提姆和其他病人，免得他們發現她偷帶一隻毛茸茸的活潑小狗進來。

「妳沒說妳養了一隻狗！」莫莉安倒吸一口氣，把狗狗摟進懷中抵著下巴，牠舔起她的脖子。「牠叫什麼名字？」

「不知道。」詩律招認：「牠不是我的，我在車站看到牠，想說妳會喜歡。」

「妳……買了一隻小狗給我？」

「借來的。」她澄清，看見莫莉安恍然大悟後面露驚慌，翻了個白眼。「拜託，我會把牠送回去啦。生日快樂，不知感恩的傢伙。」

霍桑送她一片流光閃爍的銀白龍鱗，是他在地下五樓的龍舍撿到的，還擦得發亮。

「『空中火山』現在狂掉鱗片。記得收好，火山是羽量級冠軍，要是她今年贏得大賽，鱗片會值一大筆錢。」

整個禮拜，霍桑天天纏著她講淘金之夜的故事，今天也不例外。莫莉安順著他，雖然她已經講膩了，詩律也已經聽煩了。

「——然後，他的眼睛開始發亮，發出綠色的光，朝我們衝過來，我對海洛絲說——」

「等等，暫停。」霍桑說。他把雙腳擱在床的尾端，在朱比特早上留下的一大箱點心裡翻找。詩律不管他們兩個，正靜靜讀一本懸疑小說。「眼睛發出綠光是怎麼回事？妳之前都沒提到。」

莫莉安停下來，皺起眉頭。「是沒有。我現在才想起來，不曉得……」她再度打住，腦海中倏地浮現另一件事。「等等，霍桑，記不記得朱維拉．德輕靈？她的眼睛也突然發出綠光，不是嗎？好像……好像有人打開什麼開關一樣。」

「不知道，」他聳肩，「我沒看到什麼發亮的綠眼睛。」

詩律饒有興趣地從書裡抬起頭，「朱維拉．德輕靈是誰？」

莫莉安說起他們在幻鐵撞見那隻幻豹的奇異經歷，霍桑不時插嘴加油添醋，干擾她的敘述。

「——然後她往一個男人的肩膀撲過去——」

「霍桑，不要站在床上，這是醫院。」

「——接著仰天長嘯——」

「她沒有，貓科動物不會仰天長嘯，你想的是——」

「吼吼吼吼吼吼吼吼！」

「拜託不要吼了。」

終於說完整個故事時，詩律說出了莫莉安內心揮之不去的念頭，早在她想起兩名幻獸族都有綠色眼睛之前，這想法便已存在。

「這不是有點奇怪嗎？兩個幻獸族無緣無故攻擊人類？幻獸族不會這樣。」詩律早已把書拋到腦後，傾身向前，「你們覺不覺得，這兩起事件搞不好有關？」

莫莉安思忖著點頭。「對，說不定。朱比特說打從淘金之夜以來，沒人見到布提勒斯・布朗……除此之外，就我們所知，朱維拉還沒醒來。萬一，沒人見到布提勒斯的原因是……」

「沒人找到他的屍體。」詩律接話道。

「對！呃，不是屍體，這樣講得好像……我是說……朱維拉又沒死。」她轉頭問霍桑：「你真的沒看到綠眼睛？」

「老實說，」他答道：「那時我比較擔心戴寶的臉被發狂的幻豹咬掉，沒心思注意那個。」

「嗯，」莫莉安說，伸手搔搔小狗的耳後。「我想也是。」

她暗自記住，下次見到朱比特時要告訴他。

臨近週末，住院的新鮮感早已消磨殆盡。醫院的餐點很平淡，床鋪很難睡，而且莫莉安幾乎沒辦法睡過夜。

最煩人的是，由於她的傷夠有意思，從世俗學院的醫學生到玄奧學院的治療師，每個班級都想來研究看看。提姆護理師負責管理這些學生的進出，一臉堅忍而無奈，看來這種事是常態；他會確保巫術院學生的療癒護符消過毒，如果有靈視者來察看莫莉安的靈場修復得如何，就替他們將燈光調暗，諸如此類。第三天，有群興致勃勃的外科和工程學者過來，提議截掉傷腿，安裝獨立思考能力的義肢，提姆聽了連眼都沒眨一下。（朱比特溫和地把這群人給請了出去。）

過了將近一週，經歷所能想到的各種治療，提姆護理師宣布病人可以回家了。

「我想，他們應該都用自己的方式幫了我。」莫莉安下結論道。她正收拾禮物卡片，準備離開醫院，細看已經好得差不多的抓傷，暗自期望至少會留下一點疤痕。

「是啊，也許吧。」提姆護理師翻起白眼，「也或許，幫了妳的是我們這些老傻瓜，替妳縫合傷口、保持傷口乾淨、每天換兩次繃帶。我是說，誰知道呢？」

莫莉安把花跟巧克力全數留給他。

# 第十二章　機緣巧合和愉菲雅娜

三年之春

著名編曲家古斯塔夫·莫納史坦推出最新歌劇《詛咒》，在首演之夜，永無境歌劇院前廳宛若報紙社交版化為現實。貴族與名流摩肩接踵，劇場界的當紅炸子雞與時尚界大人物翩然穿梭，這份賓客名單鐵定讓法蘭克口水直流。

永無境的幻獸族社群相當蓬勃，今夜也大舉出席，支持跟香妲女爵演對手戲的西奧博德·馬雷克。他是享有盛譽的幻鹿男高音，據香妲女爵說，有名的程度只**略遜**她一籌。

「當然，業界還有其他幾位幻獸族演員。」香妲女爵在後臺告訴莫莉安，她正協助女高音穿上華美閃耀的戲服。更衣室外，工作人員宣布再十五分鐘就要開演，透過關閉的門扉能聽見樂團在遠處練習的樂音。「幻狼赫白德斯·歐譚達，妳可能聽過，我們在六年之冬合演了《莉莉白的詠嘆調》。還有貝弗麗·米勒夫人，名聞遐邇的幻鴨次女高音，真是了不起的才華！她現在不唱歌劇了，什麼不做，偏偏去搞歌廳秀，妳信嗎？」

莫莉安其實沒有專心聽，她正在跟一排小巧難纏的蛋白石鈕釦纏鬥。香妲女爵臨時得找人幫忙換戲服（平常負責服裝的女孩生了場大病），莫莉安於是自告奮勇，可她現在後悔了；抵達歌劇院後臺時，她才曉得香妲女爵的角色必須**換十二套戲服**——那還只是第一幕的呢。打從出院以來已經過去兩週，她的腿傷好了許多，只是仍不太靈活，偶爾會突然一陣抽痛，但願待會不需要東奔西跑。

「不過西奧博德……他確實不簡單。」香妲女爵繼續說，拿起一盒粉底往臉上撲，拍出團團粉霧。「大家通常覺得，幻鹿唱男中音會唱得不錯，誰想得到體型龐大的鹿能唱出天籟般的高音——哦！」她在鏡中留意到什麼，倒吸一口氣，「莫莉安，親愛的，這隻袖子好像脫了一條線，能不能——就是那裡，小心點，別太用力拉，可能會把布拉壞。每一針、每一線、每個亮片都絕不能出紕漏，一定要慎重對待……朱維拉……美麗的……」

香妲女爵說不下去，掩嘴摀住微微的嗚咽，淚水盈眶。莫莉安有些驚惶地僵住，思索該怎麼辦才好。

眾多幻獸族和藝術工作者前來捧場《詛咒》首演之夜，還有另一個原因。發生聖誕夜悲劇之前，這齣歌劇的每件戲服都是由朱維拉・德輕靈一手設計。在雪地找到她後一週，報紙依然隻字不提她在幻鐵上的詭異行為（莫莉安猜想朱比特說得沒錯，幻學想把事情壓下來），但卻走火入魔地用各種角度，報導這位著名幻豹離奇昏迷前的一生。本季歌劇尚未開演，時尚和歌劇界人士便紛紛品評起戲服，大加讚揚，說這些華貴服裝是充滿巧思之作，展現了德輕靈獨樹一幟的美學天才。

莫莉安在室內張望，尋找任何幫得上忙的東西，最終目光落在一盒面紙上。她把面紙當救命浮木般抓起，塞給女高音。

「朱維拉……不會希望妳在今天晚上難過的。」她說，朝鏡子露出安慰的微笑。

「對。」香妲女爵吸吸鼻子，向莫莉安報以笑容，從盒中抽出一張面紙。「對，親愛的，妳說得對。今晚應該歡慶！人家說的好，戲還是得演下去。」她輕盈站起，轉身擺了個高貴的姿態。「我看起來怎麼樣？」

莫莉安急吸一口氣。眼前是豔麗無方的反派女主角愉菲雅娜，身穿一襲深紫色襯午夜黑的絲綢禮服，閃耀著明亮的金屬光澤，布料彷彿在她身上飄舞，直瀉至腳邊。她肩上披著黑玫瑰斗篷，是用銀線繡成，點綴著精巧的串珠圖樣；一頂優雅的王冠高高立在頭頂，形狀近似一對角，是朱維拉親手用實心瑪瑙雕刻而成。

莫莉安驚豔得說不出話來。

「美到極點。」她終於開口，香妲女爵燦爛一笑。

---

坦白說，莫莉安本來不認為她會喜歡歌劇。這也是為什麼她很樂意自願當救火隊，在後臺幫香妲女爵的忙，而不是跟朱比特、法蘭克、瑪莎和芬涅絲特拉坐在包廂看戲。（不知為何，聽說她的贊助人在永無境歌劇院有專屬包廂時，她壓根不訝異——包廂門上甚至有個小標示牌，寫著他的名字。）

傑克看似滿懷遺憾，以功課太多為由推掉首演之夜的邀請，不過他私下警告莫莉安歌劇挺無聊的，最好練習不要睡著，以及如何做出一副津津有味的樣子。

可是，當舞臺燈亮起，愉菲雅娜唱出第一顆音的剎那，莫莉安徹底入了迷。她在後臺觀看，扣人心弦的音樂和充滿情感張力的演出似乎貫穿胸腔，觸動她的心靈。

在兵荒馬亂的緊急更衣期間，莫莉安大致明白了愉菲雅娜女王的故事。這名女子受到人民的恐懼與怨恨，在她仍是驕縱的年輕公主時，曾對宮廷的吟遊詩人出言不遜，嘲笑他的奇異樂曲和語言，吟遊詩人於是施下詛咒，令她終其一生都將遭所有人誤解。

多年後，飽受非議的愉菲雅娜女王滿懷怨憤，直到有天，她對名叫機緣巧合的旅人一見鍾情（機緣巧合由西奧博德飾演）。然而，她為了示愛所付出的努力全部慘烈收場：口中說出的每個字，都化為他聽不懂的詭異語言；獻給他的玫瑰布滿尖刺，使他的手指受傷流血；將馬廄裡的上乘良駒送給他當作禮物，那匹馬偏偏立刻踹了他的頭一腳（馬是由真正的幻馬演員擔任，莫莉安覺得他的演技非常逼真）。不可思議的是，他仍舊愛上了愉菲雅娜。

香妲女爵飾演的愉菲雅娜傳達出強烈的哀怨和沮喪，儘管莫莉聽不懂女高音唱的任何一個字，依然在某些片段感動得幾乎落淚。

**「我不過是孑然一身的旅人，」**西奧博德扮演的旅人機緣巧合唱道：**「疲憊的心已迷失方向。但我在妳身上看見愛情，我必不計代價贏取芳心。」**

**「施嚕丹維迪斯格羅爾法蘭波里可思，曼克普林杜黎安督啵啵啵。」**香妲女爵飾演的愉菲雅娜應和。（在莫莉安聽來，最後那段根本稱不上歌詞，倒像是魚在水裡發出的聲音。）

這是中場休息前的最後一首合唱，觀眾如痴如醉，莫莉安聽見第一排傳來真情流露的啜泣。香妲女爵與幻鹿西奧博德的合唱戲劇化地越疊越高，在樂團的伴奏下，為第一幕的終曲迎來高潮。

與此同時，在帷幕後方的舞臺，莫莉安所站的位置對面那側，不停傳來喧擾。她繞過穿戲服的演員和繪畫布景一看，只見那名幻馬演員不停嘶鳴，用後腳立起又重重踩向地板，起碼有半打工作人員正試著安撫他。

**「我願為妳獻出生命，我願把心交託給妳。」**站在下舞臺的西奧博德宛轉唱道，渾然不知帷幕後的情況。

**「福隆摩克貝戈喀林叮格力斯，溫布林普盧佛吭奔噗嚕嚕嚕嚕嚕。」**香妲女爵深情對唱（最後一段根本只是長長的彈舌音）。

幻馬猛力甩頭，發出響亮的長嘶，碰巧樂團的配樂漸強，蓋了過去。莫莉安有些心驚。在她身後的側臺，一些劇團人員圍過來，壓低聲音擔憂地討論。

「維克多在做什麼？」她後面有人說：「他想回舞臺上嗎？」

「找幻馬來演就是這樣，」一名飾演愉菲雅娜護衛的演員嘀咕：「不專業。那段戲分我來演也行啊。」

演吟遊詩人的男人嗤之以鼻，「有馬蹄才能演那一段，史提芬你這白痴——喂，快看！他怎麼搞的？」

事情發生得太快，沒人來得及出手阻止。莫莉安無聲卻驚恐地旁觀幻馬撒腿疾馳，衝破繪畫布景跑上舞臺，撞倒了香妲女爵。

她歪倒在地，發出令人心中一沉的「砰」，愉菲雅娜女王的瑪瑙王冠從頭頂滾落。觀眾看似有些困惑這是不是在演戲，直到樂團驟然停止演奏，西奧博德大喝：「維克多！**你做什麼？**」幻馬癲狂地轉圈快跑，香妲女爵一動也不動。

莫莉安狂跳的心臟提到喉嚨，她握緊拳頭，強迫自己召喚幻奇之力。這次，她不會像聖誕夜一樣，跟霍桑和戴寶在幻鐵上嚇得無法動彈；不會像淘金之夜一樣，再度錯失行動機會，到頭來唯有逃命以求自保。這次，她不會袖手旁觀，不會因為過於驚嚇，導致無法發揮她僅有的微薄力量。沒時間擔心會不會被看到了。

「**晨曦日的孩子活潑乖巧……**」

幻奇之力隨即匯聚至身邊，是史上最快的一次。力量聚集、聚集、**聚集聚集聚集**，如同她節節升高的慌亂情緒那般飆漲。她抓住帷幕，試著穩住心緒，覺得自己彷彿站在汪洋中，幻奇之力的能量如浪般一波波打來。

「維克多，拜託住手！」舞臺監督喊道，奔上臺，張開雙臂攔阻。維克多發出嚇人的尖嘶。

莫莉安在原地一陣搖晃。「**夕暮日的孩子**——不要！」

幻馬用後腿立起，馬蹄高舉在香妲女爵上方，作勢要踏在她頭上。

莫莉安原本只想朝維克多的方向呼出一小簇火焰，嚇嚇他就好，爭取幾分鐘好讓香妲女爵能夠獲救。

但實際發生的情況並非如此。她確實是吐出一小口氣，起碼這部分做對了，然而火勢隨即增大，伴隨一聲突兀、恐怖的呼嘯，她抓住的帷幕著了火，迅速延燒，彷彿擁有生命、滿懷恨意。劇場四處響起尖叫，先是後臺，接著是觀眾席，賓客終於明白這一切並非演出。

維克多在最後一刻掉轉方向，離開香妲女爵身邊，忽然鎖定起火之處，激動地衝了過去。

帷幕宛若火牆，連同吊掛設備轟然倒塌。幻馬見狀更加發狂、更加憤怒——不只是憤怒，而是凶暴，渾身充盈熾熱狂亂的力量，似乎連他自己也無法掌控。儘管莫莉安驚慌失措，她仍看得出對方同樣慌亂。維克多上竄下跳，像是體內有什麼東西企圖逃逸而出，莫莉安可以看見他的眼白，顯然連他也害怕自己身上的變化。

然後——又來了。幻馬眼中閃過危險的綠光，恰似朱維拉，恰似布提勒斯。莫莉安不假思索，奔上舞臺追了過去。

幻馬有如被附身的賽馬，跳下舞臺，沿著劇場中央的走道全速馳騁，觀眾正湧向出口好遠離火災，此時慌忙讓開。出入口的門扉緊閉，但維克多猶如火車，直接破門，留下一片驚叫和碎木片。

才過不到一秒，觀眾再度一陣驚惶，只見巨大灰色毛球從離舞臺最近的包廂一躍而出，輕巧地跳過幾排座椅，在走道落地。隨後，芬涅絲特拉速度絲毫未減，向壞掉的門疾馳而去，追著發狂的幻馬衝出了歌劇院。

朱比特翻過包廂，跳到舞臺上（雖不及芬涅絲特拉那麼優雅，好歹沒斷手斷腿），匆忙趕到香妲女爵身邊，對歌劇院員工大喊指示。

「快點把火給滅了——你們的滅火器只有這些嗎？喔，**那就拿來啊！**」他朝舞臺監督一指，「你！叫救護車，讓大家離開劇場到大廳去，但不要讓任何人走掉！臭架子——我是說，警察會需要所有目擊證人的證詞。香妲，不行，不要動，躺著就好，沒事的。」

女高音微微一動，嘴裡喃喃說了什麼，虛弱地伸手撫頭。朱比特跪在她身旁，脫掉天鵝絨外套，摺起來當作枕頭墊在她頭下，一面抬頭望著莫莉安。

「妳還好吧，莫兒？」他問。

莫莉安看看朱比特，看看香妲女爵，以及舞臺上木製布景的殘骸。布景已然燒毀，上頭滿是滅火器的泡沫，有幾處尚在冒煙。

她點頭，但她一點也不好。一切都不好。

# 第十三章　永無境歌劇院大幻亂！

「棒呆了，真是棒呆了。」

香妲女爵半躺在沙發床上，身旁環繞靠枕、毛毯和攤開的報紙，團團金色煙霧在身周流轉。她本該在臥房休養，醫生說至少要在床上躺三天，可是她中午就無聊了，堅持叫人把她連人帶躺椅搬去吸煙室，有如躺在擔架上的女王。杜卡利翁飯店員工有不少鐵粉大隊，非常樂意滿足她的心願，大家紛紛爭奪這份殊榮，一名年輕的園丁差點為此跟一名副主廚大打出手。

「什麼棒呆了？」莫莉安問，第五次跑去替香妲女爵拍鬆靠枕。「是給妳的劇評嗎？」

「劇評？」女高音一哼。儘管手腕骨折，半顆頭纏了繃帶，她看起來依舊尊貴，如同昨夜高雅的愉菲雅娜。「**劇評**？什麼劇評？到處都沒有《詛咒》的劇評，《斥候報》沒有，《早晨郵報》沒有，《鏡中奇遇報》也沒有。」她舉起永無境最八卦的小報頭版。

莫莉安皺起眉，努力想搞懂頭條。「他們寫錯字——」

「對，他們覺得這樣寫很幽默。」香妲女爵吸了吸鼻子，把令她不快的報紙拋到一旁。「全都在講幻馬跟他……天知道他怎麼了。幾乎沒提到我或西奧博德的表演！甚至連德輕靈的戲服都沒寫到。」

莫莉安撿起被扔開的報紙讀了起來，越讀眉頭便皺得越深。

**永無境歌劇院大幻亂！**

昨日是古斯塔夫・莫納史坦的歌劇《詛咒》首演之夜，才華橫溢的女高音香妲・凱麗女爵莫名遭到狂暴的幻獸族惡意攻擊，因而負傷。在第一幕終曲，情緒不穩的馬族演員維克多・歐德蕭（飾演「馬」一角）殘暴地踩過女主角，現場目擊者表示當下十分驚駭。

關於本次攻擊的動機有不少傳聞。

「維克多企圖心很強。」劇團演員史提芬・羅林斯杭廷頓說：「很積極，你懂的。我只是要說，他會不擇手段爭取更重要的角色。坦白講，沒人知道他怎麼拿到『馬』這個角色，很多人說我天生就適合演『馬』，何況我在劇場的經驗比較豐富。中間到底發生什麼事，這是我很想知道的。」

莫莉安從報紙抬起頭，「所以警察認為是蓄意的囉？那個叫維克多的幻馬是故意攻擊妳？」

「警察可沒這麼認為，親愛的。」香妲女爵說：「這上面一句也沒提到警察怎麼想，全都是《鏡中奇遇報》在告訴別人該怎麼想。我今早聯絡他們，說要提供我的觀點，不過他們當然沒興趣。《鏡中報》從來不是以調查報導的品質聞名，但逮到機會就抹黑幻獸族這方面倒是有名得很。可憐的維克多。」

「他們為什麼不喜歡幻獸族？」莫莉安問，把報導掃過第二遍。「聖誕節那時候，我跟朱比特說德輕靈在幻鐵上的事，他也這樣講。他說，『八卦小報最愛報導幻獸族做了什麼出格行為』。」

香妲女爵長嘆，調整頭上的綳帶，瑟縮了一下。「親愛的，妳比誰都來得清楚，人討厭自己害怕的東西，最怕的是自己不明白的東西。我想，幻獸族至今仍是個謎，所以有些人把他們當成威脅，尤其是老一輩的，雖然不是只有他們這樣想。」

「為什麼？」

「這個嘛，對我們**年輕人**來講——」

（莫莉安聞言，努力不要把眉毛挑太高。香妲女爵比她大了起碼二十歲。）

「——幻獸族始終和我們共存，我們很容易忘記幻獸族權利是最近才有的。不過八、九個世代以前，豢養幻獸族當寵物還是合法的呢。」

莫莉安頭一次聽說這種事。「當寵物。妳是說，就像……像**寵物**？像奇獸？加上項圈、牽繩，跟——幫他們取裝可愛的暱稱？」光是說出來，她已經感到頭暈想吐。

「嗯，有時女巫也會把他們當成使魔。」香妲女爵神色嚴肅。「幸好在我們這個世代，生活已經更平等，知識更普遍。雖然有的人很想回到黑暗時代。」她狠瞪了《鏡中奇遇報》一眼。「莫莉安，寶貝，我整個人都打起顫來了。幫我丟了那份沒用的報紙，好嗎？」

莫莉安睡醒時，芬涅絲特拉跟朱比特都不在。直到傑克從寄宿學校回來，在午餐時間抵達飯店，他們依然不見蹤影。

傑克原本下週末才要回來，但他說他讀到《鏡中奇遇報》的報導，想探望香妲女爵。虛弱的女高音稱讚他是「史上最得人疼、最體貼的男孩子」，給了他幫忙回沖一壺茶的榮耀。

「大家似乎都搞不清楚昨晚發生什麼事，」那天下午稍晚，傑克對莫莉安說。他們在大廳流連，一邊玩牌，一邊等朱比特回家。莫莉安下定決心，她的贊助人一走進門的剎那，她就要好好逼問對方。「有些報紙說幻馬被失火嚇到，衝出歌劇院，把香妲女爵撞倒；有的說是有人故意縱火的。喔，而且……妳有九嗎？」

「去釣魚（註2）。」莫莉安咬住臉頰內側。傑克哀叫，又把一張牌加入滿手的手牌。「他們說的事都是真的，只是……順序不對。你有Q嗎？」

他撇下嘴角，把牌丟給莫莉安。「所以是妳囉？妳放的火？」

「對啊。」

註2　一款可用撲克牌玩的遊戲，玩家須詢問其他任一玩家是否持有某個數字牌，假如對方手中沒有，會回答 Go fish（去釣魚），這時詢問的玩家就必須從中央牌堆抽一張牌。

傑克一副不知該不該笑的樣子。「妳是……妳是心血來潮想在永無境歌劇院放火，還是……？」

莫莉安翻白眼，「說什麼傻話。」

「我就不知道嘛。」他湊向前，壓低聲音：「到底怎麼回事？」

莫莉安描述維克多突然攻擊人，以及後續經過。

「我不曉得該怎麼辦，」她說：「所以我……不知道，我本來以為可以嚇嚇他之類的。」

「對啊，因為妳好可怕喔。」傑克若有所思地說。

「閉嘴啦。」

他壞笑，「有七嗎？」

「去釣魚。我只想放小小的火，可是……嗯，你懂，火就是那樣。」

「是啊，會燒起來，」他說：「很有名呢。」

「閉嘴啦。有A嗎？」

「去釣魚。反正，看來是有用，」傑克指出，「把他趕跑了。」

莫莉安一抖，想起當時維克多被火光弄得混亂焦躁，竟撞破劇場的門。「大概吧。」

「但這些不是巧合，對吧？」他沉著臉說，再度靠回椅子上。「德輕靈、布提勒斯・布朗，再來是這個。這不可能是巧合，有什麼事不對勁。」

莫莉安深感贊同。她猜想，朱比特此刻在外奔波，正是為了釐清究竟是什麼不對勁。

芬不久後回到杜卡利翁飯店，可是朱比特沒一起回來，芬也說不出（或不肯說）他去哪了。魁貓悠然踏進大廳的那刻，莫莉安與傑克立即趕上前，跟在她後頭小跑著一路爬上螺旋梯。

「妳一整天去哪裡了？」傑克逼問。

「關你鳥事街，」芬涅絲特拉說：「很棒的地方，真想回去。」

「妳從歌劇院離開之後怎麼樣了？」莫莉安問：「妳抓到他了嗎？」

「算是吧。香妲女爵在哪？」

「吸煙室。」傑克從她的另一側冒出來問：「什麼意思，什麼叫『算是吧』？」

「你們一定要圍著我打轉嗎？」芬翻了個白眼咕噥。「意思就是，我用不著真的抓他。我追那匹瘋馬追了好幾個街區，還要閃過他一路上引發的混亂，差點摔斷腿——兩起車禍，三家店的玻璃被撞破。最後我終於在死巷堵到他，他還想撞穿磚牆哩。」

莫莉安一縮，腦中閃過布提勒斯·布朗。他喪失神智，凶暴地發洩怒氣，彷彿滿心只想毀掉什麼，想毀掉她。

「他把自己傷得很重，」他們走進吸煙室時，芬接著說。「到處是血。然後他站起來，再撞一次，然後又撞一次。」

「**什麼？**」傑克說，「他為什麼要——」

「那個幻馬簡直是失心瘋。」沙發床上有人輕聲說。法蘭克的頭從一堆靠枕中冒出來，香妲女爵在躺椅上睡著了。「我們在劇場裡都有看到，大家都看得出來。那傢伙壓根沒有理智。」

芬抓了抓爐火前的地毯。「他撞牆撞了**四次**，好像被什麼給附身一樣，只想大鬧一場。後來他轉過來看我，接著就……放棄了，躺在地上。」

「如果有魁貓在黑漆漆的巷子裡堵我，」傑克說：「我八成也會躺下來投降。」

「不對，不是那樣的。」芬沉吟道，在地板上蜷縮起身子，形狀像肉桂捲。「他不是怕我，我猜在那之前，他根本沒發現我在追他，只是沿路暴走。如果可以，他大概也會攻擊我，可是……他沒辦法。他耗光了身上每一分力氣，兩眼變得無神，連眼也不眨，呼吸很微弱。」

「跟朱維拉・德輕靈一樣。」莫莉安說：「她被找到的時候，也是倒在地上，身上都是雪。芬，然後呢？」

魁貓大大打了個呵欠，露出滿口利牙，睡眼惺忪地聳了個肩。「潛伏者過來把他帶走了。」

「潛伏者？」莫莉安驚呼，「他們有沒有說什麼？要把他帶去哪裡？」

「誰知道。」芬說：「他們是**潛伏者**，哪會停下來跟你寒暄問好。」

莫莉安和傑克互望一眼。既然極度機密、由菁英組成的幻奇學會偵查部介入調查，代表鐵定出了什麼怪事。

莫莉安眉頭緊鎖，深吸一口放鬆心神的蜂蜜鮮奶煙霧。芬的敘述令她想起淘金之夜，陡然間彷彿回到現場：幻熊發狂大鬧；困在汪洋當中，遭海浪不斷沖刷的可怕感覺；腿上忽地傳來熱辣辣的劇痛；那道……那道一**閃而逝的綠光**。

「芬，妳看到他的眼睛沒？」她問：「有沒有哪裡奇怪？」

「眼睛？」芬看似對這個問題感到困惑，「沒注意。」

「真的？」莫莉安追問：「妳確定？他的眼睛沒有……變綠，或是發光，或——」

「確定。」魁貓再次打了個充滿睡意的呵欠，伸個懶腰，在地毯上翻過身去。「你們吵夠了的話，我要來補眠了，今天錯過七次午睡。」

# 第十四章 空心症

朱比特也許半夜回來過，但莫莉安完全沒見到他。再次見到朱比特，是隔天早上遠遠望了一眼；幻學全體成員被召集至聚會堂，據說要宣布重大消息。

不是什麼好消息。

「過去幾週，」坤寧長老站在講臺上說：「學會暗中調查永無境的一系列事件，因為我們認為這些事件彼此相關。現在，我們已肯定確實有關。

「其中幾例大家可能聽說了，例如設計師朱維拉・德輕靈不明原因患病，這樁新聞廣受矚目。有些人也知道，最近有位初階學者遭到攻擊，關於此事的流言甚囂塵上。」長老說到這裡，九一九梯的大家轉頭望向莫莉安，但她直視前方。「很遺憾必須在此證實許多人的懷疑，該案例的攻擊者隸屬學會，是位老師。」

室內陷入死寂，這個壞消息讓眾人驚愕得暫時啞然，隨後竊竊私語聲逐漸增大，眾人開始批評、表達不安，猜測犯事的人是誰。

「第三起事件，」坤寧長老提高音量，壓過交談聲。「發生在上週末，各位應該在新聞報導上看到了。在永無境歌劇院，又有學會成員遭遇暴力攻擊，幸好這兩起事件的受害者只受了輕傷，可望徹底痊癒。」

莫莉安腿上大片爪痕傷疤不滿地抽疼。

「是喔，輕傷。」她小聲嘀咕：「真棒。」

霍桑對她咧嘴一笑，「起碼腿還在，對不對？」

坤寧長老繼續說：「然而，我們調查的事件不只這三起。其實，截至目前為止，總共發生了十幾件，數字尚在增加中。這些攻擊事件對永無境人民形成強大的威脅，我們正籌建行動小組，以求盡可能迅速周詳地因應這個問題，此小組將由阿留斯・薩加長老監督，朱比特・諾斯隊長帶領。我已經請諾斯隊長向我們報告最新情況。小朱？」

詩律靠向莫莉安，「妳知道他軋了一腳嗎？」

「不知道。」她承認，「但如果妳仔細看，會發現我根本一點也不意外。」

「他手上不是有幾百個工作了嗎？」霍桑問。

她嘆了一聲，「沒錯。他就需要這個，更多責任。」

她暗忖，不知朱比特接下這份差事之後，還有多少時間能回杜卡利翁飯店。

朱比特按下開關，講臺上方投影出龐大的永無境立體地圖，照亮整個空間。城中散布發亮的紅點，莫莉安馬上留意到，其中一個紅點飄在雄偉大道西側上方，恰恰是永無境歌劇院的位置。另外一個紅點位於坦特菲爾德幻鐵站外，也就是布提勒斯・布朗追殺她跟海洛絲的地方。她算了一下，地圖上還有其他九個紅點，散落各處。

真的發生了這麼多起攻擊事件？是怎麼保密至今的？

「我想大家都同意，這是非比尋常、令人憂心的現象，尤其有位犯事者是學會的一分子。」朱比特說：「首先，這些不是有組織的攻擊事件，也不是模仿犯，潛伏者在調查初期就排除了這些可能。前一段時間，駐學會奇獸學家薇樂麗・刺藤博士及幻學教學醫院的馬爾康・拉特徹醫生已提出假設，昨天終於獲得證實。

「犯事者都感染了具有高度攻擊性的不明病毒，導致腦部的正常功能停止運作，引發不穩定的暴力行為。要強調的是，這些行為**完全不是出於自願**。

「很多人現在應該發現了，」他面色凝重地接著說：「犯事者還有一個共通點。他們都是幻獸族。」

「這跟刺藤博士有什麼關係？」後方有人揚聲說道：「她是奇獸學家。幻獸族跟奇獸不一樣，是要我們說幾遍。」

觀眾席響起稀落的鼓掌，以及幾聲喝采。莫莉安在座位上回過頭，原來說話者正是次型幻獸族，她猜應該是幻蜥，因為對方的皮膚微帶綠色，而且有雙鼓凸的黃眼。

刺藤博士站起身，回應逐漸濃烈的不滿氣氛。「葛雷夫先生，如有冒犯十分抱歉。」她說，一手放在胸口。「您說得沒錯，我並非幻獸族專家，但有許多病症最初都是發源於奇獸，再傳播至幻獸族，這次事件可能也是如此。我在幾種疾病見過類似的症狀，例如昏獴症候群、賽馬流感，甚至是狐痘。我們不能排除——」

「這跟昏獴症候群是兩碼子事。」中間某排傳出一個小聲音。莫莉安原本不確定是誰說了話，直到一名戴圓頂禮帽的毛茸茸小紳士爬上來，站在鄰座的頭上，低聲說：「不好意思，你不介意吧——謝了，巴利。」這隻幻獴清清喉嚨，對刺藤博士和全體學會說：「我阿姨露西兒就是因為昏獴症候群過世，那是很可怕的病，每次她昏倒，我們都不曉得她會不會醒來，有一天……她再也沒醒了。我非常想念她，我絕不允許你們說她是什麼凶猛奇獸，會到處恣意攻擊別人！」

「說得正是。」後排的幻蜥說，更多人拍手、喝采。

「刺藤博士不是這個意思。」朱比特提高音量，壓過喧譁。「我把話說清楚：我們什麼也不知道，因此不能排除任何可能。我們決心查明原因，所以會運用所能找到的任何一丁點資訊。

「雖然傳播方式仍不明確，但這個疾病正在擴散，」他馬不停蹄接著說，指向地圖：「速度非常快。這些是目前為止的病毒受害者，起碼是我們所知的。紅點代表患者在病毒量達到高峰時的所在位置，在那之後，病毒就會離開患者的身體，使該幻獸族人進入昏迷狀態；我們把這個點稱為高峰點。某些幻獸族的高峰期只有幾分鐘，有些長達數小時，特點是行為暴烈、癲狂、失控、充滿攻擊性，有時對象是他人，有時是公共財物，有時是自己。由於狂暴化的高峰期以及隨之而來的昏迷期，這種病不僅對受感染幻獸族造成危險，也危及他們身邊的所有人。」

「不好意思，諾斯隊長，」雀喜小姐舉手高聲說：「你剛才說『受害者』，意思是有人死亡了嗎？」

「不……沒有，用『受害者』這個詞或許不太好。」朱比特揉揉左邊太陽穴，看似疲憊，猶豫片刻，望向長老理事會的座位，彷彿請求他們允許揭露什麼訊息。莫莉安瞧見坤寧長老默然點頭。「我們已知的幻獸族感染者，現在已經從皇家光翼幻獸族醫院轉至幻奇學會教學醫院的封閉病房，進行隔離，加以照料和監控。好消息是，他們身上已經沒有病毒了。壞消息是，他們現在變得——我沒有更好的詞可以形容，他們整個人像是被掏空一樣。」

聚會堂一片沉重的寂靜。朱比特的話徘徊不去，沉甸甸壓在每個人頭上。

「由於沒有更好的詞，我們姑且把這個病稱為『空心症』。當空心症離開軀體時，」他繼續說道：「似乎會把所有的東西一併帶走。如果沒有像我一樣的能力，如果不是見證者，或許很難清楚分辨，然而他們不只是昏迷而已，他們……就像是……空了。沒有自我意識，沒有腦部活動，毫無任何反應。但願這些後遺症都只是暫時的，不過現階段沒人能夠肯定。」

莫莉安想起芬前一天形容維克多的話。她說：**他耗光了身上每一分力氣，連眼也不眨，呼吸很微弱**。

眾人交頭接耳，開始環顧周遭。在學會，幻獸族的數量不及人類，可是在場的幻獸族突然變得出奇顯眼。莫莉安密切觀察幻牛薩加長老，但他的臉色難以捉摸。

「大家一定有問題想問。」朱比特說，現場馬上豎起許多隻手。

「那人類呢？」有人大聲說：「我們會感染嗎？」

「要怎麼保護自己不受感染？」幻獴高聲問，他仍站在鄰座的頭上。

「怎麼阻止攻擊事件？」

「諾斯隊長，你需要志願者嗎？」

「有辦法治癒嗎？」

朱比特舉起雙手，「麻煩一個個來。首先，空心症看來不會傳播到人類宿主身上，有可能是無法傳染，我們認為病毒只能在幻獸族的體內生存。但再重申一次，我們不排除任何可能。」

「因為你們什麼都不曉得。」在九一九梯後面幾排，巴茲．查爾頓冷笑道：「一群腦袋空空的廢物。」

詩律低低發出嫌惡的聲音。「老天，他就是不肯閉嘴。」

莫莉安哼笑。她很高興詩律像她和朱比特一樣，壓根不喜歡她那位贊助人，因為巴茲真的差勁到不行，詩律的每一分嫌棄都是他罪有應得。

另一方面，她也同情這位朋友。莫莉安的贊助人非常傑出，深受景仰，頗令她引以為傲，可惜詩律只有討人厭的巴茲，他完全不在乎詩律，也不在乎他蒐羅的大批備選生與學者。詩律值得比他更好的贊助人。

「沒錯，」朱比特同意道，直視巴茲的雙眼。「這是全新的危機，我們所有人都是頭一次面臨這個狀況。查爾頓先生，如果你有更好的情報，請務必上臺與大家分享。」

「如果只有幻獸族會感染，」巴茲不理會邀請，繼續說：「為什麼不把所有幻獸族關起來就好了？就這麼簡單。隨便他們自相殘殺，不會波及我們。」

忽的一聲「砰」，聚會堂瞬間死寂。大家望向薩加長老，是他用巨蹄重重一踏講臺，怒瞪巴茲，臉上滿布雷霆之怒。

「幹什麼？」巴茲努力裝出無辜的表情。「薩加長老，我沒有什麼惡意，只是說……你懂的……」

他越說越小聲，薩加長老依然不吭聲，狠瞪著他，直到他在座位上往下滑。

「坤寧長老剛才提到空心症行動小組。」朱比特說了下去：「薩加長老跟我將和身為潛伏者的里維斯探長合作，帶領行動小組阻止攻擊事件，減少衝擊，希望可以蒐集足夠的資訊，在事件發生前加以預防。刺藤博士跟拉特徹醫生正研究空心症的症狀和根源，吳樂迭負責公共移焦活動。」

「她做得不怎麼樣嘛，是不是？」巴茲再度開口，「畢竟我們週末都在報紙上看到報導了。」

朱比特張嘴想說些什麼，但樂迭用不著他幫忙講話。

「巴茲，那你對其他攻擊事件知道多少？」她冷冷地說，甚至懶得站起來或在座位上轉頭看他。「就跟你腦袋裡裝的東西一樣，什麼也沒有。那是因為我把消息壓下去了。不如這樣吧，我管好我的工作，你做好你的……天知道，究竟有什麼事需要你渾身臭氣、狂講蠢話？」

聚會堂爆出轟笑，沖淡了緊繃氣氛，莫莉安瞥見薩加長老輕笑一下。

「諾斯隊長，那些感染的幻獸族呢？」笑聲過後，一個輕柔而熟悉的聲音問道。莫莉安轉頭，只見蘇菲亞站在座位上，舉著一隻狐掌。她不禁一陣內疚，自己在這種場合竟然笑得出來。「那些你說已經被掏空的人，接下來會怎麼樣？」

朱比特深吸一口氣才回答。

「還不知道。」他坦白地說：「但他們目前很安全，在教學醫院得到妥善治療。我保證，我們會盡力研究治療方法。」

# 第十五章　絲織花園

那天下午稍後，在地下九樓，莫莉安與蘇菲亞翻閱《幽魂時刻之書》，尋找如克安排的課程。莫莉安頭一回沒在研究室看到任何學者，大概是他們有工作要忙、有課要上，少了茶匙偶爾在馬克杯中攪拌的聲響和輕咳，這裡出奇死寂。

這份靜謐之所以感覺特別明顯，還有一個原因：他們都在迴避**那個顯然沒人打算談的話題**。終於，莫莉安忍不住了。

「妳的本領是什麼？」

她有很多疑問，其中並不包含這個問題。她原本想問的是：**蘇菲亞，妳擔心嗎？妳怕感染空心症嗎？妳覺得很快就會找到解藥嗎？**可是幻狐對早上的Ｃ＆Ｄ聚會隻字未提，莫莉安也不敢提及，怕讓她心情不好。反正，問了又如何？她當然擔心，大家都擔心。

「我？我可以讓死掉的東西復活。」蘇菲亞漫不經心用狐掌劃過書頁，彷彿她剛才說的事稀鬆平常，彷彿她說的是：**我？我會做起司三明治**。

莫莉安眨著眼。「妳……抱歉，妳剛剛是說讓**死掉的東西**——」

蘇菲亞意識到她的嗓音隱含激動，抬起頭，帶著歉意微笑。「喔，哎呀，不是的，不要高興太早。相信我，沒有聽起來那麼厲害，我的本領對人跟幻獸族無效。大型奇獸也不行。其實，小型奇獸也不行。」

「那對什麼有效？」

蘇菲亞沉吟。「嗯……昆蟲？一些鼠類？大部分植物都可以，只要夠小，而且剛枯萎不久。基本上，如果你是亟需復活的小蟲、老鼠或灌木，找我就對了。」

「哦。」莫莉安說，試著掩飾失望卻徹底失敗。「喔，這樣呀，酷。」

「一點也不酷。」蘇菲亞輕笑，「大家聽到之後都露出一樣的表情——對，就這個，有禮貌但是沮喪的表情。沒關係，我不會生氣。」

莫莉安感覺糟透了。「不——很酷啊！真的。我從來不擅長照顧活著的植物，更別說讓死掉的植物復活了。」

「謝謝，妳真好。」她看來心情好了些，「偶爾也是挺有用的，在一些特別的小地方上。」

「康納爾呢？」

「喔，康納爾的本領很優秀。他是跟亡者對話的靈媒。」她打住，撇開目光，喃喃道：「應該說，他可以跟亡者對話，但他再也不這麼做了。」

「為什麼？」

「聽說是有一次跟陰間交流的時候，發生了不好的事。」

「不好的事？」莫莉安問，手肘抵在桌面，上身前傾：「像是什麼？」

「我沒問過。」蘇菲亞回頭一瞥，像是要確定研究室裡沒有別人，接著輕聲說：「可是……他一定是嚇到了，因為這麼多年來，他都鐵了心拒絕使用本領。我不是很想知道出了什麼事，康納爾可不是容易嚇到的人。」她輕點《幽魂時刻之書》的某一頁，「在這裡，就是這個。絲織花園，地點在馮奧夫芬廳，妳絕對會喜歡。」

| | 日期&時間 | 參與者&事件 | 地點 |
|---|---|---|---|
| Ⓐ | 終結世代，次年之春，第二個週三<br>13:00–15:47 | 碧麗安絲·阿瑪迪奧、艾洛蒂·鮑爾、歐文·賓克斯<br>編織入門課，由阿瑪迪奧教導鮑爾和賓克斯 | 幻奇技藝學院傲步院<br>地下九樓<br>**馮·奧夫芬** |

去馮奧夫芬廳要走上好一段路。（這個廳是以幻奇師艾美琳·馮奧夫芬命名。）剛來幻奇技藝學院的頭幾天，這裡詭譎的格局完全把莫莉安弄昏了頭，不過一搞懂背後的原則，要找到路就相當簡單了。

如克向她解釋，大廳兩側列有十座大拱門，頭九個拱門通往九個廳室，分別以九位初代幻奇師命名，第十個拱門則通往學者的研究室。九個廳室中各有一條拱廊，通往以第二代幻奇師命名的第二個大廳……再通往以第三代幻奇師命名的大廳……依此類推，猶如族譜上的分支。

有些分支多達十幾個廳，莫莉安最遠曾穿過十四條拱廊，抵達以幻奇師歐布瓦・傑密提命名的「傑密提廳」。傑密提廳中沒有拱廊，卻是一扇緊閉的木門，和她首次來地下九樓見到的那扇門類似，上方石塊刻有發亮的**過渡之廳**字樣，那裡就是分支的終點。（基於有試有希望，莫莉安也試著用印記開這扇門，但依然毫無動靜。）

「妳覺得，以後這裡會有以我命名的地方嗎？」莫莉安問。

「就我所知，條件是幻奇師滿一百歲。或是……嗯，他們過世，看哪個條件先達成。」蘇菲亞解釋。

莫莉安歪頭，「希望是選項一囉。」

「的確。」幻狐贊同。「莫莉安，我只能陪妳到這裡了，我得回地下六樓教課。妳自己一個人沒問題吧？」

「當然，我之前也單獨進去幽魂時刻過。」

蘇菲亞似乎放了心。「那就好。不過，千萬慢慢來，不要躁進，好嗎？」

「我保證。」

莫莉安想，在地下九樓尚未人去樓空、受到悉心維護時，馮奧夫芬廳想必是數一數二壯觀輝煌的大廳。現在，這裡猶如傾頹的大教堂，瀰漫著陰森的氛圍，大型石造拱門和階梯已然倒塌，其間穿插半毀的大理石像。

她找到空中的纖細銀光，輕輕打開，進入幽魂時刻，猜測立即得到印證：過去的馮奧夫芬廳奇詭富麗，恢弘的建築景觀萬分雄偉。想到這景色已蕩然無存，莫莉安的心不禁揪痛。

絲織花園。

與其說這裡是「一座」花園，不如說是千千萬萬個不同的花園。或者該說，這是千千萬萬幅描繪花園的不同圖像，出自千千萬萬名不同的藝術家之手，發揮千千萬萬種不同的想像，使其化為立體的現實。這裡有直達天花板的樹，樹枝結出金銀果實，樹幹爬著宛如遊蛇的藤蔓；有片搖曳的向日葵花海，高度超過莫莉安的頭；還有一座迷你花園，裡面長著可愛的小紅菇。

這堂課由碧麗安絲·阿瑪迪奧指導，她的編織技巧出神入化，是莫莉安最喜歡的老師。（她恍然想到，最喜歡的老師竟然與你素未謀面，不知道你的名字，從未和你說過話，因為對方早在幾百年前就已過世，這件事大概挺怪的……不過她盡量不去多想。）

「絲織花園已有超過七百年的歷史。」莫莉安抵達時，碧麗安絲正說道。她領著學生走在小徑上，兩旁開著奇形怪狀的蓬鬆雛菊，迎著不存在的風搖晃，招來一群群亮粉色熊蜂，嗡嗡作響。莫莉安努力跟上，可是她不管碰到什麼都想停下來看個夠。「這裡的花草奇獸永遠不死，藤蔓樹木永遠不會過度蔓生雜亂。整座花園都是人造的，運用周遭世界的絲網之線編織而成。」

「是誰做的？」一名學生問，是個約莫七、八歲的男孩。

莫莉安不太習慣在幽魂時刻見到這麼小的孩子。如今必須年滿十一歲才能加入幻奇學會，但蘇菲亞曾向她解釋，在從前，每當一名幻奇師離世，便會有一隊幻學精英啟程，上窮碧落下黃泉，尋覓將接替這位幻奇師的孩子。有時只要幾天就能找到，有時花上數月，有時耗費數年；然而，無論何時，找到這個小孩以後，家人總會心甘情願地把他交給幻奇學會，在傲步院成長，接受其他幻奇師的訓練，這是至高的榮耀。

她曾問蘇菲亞、如克跟康納爾，她接替的可能是哪位幻奇師？在九名原初幻奇師當中，誰是她的前人？可惜他們沒有答案，令她大失所望。康納爾說，自從埃茲拉那一代，幻學便不再尋找這些孩子，也不再記錄這一切了。

莫莉安不禁思忖（心裡難免有些不甘），假如她從小學習幻奇技藝，今天或許已是學有所成的幻奇師。

「我們大家一起做的，」碧麗安絲告訴小男孩：「也就是在幻奇技藝學院受過訓練的每個人，你可以把這裡當成一幅世世代代共同創作的畫。長久以來，幻奇師在此修習幻奇技藝之編織，每個人曾經犯下的錯誤，構成了這個像搖籃一樣安全的美好所在。」她眼裡閃著笑意說：「過來，看看這個……我想這大概是花吧？」

學生都笑了，莫莉安看得出為什麼。那朵「花」比較像長歪的軟塌象耳，整朵都是灰色，帶有皮革的質感，似乎很硬，像是小孩只能用腳趾夾著灰色蠟筆畫畫時，才會畫出來的花。

「要是我說這是艾弗克．安塔烈斯最早的作品，你們信嗎？」碧麗安絲說，對那朵花露出憐愛的微笑。

莫莉安壓根不曉得艾弗克．安塔烈斯是誰，不過那些學生顯然知道，三人全倒抽一口氣，露出樂不可支的表情，彷彿有人說他們最愛的名人來了。

「他那時只有九歲，」碧麗安絲對年紀稍大的男孩點了點頭：「歐文，就跟你一樣大。以第一次編織來說，做得還不錯，對吧？」

碧麗安絲繼續引領大家沿著曲折小徑往前走，不時伸手觸摸玫瑰柔軟的花瓣，或輕輕劃過池塘水面，留下一道粼粼波光。學生緊隨其後，張著嘴環顧四周，莫莉安跟在後頭，同樣滿懷驚嘆。

「每個進入這座花園的幻奇師都必須完成一項作業，我們也會從這個作業開始。」碧麗安絲說明：「你們會發現，這件事做起來出奇簡單，要做得好卻極其困難……做到完美更是幾乎不可能。但這就是絲織花園存在的意義：犯錯、失敗、練習。那麼開始吧，請召喚幻奇之力。」

莫莉安遵循碧麗安絲・阿瑪迪奧的指示，雀躍地發現其他學生能做到的事，她同樣辦得到。碧麗安絲是出色的老師，富有耐心，講解簡明扼要，如有必要，也願意隨時放慢速度，或是重新解釋一次。

「編織是想像力的擴展和縮斂，把想法、創意與物質交織，藉此操縱及創造屬於我們自己的現實，實現我們勾勒的情景。在編織時，我們是從絲網牽線，重新編排，一種目標是影響既有的世界——」她停下來示範，隨意轉動手腕，令遠處的一條巨藤來回搖盪，「——另一種目標，是創造全新的世界。」

每當莫莉安瞇起雙眼，就能隱約看見近乎透明的白金色絲線，那是在周遭運作的幻奇之力，來回飛舞，執行並未宣之於口的指令。她過沒多久便發現，自己無須開口詠唱即可召喚幻奇之力；它比平時更密切關注莫莉安，猶如隨時準備好聽從主人任何命令的忠犬。在這個時刻交流的狀態下，她只需要輕哼幾個音，便感到幻奇之力集中於指尖。

**跟埃茲拉・史奎爾一樣**，她暗忖。這念頭帶來複雜的情緒，半是擔憂，半是欣喜。

課程結束時，包括莫莉安在內，學生各自以笨拙的手法，創造了一朵屬於自己的仿花，儘管花朵歪歪斜斜、外型失真。莫莉安試著在她那片小花床上做一朵紅玫瑰，然而成品倒像是插在籤上的嘔吐綠圓帽。

儘管如此，這個插在籤上的嘔吐綠圓帽仍舊是屬於她的。莫莉安振奮不已，坐在地上直盯著那朵花瞧，反覆想著「這是我做的」，覺得自己萬分強大、聰慧、富有藝術天分，堪比碧麗安絲・阿瑪迪奧。

隨著幽魂時刻接近尾聲，幽魂老師、同學與花團錦簇的絲織花園開始忽隱忽現，越來越不穩定，最後直接消散。比起直接踏出幽魂時刻的簾幕，莫莉安偏好看著她造訪的每個時刻褪去，這會花比較久，可是當她靜候於原地，旁觀周遭世界緩緩轉變，心中總是感到寧靜。

馮奧夫芬廳再度只剩莫莉安一個人，這時她發現自己有點累。不，應該說精疲力竭。

她該回去。她該站起來，回到研究室，或是……幾點了？說不定她該回去搭家庭列車了。

**起來**，她暗暗告訴自己，可她沒動。

她好累。身體就是不聽她指揮。

莫莉安想起淘金之夜，她坐在小巷中，渾身溼透地發著抖，腿上還在流血發疼。不過，她那天好歹知道自己怎麼了，知道究竟是什麼阻礙她起身離開：是寒冷，是失血，是痛楚。

這次的感覺不同，與其說是她的身體出了狀況，不如說她體內似乎有什麼被拿走了，流失了……不見了。

她疑惑，自己坐在這裡過了多久？全身上下肌肉痠痛，好冷，好餓，餓得像是她這輩子都沒吃過東西。

「沒拿捏好分寸，是吧？」

她用極其緩慢的速度回頭，只見如克居高臨下看著她。

「蘇菲亞說她提醒過妳了，下次最好聽話。」

如克看似沒有要聽她回答的意思，這很好，因為莫莉安累到說不出話。學務主任把一碗雞湯塞進她手中，將一條毛毯胡亂披在她肩上，接著在她身旁坐下。

她倆默然坐著，氣氛算是自在，只有湯匙與碗敲擊的聲響。如克好像覺得面對空蕩蕩的室內發呆也很好，自顧自陷入深思。過了好一段時間，快喝完雞湯時，莫莉安終於恢復足以開口說話的元氣。

「她們去哪了？」她問。

「嗯？」如克從空想中回神，轉頭注視莫莉安，目光陡然犀利。「妳說誰去哪了？」

「就是……」莫莉安咕噥。屋裡沒有其他人，獨自承受學務主任的全副注意力，讓她渾身不自在，宛若站在聚光燈下。「她們兩個，迪兒本女士跟默嘉卓夫人。」她連忙又往嘴裡塞了一口湯，心想自己會不會逾越了界限。

然而，如克看起來並不生氣。「噢，我們都在這。」她籠統地說。

莫莉安嚥下湯，「一直都在？」

她點點頭。「一直都在。不過……有些人的意識比較強烈。我不常出來。」

「為什麼？」

「沒理由出來。至少，最近才有理由。」

莫莉安在提出下個問題前打住話頭，最後心想，如果要問，現在大概是最好的時機。「妳們總共有幾個人？」

如克的嘴角微微一動。「從來沒人問過我們。」

「超過三個嗎？」莫莉安追問。

「喔，我想是吧。」

「妳怎麼會不知道？」

如克歪頭，再歪向另一邊，像是正在思量。「幻奇師，妳見過套娃娃嗎？打開一個，裡面是另一個，打開之後又是另一個，然後又一個……」如克停住，莫莉安點頭。「這些娃娃怎麼會知道，她裡面究竟有多少個？她怎麼會知道，其他娃娃在她腦中藏得多深？」

說不出為什麼，這些話令莫莉安心中發毛。

「答案是，她當然不會知道。」如克繼續說：「她沒辦法肯定。不過有時候，要是她小心留意，可能會感覺到其他人……在裡面碰來碰去。」她微微晃了晃頭。「也許我們就這樣沒完沒了地套下去，誰曉得？」

莫莉安思索了一番。她想的不是娃娃，而是地下九樓的廳室，宛如樹上的枝枒，一個個延伸出去。若想前往最末端的廳堂，必須一個不漏地穿過每個廳，沒有捷徑。

「這樣說來，迪兒本不知道妳的存在嗎？」如克皺眉。「我不確定。她跟我的確從沒見過。我是說，我們從來沒接替過對方，默嘉卓跟我就用這種方式『見過面』。我跟迪兒本一直沒機會碰面。」她瞥了莫莉安一眼，「聽說她很討人厭。」

莫莉安差點把湯噴出來。「她，呃……人不是很好。」

「對，我也是這樣聽說。」

搭火車回家的路上，九一九梯不停討論空心症，聊大家聽到的謠言，各自提出假設。整個幻學議論紛紛，猜測是誰在教學醫院接受隔離、那些患者多危險、會不會有其他跟德輕靈一樣有名的幻獸族人已經感染。

「聽說有一位感染者是幻象，」馬希爾說：「九一六梯某個男生出手打敗他，救了一整隊潛伏者，不然他們差點被象踩扁。」

「唉唷，那是威爾．高迪亂編的。」薩迪亞抱怨：「才沒有什麼幻象，他整天都在說服別人相信那個白痴故事。我倒是聽說有個幻蛇大開殺戒，吃了一家五口，醫生只好把他肚子剖開救人。」

「薩迪亞！」雀喜小姐說：「這個故事好可怕，而且絕對是假的。」

「我只是說我聽到的事而已，雀喜小姐。」

對話繞著這個主題打轉，莫莉安卻難以專注傾聽。她是真心擔憂空心症，可是……她克制不了地反覆回想這天下午的課，回想碧麗安絲‧阿瑪迪奧，回想絲織花園，還有她在園中栽下的一小朵花。

她正在學習幻奇師的技藝。她得不停壓抑這個念頭，因為這會讓她像個傻瓜一樣咧嘴笑，但其他人明明正在討論糟糕的疫情。

「莫莉安，妳今天做了什麼？」列車駛進九一九站時，小蘭悄聲問。聽見自己的名字，莫莉安嚇了一跳。

「噢！嗯……我做了一朵花。」

「真好。」

# 第十六章　課外活動

當週稍晚的某天早晨，出現了警告標語。傲步院的牆壁和布告欄通常貼滿社團報名表、失物協尋單，如今突然被許多黑白海報蓋了過去。詩律扯下其中一張，念給九一九梯的所有人聽。

## 空心症

### 你有染病風險嗎？

#### 何謂空心症

一種可能致命的疾病，由病毒引起，迅速在幻獸族之間傳遞。

## 潛在感染對象

如果你是幻獸族，且精神極其難以集中、非常健忘、食慾大幅增加、無法入睡、坐立不安、做出不符合本性的攻擊行為，你有可能感染了。

假如你出現上述任一症狀，請**立即**向刺藤博士、拉特徹醫生或幻奇學會教學醫院醫護人員約診。

**隨時注意**
**切勿拖延**
**尋求幫助**

「這是妳贊助人做的嗎？」馬希爾問莫莉安，「帶領行動小組的人還是他嗎？」

莫莉安從詩律手中接過海報。「是他，但……這不像他的風格，沒有顏色，而且驚嘆號太少了。」

她從頭默讀一次公告。**精神不集中**、**健忘**、**食慾增加**、**無法入睡**，沒提到眼睛。是朱比特忘了嗎？她暗自想著要提醒他。

當天早上第一堂課是「你臉上那是什麼？」工作坊，內容延續了他們幾週前上過的「那什麼味道？」小型移焦術高級課程。雅查身為本梯的順手牽羊大師，理所當然榮獲最高分，霍桑也相當善於製造小規模混亂，大家對此毫不意外。馬希爾有如腹語師，挺會製造是另一個人在說話的假象；小蘭的絕招是把問路搞得很複雜，說話不停兜圈子；就連法蘭西斯也露了一手，從生日蛋糕裡面跳出來嚇人。

然而，真正出人意表的是埃娜，只要一聲令下就會落淚，沒人贏得過她。（老師說，如果要尋求好心陌生人的幫助，或是擺脫臭架子的糾纏，這絕對是必備技巧。）埃娜甚至用不著裝哭，她只是非常擅長回憶讓她想哭的難過事情。

九一九梯的其他人都很期待今天的工作坊，想藉機磨練目前為止所學的技能。但是，莫莉安禁不住有些煩躁，這一切感覺太浪費時間了。

何必學怎麼在人滿為患的屋內大喊「失火了」？她明明可以去地下九樓製造真正的火，或是去絲織花園照料她那塊日漸繁盛的花床。小型移焦術老師教她的東西，怎麼比得上向黛西瑪．可可羅學習編織，將死水化為浪潮？鍛鍊與幻奇師相關的技藝，想必遠比任何事情來得重要，不是嗎？

不過，她找雀喜小姐談的時候，引導員告訴她，世俗及玄奧技能還是很實用，重要的是多方涉獵。

她找如克談的時候，學務主任告訴她，重要的是記住這是場馬拉松，不是跑百米。

她找蘇菲亞談的時候，幻狐告訴她，重要的是慢慢前進、拿捏分寸、小心為上。可在她腦中，上次見到埃茲拉．史奎爾時他說的那句話，蓋過了其他人的建議。

**莫莉安．黑鴉，妳不是小老鼠，妳是龍。**

「你怎麼不把眼睛變綠的事告訴大家？」那晚，莫莉安邊吃晚餐邊問朱比特。

「嗯？喔對，妳說過……眼睛。」他咬掉一根蘆筍的尾端，一面咀嚼一面沉吟。「莫兒，確切來說，妳看到的是什麼？」

她哀號。「我跟你說過了……」

「再說一次。」

「朱維拉、布提勒斯、維克多，他們三個都是同樣的狀況。我知道聽起來很怪，但是感覺好像他們腦袋裡有什麼開關打開了，然後眼睛就變成綠色。」莫莉安頓住，把盤中的晚餐推來推去。「我只是……你沒在聚會堂提到這件事，你做的海報上也沒寫這個症狀。」

「喔，那不是我做的。黑白兩色？不太符合我的風格。」他說：「那是刺藤博士的主意，坦白跟妳說，我不覺得這是好點子。她列出來的症狀只不過是猜測，是我們在詢問感染者親友的過程中拼湊出來的，內容很籠統，而且自相矛盾，沒人有多少把握。我認為在到達高峰期前，不存在確切的症狀。」

「可是，你有把眼睛的事告訴刺藤博士吧？」莫莉安不死心，「因為那不是猜測，是我親眼見到的，看到三次。」

朱比特放下刀叉，一手撫著下巴，在餐桌對面嚴肅地注視莫莉安。「我是告訴她了，我們也很重視這點，我保證。只是莫兒，到現在為止，沒有其他人看到同樣的特徵。」

「但你相信我吧？」

「相信。」他堅定地說：「我相信妳說的是實話。」

莫莉安注意到他謹慎的措辭，沉下臉。「你相信我說的是實話……可是你不相信我見到的東西是真的，對不對？你覺得那是我想像出來的。」

「不，我覺得妳很有可能真的看到了，但妳恐怕是唯一看到的人。」他的叉子追著一顆豌豆跑，試著將之叉起卻始終未果。「不過莫兒，這不是海報上沒寫的原因。我跟行動小組和長老討論之後，認為公開說幻獸族『眼睛發出綠光』不太好，擔心會引發不妥的聯想。」

「什麼意思？」

「大家已經嚇壞了。」他說：「在大眾眼中，這些病人是攻擊者，而不是失控疾病的受害者。要是我們說感染者『眼睛發出綠光』，一定會有些白痴扯些他們被惡魔附身之類的胡說八道。」

「誰管那些白痴怎麼想？」

「莫兒，白痴的厲害之處在於他們總是會找到很多其他白痴，肯相信他們白痴的胡說八道。俗話說得好，方圓六呎之內必有白痴。」

「應該是蜘蛛吧（註3）。」

「無論如何，」他繼續說：「我們暫時不會公布這個消息。假如這個症狀只在高峰期出現，那影響也不大，用不著靠發光的綠眼睛，就能分辨在城裡到處搞破壞的感染者了。」

莫莉安想，這話也對。她又起一塊烤雞，可是沒送入口中。「現在進行得怎麼樣

註3 歐美流傳一句俗話，即「一個人的方圓六呎之內必有蜘蛛」，另有一說是三呎，但兩者皆未經科學研究證實。朱比特的話就是改編自這句俗語。

了？我是說行動小組。刺藤博士的解藥研究有進展嗎？」

「我想沒有。除此之外，感染者的數量不斷增加。」他維持以手支頷的姿勢，閉上雙眼幾秒，莫莉安還以為他睡著了，但他隨即坐直，振作精神，看起來疲憊沮喪。「問題是，我們找到感染的幻獸族時都是在高峰期，或病毒導致他們昏迷之後，根本沒東西可研究。如果至少能阻止攻擊事件……但不可能辦到，因為我們不知道誰感染、怎麼感染，也沒辦法監控城裡每個幻獸族。」

「為什麼不公之於眾？」莫莉安提議，「要是有人發現誰變得不對勁，你就能去調查了。」

「我想這是遲早的事，」他承認，「不過這會帶來各式各樣的新問題。想想看！『嗨各位，拜託留意有沒有幻獸族感染，這種病會讓他們凶暴地攻擊你，喔而且在他們攻擊你之前，你沒辦法區分誰感染，因為我們也不確定症狀是什麼，但我們猜應該是以下這些其實再正常不過的症狀，不管有沒有感染，人人都可能隨時出現這些症狀。祝好運！』」他發出不帶笑意的短促笑聲，「吳樂迭鐵定等不及要宣傳這段話了。」

莫莉安從沒見過贊助人如此頹喪。她不知該說什麼，於是倒了杯水，推到餐桌對面給朱比特，他露出感激的笑容接過。

「你見過感染者嗎？」她問：「他們在那之後看起來怎麼樣？我是說，用你的……你懂，見證者的能力。」

朱比特咬下一大口雞肉，莫莉安明白，這是為了爭取時間思考回答。

「這很難描述，莫兒。我從沒見過這樣的東西。我是聽過空心人的故事，類似見證者之間流傳的黑暗民間傳說，總是有人聽說誰的朋友見過一個被徹底掏空的陌生人，只是……在這之前，我一直不相信真的有這種事。」他搖頭，彷彿仍舊不敢置信。

莫莉安蹙起眉頭，「什麼意思，『空心人』？」

「我看一個人的時候，」他推開餐盤，傾身向前。「我是說，認真看的話——我會看見一個完整、飽滿、獨特的人。比方說，我今天下午跟香妲女爵聊天，她腦裡不停想著一首歌，旋律像蛾一樣在她耳邊飛來飛去。有什麼事讓她煩心，她臉上有道淺淺的黑影。在這片表層底下，她全身上下是一片憂傷的深藍色，彷彿身在大海，我想是她正為朋友朱維拉感到悲傷。

「再往下，她時時刻刻懷著源源不絕的善意，就在胸骨附近的位置，有如在密閉房間燃燒的蠟燭。有些人的善意是短暫的，但她的善意永遠都在。」他盯著不遠處出神片刻，「再往下的話……嗯，我不常繼續往下看。越深層就越難看清楚，大家即使沒有意識到，也會壓抑那個部分，盡可能藏得越深越好。除非受到邀請，否則我不會跨越那條界線。

「然而，在教學醫院的那些幻獸族……什麼也沒有。」他輕輕地說：「表層空白，底下也是空白。沒有過去，沒有當下。」

「這……我的意思是，他們睡著了呀，對吧？」莫莉安想了個解釋，「搞不好，在睡覺的時候——」

「他們不是在睡覺。他們什麼也不是。就算處於昏迷狀態，一個人依然會保有身為人的特質，仍然會作夢，會有生理病痛，會有他人留下的印記，例如摯愛之人與敵人留下的傷疤跟痕跡，因為這個人還是擁有過去。但這些幻獸族，就好像……黑洞。裡面**什麼也沒有**。」

朱比特雙眼圓睜，看得見放大的黑色瞳孔。他很害怕。莫莉安的雙臂寒毛直豎。

「說真的，莫兒，與其被掏空，我寧願死。」

接下來幾週，情勢逐漸明朗：即使瞞得住居民，也控制不住空心症疫情。

很快地，C＆D聚會基本上成了空心症聚會，其他事務都暫時擱置。打從聖誕節起，每週至少發生一次攻擊事件，數字持續攀升，最後似乎每二到三天就會傳出新的風言風語，說有幻犀牛大鬧雜貨店，或幻貓把誰的臉當成貓抓板給撓得亂七八糟。

吳樂迭警告大家，要不了多久，大眾便會將事件串起來，拼湊出真相。

與此同時，教學醫院在地下三樓的隔離病房早已滿床，第二個病房也快了。醫院員工本就人手不足，現在還得輪流值班十二小時，幾乎累垮，逼得護理師提姆某天大步走進聚會堂，威脅要號召護理師同胞罷工。為了因應這個情況，長老徵召所有具備醫療經驗的學會成員提供協助，這些人毫不猶豫地從七大域馳援。

就連一些學生也被拉去幫忙，擁有醫療經驗的進階學者獲得拔擢，擔任普通病房的要職，包括埃娜在內的初階學者則是大半時間被醫院工作占據。

這對九一九梯來說是件好事，因為埃娜成了他們專屬的情報來源，帶來有關幻獸族感染者的資訊——多虧她文靜低調的個性，她天生就是偷聽的料子。

「當然，像我們這些助手不會見到他們，因為我們不能進隔離病房，但我聽到兩個護理師在茶水間講話。」某天早上，她在九一九站告訴同梯。「他們說，昨天晚上有三個幻獸族人住院，是個幻獾家庭，最小的跟我們同年！真的好難過。」

不知為何，這消息對莫莉安來說猶如晴天霹靂。其實她明白，空心症怎麼會管你是老是小？然而，不知怎地，想到有同齡的人躺在病床上，彷彿令事態嚴重了十幾二十倍。她不斷回想朱比特的描述：**表層空白，底下空白，沒有過去，沒有當下。像個黑洞**。

九一九梯家庭列車在月臺停靠，雀喜小姐一如往常探出車廂揮手，大夥紛紛上車。銅茶壺的水已經煮滾，馬希爾將茶包丟進幾個不成對的馬克杯，小蘭按照每個人的喜好放方糖（大家早已對彼此的口味爛熟於胸），法蘭西斯開始傳遞餅乾罐。

「雀喜小姐，這個薑餅真好吃。」他讚賞地說，把一塊餅乾掰成兩半，「掰起來很俐落，口感很好，香味夠濃，那是……肉桂嗎？」

「不知道耶，法蘭西斯。」雀喜小姐說著，咬了口手上的薑餅熊。

他的臉略略一垮，「不是妳自己烤的嗎？」

「不是，法蘭西斯，我是像普通人一樣去店裡買的。」

「妳昨天去哪了？」霍桑問莫莉安，他們坐進老位子，書包隨手扔在地上。「請病假嗎？」

「什麼？沒有啊，我在上課。」

「可是妳早上沒搭家庭列車。」

「下午也沒搭！整天都沒見到妳。」詩律接話，語氣隱含控訴。「我們很擔——我是說，霍桑很擔心，老是念個不停，無聊死了。」

「噢。沒有啦，嗯，我昨天一早搭傘鐵來，」莫莉安忍住呵欠，「五點有個幽魂時刻。後來又有事留到比較晚。」

「五點！」霍桑說：「早上也有這東西啊？」

莫莉安翻了個白眼，「哈哈，好好笑。」

這不盡然是實話。她的確提早到校，也留到比較晚，但並不是學務主任或有人要她這麼做的。前天，莫莉安靈光乍現：雖然如克每週擬定嚴謹的課表，加上她仍舊必須參加五花八門的世俗和玄奧學院指定科目……可是嚴格來說，沒人規定她不能自行造訪幽魂時刻。

因此，那天下午放學後，等地下九樓的書呆走光，她翻遍整本《幽魂時刻之書》，接著和初代幻奇師張立一同度過計畫之外、無比美妙的九十分鐘。張立示範了影幕技藝的一項技巧，化身為與周遭環境完全一致的顏色和材質，猶如人型變色龍，這項絕活令莫莉安看得入迷，等她終於搭上吊艙回家，已差不多是晚餐時間。

當然，她只旁觀了張立的幽魂時刻。她聽從大家的提醒，把握好分寸、謹慎行事等等，如克想必挑不出什麼問題，莫莉安也覺得自己不致惹上麻煩，不過……她暫時想把這些課外活動計畫當成祕密。

「而且，他們在幻奇師學校都教些什麼啊？」霍桑接著說：「妳學會用眼神殺光五十個成年人了嗎？」

「一百個成年人，」莫莉安糾正，「再加上他們的伴侶。」

「又來了。」埃娜哀號，努力裝出惱怒的口吻，其實看起來有點害怕。

「莫莉安，妳創造出怪獸了沒？」薩迪亞插嘴：「最好有很多牙齒。」

「跟致命的呼氣，」詩律接口：「以及有毒的體臭。」

莫莉安咧嘴一笑，「這些點子都很棒，我會記下來的。」

「妳決定好攻打永無境的日期了嗎？」馬希爾用公事公辦的正經語氣問：「我覺得星期一最適合，大家都還沒從週末收心，所以不太會打起精神抵抗。」

「非常有道理。」莫莉安調整在地板坐墊上的姿勢，好坐得舒服些。「我會寫進開戰行事曆。」

「妳會一口氣攻打整個永無境嗎？」雅查問，假裝遞出麥克風讓她回答，「還是要一次打一個地區？」

「一次一個地區吧，」莫莉安說：「感覺比較可行。請把餅乾傳給我。」

「雀喜小姐，叫他們不要說了！」埃娜哀號。這個玩笑已經講了好幾週（起頭的人當然是霍桑），至今埃娜仍是九一九梯唯一不覺得好笑的人。

莫莉安恰恰相反，同梯拿她的幻奇師身分開玩笑讓她很開心，這比怕她來得好多了。她暗自希望，總有一天，拘謹膽小的埃娜會忘掉害怕，加入開玩笑的行列。

那天，莫莉安又一次在放學後留下。最後一堂課下課時，她請霍桑轉告雀喜小姐說她會自己回家，接著趕到地下九樓，手裡捏著紙條，她在紙條上記下了幽魂時刻的細節，看起來相當吸引人。

| 日期&時間 | 參與者&事件 | 地點 |
| --- | --- | --- |
| 終結世代，九年之春，第九個週四 | 葛莉賽達・北極星、黛西瑪・可可羅、天棓三・河鼓三、瑪提德・拉虔斯、碧麗安絲・阿瑪迪奧、歐文・賓克斯、艾洛蒂・鮑爾 | 幻奇技藝學院傲步院地下九樓金斯頓 |
| Ⓐ 15:25–16:42 | 葛莉賽達・北極星示範幻奇技藝之滅盡 | |

這堂課棒透了，在莫莉安經歷過的幽魂時刻中稱得上數一數二。這裡有她首次聽聞、首次見識的幻奇技藝，此外，葛莉賽達・北極星堪稱她見過最有才華的幻奇師。

然而，這個幽魂時刻之所以深烙在她記憶中，並不是由於上述原因。

莫莉安站在其他幻奇師之間，觀看葛莉賽達以精妙手法示範毀滅之術。葛莉賽達十分蒼老，簡直可以當坤寧長老的曾祖母，動作卻出奇地優雅伶俐。

滅盡與編織恰恰相反，令人意外的是，如果想正確施展滅盡，需要的精準度和細膩度不亞於編織。課程開始時，葛莉賽達露了手絕技，憑空打造一棟建築，是座精緻的小溫室，有上百個玻璃窗，有如小巧的水晶宮，折射光芒，映照在整個金斯頓廳中。她做得遠比碧麗安絲・阿瑪迪奧更快、更精準，在這以前，莫莉安一直視碧麗安絲為幻奇技藝之編織的第一把交椅。

「無論是誰，都能對窗戶丟石頭。」葛莉賽達對學生說，隨即真的這麼做了，朝一扇玻璃窗扔出拳頭大小的石塊，將其擊碎。

「但是，滅盡技藝的關鍵並非使用外在的蠻力。滅盡是令某樣事物由內而外分崩離析，拆解所有構成這個事物的元素，然後繼續分解這些元素，依此類推，直到那個事物徹底轉化，全然失去原有的形貌。最真實、最純粹的滅盡之術，正是轉化之術。」

在課程的尾聲，葛莉賽達和學生反覆拆解玻璃溫室，直到溫室化為一堆細密的白沙。

她跟碧麗安絲一樣，是極為出色的老師，時時留心觀察，富有耐性，樂於讚美，也會迅速指正。莫莉安全心投入這個幽魂時刻，絲毫沒料到會迎來衝擊的結尾。一名站在她身邊的少年舉手發問，而她連對方問了什麼都沒在聽。

她當時凝視著葛莉賽達，葛莉賽達則轉頭望向那名少年，露出溫暖的笑容說：

「問得很好，史奎爾先生。」

# 第十七章 少年埃茲拉

沒有一個幽魂時刻標註他的名字。全都沒有。

莫莉安覺得自己很傻，怎麼沒料到這件事，怎麼沒想到，隨著她栽進地下九樓豐沛的幻奇師歷史中，終有一天，必然遇見號稱史上最邪惡之人的往日幻影。

這個人率領幻奇師同胞叛變，建立魔物大軍，在英勇廣場大肆屠戮，派遣煙影獵手殺光冬海共和國的所有詛咒之子，卻出於神祕瘋狂的動機，決定饒過莫莉安一命。

這個人曾凝視莫莉安的雙眼，說：「莫莉安．黑鴉，我找到了妳。妳的內心深處藏有黑暗的冰霜。」

可是，《幽魂時刻之書》上完全沒寫他的名字。

他的名字被刻意略去了。

莫莉安在地下九樓駐留，直到晚得不能再晚，再不走瑪莎或米范搞不好會派搜救隊找她。她盡可能翻遍整本紀錄，鎖定就她所知史奎爾仍住在永無境的時期（約莫一百年前的終結世代和東風世代），尋找跟史奎爾同期的幻奇師，例如碧麗安絲、歐文及黛西瑪。她翻到自己在絲織花園上的第一堂課，用手指畫過條目，找出「參與者&事件」那一欄：碧麗安絲・阿瑪迪奧、歐文・賓克斯、艾洛蒂・鮑爾。

但莫莉安很肯定，那堂課的學生有一個女孩，**兩**個男孩。

她怎麼沒注意到？她已經見過史奎爾了呀！說不定還見了好幾次，包括仍是小男孩的他，以及少年時期的他。從頭到尾，莫莉安滿心歡喜地在他的過去中穿梭，壓根沒發現他就在那裡。

她拿出筆記本，詳細記下確定有史奎爾在的幽魂時刻，寫了六、七頁，便將筆記本收進書包的暗袋中。

她要找出幽魂時刻中的史奎爾。

| | 日期&時間 | 參與者&事件 | 地點 |
|---|---|---|---|
| Ⓐ | 終結世代，十二年之春，第九個週五<br>12:15–12:53 | 黛西瑪・可可羅、歐文・賓克斯、艾洛蒂・鮑爾<br>幻奇技藝之編織進階課程，由可可羅教導賓克斯與鮑爾 | 幻奇技藝學院傲步院<br>地下九樓<br>**威廉斯** |

隔天，莫莉安午餐也不吃，直奔地下九樓，造訪祕密清單上的第一個幽魂時刻，果然沒有失望。

幽魂時刻中，地下九樓廣大、錯綜複雜的廳堂迴盪著高昂的笑聲、大浪拍擊聲，黛西瑪·可可羅編織出一條河流，緞帶似的在幻奇學院的眾多拱門之間蜿蜒。

這情景既恢弘、美麗又駭人。

莫莉安想起詭騙巷的浪潮永不休止地打在她身上，胸口一緊，但她強壓下那段回憶，轉而專注看著黛西瑪身後的少年，他奔過走廊，和後頭的朋友一同笑鬧，試著模仿黛西瑪施展的技藝（但不得不說，大多是失敗收場）。

這個埃茲拉·史奎爾正值進階學者的年齡，約莫十七歲，眉眼間開始與未來的英俊青年有些相似。

相較於香妲女爵前年給莫莉安看的畫像，他此時的頭髮稍微亂些，也沒有貫穿眉毛的疤，但那有稜有角的五官、光滑的白皮膚……在在顯得熟悉，卻又有些不對勁。

十七歲的史奎爾無憂無慮、活潑吵鬧，享受朋友的陪伴，也享受河川在校園奔流的奇景。

撇除相似的外表不談，莫莉安幾乎認不得他。

| | 日期&時間 | 參與者&事件 | 地點 |
|---|---|---|---|
| Ⓐ | 終結世代，八年之春，第十個週一 07:30–08:22 | 天梧三・河鼓三、歐文・賓克斯、艾洛蒂・鮑爾 幻奇技藝之編織入門課程 | 幻奇學會校園哭哭林西邊角落最老的樹底下 |

下個週一早晨，莫莉安闖進哭哭林西邊角落，這棵最老的樹看她在灌木叢亂踩一通，果然顯得很不開心。

「喔，不用在意我。」

莫莉安只顧著尋覓懸在半空的銀色光線，被盤根錯節的樹根絆了一下，這時樹幹上凹凸不平、帶有木紋的老臉撇下嘴，酸言酸語道：「別管我這些年紀一大把的樹根了，雖然它們只是深深埋在土裡面，動也沒動。我這就充滿朝氣地跳到旁邊去，行吧？我跳，我跳，我跳，我跳跳跳跳。」

「對不起，我在找——沒事！找到了。」

莫莉安打開縫隙，穿越時空，來到一堂比黛西瑪的地下河川早了四年的課。

史奎爾再次出現，年紀和現在的她相仿，正對著艾洛蒂扮鬼臉。天梧三伸手撫樹，熱切地說著要和大自然交流，才能認識、破解大自然的奧妙。

「埃茲拉，不要鬧了。」歐文用氣音說，閉上眼，手掌按在樹幹上。「有人在想辦法聽樹的聲音。」

莫莉安一時分神，暗自疑惑何必使用幻奇技藝跟哭哭林的樹木對話，依她的經驗，那些樹老愛大聲抱怨。不過，仔細一看那棵老橡樹，她才發現樹幹上沒有嶙峋的臉，周遭樹木也沒有。在這個幽魂時刻，哭哭林不是哭哭林，起碼不是她所知的哭哭林。真詭異。

「有人在想辦法聽樹的聲音。」埃茲拉在歐文背後，用誇張的嘴形對艾洛蒂說，接著兩人格格笑個不停。

莫莉安走到埃茲拉面前，湊上去細看那張快樂開朗的面容。一剎那，埃茲拉對上她的目光，彷彿知道她在這裡，令她心中一驚，頸後寒毛直豎。隨後，他的眼神飄開，似乎什麼也沒發生。

| 日期&時間 | 參與者&事件 | 地點 |
| --- | --- | --- |
| 終結世代，九年之春，第十個週三 14:21–14:38 | 碧麗安絲・阿瑪迪奧<br>幻奇技藝之影幕中階課程 | 幻奇技藝學院傲步院地下九樓<br>柯可蘭 |
| Q | | |

挑選這個幽魂時刻有些碰運氣的成分，畢竟條目並未列出歐文與艾洛蒂。但莫莉安有充分的理由推想，碧麗安絲總不可能孤零零待在教室裡，自己教自己怎麼編織吧。她越想越深信如此，索性蹺掉週三下午的死靈語課，跑去一探究竟。（她說服

自己，一堂課而已，何況講堂那麼暗，不會有人發現她不在座位上的。）

這個幽魂時刻的長度是十七分鐘，也是少數會不斷循環的時刻。埃茲拉一手放在木桌上，默默盯著桌子，全神貫注，直到皮膚宛如變色龍般轉變，化成維妙維肖的木紋。

整個過程中，他和碧麗安絲都沒吭聲。一直到結束時，她才對埃茲拉微笑，輕柔地說：「親愛的，做得很好。你進步了，我以你為榮。」

埃茲拉報以開懷的笑容，雙頰微微泛紅，明顯因為贏得讚美而喜不自禁。

莫莉安在角落旁觀，思索為何有人將這個片刻從歷史的長河中打撈出來。看兩個人靜靜坐在房間裡長達十七分鐘，實在沒什麼教學價值。說不定，創造這個幽魂時刻的人跟莫莉安一樣，純粹是著迷於少年時期的埃茲拉·史奎爾。

這個溫和、快樂、用功的男孩，為何長大成了殺人魔？莫莉安確信，只要她觀察得夠仔細，總有一天會逮到他的破綻，會瞥見未來那個他的陰影，那人一定就藏在他體內深處。

儘管如此，莫莉安卻已開始將他們視為兩個不同的人：一個是少年埃茲拉，一個是殺人魔史奎爾。

反覆循環的幽魂時刻不會消逝，而是會不斷重演，所以莫莉安得找到空中的縫隙，主動離開。

回到另一頭時，只見一張毛茸茸的小臉仰望著她。

「嗨，莫莉安。」蘇菲亞親切地說：「妳不是應該在地下六樓的講堂上課嗎？」

「我……呃……對。」

有那麼一瞬，莫莉安考慮撒個謊搪塞，隨即明白撒謊也沒用。她鼓起些微勇氣，翻開筆記本，塞到蘇菲亞面前，給她看自己抄下的那些幽魂時刻。

「我在找埃茲拉·史奎爾。」

幻狐連眼也沒眨，也沒有挪開視線。「嗯，我想也是。康納爾說，妳最近多花了不少時間待在這裡。」

「妳──噢。」莫莉安的防衛心態顯然無用武之地，頓時消解。「對不起。」

「用不著道歉。」蘇菲亞轉身離開柯可蘭廳，示意莫莉安隨她去走廊。「這是妳的學院，莫莉安。我們其他人──康納爾、我、地下九樓學術研究會、甚至是如克，大家都只是外來者。幻奇技藝學院屬於幻奇師，這裡屬於妳，幽魂時刻也屬於妳，畢竟它們的存在理由是為了教導妳。我們只是希望妳不要太勉強自己。」

「為什麼沒人跟我提過史奎爾？」

「在妳來之前，我們三個討論過。」蘇菲亞坦白道：「我當時不如康納爾那麼了解妳，他說妳承受得了。但我覺得，萬一妳知道這裡還有這麼多關於史奎爾的時刻，大概會嚇到妳或讓妳分心。」

「所以是妳拿掉他的名字嗎？」

「老天，不是！」蘇菲亞喊冤，「我們絕不會在《幽魂時刻之書》上面塗塗抹抹。是昂斯塔教授刻意略過史奎爾的名字，好避人耳目，他不希望長老沒收他的畢生心血……更糟的下場就是書被毀掉。任何東西只要和史奎爾的名字沾上邊，都註定灰飛煙滅。」

「可是，長老一定會想到某些幽魂時刻裡有史奎爾吧？」

「妳親眼見到他之前也沒想到呀。」蘇菲亞指出，「說真的，我覺得他們不想知道。就像康納爾說的，他們不過問，我們就不騙人。」

隨後陷入自在的沉默，她們繼續走向地下九樓的入口。接著蘇菲亞問道：「跟他待在同一個地方，妳真的不怕？」

莫莉安聳聳肩。「這也不算是真正跟他待在同一個地方，他跟史奎爾本人一點也不像。呃，跟我讀過的書比起來啦。」

她及時意識到自己說溜嘴，補上一句。她見過史奎爾本人好幾次的事，她沒告訴蘇菲亞、如克或康納爾，也不確定該不該提。她猜想如克應該曉得，畢竟默嘉卓知道，但要提起這件事挺尷尬的。

「那妳比我堅強多了，莫莉安，我會盡量避開他那一代的幽魂時刻。在別的幻奇師身邊看到他，讓我心裡難受，就算他那時候還小。」蘇菲亞搖搖頭，輕聲說：「那些人是他的朋友，親如家人——可以說是他僅有的家人了，畢竟他父母一定在他小時候，就把他交給幻奇學會。長久以來，他成功掩飾真面目，隱藏充滿仇恨的心，想到就覺得震撼。」

「但他也不像是恨那些人。」莫莉安說：「他看起來總是很快樂。」

他們走到拱廊盡頭，蘇菲亞停住腳步，準備在入口跟莫莉安分別，回到研究室去。

「對，大概就是這點令人心碎。」她沉吟道：「明知那些人最後的下場，卻看到他們在彼此身邊這麼快樂。」

「他們怎麼了？」

蘇菲亞面露不解地看著她。「莫莉安……妳沒聽過英勇廣場大屠殺嗎？」

「聽過。」她搜索回憶，「東風世代，九年之春，史奎爾派出魔物大軍想征服永無境，有些人為了阻止他，在英勇廣場和他交戰，然後他……」

莫莉安打住。零碎的資訊在腦中拼湊成形，倏然化為令她頭暈目眩的真相。

「他把大家都殺了，」她輕輕說下去：「殺了其他幻奇師。他不是號召幻奇師叛亂，是那些幻奇師想要阻止他，所以……所以他把那些人給殺了。」

「對。」蘇菲亞點頭。

「連艾洛蒂也是？」

「所有人都死了。」

莫莉安忽然滿腔內疚，她從未認真想過死於英勇廣場大屠殺的人是誰，在她腦海中，他們總是沒有面目，沒有名號，不過是群無名之人。她從沒想過，他們說不定是史奎爾熟識的對象。

「既然他們試著阻止史奎爾，」她慢慢說道：「既然大家口中的**英勇鬥士**同樣是幻奇師……那為什麼大家這麼痛恨幻奇師？為什麼大家只因為埃茲拉·史奎爾是最壞的幻奇師，就一口咬定只有他是幻奇師？」

蘇菲亞的耳朵一抽。「這些事情實在太過久遠——」

「一百年也沒有那麼久！」

「——加上史書經過全面刪修，後人很難查明當時的真相。但我們認為，在……」蘇菲亞頓住，思考適當的說法。「在英勇廣場事件後，再也沒有幻奇師保護人民，對抗史奎爾跟魔物大軍……在一小段極其黑暗的時期，情勢看似是史奎爾大獲全勝，征服了永無境。就是在這段期間，幻奇師成了史奎爾的代名詞，史奎爾則成了邪惡的代名詞，於是幻奇師變得罪無可恕，不再是景仰愛戴的對象，而是懼怕的對象。

「後來，這座城市啟動遠古魔法保護大眾，永久驅逐史奎爾，人民隨即要求幻奇學會給個交代，或是要求處置學會，甚至動手報復學會，因為當初就是學會培養了史奎爾，讓他踏上神壇。在這座痛恨幻奇師的城市中，假如幻奇學會這個組織想要存續下去，那就必須比別人更同仇敵愾，必須比任何人都嫉之如仇。

「所以幻學徹底改造自己，動手湮滅歷史證據，封鎖地下九樓，毀壞、抹黑、掩蓋擁有超過千年歷史的幻奇技藝。」

莫莉安默然半晌，消化這些新資訊。

「對不起，」蘇菲亞終於開口，用後腿站起，狐掌輕碰莫莉安的手腕。「我不曉得這會讓妳這麼難受。我以為妳知道他們是誰……他殺的人是誰。」

雖然一點也不好笑，莫莉安卻差點笑出聲。她怎麼可能知道？幽魂時刻相當適合用來學習幻奇技藝，卻無法告訴她那些人的人生。

蘇菲亞跟康納爾熟知地下九樓的歷史，但他們難道說得出，歐文與艾洛蒂得知至交好友的背叛時，臉上是什麼神情？他們難道能告訴她，和藹、猶如慈母的碧麗安絲遭到殺害時，對埃茲拉說了什麼話？在葛莉賽達死前的最後時刻，又採取了哪些行動來反抗？

誰能告訴莫莉安，當時的長老理事會是怎麼想的，竟決定汙衊八個無辜的人、將幻奇師歷史一筆勾銷，他們如何為這一切給個正當理由？

「我早該想到的。」最後她開口，喉頭一哽，腦海浮現艾洛蒂與埃茲拉在林間最古老的樹下咯咯笑的畫面。「除了幻奇師之外，誰會對抗幻奇師？」

# 第十八章　光天化日大行其盜

三年之夏

有了蘇菲亞明確的許可，莫莉安繼續大肆享用《幽魂時刻之書》，在筆記本中添加越來越多條紀錄，到後來，她耗在過去的時間似乎比當下還要多。

每天早晨在家庭列車上與雀喜小姐和九一九梯喝茶，原本是她相當珍惜的時光，如今卻幾乎覺得麻煩，不過是她趕去地下九樓前非得捱過的例行公事。不久，她索性連家庭列車也不搭了，每天一大清早便趕到校園，午後總是待到很晚。

她想，對某些人來說這鐵定很奇怪，竟然花這麼多時間在無法對話的人身上，對方甚至渾然不知你的存在。然而，莫莉安絲毫不覺孤單，反倒相當享受與碧麗安絲・阿瑪迪奧、張立、葛莉賽達・北極星相處，以及艾洛蒂、歐文跟歐布瓦，他們的陪伴溫和而毫無壓力，莫莉安漸漸覺得，她彷彿與這些人成了……朋友。

甚至連埃茲拉也是——她為此滿懷罪惡感。

這簡直匪夷所思。自從了解英勇廣場大屠殺的真相，得知他殘忍無情背叛朋友，莫莉安原以為自己每次見到他都會恨得咬牙切齒。實際情況卻恰恰相反，對她而言，少年埃茲拉跟殺人魔史奎爾越來越像不同的人。

埃茲拉真的……好正常。每當他打趣歐文或艾洛蒂，對德高望重的葛莉賽達・北極星喊著敬稱「夫人」，被自己的玩笑逗樂，在課堂中犯錯而感到氣餒，在在讓他更加像個普通男孩，更有人味。他跟九一九梯的大家沒什麼兩樣，也跟莫莉安自己沒什麼兩樣。

她將上課期間經常見到史奎爾的事告訴霍桑與詩律，兩人的反應一如所料：霍桑既驚駭又好奇，詩律則裝出一副漠不關心的樣子，但掩不住驚駭與好奇。

「他都在做什麼？他長怎樣？他看到妳了嗎？他在那些幽魂時刻裡面看不到妳，對吧？他沒辦法離開那些幽魂時刻，對吧？他沒辦法從幽魂時刻穿越到現在吧？」霍桑總算停下來換氣。

「那又不是時光機，霍桑你這笨蛋。」詩律翻了個白眼，「那比較像是歷史紀錄之類的，對不對，莫莉安？我說得沒錯吧？」

她看看霍桑圓睜的雙眼，再瞧瞧詩律深鎖的眉頭，馬上後悔把這事告訴了他們。即便只是歷史紀錄，現在似乎不該讓兩位朋友擔心埃茲拉・史奎爾會入侵永無境。一方面，九一九梯剛加入C&D聚會，另一方面又有空心症疫情延燒，早就有夠多事要擔心了。

疫情開始影響生活的各個層面。戴寶的托兒所老師是位幻羊駝，素來待人親切，卻在接送時間攻擊一群家長，霍桑的媽媽只好將戴寶接回家。詩律的隔壁鄰居是次型幻蛙，失蹤三天，後來被發現漂浮在附近公園中的鴨塘，昏迷不醒，好在尚有生命跡象。現在，幻羊駝跟幻蛙都已送至幻奇學會教學醫院。

「沒錯。」莫莉安附和，對兩個好友露出微笑，希望能讓他們安心。「那不是真正的史奎爾，只是歷史紀錄。」

「就像看電影那樣？」霍桑滿懷希望地問。

莫莉安很想告訴他，這跟看電影簡直天差地遠。那天早上，她看到七歲的埃茲拉嚎啕大哭，只因為自己噴火的技巧不如歐文好，莫莉安看他哭得實在傷心，差點伸手去抱他。

「對呀，」她只說：「差不多。」

---

九一九梯的第二堂移焦術工作坊（「你後面那是什麼？」）是戶外實作課，老師將他們分為三組，帶到雄偉大道，給了三個簡單的指示：

1. 轉移焦點。
2. 偷個東西。
3. 不要被抓。

埃娜從小由恬靜姊妹會的修女拉拔長大，頓時驚慌失措，開始預先請求崇高存在的原諒。小組分頭行動時，莫莉安聽見詩律說：「埃娜，我們晚點把東西還回去就好啦，不要再唉唉叫了。」

莫莉安和薩迪亞、法蘭西斯同組，薩迪亞立刻出頭當老大。「好，」她招呼兩人湊近，壓低聲音說：「我們要偷個厲害的東西，因為另外兩組比我們占優勢。」

「妳怎麼知道？」法蘭西斯問。

薩迪亞看了他一眼，用誇張的姿勢聳了聳肩。「想想看，一組有催眠師，另一組有雅查，他的本領就是偷東西。」

莫莉安皺起鼻子。「薩迪亞，這又不是比——」

「**一切都是比賽**。」

法蘭西斯跟莫莉安互望彼此，默默達成共識：別跟薩迪亞辯這個比較好。

他們的活動範圍僅限一個街區，必須在完成竊盜任務後會合，全梯一同返回幻學報告成果。薩迪亞千挑萬選，選中一間名叫「二手商城」的超大當鋪做為目標。

「那我們應該偷多厲害的東西？」莫莉安問。他們走在兩旁堆滿商品的走道，審視搖搖欲墜的家具、古董、珍玩。

法蘭西斯聳肩，「腳踏車怎麼樣？或是盔甲。喔！留聲機怎麼樣？我一直想要留聲機。」

莫莉安蹙眉，「我們不能把東西留著自己用，你知道吧？」

他以渴慕的目光凝視古董留聲機。「喔，也是。」

「你們兩個的思考方式不對。」薩迪亞說，把一頭亂蓬蓬的紅色長髮胡亂綁成馬尾，捲起衣袖。「我們不能滿足於達到最低要求。要麼就幹一筆大的，要麼就打包回家。」

「喔，太好了！我投回家一票。」莫莉安說，法蘭西斯笑出來。

他們花了十分鐘在走道上閒晃，提出幾十個方案，全數遭薩迪亞否決。

「那個呢？」法蘭西斯指著一個人體模型，「我們可以幫它穿衣服，假裝是一起來的人，光明正大走出去。」

薩迪亞翻起白眼，「這是我聽過最白痴的——」

「噓。」三人來到走道盡頭，莫莉安伸手擋住他們。隔壁走道有人說話。他們探出轉角偷看，只見兩個男人站在巨大的圓形金屬物體旁，看起來像是機器，有些地方已然生鏽，而且足足跟那兩個男人一樣高。

「……剛來一個禮拜，已經有五個買家，這可是真正頂級的收藏品。」

客人一臉懷疑。「這是什麼？」

「吊艙啊，不是嗎？」另一個男人說，估計就是店主。

「我看不是吊艙吧。」客人說。

店主壓低音量。「因為這不是本國的設計啊，懂嗎？這是貨真價實的冬海黨正牌珍品——」

「少來這套！明明只是生鏽的垃圾。這個破爛玩意，三十克雷我就收。」

「三十？您別逗我笑了，先生，低於一千我可不賣。」

「一**千克雷**？你腦子壞了吧！」那位潛在買家搖搖頭，輕笑著走掉。

他們目送店主沿著走道追向客人，離開視線範圍。法蘭西斯隨即興奮地跑到機器旁，「是有點像吊艙，但太小了。而且你們看，它有螺旋槳跟馬達，這是水裡用的交通工具。」

莫莉安繞著機器走，手撫過金屬側板。「你覺得這是船？」

「樣子好怪的船。」薩迪亞說著，上下搖動生鏽的門把。

船門開啟，顯露內部的狹小空間，裡頭只有一個座椅，外加航行用的控制臺。

他們聚集到門邊，往內窺看。

薩迪亞跟莫莉安立刻退後，掩住鼻子。

「噁，好臭。」薩迪亞說：「聞起來有海草跟死魚味。」

莫莉安贊同地點頭，試著忍住嘔吐感。那不光是海草跟死魚，還有另一種熟悉卻難以辨識的味道，像是腐爛的泥巴味。她不敢把摀住口鼻的手放下，只好悶著聲音說：「法蘭西斯，把門關上，好噁心。」

「這不是船，這是**潛水艇**。」法蘭西斯顯然太過興奮，對臭味渾然不覺，「看，那是潛望鏡！至於那邊的東西，我很確定是聲納設備。這是只能載一個人的單人專用艇，我猜……我猜是給間諜用的！」

「你怎麼懂這麼多？」莫莉安問。

「我姨婆伊雅娃退伍前是海軍軍官──伊雅娃·阿金芬瓦海軍上將，你們可以去查，她當年真的很有名。她有個圖書館，專門收藏海上交通工具的書。」他激動地想將門拉得更開，但薩迪亞砰地關上了門。

莫莉安恍然想通，是朱若河。幽深蜿蜒、流經永無境中心的朱若河，就是這個熟悉的味道。

「有時候，高地的人會走朱若河的水路來永無境，」薩迪亞說：「他們不見得是間諜。」她在潛水艇旁走了一圈，隨意四處敲著外殼。

但法蘭西斯無比確信。「這種科技對一般人來說太貴了。再說，朱若河裡有劇毒河蟒、棘刺惡魔魚、骷髏人、水狼跟各種生物，普通人不會想從水底下過來。」

薩迪亞來到法蘭西斯跟莫莉安中間，兩手分別搭住他們的肩膀，雙眼陡然閃著亮光。「大家，就是這個。我們偷這個。」

莫莉安呆看著她。「薩迪亞……妳在開玩笑吧。這東西太大了，我們怎麼搬出去？」

「我們有三個人！而且我的力氣抵得上三個人，所以嚴格來說有五個。」

「嚴格來說還是三個。」法蘭西斯不表同意。

薩迪亞的臉因興奮而染上鮮豔的粉紅。「來嘛，想想看，要是我們帶著這個回幻學，大家會有什麼表情？」

「回幻學？」莫莉安不可置信地笑了一聲，「妳要我們把這東西一路扛回幻學？薩迪亞，是要怎麼扛？鐵定會花上一整天，我還得早點回地下九樓——」

「喔，又是地下九樓。」薩迪亞抱怨。

「什麼？」

「不要再講地下九樓了，好不好？最近妳整天只會講這個。」她氣惱地朝古董桌的桌腳一踢。「地下九樓這個，幻奇技藝那個，喔我冰棒這個——」

「是歐文・賓克斯——」

「我已經聽膩了！」薩迪亞怒目一瞪，「妳只想跑去妳專屬的樓層，窩在妳的祕密學院裡面，至於我們其他人都在想辦法進步——為了幻奇學會的使命努力學習！

結果妳好像一點都不在乎！」

莫莉安氣得說不出話來，轉頭尋求法蘭西斯的支持，偏偏他突然對地板異常感興趣。「真是不好意思喔，我不喜歡在下水道到處爬，又不是每個人都能當『麥高樂部落的永不退卻薩迪亞』。」

「這跟喜不喜歡無關，不是嗎？我們有任務要做，應該奮發向上，成為有用的人，對世界做出貢獻！」

「我們才**十三歲**。」

「我問蓋文‧斯夸爾能不能加入異獸部隊，妳知道他怎麼說的嗎？」薩迪亞一股腦地說：「他說，如果我們想加入學長姊的行列，現在就要開始證明自己的能耐。大家都要，我們**整個梯**都必須證明自己夠格。」

「誰管蓋文‧斯夸爾說什麼！」

「也許妳該聽聽人家的話，」她厲聲說：「畢竟在我們之中，最需要證明的就是妳，**幻奇師**。」

她的口吻飽含怒火，莫莉安不禁一個瑟縮。

法蘭西斯緊張地輪流看她與薩迪亞，「還是……還是我們回去，用那個人體模型……」

「喂！你們三個，快出來，快點！」霍桑站在店門口，跑得滿臉通紅、大口喘氣，急切地招手要他們走到店外。「過來，快點，你們一定要聽這個。」

九一九梯的其他人早已等在在雄偉大道的陽光下，他們身穿黑袍，在大批人群外圍形成一小撮黑點。

「怎麼回事？」走上前時，莫莉安問面帶怒色的詩律。

詩律搖頭，「妳聽這個蠢蛋講什麼。」

她口中的蠢蛋是個衣著入時的男人，站在木箱上，手拿擴音器，對聽眾大喊大叫。那聲音隆隆作響，怒氣沖沖，令人不快，但他所說的內容更令人不快。

「這是大自然在自我修正！所謂的幻獸族**違反自然**！是**人性的汙點**！不該與人類平起平坐！」

莫莉安臉一沉。據她看來，群眾的喝采和噓聲勢均力敵，不過現場太吵，很難說得準。

「這是註定的結果！」那人喝道：「我們對這些邪物太過寬縱，過度偏離自然之道，如今禽獸顯露了本性。我們必須保護自己和家人，也必須擁有**這麼做的權利**！然而，上位者卻**剝奪**了這些權利！」

那男人每說一句，便往空氣中捶下一拳，彷彿在敲隱形的木槌。他的臉漲得通紅，近乎發紫，要不是他這麼惹人厭，莫莉安可能會有一點點擔心他是不是要昏倒了。

「聽好，有人正在掩蓋事實！大家都讀了報紙，大家都親眼見到暴力行為和神祕攻擊事件發生，那些只不過是我們所知的部分！我認為幻奇學會隱瞞了消息，而且是公眾**有權知道**的重要資訊。我有可靠情報，就在這個當下，那座奢華、隱密、揮霍納稅人的錢、無人調查的幻奇學會校園裡面，藏匿了**罪證確鑿的幻獸族加害者**！不只一兩個，而是一大群！」

莫莉安、詩律、霍桑緊張地互看對方，三人的W字別針在陽光下閃耀。莫莉安忽然有個衝動，想伸手把彼此的領子摺進衣服裡，但她忍住了。

是不是幻學裡面的人走漏消息？只要有誰大嘴巴了點，消息自然會外傳，而學會可不缺這種人。也說不定純粹是外面的人發現了真相而已，畢竟事實終究會浮上檯面。

有人用力抓住莫莉安的上臂，力道大得鐵定會留下瘀青。

「好痛！做什——小蘭？」

「我們走。」小蘭臉色煞白，一一叫來其他人，催他們趕快遠離人群。「大家快走，雨傘拿出來。」

九一九梯跟隨小蘭，快步拐過轉角。沒人提出質疑；抵達距離最近的傘鐵月臺時，他們恰好趕上一班，也沒人對此感到驚訝。趁著傘鐵呼嘯而過之際，眾人排成一列，掏出雨傘，勾住九個空環。

回到幻學的途中，他們飛過雄偉大道的人潮上方，發現集會已全面升級為街頭群毆，臭架子正趕來阻止。他們能及時脫身，當然是多虧了預言師小蘭。

那天下午搭家庭列車時，莫莉安跟薩迪亞之間依然緊張。莫莉安忘不了薩迪亞對她說「幻奇師」的惡毒口吻，薩迪亞則是眼見其他組順利偷到東西，氣得七竅生煙。（詩律那組從守備森嚴的珠寶店摸走一條鑽石項鍊，雅查那組帶著順手牽羊的戰利品滿載而歸，還列了張長長的清單，記錄要去哪裡歸還物品。）

不過，就算有誰察覺她倆吵架，也沒人說些什麼。打從下了傘鐵，他們的話題便圍繞著拿擴音器的男人，以及隨之而來的暴動。雅查說他在人群中看到一名幻猞猁，霍桑指天發誓，說他親眼看到一個火冒三丈的幻羊用頭猛撞某人。

「你們覺得那些人是感染了嗎？」他說：「或者只是——」

「火大？」莫莉安接口，「不曉得。」

「如果有人說我是邪物，我也會火大。」馬希爾說：「真沒品。」

就在這時，雀喜小姐一如往常準時抵達，氣喘吁吁地跳下車廂。

「你們聽說沒？」她問：「明天的課取消了！長老要召開進階高峰會，所以宣布初階學者這學期最後一天放假，可以跟同梯出去玩，就當獎勵。」

「進階高峰會是什麼？」詩律問。

「喔，就是比較緊急的C＆D集會，討論這一大堆空心症問題，妳懂的。」雀喜小姐說，在莫莉安聽來，她的語氣未免太故作輕鬆，還刻意滿不在乎地把手一揮。莫莉安瞥了詩律一眼，詩律挑眉，她明白，彼此都懷疑這場會議關乎雄偉大道的暴動。「七大域的學會成員都要趕來參加，聚會堂塞不下那麼多人，所以放我們假。我們愛去哪裡都行！」

九一九梯多數學生發出歡呼，可是莫莉安不怎麼興奮，只是一屁股坐進懶骨頭坐墊，翻開幽魂時刻筆記本。明天有個應該很精采的幽魂時刻，她想看得要命，是教裝扮的課。她壓根不想放假，畢竟接下來整個夏天，她一個幽魂時刻也去不了。

薩迪亞倒抽一口氣，彷彿接收到畢生最重大的天啟。「雀喜小姐！這簡直是天註定。明天在山怪武鬥館有場比賽，大力士格林戈根布拉葛要對決精悍法拉德納克。雀喜小姐，可以去嗎？拜託？」

「不要，去游泳啦！」霍桑說：「明天絕對熱死了。」

「**游泳？**」看薩迪亞的表情，好像他提議放火燒了孤兒院。

「喔！」馬希爾一下坐得筆直，「能不能去高伯爾圖書館？世上唯一一本《斐瑟倫迪安彙編》就在那裡。」他環顧四周，等待大家的反應，卻迎來一雙雙呆滯的眼神。「《斐瑟倫迪安彙編》啊？圖解各種已知精靈語言的全部七十七個音節文字和字母，是三千年前由緘默會的修士手寫——」

「**雀喜小姐，可以去游泳嗎？**」霍桑大聲打岔。

但雀喜小姐一陣沉吟。「坦白說，馬希爾，高伯爾圖書館的點子不賴。我有個老朋友在高伯爾工作，她剛升遷，從書鬥士升上圖書館員。」

「真的嗎？圖書館？」詩律嘴一撇，「我還以為放假是獎勵，不是無聊界的無聊嘉年華開幕典禮。」

馬希爾皺眉道：「詩律，高伯爾才不無聊。」

「你就是無聊界的大司儀。」

「簡稱無聊司儀。」霍桑補充。

詩律不情願地准許霍桑跟她擊掌。

「這座圖書館是由幻奇學會成立，」馬希爾毫不動搖地繼續說：「有一整區專門收藏關於幻學歷史的書，不對外開放，只有學會成員可以進入。」說罷，他伸出食指，扭動小巧的金色W字印記。

莫莉安精神一振。既然有幻奇學會歷史的專區，想必也收藏了幻奇師歷史？搞不好是**真正**的幻奇師歷史，不是傲步院灌輸的那種思想。

她舉手，「我投高伯爾一票。」

詩律跟霍桑望向她，一副她瘋了的表情，薩迪亞怒目而視。

「嗯。」開進九一九站時，引導員的神色略帶羞澀，彷彿在幻想什麼。「能跟羅詩妮見個面就太棒了。如果我好好拜託她，她一定願意帶我們參觀。」

「雀喜小姐，妳不明白，」眾人下車，薩迪亞說：「格林戈根布拉葛還有法拉德納克——」

家庭列車發出尖銳的短鳴，「呼吁」吐出白煙，打斷了她的話。

「明早見！」雀喜小姐在喧嚣中喊道，向他們揮手道別，列車就此駛入隧道。

薩迪亞迅雷不及掩耳地一拳毆向馬希爾的手臂。

# 第十九章 高伯爾圖書館

「雀喜小姐，拜託嘛。」霍桑今天早上第五度哀叫。打從踏出幻學以來，他一路走得拖拖拉拉；幻學位於舊城的北區，他們要前往的高伯爾圖書館位於西區。「不能改去游泳嗎？九一八梯就去游泳了耶，今天熱翻了。」

「可是我們要去的地方比游泳棒多了呀，霍桑。」同樣是今天早上第五度，走在最前頭帶隊的雀喜小姐遙遙回應：「我們要去高伯！來，快跟上。」

「管她取了什麼好像很酷的暱稱，」霍桑對莫莉安嘀咕：「圖書館還不就是圖書館。」

雀喜小姐堅持要用走的，然而穿越舊城的長路迢迢，汗溼衣襟。路上，他們看見好幾輛擠得水泄不通的冰淇淋車，一群小小孩在噴泉下笑鬧追逐，花園帶則有三五成群的遊客正享受野餐，在巨大的無花果樹蔭下啜飲檸檬水，看起來清涼又滿足。每見到一個夏日消暑的美妙時光，霍桑便發出哀傷的嗚咽，莫莉安不得不抓住他的手臂拖著他走，他才肯前進。薩迪亞更糟，走路速度慢如蝸牛，當作無聲的抗議。（她仍舊不跟馬希爾和莫莉安講話，說什麼「麥高樂不忘前仇」。）

終於，大夥停在梅休街的高聳砂岩建築前，莫莉安曾多次經過此處，但從未登門一探究竟。他們三人一組穿過巨型旋轉門，莫莉安、霍桑、馬希爾殿後，一同推動旋轉門前進，走進位於另一端的……梅休街。

剛開始，莫莉安以為他們轉了整整一圈，從原本的入口出來了，但是……不對，事實並非如此。他們的確又來到戶外，的確又站在梅休街的高伯爾圖書館大門前……卻是不同的光景。

方才離開的梅休街正值炎炎夏日，陽光普照，暑氣逼人，到處都是享受夏天的人群；這條梅休街卻是涼爽乾冷一如秋晚，暮色蒼茫，杳無人煙，不見任何行人的蹤影，鴉雀無聲。

「剛剛是……我昏倒還是怎麼了嗎？」莫莉安問霍桑跟馬希爾，但他們同樣滿頭霧水。

「快來，」雀喜小姐揚聲說，她正走下大家剛爬過的樓梯，朝著街道過去。莫莉安有些反應不過來，但仍打定主意要找到有趣的東西，於是跑過去追上引導員。

就莫莉安所知，梅休街中央本該是排櫻桃樹，此時卻變成一張大木桌，桌前標示「借書櫃檯」。桌後站著一名年輕女子，打扮拘謹，戴著眼鏡，領口別著金色W字別針，望著一夥人走近，臉色看似不太高興。

「妳在這！」雀喜小姐大喊，奔上前，熱情地給她一個大大的擁抱。「我親愛的朋友羅詩妮・辛格，史上最年輕的高伯爾圖書館館員！做得好，我真以妳為傲。」

兩人擁抱之際，圖書館員越過雀喜小姐的肩膀，心煩意亂地瞪著九一九梯。

「呃，小瑪……妳沒跟我說會帶一大群人來。」她說：「這些小孩來這裡做什麼？」

雀喜小姐回頭看向莫莉安等人。「誰，他們？來知識的殿堂朝聖啊。」

「瑪莉娜，」圖書館員正色說道：「他們全都不滿可以申請借書證的年紀。」

「可是我有呀。」雀喜小姐說著燦爛一笑，高舉用鍊子掛在頸間的輕薄金屬卡片。

「**瑪莉娜**，」羅詩妮又說了一次，雙手抱胸，視線越過眼鏡上方嚴厲地瞪著她，「高伯爾圖書館不是小孩能來的地方。」

莫莉安聽見霍桑小聲發出雀躍的「喔耶」，連薩迪亞都精神微微一振。

可是雀喜小姐嘖了一聲，處變不驚地聳肩。「這樣喔……不過呢，小羅，妳裝凶的圖書館員表情嚇不倒我，因為我看妳對著鏡子練習幾千次了。聽我說，他們會很乖的，我保證。對不對呀，九一九？」她意味深長地望了大家一眼，他們全點頭（只是熱情程度落差很大）。

羅詩妮無計可施地搖搖頭，閃亮黑色短髮的髮尾拂過肩膀。她壓低聲音說：「小瑪，妳會害我惹上麻煩，我升上正圖書館員才第一個星期，妳就要我打破最重要的規定。」

「沒有！沒有打破，」雀喜小姐說：「只是……通融一下下？」

「不行，我不答應。」

「再裝啊。」雀喜小姐哄道，火力全開地露出迷人笑容，「妳還在當書鬥士的時候，就算我沒有圖書館證，不是照樣三天兩頭讓我進來，而且閉館之後也沒問題。」

她挑眉。

「**噓——!**」羅詩妮不停眨眼，氣呼呼地環顧四周，檢查有沒有人聽到，然而街上空無一人。她抓住雀喜小姐的手臂，把她從借書櫃檯拉到一旁，激動地耳語，莫莉安一面努力偷聽，一面裝作沒有努力偷聽。「瑪莉娜，我現在不只是書鬥士了，我是**圖書館員**，有自己的轄區，不能老是為妳打破規定。小瑪，我們已經不是小孩子了。」她拉拉袖口，「我特別穿了**開襟毛衣**耶，拜託妳。」

雀喜小姐也輕拉了下羅詩妮鮮黃色的衣袖。「這件開襟毛衣很適合妳，」她低聲說：「眼鏡也是，很有書卷味。」

羅詩妮試著壓抑笑意，但顯然相當開心。「當書鬥士的時候都得戴隱形眼鏡，免得眼鏡被猴子偷走或被龍捲風吹跑。」

莫莉安仍努力裝作沒在偷聽，一聽到這句話，頓時半是好笑，半是緊張。**被龍捲風吹跑……?**

雀喜小姐輕推羅詩妮的手臂，圖書館員總算面露微笑。「拜託嘛，小羅，一個小時就好，這些孩子鐵定愛死。我一直在吹噓關於妳的事，他們只是想看看妳工作的地方而已。」

羅詩妮從雀喜小姐身前探出頭看九一九梯，他們照雀喜小姐所說的默默站著不動，試著扮演乖巧聽話的小孩。

圖書館員嘆口氣，「好吧，一小時。」

雀喜小姐握拳往空中一揮：「太棒了!羅詩妮・辛格，我就知道妳會想通，這就是為什麼全七大域我最喜歡的是妳。」

「好，注意聽。」年輕的圖書館員忍住笑容，轉頭對莫莉安等人說，捲起黃毛衣的袖口，調整眼鏡，雙手扠腰。「歡迎來到高伯爾圖書館。我要再三強調：這個地方極度危險，千萬隨時保持警覺，隨時跟大家待在一起。務必時時注意，聽從我跟書鬥士的指揮，叫你跑就跑，叫你趴下就趴下，如果叫你不要摸穿背心的兔子，相信我，你絕對不會想摸穿背心的兔子。」她頓住，張力十足地逐一看每個人，瞪大厚重眼鏡後的雙眼：「因為牠有狂犬病。」

雀喜小姐清了清喉嚨，輕聲說：「小羅。」

「好啦，牠沒有狂犬病。」羅詩妮招認，「但牠說不定有啊。也說不定牠有棍子，誰知道。所以要聽我的話，懂了嗎？」

「懂。」九一九梯含混不清地說。

「**我說，**」她大喝：「**懂了嗎？**」

「**懂！**」眾人跟著喊道。

羅詩妮回到借書櫃檯後方，拿出一條沉甸甸的萬用腰帶，上頭裝了好些驚人用品：手銬、尺寸頗大的刀、銀色哨子、無線電對講機、遮光膠帶、幾個巧克力棒、皮鞭、一大串鑰匙。她將腰帶繫在腰間。

「好，把雨傘跟書包留在這裡，我們去兜風吧。」

高伯爾圖書館不只是圖書館。

高伯爾圖書館是個獨立的世界。

「嚴格來說是個異界，和我們這一界相連，像詭異的腫瘤一樣。」雀喜小姐低聲說，示意九一九梯再靠近些。他們正搭乘一輛交通車，無聲駛過圖書館中的舊城，車身全由厚重的淺綠色河玻璃打造而成。羅詩妮說，這些河玻璃開採自朱若河河床，是永無境所能找到最堅固、最耐用的材料。莫莉安覺得，搭乘這輛車恍若走入名為瀑布之塔的流水大廈，或是身處海底；車外的景物全籠罩在綠光之中，如夢似幻。雀喜小姐繼續悄聲說：「這裡是意外誕生的永無境複製品，兩者如出一轍，但是……嗯，有些不同之處。這個空間在十三個世代前憑空出現，沒人知道確切的原因或原理。探險者聯盟認為是某個聯盟成員胡亂使用通道，無意間創造了這個世界，不過一直沒人肯出來擔這份責任，最後由市政府接手，有對超級有錢的咯咯發勛爵夫妻買了下來——」

「他們明明是姓高伯爾法。」駕駛座的羅詩妮有氣無力地抗議。

「然後咯咯發夫妻把這裡弄成了……這樣。」雀喜小姐說完，隨手朝四周一揮。

所謂「這樣」，堪稱莫莉安見識過最奇絕奧妙的景色。這可不簡單，畢竟在定居永無境的兩年多間，不得了的東西她見得可多了。

這裡既是永無境，卻又不是永無境。街道完全相同：有英勇廣場，廣場中央有金色魚雕噴泉；所有房屋、路牌、路燈、長椅悉無二致，連郵筒也設置在跟原始永無境同樣的地點。

然而，廣場上空無一人，街道和建築通通靜得出奇；噴泉沒有水，枝頭沒有鳥鳴，樹葉沒有隨風輕搖，根本連風都沒有。空氣凝寂冷清，天色始終呈現長日將盡的灰藍色。

取代人聲、鳥鳴、微風的是……這座圖書館城到處是書。

這是自然，莫莉安原本就猜想會有很多書。她沒料到的是，在視線所及之處，路上淨是一排排書架，一望無際，架子幾乎與一些屋頂同高，塞滿成千上萬（說不定上億）的書。

「這邊無論何時都是快天黑的樣子，」羅詩妮解釋：「而且總是有點冷，我們也不曉得為什麼，大概是因為這個複製品誕生時，真正的永無境恰好處於這個狀態。說到底，這裡不是真實世界，只是維妙維肖的翻版。不過保持這種天氣跟時間也是件好事，萬一是大晴天，書封難免褪色，而且永遠不會下雨。溫度冷些也有益於控制棲居族群。」她聳了聳肩，「起碼是對多數族群來說。」

莫莉安舉手，「不好意思，可是……棲居族群是什麼意思？」她望向綠色玻璃之外。他們經過好幾個街區，連一個活人也沒看見。

「住在書裡的族群。」羅詩妮簡單地說，停下交通車。「有時會跑出來。不過別擔心，書鬥士的職責就是對付這種狀況，負責圍堵脫逃的——啊，到了，永無境史區。我的轄區是『參考書、大眾非虛構書及圖書館特藏區』，這裡也歸我管。」

雀喜小姐跟在羅詩妮後頭下車，可是九一九梯坐著沒動。莫莉安暗忖，自己的臉色是不是跟其他人一樣驚慌，她確實是很怕。

頭一個開口的是雅查。「抱歉，她剛剛是不是說——」

「**有時會跑出來？**」埃娜接口，下唇微顫。

「她說『住在書裡的族群』是什麼意思？」詩律問。

「那是開玩笑的吧？」霍桑看著莫莉安說，可莫莉安也沒有答案。

「大家，快下車！」雀喜小姐的聲音傳來，大夥不情願地離開車子。

眼前光景幾乎不像是身在戶外。一排排高聳書架使人產生四周很封閉的錯覺，安靜肅穆，一如莫莉安在共和國去過幾次的豺狐公立圖書館。

然而，高伯爾比豺狐鎮的圖書館大多了。不管往左或往右看，書架儼然綿延無盡，陳列於每條街道巷弄，當中星綴著附滾輪的巨型爬梯。架上每隔約十五公尺便設有突出的鉤子，懸掛河玻璃製成的燈，投下幽微的綠光。偶爾莫莉安彷彿瞥見什麼東西竄過燈光之間，或是從一座爬梯飛躍至另一座，難以確定是不是錯覺。

「大家可以四處逛逛，」羅詩妮告訴九一九梯，他們因懼怕周遭環境而本能地聚在一起。「但不要離交通車太遠。翻開任何書的時候都要小心，別把書背弄裂，別摺書頁，別把書打開停在同一頁太久，讀完以後絕對要闔上，放回正確位置，萬一有什麼跳出來追你，就大叫我的名字。要是出現了非常危險的東西，所有人馬上回到這個地點上交通車，河玻璃能夠保護你們，抵禦大部分棲居族群。」

「據說唯一一本《斐瑟倫迪安彙編》在高伯爾圖書館，是真的嗎？」馬希爾迫不及待地迸出疑問。

羅詩妮打量他，「你是精靈文化迷？」

「語言學家。」

「哦！嗯，那是真的，但你今天恐怕看不到，珍本收藏區位於史沃茲沃斯。不過舊城也有不少會讓語言學家感興趣的書，寇蒂莉亞路有《清醒者哥亞雷的英雄之旅》全八十七冊，而且是古龍族語的原始版本。」

馬希爾揪住胸口，發出又高又細的尖音，莫莉安猜大概是他欣喜若狂的意思。

「去吧，去逛逛。」羅詩妮說：「注意聽我的哨聲，那是回來集合的訊號。」

九一九梯三三兩兩離去，不過莫莉安留了下來，在羅詩妮和雀喜小姐身邊徘徊，想找圖書館員談談。

「去莉莉斯之門怎麼樣？」雀喜小姐問她的朋友。

羅詩妮露出受不了的表情，「莉莉斯之門？瘋了嗎？妳要我帶一群小孩去**莉莉斯之門？**」

「嗯……那裡是童書區嘛。」

「小瑪，所以那邊才是圖書館最危險的地區，這妳也知道啊。到處都是恐龍跟壞巫師。」

莫莉安瞪大眼睛。

「也有狗狗，」雀喜小姐反駁，「跟野餐！我們跟瑪菲特小姐（註4）度過多美好的野餐時光，記得吧？」

「對啊，我還記得跑來坐她旁邊的蜘蛛跟狗一樣大，瑪莉娜。」

莫莉安膽怯地清了清喉嚨。「不好意思，呃……辛格小姐。聽說圖書館裡有幻奇學會成員才能進入的專區，這是真的嗎？」

圖書館員詫異地轉過頭，「噢，妳還在呀！高伯是有幾個學會專區，看妳想去哪個，玄奧之術學院專區得跑到戰慄謀殺庭園去，不過世俗專區過幾條街就到了。」

莫莉安的心漏跳一拍。「有……世俗跟玄奧學院的學會專區？」

「當然有，雖然要我說，根本就不該這樣分。」她解釋道：「我是指限定學會成員

註4 源於著名的英國童謠 Little Miss Muffet，可追溯至一八〇五年。

才能進入的規定。這是圖書館，又不是鄉村俱樂部，藏書應該開放給所有人閱覽，無論對方是幻學人還是非幻學人。但哪輪得到我說話？我只是這裡的員工罷了。」

莫莉安頗為贊同。「幻學人」意指幻奇學會成員，「非幻學人」意指不屬於幻奇學會的人，換言之等於其他所有人；莫莉安覺得這種說詞很蠢，而且不是很友善。

「妳想找什麼書嗎？」羅詩妮問。

她**真正**想問的，自然是有沒有幻奇技藝專區……但想當然耳不能這麼問。

「喔，就是……關於……嗯，幻學歷史的書。」她喃喃地說。這是挺薄弱的謊話，不過羅詩妮精神一振，看來很高興。

「歷史同好！費茲傑羅路跟費爾普斯路的街角有幾冊，說不定妳會感興趣，來吧，我帶妳去。瑪莉娜，顧好妳這群學者，好嗎？那個捲髮男孩看起來就會亂爬書架。」

莫莉安尾隨羅詩妮經過幾排參天書架，從一圈綠光步入下一圈綠光。

「說到這個，我們剛收到最新一期的《傲步院內幕》——」

羅詩妮腰帶上的銀色小無線電發出嗡嗚和劈啪聲，打斷了她的話，隨後傳出帶有雜訊的嗓音。

「辛格館員，這裡是飛德斯館員，聽得到嗎？」

羅詩妮拿起對講機，按下側邊的小鈕。「聽到了，柯林。怎麼了？」

**劈啪、劈啪**、**嗡**——

「夥伴，莉莉斯之門出了點狀況。」他聽起來氣喘吁吁，「上禮拜的災情又開始肆虐，我們想辦法趕走了，現在似乎改往南邊去，搞不好會到妳的轄區，先警告妳一聲。」

羅詩妮哀叫。

「收到，柯林。請聯絡除害小組，看能不能派人手來舊城支援，我底下的人忙著處理軍事史區，沙棘谷之役昨天弄破書封迸出來了，他們還在收拾善後。我在永無境史區，陪……一些訪客。」

嗡、劈啪。「收到，小羅。我去通知。」

「災情？」莫莉安問，光是聽到這個字便渾身不對勁。是什麼災情？

「沒什麼好擔心的。」羅詩妮逐一觸碰腰帶上的物品，像在確認東西是否都在。

莫莉安皺起眉頭，「還是我們回去好了？」

「真的不要緊。」羅詩妮微笑安撫她。「妳看，到了——幻奇學會史。妳自己找想看的書好嗎？我得回交通車……看看。」她說得很含糊。

莫莉安點頭，沿著書架往前走，手指滑過一本本書的書背，例如《傲步院內幕》和《從艾倫·阿什比到佐拉·齊默曼：幻奇學會史上的偉大長老與其成就》。

此刻她獨自一人，圖書館靜得詭異，可她時不時覺得隱約聽見了什麼：書頁翻動聲，書脊凹折聲，闔上書本的輕微悶碰聲。

此外，也有她無法解釋的聲響，像是遠處傳來的鯨魚之歌、時斷時續的老式音樂，以及玻璃杯碰撞聲。

即將走到書架盡頭時，側巷的狹窄巷口有個東西攫住她的目光。磚牆釘著一塊標示牌，寫道：

**惡魔弄**
警告！
根據特異地理隊與
永無境議會
之指示，
本巷道已列為
紅色警示詭騙巷
（高危險級機關，進入後可能造成損傷）
**擅闖者後果自負**

莫莉安微微一震，恍然明白自己身在舊城何處。惡魔弄，是她去年無意間找到的詭騙巷！當時，惡鬼市集就藏身於此。

然而，這裡有一處不同，是真實世界的惡魔弄沒有的情況……至少，她去年並沒有發現。告示牌下方的砌磚上有個金色小圓圈，莫莉安走上前，圓圈便開始發光，與她加快的心跳頻率同步閃爍。指尖的印記傳來麻癢感。

這個圓是為她而亮的嗎？是不是感應到她有資格進入，所以向她發出邀請？

莫莉安想，假如要藏匿不對外開放的幻奇技藝藏書，紅色警示詭騙巷正是理想場所。「非她莫屬」的念頭油然而生，她回頭迅速掃視周遭，確定沒有人在看，隨即踏進巷子。

過程一如她記憶中那麼難捱，肺中的空氣彷彿被抽走，不過現在她懂得如何應對——就像撕掉傷口上的貼布，越快越好。她閉上眼，在昏暗的惡魔弄中向前跑，抗拒著回頭的衝動，無視胸口發疼和頭痛。幾秒後，她跑出巷子，大口喘氣……眼前是去年夏天她跟詩律找到惡鬼市集的廣場，但在這個異世界，沒有充斥恐怖違禁品和墮落顧客的繁華市集，有的只是一櫃櫃舊書。

這裡的氣氛頗為……舒適。相較於圖書館其他區域，顯得更雜亂無章了些，植物蔓生得更猖狂，更多樹蔭籠罩著書本，更多樹藤在書架上攀爬。如果這裡是幻奇技藝藏書專區，或許只有幻奇師能夠進入？此地可能已經超過百年無人踏足了，想來真是震撼。

莫莉安心知時間不多，快步在書架之間穿梭，掃視書名。她也不清楚自己究竟想找什麼，然而就在轉進下個走道時，她從某個書背瞥見熟悉的字眼，那是本書封以皮革製成的大書。

# 獨一

她費盡力氣將這冊厚書從架上取下，輕聲讀出完整書名：「《妙趣、超卓、奇景、獨一與異象：幻奇技藝光譜全史卷一》……作者：莉莉安・普伊。」

昂斯塔那本著作的書名跟這本只有些許差異，叫做《錯判、謬誤、胡鬧、暴行與毀滅：幻奇事件光譜簡史》，而且只是簡述幻奇師據說幹過的各種壞事。難道他改寫莉莉安・普伊的書，好傳遞自己扭曲的觀點？

在昂斯塔教授死前，他放在教室的書不翼而飛，但那本書非常厚，比手上這本書還大。莫莉安滿心疑惑，全史的篇幅不是應該比簡史長嗎？

然後，她重讀一遍書名：**卷二**。

旁邊那本書的書脊寫道：**卷三**。

在這座書架上，名稱近乎相同的書按順序連綿不斷地排列下去，似乎有數十本——不對，上百本。她把卷一放回書架，拉出卷二，作者仍是莉莉安．普伊，卷三、卷四也是。不過卷五及卷六的作者是丹尼爾．米多林布萊西，接下來有六卷是由章紅所寫。

莫莉安笑得臉頰都快裂了。頭一次看到《幽魂時刻之書》時，她也有相同的感覺，但這次的喜悅強烈百倍。眼前是幻奇師全史，記載所有卓越的成就，所有奇景、獨一與異象，每本書都宛若一座燈塔，引領她追溯過往。

她一路跑到最末端，找到最後一冊（卷三百零七，薩博里．史密瑟林撰），從書架上抽出，坐下來放在腿上攤開，翻閱書頁。

裡頭都是熟悉的名字：葛莉賽達．北極星、天棓三．河鼓三、黛西瑪．可可羅、瑪提德．拉虔斯、碧麗安絲．阿瑪迪奧、歐文．賓克斯、埃茲拉．史奎爾、艾洛蒂．鮑爾、歐布瓦．傑密提——他們是史奎爾那代的幻奇師，也是在英勇廣場喪命的幻奇師。

遠處陡然響起短促尖銳的哨聲，是羅詩妮的訊號。莫莉安嘆了一聲，動手把書放回架上，接著一個動搖。她將書塞回去，隨後又抽出，咬住嘴脣。

她有辦法改天回來繼續讀嗎？說不定朱比特能帶她來，或是蘇菲亞、如克……

問題是，等到**什麼時候**？

哨聲再次響起，電光石火間，她下定決心，把書抱進懷裡，奔向惡魔弄的巷口。

幾分鐘後，她脫離令人窒息的詭騙巷，拚命吸進空氣，走回費爾普斯路和費茲傑羅路的街角，雙手仍緊抱那本皮革裝幀的書。

「妳在這啊。」憑空冒出一個嗓音，她驚跳一下，旋過身，只見詩律斜倚著一盞沒亮的路燈，臉上掛著興致缺缺的慵懶笑容。但一見到莫莉安試著把書藏在背後，她便警覺起來，「妳手上那是什麼？」

「沒什麼。」

「少騙人，妳說謊說得超爛。」

「是……是關於幻奇師的書。」莫莉安坦白道。現在把書放回去已經太遲了。

「妳拿它做什麼？」詩律問，離開路燈走向莫莉安所站的位置，「妳又沒有借書證。」

「雀喜小姐可以幫我借。」

「那本書不行，它是黑標。」詩律指著書脊，「看到沒？想借黑標的書，除了需要幻學借書證，還要有長老理事會的書面同意，加上第八級安全許可。雀喜小姐只有六級。」

「什麼？」莫莉安壓根不曉得這些，心一沉。「妳怎麼知道這麼多？」

「我外婆常來高伯，她拿的是非幻學人借書證，只能借藍標書，反正她只愛看懸疑謀殺案跟重型機械相關的書。妳借其他本不就好了？」

莫莉安把書抱得更緊，手指用力得泛白。「我要這本。」

「那就是偷書。」

「沒有偷！只是……借。」

「才不是，有借書證才叫借。」

「妳還不是跟陌生人『借』了小狗！」

詩律聳肩，「不一樣。」

「哪裡不一樣？」

「**不一樣**的地方在於，這種事我很拿手，可是妳超爛，」她說：「我知道怎麼蒙混過去，才不會讓別人發現哪裡不對。再說……這裡是圖書館耶，拜託！要是我偷圖書館的書，外婆會**殺了我**。」

羅詩妮的哨音再度傳來，是三聲急促的短音。她在隔壁走道揚聲說：「女孩們，該走了，妳們在哪？」

「妳要去告狀嗎？」莫莉安悄聲問。

詩律默不吭聲，莫莉安笨拙地想把《幻奇技藝光譜全史》卷三百零七藏進夏季斗篷下。

「妳們在這裡！該走了，一小時差不多到——妳在做什麼？」羅詩妮拐過轉角，眼見莫莉安用斗篷皺褶遮住書，乍然停住腳步。「偷高伯的書是很嚴重的事，妳懂嗎？知不知道會惹上多大的麻煩？把書給我。」她用拔高的音調勒令道，顯得不可置信。

莫莉安臉上一片滾燙，絞盡腦汁想找個藉口、編個合理的謊，卻什麼也擠不出來。她只知道自己非帶這本書走不可，讀完書上每一頁才要還。

她急迫地轉頭看詩律，無聲哀求她出手相助，詩律不悅地回瞪。

「拜託，詩律。」她小聲說。

「為什麼？」詩律氣惱地說：「妳最近有夠奇怪的。妳對那些幻奇師鬼魂就這麼迷戀，迷戀到要我幫妳偷東西？」

「什麼？我才沒有迷戀。」她更用力抓住書，猜想詩律會不會任她乾晾在這裡。到頭來，催眠師翻了個招牌白眼，終究屈服了。

「她什麼也沒偷。」詩律用毫無興致的語調，不甘願地告訴羅詩妮：「我們只是在愉快地聊天。」

「什麼？」羅詩妮厲聲道：「我親眼看到她偷了書！」

「沒有，」詩律只說，「她沒偷。」

「她有，」圖書館員堅稱：「她偷了……她拿走……一本書。我有看到……」莫莉安聽出她的口吻流露一絲疑惑，不禁屏住呼吸。

「妳什麼都沒看到。」詩律以悅耳的低音說：「我們剛才聊得很高興，聊……歷史之類的。妳覺得雀喜小姐的學者都很討人喜歡，很乖巧，希望我們可以再來。」

羅詩妮搖著頭，試著甩去腦中的迷霧。「希望你們可以……」

雀喜小姐走來，懷裡抱了一堆書，幾乎看不到前方的路。

有那麼一瞬間，羅詩妮眉頭深鎖，直勾勾盯著莫莉安，隨後臉上便泛開和氣的放空表情，說：「小瑪，妳的學者真討人喜歡。」

雀喜小姐嗤之以鼻。「討人喜歡？哪有這麼誇張，還可以罷了。小羅，來幫我一把。」

莫莉安看著圖書館員與引導員各搬半疊書，穿過街道，走向河玻璃交通車，大大鬆了口氣。

「謝謝，」她對詩律說：「真的，太謝謝了，我欠妳一次。」

「欠不只一次，妳這個沒格調的偷書賊。」詩律嘀咕：「不用擔心，這筆帳我會記著。」

---

莫莉安與詩律趕到時，同梯的其他人正往交通車走去。莫莉安特地走在詩律後面，好擋住因為藏了書而凸起的斗篷。

霍桑正跟雀喜小姐討價還價，商量要用她的借書證借幾本跟龍有關的書。薩迪亞跟埃娜湊在一塊看醫學期刊，爭辯怎麼包紮斷腿最好。

突然間，警報聲響徹四周，書架懸掛的燈從暗綠轉為刺目的火紅，眾人頓時打住對話。

莫莉安的手臂一僵，她仍將書緊抱在腰間，抵著腹部。

「他們發現了，」她小聲對詩律說：「我要被抓了！」

「噓。」詩律用氣音說，可是也神色擔憂。

警報越來越大聲……然後傳來另一種聲響。那聲音十分奇特，是種尖銳而惱人的金屬聲，有點像是鋸子，緊接著是有如兩張砂紙相互摩擦的聲音。

**嘰嘰嘰嘰嘰嘰嘰……沙沙沙。**

**嘰嘰嘰——嘰嘰嘰嘰嘰嘰……沙沙沙沙沙沙。**

「那是什麼啊？」法蘭西斯用手指堵住耳朵。

**嘰嘰嘰嘰——嘰嘰——嘰嘰……沙沙沙**。

所有人紛紛轉頭看羅詩妮，她則仰頭望向書架高處，眼睛瞪得大如銅鈴。

「大家去交通車！」她喊道：「**立刻上車！**」

他們轉頭拔腿就跑，可惜為時已晚。河玻璃交通車距離他們兩排書架之外，還沒跑到半途，全梯、羅詩妮與雀喜小姐便倏然站住，去路遭到阻擋。眼前情景令莫莉安渾身難受，彷彿皮膚瞬間過敏發紅。

災情降臨，他們被包圍了。

# 第二十章　書蟲

那些東西漫天飛舞，從書本之間的縫隙湧出，從水溝蓋爬出，從書櫃傾盆灑落，無數飛翅、大眼、細腳（**好多腳！**）組成簌簌作響的醜惡大浪。這場災害的禍首是擁有多足、色彩繽紛、有吉娃娃那麼大的——

「**蟲！**」法蘭西斯尖叫：「**大蟲！**」

「眼力真好，法蘭西斯，給你拍拍手！」詩律氣沖沖地吼道，一如既往的火爆態度之下藏著一絲驚懼，呼應了眾人的感受。大家圍成一個小圈，面向外側，瞪大眼睛看著逼近的蟲群。

「小羅，這些蟲確切來說多危險？」雀喜小姐問，扔下那堆書本，平伸手臂保護離她最近的馬希爾和薩迪亞。

「對書來說，估計……有點危險？」

「不是，小羅，是對我們！」

羅詩妮一抖，「喔！那估計……挺危險的？在上個月的蟲災，賈迪什的耳朵被狠狠咬了一口，伊麗絲還少了半截小指。」

「喔，太讚了。」雀喜小姐說：「那要怎麼把蟲趕走？」

莫莉安有辦法。她深吸一口氣，哼出幾個音，接著跪在地上，低空吐出一條平直的火線，往蟲群燒去，九一九梯的大家抬手阻擋熱氣。有那麼一瞬間，她分不清眾人恐懼的表情是怕蟲抑或是怕她，幾乎後悔衝動行事……但這個法子奏效了。

如同她的期望，蟲群迅速後退，然而似乎也更加憤怒，嘰嘰聲驟然變得更響亮、更急促。

「瑪莉娜，她這是做什麼？」圖書館員尖叫，用靴子踩熄火焰，「她瘋了嗎？叫她住手！」

莫莉安嚥了下口水，火在喉間熄滅。「我以為——對不起，我只是想——」

「不要插手，退後！」

雀喜小姐抓住莫莉安的肩膀，將她拉離火焰，羅詩妮想辦法把火弄熄。「羅詩妮，她只是想幫忙。」

「是喔，在**圖書館**裡面放火還真是幫了大忙呢！」

「不然怎麼辦？」雀喜小姐說：「你們都怎麼做的？」

「我們有機械蚊蟲拍，」羅詩妮以弧線慢慢移動，雙眼緊盯逼近的蟲，「還有不傷書本的桶裝殺蟲劑噴霧，但東西都在車上。」她再度按下對講機按鈕，「呼叫所有小隊，書鬥士，聽得到嗎？」沒有回應。「圖書館員，在嗎？柯林？賈迪什？快回答啊！」無人回應，只有雜訊。她氣餒地大叫一聲。「好，你們這些年紀小的注意聽，我要你們——」

埃娜發出慘叫，打斷她的話。一隻閃爍光澤、鞋盒大小的綠蟲脫離蟲群，從她的腿往上爬，經過身側，來到肩膀……蟲爬上頭髮時，埃娜叫得越發淒厲，緊閉雙眼，無助地亂揮雙手：「**把它弄走弄走弄走！**」

砰！

雅查安似乎沒多想便採取行動，高高揮舞一本大書，運用動力把蟲從埃娜身上揮開，千鈞一髮地避開她的頭。蟲子被甩向半空，形成豔綠色的弧線，接著重重砸在高層的一排書上，發出「噗嘰」一聲。他們眼睜睜觀望蟲屍一路滑落至地面，滑過一本本五顏六色的書背，留下黏稠、噁心、難聞的綠黃色蟲液，看起來有點像傷口化膿的顏色。

雅查驚駭地睜圓雙眼，鬆手任書落地。與此同時，法蘭西斯雙手按住膝蓋，彎下腰，當街吐了出來。

羅詩妮也嚇壞了，但原因截然不同。她用顫抖的手指對準雅查，「你——你剛才——那是**書**耶！你——你破壞公物！」

「重點在那裡嗎？小羅！」雀喜小姐大喊，動手收拾放在地上的書，遞給學生。「好，改變方針。我們沒有蚊蟲拍、沒有桶裝殺蟲劑、沒有書鬥士，所以只能用手邊的東西。」她低頭閃開一隻低空掠過的粉紅圓點巨蟲，隨即拿起《永無境著名印象派畫家與他們的繆思》這本厚書，對準那隻蟲揮去。**啪**！蟲子承受重擊後爆裂，黏液如雨般灑了所有人滿頭滿臉，眾人一陣噁心。「好了，大家，快揮起來！」

羅詩妮張口結舌瞪著好友，「小瑪，妳開玩笑的吧！」

「小羅，要嘛動手，要嘛被一堆蟲生吞活剝。」雀喜小姐把《現代巫術百科》遞給羅詩妮，「妳選哪個？」

圖書館員嗚咽一聲，彷彿雀喜小姐逼她朝親祖母的墳墓吐口水。她將那本書緊緊抱在胸前，闔上雙眼，低語道：「高伯爾法夫人，我要破戒了，原諒我。」

接著，羅詩妮揮出完美命中的一擊，一隻黑藍條紋的蟲被打飛，在身後劃出七彩黏液。她馬不停蹄地左右連打，展開連續不斷的猛攻，頃刻間便送了數十隻蟲上路。莫莉安看得出她為何獲得升遷，她勇猛剽悍、堅毅不撓，簡直就是殺蟲兵器。

「向交通車——」**砰！**「——前進！」她邊揮邊喝道。

一隻紫色怪蟲在詩律頭上飛舞，翅膀嗡嗡震動，鉗腳不時開合。莫莉安從斗篷下掏出卷三百零七，對準蟲子揮去，那隻蟲摔在街道另一頭，發出令人痛快的「啪答」聲，隨後她迅速連打三隻——啪答、啪答、啪答。她人生從沒體驗過這麼詭異、這麼噁心的快感。

薩迪亞跟霍桑看起來也樂在其中，至於其他人就不好說了。詩律渾身黏液，埃娜尖叫個沒完，法蘭西斯似乎隨時在嘔吐邊緣，小蘭雙手抱頭站在大夥中間，雅查跟馬希爾則在她身邊奔走，盡可能打掉朝她飛來的蟲子。

「羅詩妮！」雀喜小姐喊道：「妳看！」

河玻璃交通車不見了。確切來說不是不見——車仍在，只是遭到成堆的蟲子襲擊，徹底淹沒，有如一座閃爍七彩流光、嗡嗡作響的小山。

沒希望了。他們絕不可能在這麼多蟲之中殺出血路。

羅詩妮大驚失色，再度拿起對講機，另一手繼續揮動百科。「**呼叫所有書鬥士小**

**隊！有誰聽見嗎？快回答！你們這些打混摸魚的傢伙！舊城需要支——」**

驟然響起一陣警笛聲和引擎聲，蓋過她的嗓音。莫莉安朝聲音來源望去，心臟像狂喜的青蛙一樣在胸口亂蹦亂跳。

一輛由綠色波紋河玻璃打造的卡車沿著道路，倒車向他們飛速駛來，打散蟲群，有些蟲被輾爛，其他則被撞得往書架飛去。後車門猛地打開，躍出一隊人馬，總共十幾名，人人穿著連身工作服，腳踩黑色戰鬥靴，背負金屬大桶，雙手各握一個噴頭，宛如手持兵器。其中一人扛著兩個桶子走出卡車，輕而易舉地抛了一個給羅詩妮。

奇妙的是，書鬥士小隊是由一位魁偉的幻鴕鳥帶領，他穿著粗花呢背心，比其他人高出一倍，擁有一對毛茸茸的寬闊巨翅，那雙腳是莫莉安見過最長的，足上帶有猶如三叉刀的利爪。

「總算趕上了，柯林！」羅詩妮吼道，但她轉頭望向雀喜小姐等人時，臉上帶著笑容。柯林沒答腔，而是猛力撲翅，直入蟲陣。「好，各位，這邊由我們處理，快上車，**不要出來**。等我們控制住災情，賈迪什會回來載你們去借書處櫃檯。」

她轉過身，加入書鬥士和其他圖書館員的陣線，迎向蜂擁而來的蟲群，漫天噴射亮粉色噴霧，如戰士般大聲咆哮。

九一九梯手忙腳亂爬進河玻璃卡車，雀喜小姐關上厚重的玻璃門，鎖上巨大的門閂。

每個人看來都精疲力竭、狼狽不堪，由於總算遠離戰場而鬆了口氣……唯獨薩迪亞例外，她凝視著波紋窗戶外的羅詩妮與書鬥士，臉上滿是景仰。黃綠色蟲液四處噴飛，書鬥士並肩作戰對抗蟲災，動作和諧如舞，看在莫莉安眼中，幾乎有種……令人想吐的美感。

不過她深感慶幸，還好自己人在河玻璃車裡。

「我要當圖書館員。」薩迪亞沉醉地說，一抹化膿似的腐爛黏液順著頭的一側流下。

「大家……沒事吧？」雀喜小姐氣喘吁吁地問，一手按住胸口。

法蘭西斯手摀著嘴巴，臉色鐵青；馬希爾癱軟在地，方才他踩到一灘黏液滑倒，索性就坐在那裡；雅查努力把衣服上的蟲液抹乾淨，卻只是讓範圍擴大；詩律不敢置信地搖著頭，看不出她是在回答雀喜小姐的問題，還是覺得整個情況令人搖頭。

「妳沒預見這個啊？」她頗有針對意味地問小蘭。

小蘭帶著歉意微微聳肩，「我也沒辦法預知一切。」

多虧雅查跟馬希爾的功勞，唯一沒沾染半點蟲液的人就是小蘭。她緊貼著牆壁，生怕碰到其他人。

「那些東西是什麼？」角落的埃娜顫聲問。

「書蟲。」雀喜小姐的呼吸仍未平復，「從昆蟲學區來的。那裡有一本書叫《害蟲大全》，收錄世界上最大、最難對付的各種昆蟲，因為照片拍得太好，很多人借這本書去看，不停開開關關的，那在這裡不是什麼好事。大家變得有點輕率，大約一年前，有些蟲子跑了出來，書鬥士還來不及全面圍堵就開始繁殖。書鬥士反覆噴殺蟲劑，但小羅說蟲害每隔幾個月就會爆發一次。到了現在，他們甚至已經放棄把蟲趕回書裡了，乾脆直接殺掉，情況就是這麼糟糕。」

霍桑來到莫莉安旁邊，臉貼著門，可憐兮兮注視外頭的殺蟲作戰，一邊打著哆嗦。「真、真想出去幫、幫忙。」

莫莉安看了朋友一眼，注意到對方的衣服溼透了。她捧起雙掌，吐出一小球火焰，浮在雙手上方，散發暖意。這招是她上週跟天棓三・河鼓三學來的。

「謝謝。」霍桑將手湊近火焰相互搓揉，接著抬頭，朝書鬥士的方向一點，輕輕悶笑一聲。「他在幹麼？」

他指的是柯林。在所有人當中，唯有這名幻鴕鳥赤手空拳，然而他不需要武器，那雙帶有銳爪的鳥足正是利刃，他也運用得淋漓盡致。他那雙腿的彎曲方向恰恰跟人類相反，在撲打一對黑白巨翅的同時，他會以強勁的力道高高向外飛踢。

可是……他的攻擊不太精準，不像羅詩妮等人謹慎瞄準書蟲，反倒有點像……瘋打一通，而且眼神狂亂驚恐。他失控了。

隔著綠色河玻璃很難分辨，但莫莉安敢說，假如有辦法看清，他的雙眼一定正發著綠光。

「雀喜小姐？」她回頭高聲對引導員說，雀喜小姐正在角落協助法蘭西斯。「我覺得妳應該來看——」

「**快熄掉！**」小蘭看著莫莉安的手驚叫。

可是警告來得太遲。

電光石火間，三件事接連發生。

首先，在車外，柯林凶暴地用腳爪襲擊羅詩妮的胸口，羅詩妮慘叫。

「小羅！」雀喜小姐大喊。

莫莉安陡然一陣驚惶，捧在手中的火苗呼應她的恐懼，倏地竄高，越來越旺、越來越大，燒焦霍桑的眉毛，捲上莫莉安的手腕，宛如戴著火之手套。她倒抽一口氣，揮動雙手想把火滅掉。

最後，驟然大亮的火光吸引了柯林的注意力，他停下動作，轉身面向卡車，昂起鳥嘴嗅聞，有如追蹤獵物的狼。他的目光鎖定九一九梯，隨即往卡車衝來，速度之快超乎莫莉安的想像。

誠如羅詩妮所說，河玻璃車門堅固得足以抵禦突如其來的強攻。柯林躍向半空，使出強大的飛踢，接著反覆用頭撞擊，力道猛得即便傷不了玻璃，也會傷到自己。但他卻沒有停止，應該說是停不了。他發狂了。

「離門遠點！」雀喜小姐對九一九梯喊道，趕上前擋在學生與玻璃之間。

書鬥士顯然受過應對緊急事態的精良訓練，經過短暫的混亂，他們分為三組，一組繼續對抗書蟲，一組試著制伏柯林，一組援救倒在地上的羅詩妮。六名書鬥士朝幻鴕鳥一擁而上，把他從卡車旁拉開，壓制在地。整整出動六個人才按住柯林，即便如此，柯林仍在掙扎。

「大家蹲下。」雀喜小姐發號施令，奔向前面車廂，穿過一扇原本門上的小門，坐進駕駛座。「我帶你們走。」

「羅詩妮他們怎麼辦？」莫莉安問：「不能丟下他們不管啊！」

薩迪亞伸手去拔金屬門閂，「我們出去幫忙！」

「薩迪亞．麥高樂，不准碰車門！」雀喜小姐吼道，發動引擎：「大家馬上坐好！」

卡車歪斜衝出，離開現場，沒照做的人隨即摔倒在地。雀喜小姐沿著來路在街道上狂飆，急轉彎時幾乎擦撞到聳立的書架，在回到借書櫃檯的短暫車程當中數度差點出車禍。九一九梯沉默不語，只聽卡車對講機發出雜訊，原來是雀喜小姐要叫救護車，她的語氣頭一次流露一絲懼怕。羅詩妮受傷倒地、不解為何遭到朋友攻擊的模樣，仍在莫莉安腦中揮之不去。但願那位圖書館員沒事。

「好，大家出去。」雀喜小姐將車停在梅休街的入口附近，一聲令下。「我的意思不只是下車，是離開圖書館。我回去找羅詩妮。」

九一九梯有一半乖順地開門下車，另一半則大聲反對。

「雀喜小姐，我們不能丟下妳！」

「妳不能自己回去！」

「我們也要幫忙——」

「**不要說了**。」大夥頓時住口，莫莉安從沒聽她講話口吻如此嚴正。「我要你們走出那道旋轉門，不准回圖書館。在外面守著，別讓任何人進來。在梅休街等我，但**絕對不准回來**，懂了嗎？」

「可是——」霍桑開口。

「**懂了嗎？**」

九一九梯不情願地喃喃答應，依言轉身走向出口。

「莫莉安，等等。」

她感到手臂被雀喜小姐抓住，於是回過頭。

「用最快速度搭傘鐵回家，把這一切告訴諾斯隊長，告訴他柯林的事，叫他……」她打住，嚥了下口水，從鼻孔呼氣，彷彿要穩住心神。「叫他帶潛伏者一起來。」

# 第二十一章 永無境民眾深感關切

高伯爾圖書館之亂的負面影響來得比預期更快，牽連範圍也更廣。隔天就是暑假，莫莉安沒再見到雀喜小姐，但是據朱比特所言，長老跟學務主任痛批了引導員一頓，說她不該為學者安排這麼危險的行程。

「這不是她的錯。」週六早上，莫莉安對朱比特說，用奶油刀戳著吐司。時間尚早，員工餐廳只有她和朱比特兩人，桌上擺的全是他們最愛的食物：小圓烤餅、吐司、格子鬆餅、香腸、蛋、藍莓醬，偏偏兩人一口也沒動。「不該怪雀喜小姐，是馬希爾跟我想去高伯爾圖書館。霍桑說得對，我們應該去游泳的。」

**我連書也沒偷到**，她悶悶不樂地想。

在對抗書蟲、逃進卡車的過程中，她不知何時掉了《幻奇技藝光譜全史》卷三百零七，如今八成已經毀在蟲液跟殺蟲劑裡。那段歷史原本觸手可及，現在又離她而去，說不定永遠不可得了。

「雀喜小姐願意負起全責，而且她這麼做很對。」朱比特說：「莫兒，她是大人，應該明白不能帶一群十三歲小孩進入異界，過渡空間很容易出事。」

莫莉安抬起視線，那片吐司已被凌遲得慘不忍睹。「過渡空間是什麼？」

「一種……被夾在中間的空間，從一個地方前往另一個地方的通道。詭騙巷就是個好例子，那是無法預測的不穩定地帶，不適用世界的正常規則。」

她提到地下九樓每個廳室分支的末端都有扇緊閉之門，上頭標示「過渡之廳」。「你覺得這些門是什麼？」

朱比特蹙眉思考。「坦白說，我沒有頭緒，但我強烈建議妳離它們遠點。像我剛剛說的，過渡空間可能很危險，高伯更是我遇過最危險的，我本來打算等妳至少滿十五歲再考慮帶妳去。何況永無境議會已經下令無限期停止開放，短時間內是不可能再去了。」

莫莉安更加頹喪，她原希望等風波過後，朱比特會帶她去。就算卷三百零七已經毀了，好歹惡魔弄仍藏著另外三百零六卷。

「羅詩妮還好嗎？」由於騙了羅詩妮，加上眼睜睜看她遭到發狂幻鴕鳥襲擊，莫莉安內疚得要命。

「那個圖書館員？」朱比特微微一縮。「她……傷得不輕，不過她進了教學醫院，雀喜小姐寸步不離守著她，她會沒事的。她那位幻鴕鳥朋友就不好說了，他自殘的程度比其他人嚴重，當然，現在也收治在教學醫院。」

他憂慮地凝視早已冷掉的咖啡。「又一起本來能避免的攻擊事件，又一個本來能幫到的幻獸族人。假如我們知道他被感染就好了，假如我們有任何一丁點線索、一些警告，只要有一點點資訊都好。」

莫莉安審視贊助人的倦容。為了永無境奇市開張之夜，他整晚沒睡。潛伏者在這場夏日市集大舉出動，留意任何不尋常的幻獸族行為。朱比特跟他們巡邏了整夜，觀察人群中是否有「黑洞」——他現在都這麼稱呼，意指那些幻獸族感染者的身周區域，他們身上的幻奇之力幾乎蕩然無存，全被空心症吃掉了。過去幾週來，他用這個方式預防了三起彼此無關的攻擊事件，潛伏者將感染者納入保護監管，安全隔離，等待高峰期到來，避免他們傷害任何人（和自身）。這麼一來，刺藤博士跟拉特徹醫生也總算能研究宿主身上尚未到達高峰期的病毒；他們採集血液樣本，和感染者面談，了解對方去過哪裡、接觸過誰、出現過其他哪些症狀。

然而，蒐集越多數據，他們越不解空心症為何傳染如此快速。這三名感染者當中，有一名幻雞剛結束內觀靜修，整整一個月根本沒接觸任何人，更別提接觸其他幻獸族了——那麼，他究竟怎麼感染的？

蘇菲亞加入了空心症小組，擔任與幻獸族社群之間的窗口，負責與學會外的幻獸族人聯絡，幫助他們保持安全、預防空心症。她最主要的建議是待在家裡，直到小組獲得更多情報……可是，假如隔離也無法避免感染，這麼做又有何用？

說到底，他們最大的武器是朱比特的見證者之眼。然而他分身乏術，總不可能及時制止每次攻擊，但於他而言，每個錯失的機會，似乎都是他自身的重大過錯，即便他阻止了三次事件，仍有幾十次來不及阻止。莫莉安看得出，他已不堪負荷。

「哼，我猜之後就會得到很多資訊了。」他冷嘲，態度很不像平時的他，「到時會有排山倒海的資訊，誰管那些資訊是真是假？至少深感關切的永無境民眾可不管。」

莫莉安低頭看著一張海報，朱比特將其從英勇廣場的路燈柱撕下，帶回家給她看。她反覆讀了起碼十幾遍，每次都不禁毛骨悚然。

**警告！**

# 空心症

將危害你的安全

幻奇學會不告訴你的是，就在這個當下，永無境可能有**上萬個發狂的幻獸族**感染這種凶險的病毒，導致**你和親友**可能遭到**凶殘的攻擊**！

幻奇學會已經承認，空心症的早期症狀幾乎**無法辨識**！

你會不會有認識的人**其實已經感染了？**

小心以下症狀：**健忘、食慾增加、焦慮、侵略性**。

如果你懷疑朋友、鄰居、同事或家人可能感染，你有**義務**立即向永無境市警隊舉報。

# 提高警覺
# 監控鄰居
# 切勿遲疑
# 一旦懷疑就行動

**廣告出資人：羅杭·聖詹姆斯，永無境民眾深感關切黨**

這裡列的症狀與幻奇學會的海報雷同，但並非百分百吻合，而是經過**編輯**、**修剪**、**改短**，使症狀看似空泛得出奇。

健忘、食慾增加、焦慮、侵略性？九一九梯就連狀態不錯的時候，也有半數人符合這些描述。莫莉安暗忖，假如大家留意這種症狀，多少幻獸族會被冤枉成感染者？

海報上最後一段話尤其令她心中發涼。**提高警覺**，**監控鄰居**，**切勿遲疑**，**一旦懷疑就行動**。看起來，「深感關切的永無境民眾」不過是想煽動所有人仇視幻獸族。無差別仇視全體幻獸族。

「羅杭·聖詹姆斯是誰？」莫莉安問。

「一個有錢的笨蛋。」朱比特嘟噥，「他是仕紳地主，什麼男爵還是子爵的。他組了自己的政黨，叫『永無境民眾深感關切黨』，大多時候只是關切一些不需要他們關切的事。來，妳吃點東西。」他將一盤小圓烤餅推給莫莉安，莫莉安又推了回去。

「你才要吃點東西。他怎麼知道這麼多空心症的事？我以為公共移焦部門把消息壓下來了。」

「高伯爾圖書館出了事，現在沒什麼好壓的了，莫兒。」他嘆口氣，咬口烤吐司，露出苦哈哈的表情，不甘願地吞下。「反正消息早就傳了出去。好幾個星期以來，一直有片段的訊息外流，這不過是遲早的問題。」

莫莉安忽然想起一件事。「星期四在雄偉大道，我們看到一個男的拿擴音器在宣傳！他說幻獸族是邪物，還說……是人性的汙點。真是討人厭。」

朱比特沉下臉，「穿高級西裝、看起來很闊的傢伙？」

「對。」

「他就是羅杭・聖詹姆斯，最愛到處宣傳他的意見，巴不得添亂。」

一名廚房員工過來收盤子，朱比特一聲嘆息，讓那人把絲毫未動的餐點收走。

---

暑假飛逝，事態越演越烈。每天，街上都會出現更多海報；每天，關切民眾黨舉辦集會，透過廣播大肆宣揚，鼓吹市民舉報幻獸族朋友與鄰居。政府害怕引發集體恐慌，遲遲不正面回應越傳越廣的空心症流言，而是要求幻奇學會盡力控制疫情；但是，在許多方面，缺乏官方消息反而導致情況惡化，謠言、錯誤資訊滿天飛，最終沒人敢肯定什麼能信。

朱比特從早到晚出門在外，協助潛伏者辨識感染的幻獸族，每週五晚上還要在永無境奇市巡邏，畢竟萬一在人山人海的市集發生攻擊事件，將引發嚴重後果，可能造成踩踏事故。他甚至找來外甥傑克支援，最近傑克的見證者能力大有進益，朱比特說他為空心症小組出了不少力。

每逢週六清晨，莫莉安會在吸煙室等候，逼傑克跟朱比特坐下來呼吸迷迭香煙霧，好好吃頓早餐、喝幾口茶。

讓她極其不滿的是，今年暑假，朱比特徹底禁止她踏足永無境奇市。讓九一九梯全體極其不滿的是，他還聯絡大家的贊助人跟家長，建議比照辦理。他說原因很單純，就是太冒險了。儘管參加奇市的幻獸族人數創下歷年最低，顯然多數都聽從了留在家裡的建議，但仍有不少人出外活動，有些是為了賺錢維生，有些要麼不懂，要麼不在乎，有些單純是為了向永無境民眾深感關切黨表達抗議。

「要是這麼危險，怎麼不乾脆停辦今年的奇市？」傑克當時問道。

「這是能促進經濟的大型年中活動，如果你有辦法說服永無境商會停辦，歡迎你去。」朱比特回答：「相信我，我們試過了。我們能做的是出外巡邏，在出事前防堵。」然後他輕捏傑克的肩膀，直視他的雙眼。「傑克，你真的幫了很大的忙，我以你為傲。」

朱比特設法找來另外兩位認識的見證者，從外地趕來永無境協助。到目前為止，他們在奇市辨識了十六位已感染的幻獸族。莫莉安看得出來，雖然這件事相當勞心勞力，傑克仍很高興能夠參與。

莫莉安從他們那邊聽到最可怕的消息，不是幻獸族攻擊他人，反而是他人攻擊幻獸族。在一個按長度兜售手工焦糖的零食攤，有個男人對十歲的幻兔咆哮，叫他回家去，朱比特不得不出面阻止。一位幻豬玻璃吹製師傅在南區擺攤，結果遭到破壞，精心雕琢的作品全數粉碎，令他傷心欲絕。

每逢週五，關切民眾黨都會站在雄偉大道的相同地點，對大眾怒吼充滿仇恨的字句；每個週五，聽眾人數漸增。朱比特跟潛伏者試過要趕他們走，偏偏臭架子介入阻撓，堅稱他們的行為完全合法。隨著一週週過去，朱比特怒火越熾，在暑假的第七個週六，他在黎明時分回到杜卡利翁飯店，整個人氣得七竅生煙。

「——沒教養的蠢材，髮型那麼醜，還那麼沒良心！」傑克走進吸煙室時，朱比特正在咆哮。

「嗯，我知道。」傑克瞪大眼睛瞥了莫莉安一眼，揉揉額頭，優雅接過她倒的洋甘菊茶。「你講過了。」

「我要把他的大聲公塞進他的——」

「這你也講過了。好幾次。」

「——鼻孔！」朱比特在吸煙室來回踱步，雙手扠腰，胸口劇烈起伏。「我告訴你們，他這麼搞只會讓自己跟參加奇市的人更危險，可惜他笨到沒發現。每個星期，參加雄偉大道反示威的幻獸族越來越多，當中任何一個都可能感染，任何一個都可能攻擊他，但說實在，誰怪得了他們？」

「永無境民眾深感關切黨要是有人受傷，八成會高興得要死。」傑克嘆道，「想想看會吸引多少關注。」

「我下星期可以去嗎？」莫莉安問：「我想幫忙。」（此外，她也想趁暑假結束前起碼逛一次奇市。）

「絕對不行。下星期連傑克都不會去。」

傑克睜開沒用眼罩遮住的那隻眼睛，「我不會去？」

「他不會去？」

「他不會去。」朱比特說，然後轉頭望向傑克：「你不准去。」

「可是我們昨天阻止了兩起攻擊！」傑克坐起身瞪著舅舅，忿忿不平地說：「要不是我，你根本不會發現第二起！」

「你做得很棒。」朱比特承認：「如果沒有你，我今年夏天根本熬不過來。但我覺得下週五晚上不太妙，那是奇市最後一天，而且永無境民眾深感關切黨不斷煽動，把那裡搞成一顆未爆彈。刺藤博士聽到傳言，說部分幻獸族權益運動者正在計畫抗議行動，萬一發生衝突，我不希望你們靠近那個地方。」

「但我可以幫忙！」傑克力爭，一手按住胸口：「你需要我。」

「我需要的是你**平安**。」他的視線從傑克身上轉向莫莉安，露出帶著歉意的微笑。「再說，我給了法蘭克一個不太好的建議，看在他今年夏天安排的活動都大受影響，我說既然我不在，他可以辦個很小很小的夏末派對……所以說老實話，我需要你們兩個留下來監督，不要讓他徹底砸了飯店。」

傑克張口想再抗議一次，卻又閉上，搖了搖頭。他和莫莉安都明白，假如朱比特決定要怎麼做，跟他爭辯也沒意義。傑克站起來，走向門口。「沒關係，我去睡了。」

「傑克——」

「就說了沒關係。」

他走出去，將門甩上。莫莉安與朱比特尷尬地默然對坐，啜著茶，最後他在躺椅上躺平，疲累地長嘆一聲，閉上雙眼。

「我也不想當個無趣的大人，莫兒，只是想……負責任。」

她思索片刻，「同一回事。」

起碼這句話讓朱比特笑了。

那夜，臥室的黑門傳來輕柔的「噠、噠、噠」聲，驚醒了莫莉安。她瞥向時鐘，上頭指著十一點半。

噠、噠、噠。

她掀開棉被，橫越房間，用印記按住黑門中央發亮的圓圈，輕手輕腳走過未開燈的更衣室，一面打呵欠，一面打開通往月臺的門。

起初，她以為門後沒人。接著，靠近腳邊之處傳來冷靜、輕柔的嗓音，差點把她嚇得魂飛天外。

「晚安，莫莉安，暑假過得愉快嗎？」

「蘇菲亞！」她揉著眼，努力讓自己清醒。她完全沒料到是蘇菲亞來了；其實，在這個正值暑假的週六夜晚，她根本沒想到會有人來。「呃，對，很開心，謝謝。我……一切還好嗎？」

「滿好的。」蘇菲亞保證，莫莉安察覺，她的語氣似乎興奮得有些打顫。「可是我覺得妳會想看某個東西。」幻狐奔向停在月臺的黃銅小吊艙，回頭望著莫莉安。

「來吧，動作快！」

| | |
|---|---|
| | Ⓐ |
| 日期&時間 | 工業世代，四年之夏，第七個週六<br>23:42–01:15 |
| 參與者&事件 | 葛拉瑟·歌伯里、阿維斯·顧、亨利克·雷勒<br>幻奇技藝之煉獄進階課程，由歌伯里教導顧和雷勒 |
| 地點 | 傲步院屋頂南端 |

傲步院的屋頂寒冷漆黑，莫莉安和蘇菲亞穿過空中的切口，感覺到時間在身周震動。

眼前是火光沖天的夜。

兩名年輕幻奇師站在後方，觀看第三名幻奇師揮灑煉獄，手法是莫莉安前所未見。

那名女子身形高挑俊美，投下令人喪膽的背影，紅色長髮在身旁隨風飄揚。

「那是葛拉瑟·歌伯里。」蘇菲亞說：「兩個學生是阿維斯·顧跟亨利克·雷勒。」

莫莉安將目光從眼前的奇觀挪開，低頭看她。「葛拉瑟·歌伯里不是……滿壞的嗎？她不是——」

「鼓吹要把所有幻獸族關進大牢？」蘇菲亞接話，「對，她是個爛人。但她很擅長煉獄，說不定是我見過最厲害的。」

葛拉瑟射出一束小火花，在風中飛舞，盤旋於阿維斯和亨利克身邊，只以毫釐之差擦過髮絲、衣服、皮膚，卻沒有燙到他們分毫。隨即又是一束火花，再一束，又一束，好幾十束，接連不斷，小巧細緻，宛如隨風飄蕩的蒲公英籽，卻不是完全任風擺布。葛拉瑟・歌伯里分分秒秒操縱著每束火花，專注力從未鬆懈。

火焰在她十指之間躍動，擴大、變形、在空中聚散形成完美的圖樣，恍若水中的魚群。

「哇。」莫莉安悄悄驚嘆。

「就知道妳會想看。」蘇菲亞低聲說，火光在她眼中閃耀。「我每年這個晚上都會來，已經看了七次，每次看得目瞪口呆。」

比起金色火鳥翱翔天際，葛拉瑟・歌伯里的絕技儘管沒有那麼壯麗，卻精妙得令人屏息。唯有深刻了解如何使用煉獄的人，才會知道像這樣隨心所欲、精準操控有多難。葛拉瑟沒有一刻失去控制，莫莉安讚嘆著她展現的高超技巧，同時竟有些喪氣。

「我永遠辦不到。」她低喃：「活上一百歲也辦不到。」

「莫莉安，要是妳活到一百歲，妳會辦到很多連自己都不相信的事。」蘇菲亞一頓，「何況妳是幻奇師，壽命可能遠遠不止一百歲。葛莉賽達・北極星活了將近三百歲，幻奇之力的保養效果好得不得了。」

莫莉安瞪大眼睛。她知道，雖然埃茲拉・史奎爾活了很久，外表依舊是百年前被逐出永無境的青年；可是三百歲？她心想，自己也會有這一天嗎？活到了三百歲，依然在幻學遊蕩，朋友早已全數離開人世。她不願細想。

葛拉瑟繼續示範，一面操作一面說明，鼓勵兩名幻奇師學生模仿。他們動手嘗試（手法頗為笨拙，有成功有失敗），莫莉安也跟著試了（同樣手法頗為笨拙，有成功有失敗）。

然而，不同於莫莉安見過的其他教師，葛拉瑟缺乏耐心，從不放慢速度，從不說第二遍，從不暫停片刻，好讓阿維斯和亨利克有時間思考或跟上。她是位毫不留情、毫不退讓的指導者。

莫莉安走向前，試著避免注意力被這場表演所吸引，而是從火花的間隙窺視，觀察這名指揮火焰的女子，結果注意到幾個其他幻奇師從未做過的小動作。

葛拉瑟吐出火焰時，頭會擺出奇特的角度。莫莉安一試，立刻感覺呼吸道更加暢通無礙。

有時候，葛拉瑟看似一邊用鼻子吸氣，同時一邊用嘴吐火。莫莉安難以相信有人能辦到。

「蘇菲亞，妳看得到她在做什麼嗎？」她示意幻狐靠近。「她同時吸氣跟吐火，那是怎麼做到的？」

蘇菲亞倒抽一口氣。「太厲害了。這叫『循環呼吸法』，以困難聞名，但絕對是能學的，有些音樂家跟歌劇歌手就會這種技巧。真不敢相信我以前沒注意到。莫莉安，妳觀察到這點真的太棒了。」

終於，這段幽魂時刻開始轉暗、淡化，代表尾聲將近。不出幾秒，葛拉瑟・歌伯里與兩位學生便在屋頂消逝，煉獄帶來的暖意也一併消失無蹤。

「妳不會介意嗎？」莫莉安問蘇菲亞，最後一朵火花熄滅，清爽的夏季晚風吹過，讓她一陣發抖。「妳不介意葛拉瑟・歌伯里？我是說，她對幻獸族做的事。」

蘇菲亞抽動蓬鬆尾巴，盤在身周，看似思索半晌。「七年前，我第一次在書上找到這個幽魂時刻的時候，會來看是因為我想知道她長什麼樣子。我本來想，她鐵定是個黑眼睛的老巫婆，而且……」她煞住，內疚地抬頭看莫莉安，「噢，對不起，我的意思不是……」

莫莉安用鼻孔一哼，「我不介意，妳說。」

「對不起。」她又說了一遍。「嗯，總之，我來到這裡時滿懷憤恨與怨氣，準備好要鄙視這個爛人，結果我見到了什麼？八成是史上煉獄技藝最高超的幻奇師。」

「感覺一定很討厭。」

「非常討厭。」蘇菲亞贊同，「我當時火冒三丈，接下來整整一年都在想，這麼糟糕的人竟然擁有獨步古今的才華。但隔年我又去看了，然後我決定，這麼出色的天賦不能浪費在這個差勁的女人身上，我不允許，總有一天，我要想辦法讓它發揮用處。」她定睛凝視莫莉安，「然後，妳就出現了。告訴我，莫莉安・黑鴉，妳有沒有從那堂課學到有用的東西？」

「有。」莫莉安坦誠地說，暗自提醒自己要問香妲女爵怎麼學循環呼吸法。「我學到了。」

「很好。」蘇菲亞點點頭，接著轉頭，望向幾分鐘前葛拉瑟・歌伯里的幽魂所站的位置。「吃我這招，妳這個腦袋不清楚的老混蛋。」

莫莉安咧嘴一笑。

# 第二十二章　黃昏盛宴

法蘭克身為永無境最豪華飯店的活動策劃人，在這個城市，自然是當之無愧的宴會第一把交椅，然而今年夏天，他的心情日漸惡劣。隨著空心症在永無境蔓延，一個又一個活動被迫縮減規模、延期，多數甚至直接取消，因為朱比特不想讓任何賓客或員工面臨危險，也不願禁止幻獸族進入飯店，以免傷了幻獸族朋友的心。今年暑假的杜卡利翁飯店確實極為靜謐……唯獨法蘭克例外，他時時刻刻都在大肆怨嘆這一切實在不公。

在他哭鬧好幾週之後，朱比特總算退讓，說法蘭克可以為留宿的客人辦個小小的主題晚餐。

接著，趁朱比特投入空心症小組的繁忙事務，法蘭克在賓客名單偷加了幾位杜卡利翁重視的熟客與長年好友。

那週又過幾天，莫莉安留意到，他已經不再稱呼這個活動為「晚餐」，而是

「小小的晚會」，再來又變成「舞會」。等朱比特週五晚上前往奇市，來賓陸續抵達時，法蘭克正在歡迎大家蒞臨「杜卡利翁飯店夏末黃昏盛宴」。

「**盛宴？**」米范激動地說：「法蘭克，這本來只是一頓晚餐。你知道晚餐跟盛宴差在哪嗎？**差了足足兩百人哪！**」

「天啊，我懂，是不是**糟透了？**」一列汽車吵吵嚷嚷地駛進前庭停下，法蘭克壓根藏不住喜孜孜的笑意。「應該是我要辦場小晚會的風聲傳出去了吧，大家都很想來，祝福他們。」

米范召集芬和其餘員工，得到的結論是只能設法控制場面，一旦有任何風吹草動就馬上中止宴會。事到如今，去找朱比特也太遲了，畢竟今天是奇市最後一天，他有更重要的事得忙。

莫莉安明白，朱比特鐵定會氣得跳腳，可是儘管她知道這場晚宴不該辦，仍不禁有些興奮。暑假實在太漫長、緊繃、索然無味，不時發生令人失望的事件、傳來壞消息……坦白說，她一直期待能來點樂子。

法蘭克選擇「黃昏盛宴」這個主題，好慶祝夏日步入尾聲，迎接涼爽之秋。大廳搖身一變，從地板到天花板皆化為絕美落日：黑白棋盤地板變成全黑，牆壁渲染為漸層的蜜桃色、粉色和黃色；黑鳥水晶燈也暫時改頭換面，化身閃爍的巨大金球，懸掛在靠近天花板的高空，隨著夜色愈濃，金球的顏色便漸漸加深成橘色，再來是豔紅色，並垂降得越來越低，有如緩緩西沉的太陽。賓客必須身穿全黑服裝，視覺效果十分驚人，儼然是一個個映襯著火紅落日的剪影。

大廳地板再度長起樹木，讓莫莉安想起聖誕節的森林，不過這次是樹葉茂密的落葉林，順著不知從何而來的微風搖曳。傍晚時分，林中飄著茉莉、柑橘跟海洋的味道，隨著日落西山，樹葉開始蜷曲變色，飄出雨水、蘋果和深沉的土味。到了午夜，樹葉轉為深淺不一的橘與紅，大廳的溫度悄悄下降，壁爐熊熊燒著火焰，空氣洋溢著煙燻味。

所有客人一致同意黃昏盛宴是場絕佳感官饗宴，也是當晚全城最熱門的宴會。數百名未獲邀請的訪客滿懷希望登門，卻不得其門而入……然而，時間越晚，宴會中的人數似乎越來越多。

莫莉安邀了霍桑跟詩律，還想辦法哄傑克踏出房間，這週他大多時候都躲在房裡生悶氣。傑克從善如流地摘下眼罩，玩起莫莉安最愛的派對遊戲，四個人待在禮賓櫃檯後，是個能看到最多客人的地方。（而且靠近宴會餐點送出來的門口，霍桑認為少了這點萬萬不行。）

「他跟媽媽吵架，」傑克指著一個猛吃開胃小菜的男人說：「他媽媽覺得他不用心讀書，他覺得媽媽管太多。站在上面樓梯口的女人背著她太太外遇。坐在爐火邊的兩個人其實相互愛慕，但都以為對方不會回應自己的愛，因為彼此都覺得自己配不上對方。」

「喔！」霍桑雀躍地交握雙手，「要不要過去說點什麼？」

「絕對不要。」傑克從經過的服務生手中掃來一盤小菜（霍桑拿了三盤），「他們要嘛會發現彼此的心意，要嘛不會，但朱舅舅說過，插手管人家的感情事從來沒有好結果。這想必是他親身學來的教訓，畢竟大家都曉得他多喜歡管閒事。」

就在這時，一群有些吵鬧的客人抵達，其中有位幻長頸鹿女性，是次型幻獸族，脖頸修長，皮膚覆滿斑點圖案，擁有慵懶的棕眸與有些像鹿的大耳朵，除此之外，她的外表和人類差不多。

莫莉安瞥了傑克一眼，他謹慎打量那名幻長頸鹿，半晌搖了搖頭。他持續檢查每個進門的幻獸族，留意他們在晚宴上的動向，不過到目前為止並未發現危險徵兆。第一位幻獸族人到來時（這事不在計畫內），法蘭克還有點良心地面露愧色，但其他員工同意不請走任何客人，即便是為了安全起見，這種做法仍不公平，說不定還會損害杜卡利翁飯店的聲譽。然而，員工依舊因此神經緊繃。

她曉得傑克正密切關注所有幻獸族客人，因為她也一樣。主型幻貓頭鷹正盤踞在樓梯欄杆上；次型幻狼講了個笑話，正在自己哈哈大笑；主型幻蠶蜥在樂池嬉鬧。人類客人離幻獸族遠遠的，所以很容易在人群中找到這些客人。

「她在幻獸族之間一定很有名。」傑克悄悄對莫莉安等人說，動作很小地朝一名優雅的幻犬點點頭。幻犬有一身銀白色長毛，兩耳各自別著一個黑色絲絨蝴蝶結，頸子上有串黑色珍珠項鍊。

「你怎麼曉得？」莫莉安問。

「大家同時冒出小小的閃光，」傑克解釋：「就像其他幻獸族看到她進來時，腦中都亮起了燈泡。」

這戲劇性的發展讓莫莉安興致勃勃，正想著該怎麼靠近，好打探那名幻犬的身分，附近忽然發出微小的閃光，亮光刺得他們不約而同一縮。霍桑倒吸一口氣。

「我剛剛——我看到閃光了！」他叫道：「傑克，我變成見證者了嗎？還是——」

「那是相機的閃光啦，天才。」傑克說。

他瞪著閃光的來源：一個男人扛著一臺大相機，緊跟在幻犬後頭，肩上背了裝滿攝影器材的袋子，莫莉安看見袋上繡有《鏡中奇遇報》的標誌，頓時警覺。

傑克也看到了。

「我們去跟米范說。」他輕聲道，意味深長地看著莫莉安。「《鏡中奇遇報》寫了那篇『大幻亂』報導，萬一香妲女爵發現他們的攝影師混進來，她絕對不會原諒法蘭克。」

櫃檯附近有位女子發出嫌惡的聲音，一手捧著夕陽色的雞尾酒，另一手攥著串珠手提包。

「簡直丟人。」她皺起鼻子，目送優雅的幻犬和亦步亦趨的攝影師隱沒在人群中，靠向男伴用大聲的耳語說：「杜卡利翁真是越來越沉淪了，連這種阿貓阿狗也放進來。」

男子贊同地點頭：「是啊，誰去叫捕狗大隊來，把那隻髒狗給帶走。」兩人一同發出得意的竊笑。

「她才不是狗。」霍桑大聲說：「是幻犬。」

他們動作一致地回頭，鄙視地看著霍桑，男人嗤之以鼻。「幻犬，什麼胡說八道。既然牠有四條腿、有溼鼻子、有尾巴，就是狗沒錯。在我那個年代，我們都要用正確的名字來稱呼東西，哪有什麼幻馬、幻兔、幻蜥蜴的鬼扯，我受夠隨時都要擺出尊重的樣子了。**幻犬！**」他說完搖搖頭，把雞尾酒一飲而盡。「誰替我再送一杯酒來。」他加上一句，在空中打著響指。

莫莉安傻眼地轉頭看著朋友，「尊重別人哪裡不對了？」

「顯然需要兩顆以上的腦細胞才做得到。」傑克咕噥。

「沒錯，而且他們加起來只有一顆。」詩律哼笑道。

「妳說什麼？」女人說，搖搖晃晃地走到櫃檯邊，湊到詩律面前，距離近得令人不舒服，厲聲重複道：「妳剛剛說什麼？」

不巧，要嚇倒詩律可不容易，她毫不遲疑地挺身面對那女人。「我說，你們兩個加起來只有一顆腦細胞。要不要我用唱的？」

「搞什麼，妳這沒教養的小——」

「怎麼了嗎？」芬涅絲特拉及時來到，站在櫃檯前方，擋在雙方之間，活像網球比賽的裁判。

女人反感地一縮，「又來個會講話的奇獸！老天爺，賓客名單到底是誰寫的？這人該以傷風敗俗罪逮捕。」

莫莉安、傑克、霍桑跟詩律通通抬頭望著芬涅絲特拉，一同屏住呼吸，等待地雷爆炸。

但出乎他們意料之外，以芬的脾氣而言，她回應的口氣算是挺有禮貌：「我不是奇獸，也不是客人。我是員工。請問需要什麼嗎？」

「貓在五星級飯店工作？」男人不敢置信地嗤笑一聲，「寶貝，還好我們不在這裡過夜，搞不好有跳蚤。」

莫莉安等人再一次聳起肩膀，準備好迎接衝擊。殊不知，芬涅斯特拉再度克制住自己。

「這裡是九星級飯店。」她冷靜地說：「我沒有跳蚤。而且我不是貓。」

男人翻了個白眼，「喔對，**幻貓**。」

「我也不是幻貓。」芬咧嘴，露出一根黃色利牙的尖端，反射光芒，「是魁貓。完全不同的東西。拜託多讀點書。」

女人一抖，「妳真沒禮貌。」

芬涅絲特拉挺直身軀面對她，「妳才沒禮貌，而且裙子醜爆了。」

**來了**，莫莉安暗想，半是緊張，半是竊喜。

女人倒抽一口涼氣，「不好意思，妳說——」

「我看妳倒是很好意思，敢在這裡放肆，」芬用百無聊賴、缺乏耐心的口吻說：「你們就是歧視人的惡霸，說實在，我完全想不通你們怎麼擠進賓客名單的，應該是偷溜進來的吧。」

「芬，」傑克輕輕一拉魁貓的毛。櫃檯四周聚起一群人，全都滿臉緊張。「也許不要理他們就好了——」

「歧視不能不理，傑克。」芬涅絲特拉說：「就是因為這樣，歧視人的孬種才會變成歧視人的冒失鬼。」

「妳竟敢這樣說！」男人語無倫次地說，憤慨地緊抓自己的西裝翻領。「別想我們再來杜卡利翁飯店，竟然受到這種對待——」

「是你們別想再來杜卡利翁飯店，因為從現在開始，前檯會擺個大告示，上面印你們的臉，標明『禁止入住』。」

那男人一時啞口無言，隨即恢復氣焰：「我要跟你們經理談！這裡的負責人是誰！」

芬刻意緩緩向前踏出兩步，湊近對方的臉，凶狠地瞇起黃色大眼。她溼潤的粉色鼻頭就跟那人的頭差不多大，說話時嗓音帶著低沉的震動，像是怠速的引擎，莫莉安可以感受到震動從地板傳來。

「負責人**就是我！**」芬跳上櫃檯，朝那對男女齜牙咧嘴地哈氣。

「她有病！」女人尖叫：「這貓有空心症！」

「她沒有！」莫莉安大喊，從櫃檯後方奔出，張開雙臂擋在雙方之間。「她不可能感染，她根本不是幻獸族，她剛剛說了！」

「叫臭架子來！」男人吼道。

「牠有空心症！」另一個客人叫道，抓起椅子朝他們的方向亂揮，「退後！妳這野獸！」

莫莉安舉目所及之處，眾人紛紛抓起物件當作對抗芬的臨時武器，芬自然因此被激怒，不斷哈氣嘶吼，拍開任何離她太近的武器。

傑克爬上櫃檯，站在她身邊的位置，提高音量好讓大家聽到：「各位，拜託冷靜，一切都是誤會。」

莫莉安拚命掃視大廳，看見查理跟瑪莎一面大喊芬的名字，一面努力擠開晚宴的人潮過來，米范在反方向，香妲女爵在大門附近，法蘭克在螺旋梯的樓梯口，但他們都被擁擠的人群擋住，難以開闢一條路。

莫莉安暗忖，事態惡化的速度未免太快了。大廳中的數百雙眼睛似乎陡然全數集中於芬涅絲特拉，眼神不是懼怕，就是仇恨。芬的反應也無濟於事，她露出尖牙利爪，防衛地弓起背脊。

更糟的是，《鏡中奇遇報》的攝影師正匆匆換上新底片，急著拍下無疑會令大眾更畏懼幻獸族的照片。

莫莉安不禁反感。她只希望大家別再盯著魁貓看，轉身離開，免得芬或任何人出了什麼糟糕的事。

她輕聲哼起旋律，這已經成了她緊張時的小習慣，每逢情勢緊張時就會這麼做。她不確定自己確切是在何時養成這個習慣，大概是被幻熊追趕抓傷、旁觀幻馬大鬧歌劇院、在公共圖書館遭遇巨蟲攻擊之後，下意識覺得最好時時準備應對任何狀況。

「晨曦日的孩子活潑乖巧。」幻奇之力頃刻聚集，指尖微麻，開始發熱。「夕暮日的孩子壞又胡鬧。」

電光石火之間，她決定嘗試一個從未演練過的招數；儘管已經在幽魂時刻中反覆看了許多遍，但如克說她的火候還不夠。那就是製影，必須同時動用編織與影幕這兩項幻奇技藝。

莫莉安深吸一口氣，讓思緒澄明。

她以觀察畫作的方式觀察屋內，審視物品的形狀與色彩、光線照射之處、陰影形成的凹陷處——這些正是她需要的材料。

與此同時，幻奇之力感應到她的意圖，並視其為命令。她的自我——也就是內在的無形意志開始擴張，變得比她的肉身更大，向整個空間伸出幻奇之力的奇異觸角，擷取所需的材料，從各處一點一滴收集陰影，每次只取分毫，這麼一來便不致被發現，卻足以建構她的新影子。

她與幻奇之力完全同步，感覺暢快淋漓。

不久，大廳滿布星星點點的黑暗，不斷擴張，直到全室籠罩在陰影當中。

莫莉安原本只想遮住芬涅絲特拉，無意製造這麼大片的影子，不過至少效果是一樣的，別人看不到她，也就無法攻擊她，攝影師更拍不到她擺出威嚇姿態的照片，莫莉安鬆了口氣。

屋內一陣混亂與喧鬧，有人吆喝著把燈打開。當她之後回想這一刻，她會記得有個疑問在腦中浮現，清亮如鐘：**然後呢？**

她已經用陰影覆蓋整個大廳。

她是否能夠維持陰影，直到芬冷靜下來？她是否能夠保持專注，同時想辦法傳遞訊息給傑克、霍桑、詩律，叫他們趕快趁黑暗把芬涅絲特拉帶走藏好，直到所有人離開？他們能不能安全快樂地化解危機，讓宴會邁向該有的結局：大廳一片狼藉，社交版佳評如潮？

**然後呢？**

但莫莉安用不著回答這個問題，因為有人先回應了。

黑暗中亮起一個光芒；對面某處閃現幽微的綠光。莫莉安心跳加速。朦朧的綠光越來越近，她這才看清光源不只一個，而是兩個。黑暗中，兩個針尖般的綠色光點向她飄來。

那是眼睛，一雙正在看她的眼睛。

她還不及細想，左邊靠近地面之處冒出另一雙發亮的綠眼，一明一滅，像是在影子中穿梭。接著是第三雙，劃過莫莉安的上空，速度飛快，越來越大、越來越近……隨後響起尖銳的鳥鳴，人群發出尖叫及驚呼，莫莉安感到鳥爪和翅膀觸到她的頭頂，不禁失聲喊了出來，同時左方某處傳來厲聲狂吠，有隻人類的手在漆黑中往她臉上抓來——

接著他們都停住了，莫莉安聽見三聲「砰咚」，是攻擊她的人倒在地上的聲響。屋內的驚慌氣氛愈加濃厚。

「什麼聲音？」有人吼道。

「親愛的，你在哪——」

「我什麼都看不到！」

綠光飛離三具軀體，在黑暗中融合成詭異的朦朧形狀，撲向莫莉安，遊走於皮膚表面，在她身周舞動，像是正在尋找入口，每當綠光碰到她，她便感到一陣冰涼。

最後，綠光似乎放棄了，只是飄在空中。

「傑克，」她聲音發顫地耳語，「你看到了嗎？」

「看到了。」他低聲回答，語氣驚異不解。

光芒彷彿在……凝視她，打量她。這個綠色的怪東西似乎摸不透她，就像她也摸不透這東西。

至少，現在她百分百確信這東西不尋常。

空心症**是活的**。

莫莉安的氣力逐漸流失，先前匯集的幻奇之力已然用罄，陰影一如最初驟然降臨時那般乍然消失，大廳彷彿開啟了開關，再度燈火通明。

空心症隨即散逸，不是分為三組，而是化為幾十個微小的綠色光芒，四散飛逃，有的看似在大廳的人群間消解，有的一路飄出飯店，但全都不見了。

莫莉安雙腿發軟，費盡力氣才撐住沒有倒下，低頭看向地板，只見三具軀體眼睛大睜，動也不動地躺著。

是幻貓頭鷹、幻長頸鹿跟幻犬。

「死人了！」不知是誰驚叫：「他們被殺了！」

「才不是，笨蛋，」另一個人吼道：「是空心症——他們空心症發作了。」

「是那隻貓！」

大廳再度陷入騷動，喧譁四起，亂作一團，客人紛紛遠離那些倒地不動的幻獸族，活像霉運會傳染似的。數百人爭先恐後衝向門口，莫莉安、傑克、霍桑、詩律及芬迅速行動，在三具軀體周圍組成屏障，以免他們被活活踩扁。

涼爽的秋風轉為狂風，在豔紅的林間呼嘯。隨著最後一名客人遁入夜色，樹葉變得枯黃，從枝頭飄落，伴著響亮的「呼咻」一聲，將賓客掃出飯店大門。

# 第二十三章 援救組織

當晚，莫莉安的臥室是個撫慰心靈的夏日綠洲，偏偏她無法入眠。三個吊床掛在棕櫚樹之間，在徐徐暖風中晃盪，床下有浪潮輕拍化為小島沙灘的地板，天花板則是朗朗星空。

由於首次嘗試製影，她的精神與身體都疲憊不堪，堪比在山怪武鬥館和大力士格林戈根布拉葛激戰十回合，然而睡意始終不肯降臨。

也許是因為霍桑在旁邊不停發出輕微鼾聲，或是詩律在另一邊偶爾說著夢話。更有可能的原因是，打從芬涅絲特拉堅持要他們上床開始，莫莉安就不斷數著時鐘的滴答聲，直到黎明。

救護車送走三名感染的幻獸族後，莫莉安原本抓起雨傘，打算立即趕去永無境奇市找朱比特，把事情經過全告訴他，可是芬頃刻摧毀了這個計畫。

「在奇市的最後一天，小朱最不需要的就是被這種事干擾。」她說，推著莫莉安、霍桑跟詩律上樓睡覺。

臨近日出，星辰點綴的黑夜微微轉亮之際，莫莉安躡手躡腳走出房間。她本想趁早溜進吸煙室泡壺茶，準備把盛宴的一切告訴朱比特，再聽聽奇市發生了什麼事，殊不知傑克搶先一步，在吸煙室門外的走廊徘徊。

他豎起手指放在脣上，接著指向吸煙室開了一條縫的門。從門內飄出淡淡的陽光黃色檸檬煙霧，有人大聲說話。

「——目前只不過是猜測，當然了。」

「你要給外界什麼說法？」第二個嗓音是芬涅絲特拉，莫莉安聽得出她正來回踱步，因為她的尾巴焦躁而規律地拍打牆壁。「你就告訴大眾——」

「芬，我說了，這不是我能決定的。坤寧長老覺得民眾只會更恐慌，里維斯探長則認為假如對公共安全沒有顯著影響，我們就該保密。萬一來源真的是——」

「典型幻學作風，」芬低吼：「永遠覺得他們最懂——喂！」

門猛地摔開，芬撲到莫莉安與傑克面前，兩人驚跳了一下。芬低吼：「你們不知道偷聽很沒禮貌嗎？」

「芬涅絲特拉，就讓他們進來吧。」朱比特疲倦的嗓音從書房內傳來，「反正他們終究會聽說的。」

芬吸了下鼻子，忿忿一哼，用毛茸茸的大頭推著兩人，把他們趕進吸煙室。

「哎唷，小力一點，芬！」莫莉安跌坐進扶手椅，忍不住抗議。

「你們兩個還好嗎？芬把晚宴的事通通告訴我了。」朱比特嘆氣，無精打采地喃喃道：「真可惜，如果我晚點直接在報上讀到，豈不是個美妙的驚喜。」

「我們很好。」傑克說：「我們會聽說什麼？出什麼事了？」

朱比特坐在窗臺上，用雙手抹了抹臉。

「我昨晚跟里維斯探長談過，他在冬海共和國有線民，對方認為空心症是從共和國來的。兩年前，那邊曾發生只有幻獸族會得的瘟疫，他們自然是以另一個名字稱呼，但目擊者的描述非常相似：焦慮、失去語言能力、回歸奇獸行為、產生攻擊傾向，最後是昏迷狀態……或是更糟的結果。」朱比特頓住，深吸一口氣。

「既然是兩年前的事，潛伏者怎麼現在才曉得？」傑克問：「他們不是會監控共和國的消息嗎？」

「他們會監控？」莫莉安問。她頭一次知道這個。

「他們知道幻獸族數量逐漸變少，」朱比特說：「但他們歸咎於別的原因。那裡的幻獸族長年來經常遭到攻擊，而且誰也沒聽說傳染病的事。再說，共和國的各個幻獸族社群往往人數稀少，散布各地，彼此也不會交流。」

「我不明白。」莫莉安說：「冬海共和國沒有幻獸族啊。」

芬涅絲特拉不屑地一哼。「當然有！妳從來沒見過，不代表……」

「冷靜點，芬。」朱比特按壓眉間的位置，把幾片能止頭疼的藥錠丟進一杯水中，藥錠發泡消融，變成療癒的清爽薰衣草色。「莫兒，共和國確實有幻獸族，而且數目還不少，只是生活方式跟自由邦的幻獸族不同。他們有屬於自己的社群，多數都不會對外聲張。」他一口飲盡薰衣草水。

「為什麼他們要偷偷摸摸過日子？」莫莉安問。

「他們也不想，」芬說：「是不得已的。」

「冬海黨不承認幻獸族的存在，」朱比特接著說：「導致幻獸族的生活十分危險，有些人逃離共和國來自由邦定居，可能是其中一個把空心症帶來的。」

「但是邊境沒有開放啊。」莫莉安說。

「對，共和國跟自由邦政府並未開放兩國之間的邊境，」朱比特說：「但有辦法的人還是能找到出入境的管道。這麼做很冒險，可是如果有人迫切需要援助，一些自由邦的人依然願意承擔必要風險。許多共和國幻獸族的確亟需救援，芬就參與了一個組織，專門送他們去安全地帶。」

「她……參與人蛇集團？」莫莉安說，傑克同時脫口而出：「芬，妳走私人口？」

莫莉安不曉得自己為何要驚訝。時至今日，她已經頗了解這名魁貓，芬基本上什麼都做得到。

芬隨意摳抓地毯，「我們比較喜歡『救援組織』這個稱呼。」

「等等，」傑克說：「朱舅舅，你的意思是，空心症是被其中一個——」

「我剛剛才告訴朱比特，空心症**絕對**不是我們的人帶來的。」芬激動地說：「不可能。我們偷渡進來的每個幻獸族都必須在祕密小屋待滿一個月，然後才會在七大域安排永久住處。只要這段時間出現任何疾病的症狀，就會直接隔離，在接受治療前不能出來。第一號空心症患者絕對不可能是從我這裡進入永無境，**絕對不可能**。」

「芬，這不是在怪妳，只是警告。妳那些祕密小屋最好把守得密不透風，因為很快就會有人展開搜查，也要提醒妳的人格外小心，邊境現在受到極其嚴密的監控。」

「我以為自由邦邊界滴水不漏。」莫莉安說。

朱比特撇了撇嘴，「我是不會說滴水不漏。」

「可是埃茲拉・史奎爾進不來。」

「他是進不來。」朱比特說：「因為我們的邊界特別擋住史奎爾，不讓他入境。他無法進入，不代表共和國一般人民無法進入，只是共和國一般人民壓根不知道自由邦存在，即便知道，也不曉得自由邦在哪裡、怎麼過來。但就像我剛剛說的，還是有方法。」

「例如搭乘怪人駕駛的機械大蜘蛛，穿過時鐘表面進來。」莫莉安說，回想自己兩年半前來到永無境的奇異旅程。傑克聽了大笑，躺進她旁邊的扶手椅，雙腿掛在一邊扶手上晃蕩。

「沒錯。」朱比特露出一閃即逝的淺笑，「如果你剛好認識一個大膽的帥氣紅髮男人，而且他在邊境管控單位有人脈，就可以用這個方法。如果不認識，還是有其他幾種……非官方管道可以進入自由邦。」他迅速瞥了芬一眼，芬打了個大呵欠。「對一些打算獨自入境的人來說，也有一條險峻的路線可選，那需要長途跋涉通過高地，在此之前必須先越過懸崖，爬懸崖之前，還得先從豐饒邦東岸橫渡釘耙海峽，那是非常險惡的海域。」

「而且為了避開海巡隊的耳目，只能搭小船。」芬指出。「但渡過海峽要花好幾天，空心症患者八成熬不過去。」

「就算成功渡海，還要面對跟野生的龍和黑崖的穴居部落。」朱比特說：「即使保住一命，穿過高地也需要好幾週，然後——」

「我就說了，小朱，帶原者不會是從那條路線來的。」芬打岔：「要是沒有內應幫忙，想在幾天內從共和國進入永無境，唯一可行的路線是從釘耙海峽直接順著朱若河入境，但海巡隊會監控水路，把所有船隻翻過來檢查一遍，一艘也不放過。」

「要是游泳呢？」傑克猜測。

芬涅絲特拉嗤之以鼻，「那祝他們好運。」

莫莉安想起法蘭西斯說過，朱若河裡有劇毒河蟒、棘刺惡魔魚、水狼跟骷髏人，游泳的話不可能逃過一劫。這麼做的成功率太低，除非……有交通工具。

某個想法在莫莉安腦中成形，她倏地坐得筆直。「芬，萬一他們不是搭**水上**的船呢？那就不會被海巡隊發現了，對不對？」

朱比特皺起眉頭。「莫兒，妳想說什麼？」

她描述自己、法蘭西斯和薩迪亞在雄偉大道的當鋪撞見那艘船，以及法蘭西斯所說關於潛水艇跟間諜的資訊。

「然後那家店的老闆說——說了什麼？他說那不是本國的設計。」莫莉安說：「是**貨真價實的冬海黨正牌珍品**。」

朱比特瞇起眼，「我會請里維斯探長去查查。這情報不錯，莫兒。」

莫莉安忽然想起最想告訴朱比特的事，挪到椅子邊緣：「傑克也看到綠眼睛了！是昨晚那三個幻獸族。」

朱比特吃了一驚，輪流看著他們倆，「他——你看到了？」

傑克點頭。「很詭異，是鮮豔的綠色，會發亮，而且有點像……」

他打住，莫莉安接著說，把三名幻獸族人的情況全盤告訴朱比特，描述光點在空心症到達高峰時飛出了他們的身體，彷彿那些光芒本身就是空心症。

朱比特聽著，不時咬緊牙關又放鬆，每次他想說什麼卻又忍住時，就會做這個動作。「傑克……關於昨天的狀況，有件事我不明白。如果有感染者來參加晚宴，你為什麼不告訴芬或米范？難道你看不出——」

「他們當時沒有感染。」傑克堅決地說：「朱舅舅，我發誓，當時不像我們在奇市看到的那樣。他們不是……你知道，不是**空的**。接著，屋裡變暗之後——」朱比特瞥了莫莉安一眼，顯然芬已經提過她製影的事。「——就跟我們在奇市看到的高峰期一樣，可是……速度更快，好像空心症的過程快轉了。」

莫莉安形容綠光從感染者體內飛離，聚集到她身邊，然後又散逸。「朱比特，我在想，如果這不是一種病呢？」她急促地說完，上氣不接下氣。

朱比特的額頭泛起皺紋，「什麼意思？」

「記不記得我問過你海報的事，還有你怎麼不公開綠眼睛的特徵？你說，如果我們描述感染者有發亮的綠眼睛，大家會說他們鐵定是被惡魔附身。可是朱比特，空心症就像附身一樣！像是感染者體內住著什麼東西，躲在他們的身體裡面等待，就像……那叫什麼，一種會附在身上的生物……」

「寄生蟲？」朱比特問。

「對！」莫莉安打了個響指，「或是——魔物。起碼它的行為很像。我覺得它想附在我身上，但我不是幻獸族，所以沒有成功。」

「行為表現像疾病的活寄生蟲。」朱比特若有所思地說：「這就能解釋感染模式為何這麼奇怪，為何空心症傳播得這麼不規律。假如它有自主思考能力，就能尋找條件最匹配的宿主。」他沉默半晌，莫莉安幾乎能聽見他腦中的齒輪高速轉動。

但她還沒說完自己的推測。「朱比特，還有……會不會是史奎爾製造病毒送來永無境？這就是他會做的事，製造魔物！他自己來不了，可是說不定——」

「有這個可能。」他同意，「這我要跟行動小組討論，不過現階段，不要把我們的談話內容告訴別人。懂了嗎？」

芬仔細打量他。「小朱，你不覺得幻獸族社群有權利知道——」

「我就是替他們擔心。」他愁雲慘霧地呆看杯底的薰衣草水殘渣。「芬，昨晚那些客人認定妳是感染的幻獸族，為什麼？就因為妳發火。他們搞不好會傷了妳，搞不好會**攻擊**妳——」

「哼，用不著擔心我——」

「我就是會擔心啊，芬涅絲特拉！我也擔心妳的朋友、客人，還有城裡每個幻獸族！」他睜大雙眼輪流看芬、莫莉安和傑克，努力想讓他們明白。「因為，人民現在以為這是疾病就有這種反應，萬一我們公開說它可能是魔物，或史奎爾可能跟它有關，想想看會發生什麼！等於是讓大眾把幻獸族跟魔物畫上等號，讓大家去追殺所有幻獸族。

「拜託——拜託答應我，暫時把這件事保密。」

他們答應了，連芬也是。

# 第二十四章 每況愈下

三年之秋

「你不能這樣，小朱，我不接受，除非你收回，不然我死都不下去！」

法蘭克抱在水晶吊燈上來回擺盪。莫莉安沒有多意外，他一整天都威脅要採取極端手段。

「你太誇張了，法蘭克。」朱比特躺在禮賓櫃檯上，雙踝交疊，十指交扣平放於腹部，嗓音疲倦而緊繃。接著他喃喃補上一句：「跟平常一樣。」

「法蘭克，下來吧，這才是好孩子。」米范哄道。他和瑪莎、查理在水晶燈下跑過來又跑過去，分別抓著一張床單的四角，盡可能舉高，好在法蘭克無可避免摔落時接住他。「快下來，我們會接住你。」

「**絕不！**」法蘭克怒吼，猛烈晃盪，黑斗篷隨風翻飛，在大廳地板投下光影。

莫莉安跟傑克坐在螺旋梯最下方，觀看這幕演出。水晶燈光芒閃爍，加上斗篷戲劇化的效果，眼前的光景宛如凶猛野鬼在廢棄劇院大鬧，莫莉安相當喜愛這種美學，本該感到愜意自在。然而，過去二十四小時的情勢演變卻令她越發不安。

如同朱比特的預料，盛宴驟然終止後，不出幾個小時，報紙便競相拿著名的杜卡利翁飯店大作文章。這飯店的紅髮業主是出了名的腦袋不正常，搭配一樁神祕意外，加上行為失控的幻獸族，全數混合起來便成了八卦小報的最佳題材；雖然朱比特根本不在場，但那不重要。

永無境民眾深感關切黨鬧得更加張狂，那位口沫橫飛、雙拳亂舞的創黨人直接槓上聲譽卓著的吉斯卡‧銀背議員（議員本人是位幻猩），雙方激烈交鋒，爭辯「在這種危急時刻」放任幻獸族在公開場合遊蕩是否危險。

永無境氣氛緊張，大家似乎都等著下一樁攻擊事件發生。朱比特決定關閉杜卡利翁飯店，直到空心症疫情獲得控制為止。一如眾人料想，法蘭克一聽便哭鬧不休。

「小朱，想想辦法。」香妲女爵催促道，把朱比特的腳推下櫃檯，他不得不哀叫著坐起身。「叫他別幹這種傻事了！」

朱比特一哼，「妳說真的？要是我有辦法叫法蘭克別做任何傻事，我還會每個月收到上千元的調酒小傘帳單？我說他可以辦個晚餐會，結果他搞了一場超大型晚宴，妳怎麼會覺得我有什麼神奇招數制得住他！」

香妲女爵正色瞪他，他再度哀叫一聲，不情不願地滑下櫃檯。

「好啦。」他抬頭怒瞪盪來盪去的吸血鬼，「法蘭克，下來吧，我們談談。」

「我不！我絕不下去，小朱，除非——啊啊啊啊！」

法蘭克沒抓好吊燈，急墜而下，在最後關頭被床單接住，輕柔地放到地上。他手忙腳亂爬起身，逐一怒視眾人，因顏面掃地而火冒三丈。

朱比特雙手插進口袋，嘆了口氣。「法蘭克，永無境飯店業協會建議暫時停業，我不能——」

「奧麗安娜飯店還在營業，」法蘭克反駁道：「他們就沒在管建議。我們停業可讓他們高興死了，小朱！你知不知道，他們這星期天天晚上開派對——」

「奧麗安娜飯店**禁止幻獸族進入**，」朱比特厲聲說，一手抹臉，「你知不知道？這就是為什麼奧麗安娜飯店能繼續營業！」

法蘭克撇過頭。瑪莎雙手摀住嘴巴，莫莉安跟傑克驚愕互望，誰也沒說話。朱比特打破尷尬的沉默。「你希望我這樣做嗎？一邊禁止某些朋友踏進飯店，一邊歡迎其他朋友蒞臨？」

法蘭克嗤了一聲，惱怒地調整斗篷。「他們應該能——哎唷，反正是暫時的措施嘛！」

「誰也說不準，法蘭克。」米范說：「誰都不曉得這會持續多久。」

「那其他客人呢？」法蘭克繼續說，眼望查理與瑪莎尋求支持。「我們豈不是該給他們——」

「我覺得，」瑪莎遲疑地開口：「我們該對每個客人一視同仁。奧麗安娜飯店的做法……嗯，是不對的。」她噘起嘴脣，顯然對此事態度堅決。

「這太不公平了。」查理贊同，米范嚴肅地點頭。

朱比特輕聲說：「你知道嗎，法蘭克，你讓我很驚訝。直到現在，永無境有些店家依然禁止你進入，就因為你是——」

「吸血鬼！對！」法蘭克雙眉一挑，「沒錯！你聽我抱怨過嗎？老實說，我也不怪他們，我的確是不值得信任！我上星期還在超市咬了個人呢！」

香妲女爵倒抽一口氣，「法蘭克！」

「喔，只是輕輕咬一下啦。」他揮了一下手，「我送了花慰問。我的意思是——」

「這件事沒得商量。」朱比特並未提高音量，但他下巴的肌肉繃得死緊。「這是我的飯店，價值理念由我決定，杜卡利翁飯店不認同那種做法。」

「小朱——」

「這是我的最終決定，直到疫情結束前，飯店將暫停營業。」

大家來不及接話，朱比特便迅速走過莫莉安身邊，快步爬上螺旋梯。每個人心中都懸著相同的疑問，可是誰也沒有答案。

疫情何時才能結束？

暑假在愁雲慘霧中突兀地畫上句點，莫莉安原本很高興開學，偏偏學會的情況沒好上多少。應該說，全永無境都差不多。

週一早晨，九一九家庭列車抵達傲步院站時，莫莉安原以為自己會由於杜卡利翁事件的新聞報導，成為耳語跟目光的焦點。

然而，新一輪壞消息救了她。週五的黃昏盛宴過後，又發生三起攻擊：一名幻野豬在街上踩傷女子；一名年邁的幻貴賓犬出手攻擊鄰居的孫兒；一名幻鱷將男子拖進英勇廣場噴泉，差點用死亡翻滾致其溺斃。三名加害者如今皆失去意識，被害者則在其他地方養傷，平復驚嚇之情。

「聽說那隻鱷魚是銀背議員的私人助理。」莫莉安在月臺聽見學姊悄聲告訴朋友，「我看這下子他的形象不太妙，是不是？」

「是幻鱷。」莫莉安反射性地糾正。

那女孩錯愕地轉頭，「妳是在幫他說話嗎？他差點害人溺死耶！」

「我沒有幫他說——」

「隨便。」女孩沉下臉，回過頭去，壓低聲音怒道「幻奇師」。莫莉安覺得他們也該想點新的罵人方式了。

隨著幻學天氣進入清冷的秋天，每天仍有空心症會議得開，朱比特與里維斯探長仍持續待命，每當城中任何地區回報奇怪的幻獸族行為，便馬上動身前往。

行動小組的規模已擴大至三倍，越來越多幻獸族跟蘇菲亞一樣自願加入，聯繫感染者的親朋好友，一方面蒐集資訊，另一方面盡可能給予援助。刺藤博士和拉特徹醫生日夜不休照顧病患，試著解析空心症的源頭，急於開發解藥或疫苗。

（朱比特說，刺藤博士仍不信莫莉安的魔物理論，據說她表示：「如果一種魔物的外在特徵和行為表現皆與生理疾病相同，那麼無論在任何層面，都必須用處理疾病的方式應對，所以一定能像疾病那樣治療。」莫莉安對此嗤之以鼻，要朱比特轉告，她也不信刺藤博士的這番理論——如果這稱得上理論的話。）

好消息遲遲不來，教學醫院為了照料數量日增的患者，持續耗費人力與資源，每次討論到這個議題，會議往往演變為爭執，通常是在吵究竟哪一方才算是空心症的真正受害者。

大家都在想，畢竟，那些躺在病床上、身心被抽乾、毫無反應的幻獸族算得上「真正的受害者」嗎？或者，那些幻獸族**出手攻擊**的人才是受害者呢？

「我建議在釐清根源之前，禁止所有幻獸族踏足學會校園。」在那天的會議上，達辛妮亞．迪兒本如此宣告。

可能是莫莉安多心，但她總覺得迪兒本嫌棄地望向蘇菲亞。她將書包緊緊抱在胸前，以免自己把書包往學務主任的頭上丟。

「金玉良言哪！」坐在第三排的巴茲．查爾頓喊道。

「我支持迪兒本女士的看法。」法蘭西斯的姑姑海絲特從座位站起來發言，座位上的法蘭西斯則往下滑。「很多成年的學會成員會忘記一個小小的事實：傲步院是教學空間，這裡有小孩。難道我們要坐以待斃，祈禱沒有老師會變成瘋癲發狂的奇獸？我自己是不想再冒這個險。」

「奇獸？」薩加長老咆哮，音量之大，讓莫莉安和九一九梯全嚇得彈了起碼一吋高。他用蹄猛踏地面，低垂頭上的一對巨角，作勢向前衝刺，全場響起緊張的耳語。「海絲特．蜚滋威廉，妳敢稱呼我們為奇獸？**放肆！**」

氣氛緊繃得令人難以呼吸，似乎人人準備好隨時溜之大吉。

「薩加長老，冷靜點。」翁長老說，伸出雙手做出安撫的手勢，但莫莉安依稀看到他在微微打顫。「我相信她不是故意——」

「用極端挑釁的侮辱用詞稱呼學會同伴，稱呼**兄弟姊妹？**」薩加長老的鼻孔幾乎冒出煙來，莫莉安緊緊抓住座椅扶手。「她恰恰是故意的。」

見到龐然幻牛如此怒不可遏，海絲特頗受驚嚇，不過迅即恢復鎮定，挺直背脊。「我的意思是，他們已經失去語言能力與智慧，失去他們之所以成為幻獸族的特質。簡而言之，薩加長老，他們正逐漸**化為奇獸**，即便你不敢面對這個事實也一樣。」

「不敢——」薩加長老正要說話，此時門扉「砰」一聲被撞開，打斷了他。公共移焦部門的吳樂迭衝進聚會堂，奔向坤寧長老，附耳說了幾句話，將一張字條塞進長老手中。

鴉雀無聲，眾人似乎一同屏住呼吸，只見樂迭告知消息後馬不停蹄，又奔出了聚會堂。坤寧長老讀罷字條，呆立原地，默然半晌，神色絲毫不變。終於，她語氣凝重地開口。

「空心症奪走了一條性命。」

# 第二十五章　其實，大家都是同一陣線

坤寧長老的話在聚會堂中迴響。

「事發時間是昨晚，」她讀出字條：「地點在碼頭。數十人目擊一名幻狒的空心症到達高峰期，攻擊四名正要下船的年輕人，三人重傷送醫，其中一人性命垂危。」

坤寧長老清了清喉嚨，穩定心神，傳達最後的壞消息。

「隨著空心症到達顛峰，幻狒徹底失控，從船上躍入水中。目擊者表示，他在掉進水裡前已經失去意識，隨即往下沉，始終沒有浮出水面。部分船員企圖營救他，但是……」她緊緊抿住嘴唇。用不著再多說了。

一陣靜默。接著，竊竊私語聲逐漸響起。

當日稍晚，空心症死亡人數攀升至兩名。一名年輕人很遺憾地傷重不治。

幻學內，氣氛凝重。

幻學外，畏懼與狂怒如野火燎原般散播。

首相基甸·史第德採取非常措施，宣布永無境進入緊急狀態，下令城中所有幻獸族即刻實施宵禁。

「違反宵禁者將依法逮捕、控告並起訴。」他恫嚇地宣告。

那天下午，義憤填膺的吉斯卡·銀背在廣播節目上大加撻伐。搭火車回家的路上，九一九梯圍在雀喜小姐的舊無線收音機旁聆聽。

「在幻獸族社群中，多數人早已自主隔離，我們卻還是受到罪犯般的對待！」銀背在無線廣播節目中怒吼，「我們不想感染病毒！我們不想傷害永無境同胞！容我提醒首相，死者有**兩名**，一名人類、一名幻獸族人。然而，史第德沒有採取任何作為保護幻獸族市民，卻不斷逃避照顧空心症受害者的道德責任——是的，他們也是受害者——還把責任轉嫁給幻奇學會！幻學沒辦法永遠背負這個重擔，政府一定要介入才行。」

「他說得對。」埃娜口吻疲憊地說。這些日子，她投注許多空閒時間支援教學醫院，連暑假也去。莫莉安注意到她眼下的黑圈，那頭平素無懈可擊的捲髮，如今總是綁成髒兮兮的雜亂髮髻。「隔離病房已經擴大成隔離**廂房**，但連廂房都快收滿了。」

「埃娜，現在有幾個病患？」詩律問。

「起碼一百個吧，應該更多，我記不清了，新病患一直來。」她說完，打了個大大的哈欠。雅查默默起身，用埃娜最愛的杯子替她泡茶。

面對銀背議員的公開批判，史第德首相聲稱，宵禁不僅是為了保護人類，也是為了保護幻獸族。

他說：「如果永無境的幻獸族不希望受到感染，就該留在家以策安全。」

莫莉安搖頭。

空心症不會因為宵禁而停止傳播，無論那病毒究竟是惡靈、寄生蟲或魔物，絕不會因為幻獸族晚上待在家而罷休。普通病菌只是四處飄散，感染那些接觸到的對象，但空心症並非如此。

空心症是在狩獵，目標就是幻獸族。

無論幻獸族身在何處，都會被它逮到。

抵達九一九站之後，其他人互道再見，但莫莉安在原地徘徊。

「雀喜小姐，」她問：「妳的朋友還好嗎？」

「妳說羅詩妮？」雀喜小姐深吸一口氣，「還在住院。她受的傷挺重的。」

莫莉安一陣內疚。要是當初沒去高伯爾圖書館就好了。

「她會好嗎？」

「當然會。回家去吧，明早見。」

雀喜小姐的雙眼隱約有些泛淚，不過只有那麼一剎那，隨後引導員便站起來，轉過身去。

「三十八名幻獸族遭到逮捕！」

隔天，莫莉安抵達地下九樓時，康納爾正在大吼大叫，聲音是從研究室傳來的，她在大理石長廊的半途就聽得見。「光一個晚上！銀背議員不會容許這種事，他一定會出手阻止，一定要。」

「我想他也沒辦法阻止。」蘇菲亞答道，語氣一如往常地冷靜。「康納爾，臭架子沒有逾越職權，而且史第德的宵禁令受到廣大民眾支持。吉斯卡・銀背不能表現得太強勢——」

「如果銀背不能逼史第德做正確的事，我們就去找幻獸族權益促進會。」康納爾厲聲說：「該死，再不然我們就攻占議會！」

莫莉安伸手開門，停在門邊偷看裡頭。康納爾用手杖能發揮的最快速度來回踱步，怒氣沖沖，另一手抓著報紙，蘇菲亞則文風不動坐在長桌上。

她嘆了一聲，蓬鬆的紅尾巴拍動一下。「冷靜點，康納爾。」

「**冷靜？**」他停下腳步，「蘇菲亞，妳看不出妳的權益受到侵害嗎？我絕不會袖手旁觀——」

「我向你保證，我每天都很清楚自己的權益是什麼狀況，多數幻獸族都很清楚，用不著擔心。」

儘管她的音量未曾提高分毫，語氣中卻平添一絲尖銳。康納爾張口想反駁，隨即似乎打消念頭。

「我也不想袖手旁觀，可是我們有正當的管道來解決宵禁問題，攻占議會並不是——莫莉安？」她回頭一瞥，尾巴再度抽動。「是妳嗎？」

聽見自己的名字，莫莉安驚得一跳，面帶愧色地走進研究室。

「對不起。」她說，雙頰開始發燙。「我只是……」她接不下去，不確定該說什麼。她確實是在偷聽這段對話，想掩飾也掩飾不了。

「妳對宵禁令有什麼看法？」蘇菲亞問她。

「她只是個孩子。」康納爾生氣地說。

「她是幻奇師。」

「但還是個孩子！」

「我贊成康納爾的想法。」莫莉安小聲說道。

康納爾抬頭，眨著明亮的藍眼看她。「我一向就說她是非常聰明的孩子。」

蘇菲亞耳朵一抽。「為什麼呢，莫莉安？」

「大家沒有犯罪卻被逮捕，史第德這樣做太過分了，大家只會更害怕。」她在桌邊坐下，解開外套鈕釦。「再說，以後空心症任務小組要怎麼在攻擊事件發生前，先把感染者找出來？三分之一的小組成員是幻獸族，可是現在他們日落後都不能出門！長老難道不能至少幫行動小組爭取特別許可，讓你們不受宵禁規範嗎？」

蘇菲亞搖頭。「莫莉安，那是不可能的，長老不能向政府要求特別待遇。」

「況且，重點也不在於讓特定幻獸族人取得特別許可，」康納爾補充道：「重點在於要平等對待全體幻獸族。」

「那……說不定你是對的，康納爾，說不定我們該攻占議會！」莫莉安堅持，「所有人，整個幻奇學會一起，如果我們聯合反對基甸・史第德——想想看！面對那麼多幻學成員，人人各有不同的本領，你會拒絕嗎？說不定他只要夠怕，就會……」

見到蘇菲亞失望的神情，莫莉安終究沒把話說完。

「莫莉安，不能用本領欺壓別人，幻奇學會不是為此存在的。」

莫莉安眨了眨眼，胃裡湧起熟悉的不適感，不禁羞愧。欺壓別人……這不就是埃茲拉．史奎爾做的事嗎？

「我知道！」她連忙說，但連她也聽得出自己的語氣充滿防衛：「我知道。我不是說我們真的要動手做什麼，只是……算了。」

一陣尷尬的靜默，沒人知道該說什麼才好。然後，康納爾清了清喉嚨，打開懷錶。

「五分鐘，幻奇師。」他舉起懷錶給莫莉安看。

莫莉安甩了甩頭，想讓思緒清明些。「抱歉，什麼五分鐘？」

「妳的課。再五分鐘就開始了，」他朝上一指，「在屋頂。」

「喔，對。拜拜。」她起身，衝向門口，慶幸有個離開的藉口。她快步奔過地下九樓的大理石長廊，急於拋開不自在感。

「莫莉安，等等！」

她停下腳步，轉過身，看見蘇菲亞從身後的研究室追出來，內心頓時再次被罪惡感淹沒。她開口想說話，但蘇菲亞舉起狐掌。

「沒事的。妳是想表達妳站在我這邊，這我明白。我只是希望妳記住，這件事用不著選邊站，不管是幻獸族或人類……每個人都希望疫情結束，連史第德首相跟臭架子也是。其實，大家都是同一陣線。」

莫莉安點頭，但坦白說，她不曉得是否該贊同這個想法。

| 日期&時間 | 參與者&事件 | 地點 |
| --- | --- | --- |
| 工業世代，八年之秋，第三個週一<br>Ⓐ 09:13–10:32 | 葛拉瑟・歌伯里、墨利斯・布萊沃<br>歌伯里和布萊沃練習幻奇技藝之煉獄 | 傲步院屋頂南端 |

莫莉安抵達屋頂時剛好趕上。她對著陽光瞇眼，找到空中的細小裂隙（白天時在戶外較難辨識），探手進去，感到涼風吹過指尖，隨後是熟悉而輕柔的拉力。她溜進往日時光，身周空氣顫動。

幽魂時刻中是個狂風暴雨、烏雲密布的早晨，秋風蕭颯。然而不出幾分鐘，亮橘色烈火的熾熱暖意便包裹住她。她先前沒來得及確認《幽魂時刻之書》的紀錄，有些詫異會再度見到葛拉瑟・歌伯里；歌伯里正行雲流水地操縱火焰。

這次學生只有一位，莫莉安留意到這人的年齡比歌伯里要大，操控煉獄的技巧卻遠不如她。

兩名幻奇師襯著烏雲和偶爾亮起的閃電，將赤焰擰捲成花，朝天空射出一束束火光。

後來，歌伯里雙掌按地，讓火焰以螺旋形向外開展，最終，伴隨一道強烈紅光，整個屋頂爆出短暫而刺目的大火。莫莉安想起聖尼古拉斯在聖誕夜表演的蠟燭絕活，但歌伯里的技術更精準、更強大，甚至暫時令她與布萊沃騰空飄起好幾吋。

這遠遠超出初學者的等級，莫莉安思忖。她從沒見過兩人練習的技巧，要不是如克排錯課表，就是她認為莫莉安準備好上進階課程了。

一方面，她為此感到振奮——她確實有所進步，一想到這些進展讓學務主任有目共睹，她便大受鼓舞。

另一方面，葛拉瑟．歌伯里恰恰是她今早最不想見到的幻奇師。她既憤怒、害怕又反感，擔心蘇菲亞，氣史第德頒布宵禁令、逮捕三十八人，再想起迪兒本與海絲特在上次會議的言行，更是怒不可遏……偏偏此刻與她共度早晨的幻奇師，正是由於反對幻獸族權益而惡名昭彰。莫莉安很想轉身就走，索性蹺掉整堂課算了。

可是**老天啊**，歌伯里實在厲害。

莫莉安想起上次跟蘇菲亞來到屋頂時，她說的那段話：**我決定，這麼出色的天賦不能浪費在這個差勁的女人身上，我要想辦法讓它發揮用處**。

於是，莫莉安懷著滿腔怨氣，義憤在血液中奔流，花了整個早上，努力讓歌伯里的天賦發揮用處。她想像自己是盜賊，偷盡所有能夠到手的資訊，包括歌伯里的呼吸方式、輕盈的姿態、踩踏的步伐，甚至是她偶爾用舌尖頂著牙齒的小動作。在歌伯里手中，火焰一時縮聚、一時迸發，一時悶燒、一時狂放，宛若噴泉的水珠那般飛灑，先是燒得只剩細苗，隨即起死回生，有如蕈狀雲那般爆燃。她做出各種花樣和形狀，是手、是獅、是人的臉孔，在空中描繪圖像，讓莫莉安想起聖尼古拉斯的火鳥。

莫莉安模仿她的每個動作，雖說絕稱不上完美，但比先前順利得多，還從口中噴出屬於自己的火鳥（一隻拖著火之雙翼的烏鴉）。將烏鴉送上天時，她不禁發出勝利的歡呼；這隻烏鴉儘管並非盡善盡美，卻專屬於她。課程漸漸讓她沉澱心神，時間飛逝，她對煉獄的掌握不知不覺更加流暢、迅速，幾乎一氣呵成。

她也試了循環呼吸法（人很好的香妲女爵解釋過原理給她聽），可惜仍沒抓到要領。幽魂時刻的缺點在於，她沒辦法直接舉手發問，只能仰賴那堂課最原始的學生來問出口，所以除非那些學生比她小上許多，或是經驗少上許多，否則多數疑問都無法獲得解答。就算她事後記得要問蘇菲亞、康納爾跟如克，他們在實務方面也幫不上多少忙，畢竟他們不是幻奇師。

這堂課當中，歌伯里只開了一次口。年紀較長的幻奇師墨利斯·布萊沃萬分驚豔，卻跟不上她的動作，所以停下來注視她。

「妳怎麼辦到的？」他比了比歌伯里的手，「我看不出那是怎麼來的。」

「什麼是怎麼來的？」歌伯里問，看似因為被打斷而惱怒。

「火焰。」布萊沃說：「就算火徹底熄了，妳還是有辦法輕鬆又迅速地重新點燃。」

布萊沃與莫莉安緊盯著歌伯里，只見她讓整條手臂被火吞噬，接著一路熄到指尖，直到火焰全然熄滅。

不……並不是全熄。

歌伯里豎起一根手指，莫莉安湊向前，見到了出奇幽微、細小、幾乎看不見的一星火光，在皮膚表層閃爍。

「看吧？沒熄。」歌伯里說。

她伏低身子，繞了屋頂一圈，同時指尖輕輕滑過地板，最後揮出一個大弧指向天空，所到之處留下完美無缺的一條火線。

「只要一點小火花。」她說著聳了聳肩，「星星之火，可以燎原。」

莫莉安默然凝視，直到火光、幻奇師和整個幽魂時刻在眼前消褪，屋頂只剩下她一人。

**星星之火，可以燎原**。

她腦中迴盪著這句話，注視指尖的火花燒盡，幾乎不留一絲痕跡。那是出奇幽微、細小、幾乎看不見的一星火光。

莫莉安深吸一口長氣，露齒一笑，感到活力充沛、信心滿溢，莫名確信永無境必能脫離當前的困境。長久以來，她首次浮現這樣的念頭。

她滿懷希望，卻說不出確切的原因。畢竟，一切都未曾改變。

不過，這話也不完全真確。確實有什麼正在改變，**她自身**正在改變，她覺得自己更稱得上是位幻奇師了，有了這個信念，萬事彷彿皆成為可能，內心的憂慮稍稍減退，讓她抬頭挺胸。連日來，她首度感到心境平和。

接著，身後的聲響令她腎上腺素狂飆。

心臟警告地狂跳一下，腦袋隨後才明白那是什麼聲音。

莫莉安緩緩轉過身，只聽埃茲拉·史奎爾輕哼著歌，聲聲在心中勾起寒意。

# 第二十六章 殺人魔史奎爾

明亮的白晝轉為黯淡，空中飄揚刺鼻的煙燻味。

「他們只做得到這種程度？」史奎爾的嘴角勾起隱微的笑意，「仰賴跟妳毫不相干的已逝幻奇師，傳授跟妳毫不相干的已逝智慧？」

莫莉安一聲不吭，搓動指尖，感覺到一絲熱燙。星火仍在。

她發現，史奎爾的面貌跟先前相差無幾，整潔、克制、經過打理，宛如一幅時間凍結的肖像：柔順的頭髮以恰到好處的角度分邊，太陽穴夾雜若隱若現的幾綹銀白；煞白如瓷的皮膚儼然是張死之面具，將左眉一分為二的細小傷疤是他臉上僅有的殘缺；雙眼深沉，幾近黑色。

然而，只要莫莉安瞇起眼，直到快要閉起，就能看見他身周的絲網閃爍幽光，可見此刻來到永無境的並非他本尊，只是他的心智。

他搖頭：「告訴我，自從上次分別以來，妳可學了一招半式？」

莫莉安蹲低，指尖輕觸地面，繞屋頂疾走一圈，在身後留下一條火線，接著發出振奮的呼嘯，像歌伯里那樣振臂一揮，創造一道火弧，烈火燒盡後，餘下一個襯著藍天的煙圈。

她轉頭面對史奎爾，胸口劇烈起伏，目光凌厲。

「我學到不少，謝了。」

一聲隆隆低吼，莫莉安頓時喉嚨發乾，只見一群獵犬踏出黑影。也是，無論史奎爾人在哪裡，煙影獵手必然相隨。獵犬的皮毛黑如瀝青，雙眼火紅，開始兜圈踱步，煙燻味充塞莫莉安的鼻腔，嗆得她眼眶泛淚。

史奎爾直勾勾回看著她，臉色冷淡。「妳遠遠及不上該有的程度。黑鴉小姐，或許妳覺得幻奇學會已放手任妳翱翔……可惜我只看到折翼的可憐小鳥，連自己待在鳥籠裡都不明白。」

「有意思，」她答道：「我只看到可悲又孤單的殺人魔，身邊剩下幾隻煙做的狗當朋友。我才不怕你，史奎爾。」

他微笑。「對自己說這句話，想必讓妳很安心吧。」

奇妙的是，莫莉安覺得自己說了實話。算是吧。大致上。

史奎爾在屋頂現身確實嚇了她一跳，她不喜歡意外。不過，跟過去幾次見到他不一樣的是，莫莉安這次沒被翻江倒海的畏懼給淹沒。或許是因為她見過幼年的埃茲拉，還一同度過幽魂時刻。

也說不定，單純是她開始習慣了。

真是詭異的念頭。

「我說過，幻奇學會沒人能把必要的知識教給妳，連偉大的葛莉賽達‧北極星也辦不到。我是妳最大的機會，也是僅存的機會，黑鴉小姐。」他微微頷首。「別再玩什麼把戲了。我是來正式立約的。」

莫莉安瞇起眼，「什麼意思？」

「拜我為師。」他繼續說道：「同意向我學習我所能教導的一切，用功、用心，成為徹底發揮潛力的幻奇師。」

「是喔，」她有些不解地笑出聲，「不好意思，這能讓我得到什麼？」

史奎爾挑起一邊眉毛。「除了浩瀚無邊的知識，以及在自由邦所向無敵的機會？除了遠離妳踏上的這條道路，讓妳免於追隨幽魂的腳步，淪為已逝庸才的次級仿品？」

「對，除了這些以外。」莫莉安說：「事實是，你什麼也沒辦法給我，因為我不想從你身上得到任何東西，幻學有我需要的一切。」

「唯獨沒有……治病解方。」

話音在空氣中迴盪。莫莉安與史奎爾彼此互望，一陣沉默。

「治什麼病的解方？」她終於開口，心跳加速。

史奎爾沒答腔。他用不著回答。

莫莉安不敢置信地搖頭，「你肯送我解藥？」

他似乎感到好笑，臉上閃過一絲笑意。「當然不是免費奉送。但假如妳拜我為師，我不僅會治癒所謂的空心症，還會徹底將其根除。我們會聯手消滅它，一勞永逸。」

「我怎麼知道你沒騙我？」她質問：「我怎麼知道空心症能被消滅？」「我親手創造之物，妳認為我毀不了？」

怒意橫生，莫莉安張開嘴，接著閉上，一方面因證實猜測而疑慮頓消，另一方面不禁大動肝火。

「我就知道是你，我也是這樣跟他們說的！」她來回踱步，火星在指尖竄動。「那根本不是疾病，對不對？是你的魔物！我說得沒錯，對不對？」

然而史奎爾一言不發，什麼線索都沒透露。

「**為什麼？**就因為你喜歡奪取生命，喜歡傷害別人？還是說，這是你設計的又一場病態測驗，像惡鬼市集那樣？你引發了這麼多混亂跟痛苦，該不會只是為了……」莫莉安停下話頭。方才她思緒奔馳，此刻陡然煞住車，拼湊出最後一個線索。她鄙夷地撇下嘴角，「只是為了讓我同意當你學徒。」

史奎爾神色木然。

「我說中了，」她低聲再度開口，語氣充滿憤怒，「對不對？你只能靠**威脅**來得到你要的——」

「妳的小劇場太多了。」這話簡直像是侮辱——她內心的怒氣蒸騰鼓譟，對方的嗓音卻如此平淡，不帶情緒。她想朝史奎爾丟東西，想抓住他用力搖晃。「而且未免妄自尊大——妳知道嗎，世界不是繞著妳轉動。何況，如果我單純是要哄騙妳拜師，大可用其他更有效率的方法。」

「我不相信你。」

「妳很少相信我。」

「那為什麼？」莫莉安再度質問，「你何必創造空心症？這對你來說是種病態的娛樂嗎？」

他發出煩躁的輕嘆，輕得像呼了口氣。「黑鴉小姐，我沒說我會解釋給妳聽。我從不覺得有必要向任何人解釋我的動機，也不打算從今天開始。我說的是會給妳解方，這就是我的提案。」

「也許我們不需要你。」她下巴微揚，雙手握拳。「刺藤博士說她快研發出解藥了。」

史奎爾只露出憐憫的微笑，令她後頸發涼。

「別鬧了。這不難選吧？拜我為師，拯救全體幻獸族，成為永無境的英雄！萬歲！搞不好他們還會頒獎章給妳，誰知道呢？」

史奎爾低低吹了聲口哨，影之獵犬順從地圍攏至他身邊。「我給妳幾天考慮我的提案，不過別耗費太多時間，現況遠比妳以為的更加惡劣。妳很快就曉得了，到時候，妳會自己來找我。」

莫莉安嘴角往下撇，「我才不會去找──」

「妳會的。」他重複一遍，語調平和，像在閒話家常。「用絲網軌道。」

「絲網軌道的車站已經封起來了。」她滿懷敵意地反駁。

史奎爾閉上眼，眉間擠出一條細紋，搖了搖頭，彷彿她說了什麼荒誕不經的言論。「黑鴉小姐，總有一天，妳會明白永無境的許多區域正在休眠，耐心等待妳來喚醒。總有一天，妳會發現只要妳肯花一點點心思，就能在這座城市呼風喚雨。」

史奎爾與獵犬作勢離開，似乎就要氣定神閒地走出屋頂邊緣。

「對了，還有一件事。」他驟然停步，旋身面向莫莉安。「給妳個警告。他們會改寫劇本。」

莫莉安蹙眉，「什麼？」

「幻奇學會。」他澄清，「從現在起，他們隨時會改寫關於幻奇師的劇本，關於妳的劇本。長年以來，幻奇學會的官方說詞始終是：**幻奇師是禽獸，幻奇師是一切災厄的源頭**。不過妳等著，要不了多久，他們的說詞就會變成：**這個幻奇師會替我們剷滅魔物，這個幻奇師會替我們解決所有疑難雜症**。」

「慘了，」莫莉安瞇眼狠瞪他，「好可怕喔，他們會要我幫助別人，真的好糟糕喔。」

「妳想不到這有多可怕。」

他遁入陰影，再次轉身打算離去。莫莉安目送他的背影，終於喊出她真正想說的話，她過去幾個月反覆琢磨的疑問。

「為什麼殺了他們？」

這句話耗盡了她所有的勇氣，她瑟瑟發抖，被自己的大膽給嚇著了。史奎爾猛地停步，但沒有回頭，獵犬警告地低吼。「為什麼殺了其他幻奇師？殺了你的朋友？」

史奎爾紋絲不動。

「他們**相信**你。」

她壓根沒看到史奎爾邁步，然而頃刻之間，他已逼至面前，居高臨下瞪著莫莉安，平板蒼白的面具滑落，顯露內裡黑眼黑口、滿嘴獠牙的妖魔。煙影獵犬發出哀嗚，連牠們都感到畏懼。

恐懼鎖住莫莉安的喉嚨，全身湧現強烈的本能，想要閃開、逃走、閉上眼，可是她克制住了，屏住呼吸，凝視著妖魔史奎爾，將他烙印至記憶當中。

「妳總有一天會明白另一個道理，」他厲聲喝道：「就是**幻奇師沒有朋友**。」

莫莉安往後一縮，彷彿這些話會刺傷她。

接著面具回歸，如此僵硬、煞白、冰冷，猶如大理石製成；也如此平凡，她幾乎以為另一張隱藏的面孔是她想像出來的，然而那才是史奎爾的真面目。

他隨即消失無蹤，徒留一縷黑煙。

# 第二十七章　星火

史奎爾與獵犬遁入絲網後，莫莉安在屋頂待了一段時間，深呼吸好幾次，定住心神，雙手用力交握，好讓手停止打顫。

最終，她茫然地走下樓梯，腦中仍反覆重播與史奎爾的對話，努力將那張妖魔般的面容趕出腦海。

**現況遠比妳以為的更加惡劣。**

還有什麼會慘過醫院擠滿昏迷的幻獸族？慘過人類不敢離開家門，只怕遭到攻擊，幻獸族則無法違反宵禁，以免遭到逮捕？慘過杜卡利翁飯店無限期停業？慘過有人犧牲？慘過沒有解藥能治療疾病——更精準地說，是沒有方法能消滅魔物？

莫莉安走下最後幾階，踏進喧譁的傲步院入口大廳，此時有人抓住她的手肘。

「莫莉安！」

「好痛！詩律，做什——」

「妳去哪了？」詩律引領她穿過學者組成的人潮，走向前門。「妳沒去上有機法術工作坊。」

「我在屋頂。等一下，我要——」

「不要管了，快點來外面，這妳一定要看。」

「詩律，**等一下**。」莫莉安又說一遍，試著把手拉回來，可是詩律抓得死緊。「我有件事要跟妳說。」

「晚點再說，這個很重要。」走到大理石樓梯的最上層那階，詩律才放開她的手。十幾名學者正站在那裡，神態緊張。

在綠蔭大道的盡頭，一大群人圍在幻學的高聳鐵門外，正在叫囂。上百人高舉標語，對站在校園內的坤寧長老、翁長老與薩加長老咆哮，由於距離太遠，莫莉安看不清標語的內容，但從那些人的怒吼來判斷，她猜上面寫的不是什麼友善的字眼。

詩律跟莫莉安走到小蘭身邊，她提著一籃奇形怪狀的草藥和植物（法術工作坊的材料），緊緊抱在胸前，神色不安。

「又是他們。」她說，朝大道點了點頭。

傳來一個又高又尖的機械怪音，所有人都縮了一下，掩住雙耳，隨後刺耳的說話聲響徹校園。

「**我們要答案！**」羅杭・聖詹姆斯聲若洪鐘，抗議人士隨之鼓譟，表示贊同。自從莫莉安上次見到他們，永無境民眾深感關切黨似乎多了些支持者。「**我們要真相！我們要幻奇學會停止包庇殺人犯跟暴力犯！**」

群眾大聲喝采，擴音器再度發出尖銳的雜訊。

「我們保護了什麼『殺人犯』？」一名倚著柱子的進階學者哼了一聲，「那個幻狒已經溺死在朱若河啦！我們要保護他什麼？」

**「這些人——學會裡面所謂的長老理事會，拒絕保護認真工作的普通市民！」**消息顯然傳遍了傲步院，越來越多學者陸續走出，薩迪亞與埃娜鑽過聚集的人潮，來到莫莉安等人身邊。

「怎麼沒人保護長老理事會？」薩迪亞問，捲起袖子，像是準備要揍人。「我們應該一起過去。」

「是啊。」莫莉安贊同。長老孤身面對憤怒的大批群眾，儘管中間隔著一道封鎖的大門，但她仍不喜歡這個情景。通常，她最擔心的會是蒼老嬌小的坤寧長老，不過在這個狀況，她反而盯著薩加長老。萬一關切民眾黨突破大門，薩加長老會怎麼樣？她還記得在黃昏盛宴那天，賓客轉瞬間就把芬涅絲特拉當成了敵人。

「我們本來在那裡，」詩律說：「我跟幾個人。事情發生的時候，小蘭和我剛從哭哭林走出來。」

「妳難道不能……妳懂的，催眠那些人嗎？」薩迪亞說：「用妳那個怪聲音發功，叫所有人收東西回家？」

詩律翻了個白眼。「薩迪亞，我的怪聲音不能大規模使用，沒辦法控制一整群人，催眠術不是這麼用的。更何況，是坤寧長老要大家回傲步院。」

「他們不希望演變成雙方對峙。」小蘭解釋，咬字有些含糊，因為她焦慮地咬著下脣，緊抓藥草籃的手指用力得泛白。「他們在想辦法安撫那些人。」

「效果不怎麼樣，是吧？」薩迪亞說：「你們聽，越來越激動了。」

「**那個殺人的幻胡狼必須接受制裁！**」聖詹姆斯怒吼，人群叫好。「**我們要求立即把她交給警察審訊！**」

「能讓她開口就試試看呀。」埃娜小聲說。其他人轉頭看她，她仍穿著醫院制服，雙眼泛紅，似乎剛哭過或快要哭出來了。「如果能讓任何一個患者這輩子再開口說一個字，就試試看呀。」

「幻胡狼是誰？」莫莉安問。

埃娜抽了抽鼻子。「是今天早上的事，有個幻胡狼在診所攻擊一個老人，老人當場死亡，幻胡狼她……她當然是在這裡，在醫院裡。」她用衣袖抹抹鼻子，薩迪亞伸手環住她的肩膀。

「我們一個，他們兩個。」附近有人說。莫莉安循聲轉頭一瞥，說話的是九一八梯某個男生，是名幻貓次型幻獸族，除了纖細的鬍鬚跟小紅鼻之外，外表幾乎與人類無異。

「什麼意思？」他的朋友問。

「死亡人數。」幻貓臉色陰鬱地說：「數字不一樣了。一個幻獸族，兩個人類。現在他們覺得自己有道德優勢，是吧？」

莫莉安腦中響起蘇菲亞的話：**大家都是同一陣線**。

如今聽來，這句話更顯空洞無力。

「我們明白各位很害怕。」坤寧長老喊道，聲音乍聽虛浮，卻遠遠傳播開來。「我們明白各位想要答案。然而，將幻獸族患者視為敵人、視為殺人犯，既於事無補，也缺乏善意。他們生病了，是絕症的受害者——」

「我們知道誰才是真正的受害者！」一名女子高喊，她抓著大門的鐵欄杆，身旁兩側有人攙扶。「我的羅比才二十五歲！大好人生正要開始！」她憤恨地搖動大門，「該給我兒子的公道在哪裡？」

莫莉安的心一沉。羅比想必就是在碼頭被殺害的年輕人。

「我們極為遺憾，」坤寧長老說：「與您同感哀慟，也向您與家人致哀——」

「**他們致哀！**」聖詹姆斯吼道，人群發出奚落聲。「**他們非常非常遺憾，但沒有遺憾到肯停止保護殺人犯！**」

「他顯然是做好準備才來的。」有人在莫莉安耳邊嘀咕，她轉過頭，原來是霍桑跟馬希爾一起來了。「妳覺得他是不是走到哪都帶著擴音器，隨時準備好要大聲干擾別人？」

聖詹姆斯持續嚷嚷，群眾抓住鐵門來回搖晃，發出匡啷聲。坤寧長老再次試著喊話，高舉雙手做出安撫的手勢，卻被噪音給蓋過。

「他們失控了！」馬希爾說：「快看，他們想把門推倒！」

他說得對，示威抗議已演變成暴動，而且是貨真價實的暴動，莫莉安只在故事書中讀過的那種（這些故事書的場景多半是久遠以前的村莊，附近的森林中住著女巫）。

「你們看到那個帶草叉的老兄沒？」霍桑的嗓音提高半個八度，雙眼睜大，「這年頭誰還有草叉啊？我甚至不知道草叉要拿來做什麼！」

「夠了，」薩迪亞說：「我要去幫忙，光憑長老擋不住那些人。」

莫莉安再度想起蘇菲亞那天早上的話。**我們不能用本領欺壓別人，幻奇學會不**

**是為此存在的**。可是，如今這情況是否屬於例外？畢竟他們不是要攻占議會，而是要保護幻學，避免被攻陷。

「到底是……要叉草，還是要整理草——」

「閉嘴啦，史威夫特。誰要跟我去？」薩迪亞狠瞪。

「不行。」小蘭拋下籃子，雙手抓住薩迪亞的前臂，整籃花草灑落階梯。「不行，薩迪亞，壞主意。」

「妳是預知到了什麼，還是很害怕？」

小蘭想了半秒，「兩個都是。」

不過，就連長老似乎也留意到事態有所變化，終於放棄尋求和解這個誤判情勢的目標，和大門外的人群拉開距離，沿著綠蔭大道快步走向傲步院。

學者組成的人群忽然從中分開，幾位老師與引導員走出傲步院，擋在學者前面，強迫大家後退。

「所有人馬上進去！」迪兒本喝道：「這又不是車禍，有什麼好圍觀的。引導員，帶隊！」

「喔不，」小蘭專注地凝視長老，低聲說：「他們走得太慢了。」她把雙手圈在嘴邊，用其他人從未聽過的音量對長老叫道：「快點！**走快一點！**」

莫莉安打了個顫，渾身泛起一陣寒意，只有在小蘭感應到什麼時，她才會冒出這種感覺。她看了詩律一眼，用不著討論，兩人便和小蘭一起對長老大喊。

「**再快一點！快跑！快點！**」

「妳們幾個！夠了。」雀喜小姐說，叫大家集合。「好，九一九梯，走吧，馬上進傲步院。」

「可是雀喜小姐，妳看——」

「我說**馬上進去**，薩迪亞。」

「不是，雀喜小姐，**妳看！**」

民眾開始爬牆。有人拿不明物體猛砸大門門鎖，大概是石頭或磚塊，伴隨震耳欲聾的「鏗鏘」聲，人群突破大門，湧入校園，一面怒吼，一面朝傲步院前進。長老停在綠蔭大道中途，轉身面向眾人，翁長老舉起雙手，彷彿他能奇蹟似地號令所有人停步。

迪兒本放棄要學者躲進傲步院，大家不分老少全站在大理石階梯上，驚駭地觀望眼前光景。越來越多學會成員從傲步院和其他角落趕來，猶如憑空現身，彷彿校園中正拉響無聲的警報。眾人湧上前，走下大道，打算護衛長老與校園，只剩引導員仍努力擋住初階學者。

隨著令人倒胃口的**喀**、**喀**、**喀**、**喀啦**聲，迪兒本化為滿面怒容的默嘉卓，臉孔與雙手覆滿冰霜，擺出攻擊姿態。薩迪亞熱切地想加入成年人，扳著指關節，作勢要從雀喜小姐的手臂下鑽過去。

就在這一刻，莫莉安的猶疑煙消雲散，恍然領悟自己的立場。她同意蘇菲亞的看法。她相信小蘭。

「薩迪亞，住手。」莫莉安說，抓住她的斗篷。「這樣事情只會更糟，學會不是為此存在的。」

「什麼？現在明明正是我們——」

「不對，」莫莉安堅持：「這不是。妳忘了自己說過的話嗎？放暑假之前，我們吵架的時候，是妳說我們應該學習轉移焦點，是妳說這有多重要。管控與移焦——學會是為了這些存在的，我們應該幫助人，不是攻擊人。」

薩迪亞一副她瘋了的樣子，「喔，不好意思，我沒學過要怎麼轉移一群暴民的焦點，妳要我怎麼做？**從生日蛋糕跳出來嗎？**」

她把斗篷從莫莉安手中扯開，跑向那一大批走下大道的學會成員。

「薩迪亞，回來！」埃娜叫道。

一切彷彿以慢動作在莫莉安眼前上演。暴民追上長老，她的恐懼隨即應驗，一群怒氣沖沖的人緊緊圍住薩加長老，莫莉安用力握拳。

「看看你們在做什麼！」他對那些人咆哮，「簡直過分，你們怎麼敢！」

關切民眾黨揮舞木製標語打他，像要壓制有暴力傾向的幻獸族。不幸的是，這名幻牛也不負期望，為了防衛而怒氣沖天重踏牛蹄，甩動巨角，發出大喝。

幻學群眾吼聲震天，衝上前護住薩加長老，雙方眼看一觸即發，沒人知道接下來會發生什麼。事情演變得太快，莫莉安想起指尖躍動的火花，只要一點星火，就能燒成失控的烈焰。

一隻小手抓住莫莉安的手腕。

是小蘭。

「對，」她猛點頭：「動手，立刻。」

莫莉安眨著眼，「什麼？」

「星火……燎原。」小蘭的視線轉向大道，直視一棵枯萎的火華樹，黑色樹枝張牙舞爪伸向天際。

莫莉安腦中倏地閃過鮮明的回憶，那是她第二次來到幻學，也就是舉辦第一場考驗的那天。她隨即了然於心，滑脫小蘭的手，繞過分神的雀喜小姐，向火華樹奔去。

這次跟上課時不同，倒像是她人生首度噴火那次，喉嚨深處有灰燼的味道。不過，這回驅動她的不是恐懼、憤怒或驚慌。

此刻，莫莉安只感到平靜與確信。

有人需要她。

儘管不曉得確切原理，但她知道該怎麼做。

莫莉安想像胸腔有個火焰灼灼燃燒，平穩吐氣，注視氣息中夾帶的微小火花，用手捉住其中一朵。

她伸手按住已然石化的火華樹，暖意從胸口擴散，竄過手臂，在血液中流淌，從掌心迸發，對冰涼漆黑的木頭注入生命。

她閉上雙眼，既有些暈眩，又沉醉暢快。整個世界縮成她的手掌那麼小，集中於皮膚接觸光滑樹皮的感受；奔流的火之能量擴散至寂冷的朽木，除去腐朽的部分，將之逼入深淵，如蛇蛻皮那般脫落，粗暴地喚醒本來深深沉眠、與死無異的生之氣息，在此重生。

史奎爾的嗓音在腦海中輕輕響起。

**黑鴉小姐，總有一天，妳會明白永無境的許多區域正在休眠，耐心等待妳來喚醒。**

莫莉安睜開眼，抬頭仰望上空散開的枝枒。冷豔的綠色火光如樹葉般舞動著，當中穿插一星半點橘色、淺淡的黃色、偏深的棕色，色調與哭哭林相仿，炸開了滿樹初秋絢爛。

從傲步院到幻學大門，沿著綠蔭大道兩側，一棵接著一棵，數十株枯萎已久的老樹粲然復甦，彎垂的火焰在敵對的兩組人馬頭頂上形成林冠，見到這個奇景，人群頓時凝結，鴉雀無聲。

在滅絕逾百年之後，火華樹回歸世界。

# 第二十八章　永無境的新危機

「他們帶團參觀。」暴動後的隔天早晨，朱比特翩然飄進大廳。現在是週六早上八點，他整夜在城中巡邏，尋找感染的幻獸族；不知他怎麼辦到的，此時他已看完永無境每家報紙、參加完空心症任務小組會議、和長老見過面，還帶了咖啡、糕點、新鮮柳橙汁回到杜卡利翁。莫莉安很久沒見他這麼活力四射。「免費參觀！整個週末！你們信嗎？」

「誰？」傑克問：「參觀什麼？」

「公共移焦部門，參觀幻學。」朱比特拋了一個棕色紙袋給他，裡頭裝著香噴噴的肉桂捲，接著各拋一個給莫莉安與米范。

他們三人本來在禮賓櫃檯旁閒晃，傑克與莫莉安仍穿著睡衣，米范照舊穿著粉紅格紋制服，胸口口袋放有金線刺繡的手帕，雖說杜卡利翁已經停業將近一週。朱比特曾說如果有人想要，可以在停業期間放有薪假，但有些員工偏好留下來繼續做點事，也有些人（比如米范與法蘭克）本來就以杜卡利翁為家，沒別的地方可去。米范照樣有許多工作可忙，主要是傳話給朱比特，以及處理關於停業的客訴。

「什麼？他們開放民眾進傲步院？」莫莉安說，馬上想到至少十二個不該這樣做的理由。「瘋了嗎？裡面有龍耶！還會爆炸，還有……偶爾會有霍桑。」

「天哪，不，不進傲步院，只在庭園而已。確切來說，只在前面的綠蔭大道，不能讓大家靠近哭哭林，會被無聊死的。但就算是這樣——」他打住，灌下一口咖啡，因為太燙而忍不住吐進盆栽，伸出燙到的舌頭，用手狂搧冷空氣降溫。「把歪人帶進萬學？聽都沒聽郭！癌有這個——」

他抽出夾在腋下的一疊報紙，興高采烈地一份接一份拍在桌上，頭條全都寫著類似的標題，例如：〈火華樹復活！〉〈是植物學奇蹟還是神祕縱火事件？〉〈死而復甦：我們以為永遠不再的自然奇觀〉。

「吳熱迭是——等等。」他停住話頭，喝下一口冰涼的柳橙汁。「**呼**。吳樂迭是**天才**。莫兒，就算有人發現妳插手——我得說，妳這成就簡直**了不起**——就算有目擊者跟記者提起妳，新聞也沒報出來，沒有一家提到妳跟潛伏者。這些報紙我通通看了，還看了兩遍。」

沒人發現她做的事，莫莉安倒不覺得多詫異。畢竟現場一片混亂，哪個示威人士會注意到有位學者站在那裡，一手摸著樹幹？即便看見，誰會猜到她做了什麼？

潛伏者則另當別論。雖然現場人群震懾得說不出話，但絕不可能沒發現一整團潛伏者狀似憑空現身，迅速插手掌控全局。他們抵達的時機十分湊巧，善用陡然轉變的氣氛，冷靜地把茫然不解的示威者聚集起來，送出校園，並把騷動降到最小。

在莫莉安眼中，潛伏者有種令人不安的感覺。這些人是聽命於幻奇學會的私有執法部門，散發特殊的神祕感和氣質，無論走到哪裡，身上總隱約帶著戾氣。莫莉安見到他們總是渾身發毛，她不明白，為何連一個目擊者都沒提到他們。

「更棒的是，」朱比特接著說：「你們有沒有注意到，報紙頭版也少了什麼？」

傑克翻閱那堆報紙，「沒提到空心症。」

「沒提到空心症，」他舅舅重複道：「沒提到幻獸族。大家只想談火華樹。一百多年來，全七大域沒人見過火華樹盛放，這下子——砰！什麼關切民眾黨的抗議都被火華樹之謎蓋過去了，誰也沒提到示威！莫兒，妳絕對想不到長老多慶幸有這個機會喘口氣，還好妳的幻奇技藝課在這個時機派上用場，我猜他們正暗自高興呢。」

「暗自高興？」傑克嗆了一下，邊咳邊嚥下一口派。「還真了不得喔，等下次他們快被暴民踩死時要是被誰救了一命，說不定就會進階到**有點興奮**了。」

眼見傑克為她抱不平，莫莉安自己倒是暗自有些高興。她拿起《永無境斥候報》，頭版印了張火華樹全彩照片，頭條寫著：〈史上最驚人的生態復育〉。

「是不是樂迭做了什麼手腳，讓大家——哎喲！」左手某根手指傳來微微刺癢感，像被蟲叮一般，她不禁一抖。這情況已經煩了她整個早上。「讓大家忘了示威的事？」

「永無境每個主編都聽她的話。」朱比特說：「她昨晚花了好幾個小時，親自跟每個主編一對一談，我不知道怎麼談的，但不管那些報紙原本打算刊登什麼，最後都採用了樂迭的版本。你們該看看幻學今天早上的狀況，民眾在排隊參觀火華樹！」他不敢置信地笑著搖頭，「簡直是帶風向女王，我服了她。米范，我不在的時候有人找我嗎？」

莫莉安對傑克咧嘴一笑，傑克不著痕跡對她挑起一邊眉毛。前陣子，朱比特每次回到杜卡利翁，總是情緒低迷、疲累不堪，跟此刻的他大相逕庭。莫莉安很清楚自己比較喜歡哪個他。

「有幾位。」米范挺直上身，翻看一疊手寫字條。「您的會計師這週來問第三次，想知道您打算支付全體員工全額薪水多久，明明四分之三的人都跑去逍遙快活——」

「他們哪有逍遙快活？」朱比特說。

「這是她說的，不是我。」

「老天，這連一星期都不到！何況杜卡利翁停業也不是員工的錯，她要我怎麼辦，放員工餓死嗎？」

「我也告訴她您會這樣說。」米范冷靜地說：「她要我提醒您，杜卡利翁飯店不是做慈善的，而且目前沒有任何進帳，她有個小小的提議，如果辦一場盛大的重新開業活動——」

「除非空心症疫情受到控制，」朱比特打岔：「或治療。」

莫莉安坐直。她想把史奎爾的提議告訴朱比特，為此已經等了整晚，但她不希望有旁人在場。朱比特探詢地瞥了她一眼，她搖搖頭，用口型說：**晚點講**。

朱比特回過頭看米范。「好了，大鬱悶的最新情形怎麼樣？」

現下，杜卡利翁飯店處於頗為奇異的狀態，朱比特稱之為「大鬱悶」。打從停業起，飯店就開始怪怪的，最初只是些小事，比方說，你以為在某個位置的房間忽然跑到完全不同的位置，或是精緻的壁紙變成了光裸的磚牆。

接著漸漸地，在高樓層那些最豪華、最昂貴卻無人居住的客房，東西開始……陷入沉睡。電燈暗掉，無論如何都打不開；暖氣關閉，壁爐熄滅，冷到呼吸會在空氣中凝結成霧；最後，客房房門索性自動鎖上，誰都進不去，連朱比特也不行。

米范、法蘭克等員工頗感擔憂，想盡辦法喚醒飯店中沉眠的部分，甚至辦了個假晚宴，然而杜卡利翁毫不領情，依舊一間房接著一間房、一層樓接著一層樓，逐步關閉。

在此期間，朱比特拒絕出面，堅稱杜卡利翁不過是在鬧脾氣，應該成熟一點；他還提醒所有人，他才是這裡的老闆，重新開業的時間他來決定，絕對不會屈服於一棟房子。

不過，莫莉安覺得杜卡利翁與其說是在鬧脾氣，不如說是傷心。說不定杜卡利翁正感到茫然，畢竟走廊變得那麼空蕩，屋內變得那麼安靜，讓它不知該怎麼辦才好。從暫停營業起，為了保險起見，莫莉安對自己的臥室特別溫柔，不管房間變成什麼怪樣，她總是給予讚美。最近，房內多了個裝滿黑色大蜘蛛的玻璃盆景，讓她的善意面臨終極考驗，但乍看到這個盆景時，她只是點了點頭，盡可能擠出歡快的口吻說：「爬來爬去的，好多腳喔。」

「十一、十二、十三樓已經完全休眠。」米范說：「四樓的溫室結了霜，吸煙室也顯露無庸置疑的疲態，第二大的宴會廳在我上次去看時，已經成了一片蚊蟲亂舞的沼澤。」

「是呀，」香妲女爵說，她跟瑪莎走下螺旋梯，來到大廳。「音樂沙龍縮小到只剩衣櫥那麼大，我本來想改去那個宴會廳練唱，可是那**味道**！那**溼氣**！簡直太可怕了。」

瑪莎絞著手。「老天爺。不只是這樣，金燈籠調酒酒吧的燈也閃了好幾天，下一個就輪到那裡了。」

「這裡究竟著了什麼魔？」香妲女爵問：「小朱，是不是杜卡利翁在生我們的氣？」

「它沒生氣，」莫莉安說：「它只是難過，大概還有點疑惑。」

「它在**耍小性子**。」朱比特揚起頭高聲說，話音在空曠的大廳中迴響。大家全抬頭往上瞧，只見黑鳥水晶燈不祥地閃爍了一下，折射光輝的雙翼蓬起了羽毛，眾人不禁一抖。

在那天，空心症終於不是新聞媒體的唯一話題，感覺還不賴。然而，週六的晚報發行時，空心症再度奪回頭版版面，報導指出當天發生兩起新的攻擊事件。朱比特下午出門，徹夜未歸。

同樣在那天早上，吃完早餐後，莫莉安總算把史奎爾的提案告訴了他，朱比特的反應讓她鬆了口氣。

「史奎爾**滿口假話**，」他激動地說：「這妳很清楚。他又在誤導妳，想利用妳的恐懼來操縱妳。」

「所以……你覺得空心症不是他創造的囉？」

他挑起一邊眉毛。「喔，我相信是他創造的，這恰恰是他會做的事。我不相信的是他會治療空心症，即便他確實有解方——我是很懷疑他有，畢竟他哪時候費心收拾過他在永無境搞的爛攤子？莫兒，這不是妳該擔的責任。不管他承諾什麼，我們都不會拿妳交換。」

「但要是——」

「聽我說。」他定定凝視莫莉安的雙眼。「我們阻止不了他透過絲網進入永無境，但一定要阻止他操弄妳的想法。我不希望妳再想這個，明白嗎？」

莫莉安點頭，深吸一口氣定神。「朱比特，告訴我實話……你真的認為刺藤博士會研發出解藥嗎？」

「她每天都有進展。」他頗有說服力地說，莫莉安差點就信了。

那晚發生了一件非常詭異的事。這件事改變了一切，儘管莫莉安剛開始並不明白。

傑克回學校參加樂團排練，莫莉安、瑪莎跟查理在空曠的大廳中，坐在大壁爐邊享用炸魚薯條配豌豆泥當晚餐（員工餐廳的暖氣在這天關了）。這時，約會完的香妲女爵從外頭回來，她每週都會與一位大家戲稱「週六追求者」的男人共進晚餐。

「親愛的，米范在嗎？」

「應該在吸煙室吧，」查理說：「在修排煙管，排得不太順。」

莫莉安越過女高音的肩膀，看見一名邋遢的年輕人單肩背著背包，驚嘆地仰望黑鳥水晶燈。

「他就是週六追求者嗎？」她喜孜孜地悄聲問：「他好……嗯……」她不確定該怎麼形容這個人，儀容不整？沒刮鬍子？衣著打扮太不適合與永無境一流女高音共度晚餐時光？「嗯……跟我預期的差好多？」

瑪莎格格笑，但香妲女爵一臉不解。

「週六追……誰？不是，親愛的，這位不是桑達拉伯爵。我剛剛在前庭碰見這位先生，他說是來修瓦斯爐的。」

「瓦斯爐？廚房的幻奇之力很充足啊。」正往晚餐倒醋的查理抬起頭，皺著眉，揚聲喊道：「老兄，你哪間公司的？」

那男人快步走過來，將手探進背包，卻沒回答查理的問題，反而問道：「妳就是莫莉安？」

莫莉安舔掉手指上的綠泥。「呃，對？你是──」

**喀嚓**。

刺眼的快門閃光令他們一時目眩，眾人坐在原位茫然眨眼時，男人抓緊時機衝出大門。

「喂！給我回來！」查理回過神，一躍而起追了上去，可是幾分鐘後便一臉困惑地回來，人沒抓到。

當下，大家只覺得這事很怪，令人想不通，但也做不了什麼，頂多商量好等朱比特回來就告訴他（天曉得那會是什麼時候）。直到隔天早晨，莫莉安終於明白個中關竅。

**幻奇師！**

頭條這麼寫著。那是《週日郵報》，用粗黑的大字印在頭版上，底下放了莫莉安此生拍過最醜的照片。

「我臉上有豌豆泥。」她數不清第幾次懊喪地說。打從這報紙像破壞球般砸進她的生活，過了二十分鐘，她仍盯著頭版看。「為什麼要用全彩印這張照片啊？」

「這是重點嗎？」朱比特語氣輕快地問。

「我臉上有豌豆泥耶！」

他聳肩，「讓妳看起來不像頭條寫的那麼可怕，算是好事？」

「可是讓我看起來腦袋有問題！」她瞪著朱比特說。

儘管莫莉安覺得這張照片很可怕，不過說實話，第二版的追蹤報導比它糟多了。

## 莫莉安．黑鴉：永無境的新危機？

週五的駭人火華樹事件於今日解開謎底，爆出震撼彈：幻奇學會已祕密培育一名幻奇師將近兩年。據稱，令罕見樹種重燃火花的人是莫莉安．黑鴉，今年十三歲，手法成謎，其詭譎能力甚至連學會的資深成員都難以理解。

根據來自幻學的匿名內線消息，黑鴉實為冬海共和國公民，透過非法管道入境自由邦以參加幻奇學會考驗，因擁有會員身分而豁免遭到驅逐出境。

線報指出，長老理事會別無選擇，只能允許黑鴉入學，以免她對大眾造成危險。

「天知道她在幻學外會幹些什麼勾當？我們幻學都叫她『危險人物』。沒人知道她究竟有哪些能力，可是她曾經讓另一位學生受重傷。」

這消息讓許多以為當今世上不存在幻奇師的人大為震撼，上一位幻奇師是殺人魔埃茲拉・史奎爾，在百年前被趕出自由邦，此後無人見過他。目前尚無法證實黑鴉是不是史奎爾的後代，抑或這些能力是她天生擁有；也無法確知黑鴉究竟具備哪些妖邪之力，又會發展到何種地步。

可以確定的是，幻奇學會包庇這名堪稱致命兵器的危險人物長達近兩年，本報認為永無境市民有權了解真相，並研擬因應對策。

黑鴉的贊助人是聲名遠播的朱比特・諾斯隊長，他同時兼任杜卡利翁飯店業主與探險者聯盟軍官。本報截稿前未能與諾斯隊長取得聯繫。

「**未能取得聯繫**！我明明隨時可以聯繫，我那麼好聯繫！」朱比特低吼，莫莉安對他挑起一邊眉毛。「好啦，別人不一定聯繫得到我。但事實是他們根本沒有聯繫我，因為他們知道長老會封殺這則新聞。喔對，火華樹之謎突然變『駭人』了，有意思，昨天還說這是奇蹟呢！妳知道嗎，我應該——」

莫莉安陡然一股火直衝腦門，將報紙揉成一團，扔進火爐，紙團逐漸焦黑捲曲，看了痛快。方才莫莉安一面踱步，一面讀報讀得七竅生煙，臥室的壁爐也隨之擴張，此刻已占據半個牆面，爐火越來越旺、越來越響，簡直是在求她把看了就有氣的報紙丟進火焰熾烈的血盆大口之中。

「做得對，」朱比特點頭，清了清喉嚨：「做得好。」

「謝謝。你還有另一份嗎？」

「好幾十份，我把能找到的報紙全掃光了，免得別人買到。」他覷了莫莉安一眼，「妳想的話，我們可以把那些也燒了。」

「晚點再說吧。」莫莉安跌坐進章魚扶手椅，觸手動了起來，包住她，默默給予安慰。「我不懂，他們怎麼會知道？我以為沒人看到是我做的！他們說的內線是誰？」

「一個奇蠢無比、只關心自身利益，不管旁人死活的男人。」

「你覺得是巴茲。」莫莉安簡短地說。

「我敢肯定就是巴茲。」

「為什麼？」

朱比特臉色陰沉。「我了解他。」

莫莉安一手按住腹部，覺得反胃想吐。

整件事隱約有種恐怖的熟悉感，畢竟她從小在這種處境中長大。在冬海共和國，登記為詛咒之子的小孩就是過著這種生活：總是被當成危險人物，總是不受任何人信任，一旦壞事發生，總是被當成罪魁禍首。所以，她在永無境也註定如此嗎？永遠擔心害怕接下來得背什麼黑鍋？

「莫兒，聽好，」朱比特坐在床尾，低頭與她對視。「不會有事的，我保證。這件事遲早會發生，雖然比妳、我跟長老希望的時間早了許多，但我們一定有辦法應付。報紙會刊登幾個頭條，這幾天會有些人不請自來地關注妳，之後事情就會平息，妳等著看吧。」

莫莉安的贊助人錯得離譜，這還是頭一回。

那天入夜後，永無境全體市民想必都認識了莫莉安・黑鴉，因為她的名字刊登在各大晚報上。幾名記者來到杜卡利翁飯店，在前庭徘徊，只為見一眼險惡的幻奇師，還大喊莫莉安的名字，想引她出來。樂迭先前好意隱匿了她的身分，然而僅憑一張照片，這份寶貴苦心便輕易毀於一旦。

週日晚上，莫莉安的思緒紛至沓來，難以成眠，結果週一早上睡過頭，差點錯過家庭列車。通常她的臥室會讓燈光像日出般緩緩亮起，搭配輕柔的鳥叫，藉此喚醒莫莉安，今天卻完全沒有這麼做，整個房間漆黑靜寂。

「怎麼不叫醒我？」她氣惱地問第八十五號房，隨即意會到自己說了什麼，輕拍牆壁幾下。「不是你的錯。新簾子我很喜歡！這是……呃，海草嗎？味道很……好聞。」

莫莉安趕到月臺時，家庭列車已經抵達。一上車，九一九梯所有人立時抬起臉，滿面愧疚（唯獨埃娜例外，她在懶骨頭坐墊上睡著了），法蘭西斯伸手把無線收音機的音量轉到最小。

看來他們也聽說了。

「早，莫莉安。妳好嗎？」雀喜小姐在車廂前方揚聲道，用不著多說什麼，便讓人心頭一暖。莫莉安抿緊嘴脣點頭，火車引擎轟然發動。「那就好，我們出發吧。」

「早，鼻涕蟲。」霍桑愉快地說。

她拉下臉，坐進沙發上小蘭身邊的位置。「那是豌豆泥。」

「是我也會這樣說。」他誇張地眨了個眼，儘管莫莉安依然想到那張照片就火大，仍差點笑了出來。差點。

「閉嘴啦。」她拿靠枕往霍桑頭上一丟，接著朝收音機點了點頭。「剛才在聽什麼？是在講我嗎？」

法蘭西斯面帶歉意，調大音量。

「──不，阿比，長老理事會當然不會回應，因為這根本就是謊言！」廣播節目中，一個操著上流階級口音的低沉嗓音說，「誰是莫莉安．黑鴉？她是哪裡人？如果她確實像內線宣稱的是幻奇師，證據在哪？拜託，阿比。早在一百多年前，唯一的幻奇師就被趕出永無境了！現在是怎麼回事，要我們平白相信幻奇師變成了**小女孩**？」

「但報紙不是這樣說的，是吧，聖詹姆斯先生，他們說──」

「聖詹姆斯？」莫莉安說：「這個人是──」

「對，那個永無境笨蛋深感關切黨。」詩律說：「噓，快聽。」

「要我說，」聖詹姆斯連珠炮地說，壓過主持人的聲音，「這是學會刻意採取的恫嚇策略。永無境民眾深感關切黨週五在幻學抗議示威，週六晚上就冒出『匿名線報洩漏的新聞』。學會這是要傳達一個訊息：不要輕舉妄動，不要挑戰我們，膽敢挑戰的話，小心你會有什麼下場──我們會派不存在的幻奇師追殺你！」

「所以你認為整個新聞是編造的？」

「我認為，」他不耐地一哼：「我要聽幻奇學會親口證實。不，我要親眼看看所謂的幻奇師使用能力。如果是假的，是不是代表學會公然扯謊，只為了威嚇批評者、讓他們閉嘴？如果是真的……嗯，那就是必須處理掉的大問題了。」

聽見這句宣言，莫莉安寒毛直豎。

在別人眼中，她是這樣的存在嗎？一個必須處理掉的問題？

主持人一清喉嚨。「這裡是阿比・希金斯主持的《永無境早安新聞》，各位剛轉臺收聽的聽眾朋友，我們正在討論大家今天早上最關切的議題。真的出現了新的幻奇師嗎？抑或一切只是場騙局？現在開放聽眾叩應——」

詩律伸出手，把阿比・希金斯的話切掉。「我敢說傳出去的人就是巴茲。」

「朱比特也這樣說。」

「我會讓他承認的，他永遠記不住我的本領是什麼。他今天會來傲步院參加聚會，等會議結束我就叫他招出來。」

「詩律，我是不是該假裝沒聽見妳打算催眠自己的贊助人？」坐在駕駛座的雀喜小姐回頭喊道。

「沒事，雀喜小姐。」

「**詩律**。」

抵達幻學後，雀喜小姐陪他們穿過哭哭林，一路走到傲步院。大門外又聚集了些民眾，雀喜小姐似乎企圖擋住莫莉安，不讓那些人看見。

「他們應該是來看火華樹的。」莫莉安說。

雖然這些樹害她惹禍上身，她仍不禁引以為傲。綠蔭大道上方的景觀徹底改頭換面，再也不會看到細長光禿的黑樹枝伸向天際，宛若女巫之手；取而代之的是一片火之穹頂，綻出濃淡深淺不一的綠意，其中穿插幾點橘、棕、金，在涼爽的早晨溫暖地閃耀。在莫莉安眼中，火華樹讓幻學美得無與倫比。

「火華樹參觀團還是取消比較好。」雀喜小姐說：「老是有記者報名參加想溜進傲步院，或是問些跟他們不相干的問題——」她收住話頭，瞄了莫莉安一眼。

莫莉安再度瞥向下方的大門，察覺她剛才沒發現的東西：由攝影機和麥克風組成的一片汪洋。「問關於我的問題。」

「別管、別管、別管。」雀喜小姐告訴她。「不要靠近大門，莫莉安。等幾天風頭就會過了，用不著擔心。」

詩律沒機會催眠巴茲逼他招供，因為管控與移焦週一例會宣布取消。

「妳覺得為什麼會取消？」她問莫莉安，兩人正走向地下三樓的教室，準備上中午前的課。一位聲譽卓著的幻奇學會哲學家來辦講座，講題是「我們為何而生？關於存在、有限生命與道德的叩問」，她倆都覺得週一上這種課未免太過沉重。

「不知道。」莫莉安頹喪地說：「大概又有攻擊事件吧。」

她們聽見抽泣聲，在走廊中途停住腳步。這裡有座雕像是紀念創辦教學醫院的已故長老阿瑟頓．拉斯克，雕像後方有個小小圓圓的人影，穿著醫院制服，雙手抱膝，雙肩打顫。

「埃娜？」

埃娜彷彿聽見大吼般驚跳一下，從長老石像後方探頭，臉蛋哭得發紅泛斑，流著鼻水。「喔，是妳們。我只是……」

「埃娜，怎麼了？」莫莉安問，跟詩律一同快步走上前。「出什麼事了嗎？」

埃娜面露詫異，不光是因為看到她們，似乎更對莫莉安的問題感到吃驚。

她吸著鼻子，「我……沒事，算了。妳不是應該去地下九樓，找妳那些幻奇師朋友嗎？」

她的語氣隱隱流露冷淡，讓莫莉安一個瑟縮。「地下九樓可以晚點再去。妳怎麼在哭？」

埃娜的臉垮了下來，搖搖頭，眼眶充盈更多淚水，低語道：「我不能跟別人說。」

「跟我們說沒關係。」莫莉安溫和地說。

詩律點頭，「當然，我們是妳的姊妹啊。一生忠誠，記得吧？」

這話好像把情況搞得更糟。埃娜抬頭看著詩律，表情混雜震驚與感激，淚如雨下，嗚咽地說：「妳……妳從來沒對我說過這麼溫柔的話。」

詩律雙手抱胸，「我本來就很溫柔，囉嗦。」

「埃娜，深呼吸，跟我們說怎麼了。」莫莉安說。

埃娜顫抖地深吸一口氣，悄聲道：「他們醒了。」

「誰醒——等等，是那些幻獸族嗎？」

「噓！」埃娜說，來回偷瞄走廊。「大部分主型幻獸族醒了，次型還沒。」

「這是好消息啊！不是嗎？」莫莉安猶疑地說完，只見埃娜用力閉緊雙眼，搖搖頭。

「他們再也……不是**幻獸族**了。」

「什麼意思？」詩律問。

「他們只是……」埃娜抽噎地吸了口氣，「奇獸。他們變成奇獸了。」

莫莉安呆看著她。「這不可能。」

「第一個是幻豹……我想她現在只是普通的豹了。她星期六醒來，剛開始大家都很高興，可是……她不曉得自己是誰，也不曉得自己在哪裡、是什麼種族。她不會說話，什麼也不吃，只吃生肉，完全聽不懂我們在說什麼，只是生氣又害怕，走來走去，對我們吼叫，像被關在籠裡的奇獸。現在……」埃娜嚥下啜泣，「她現在真的變成那樣了。醫生給她打了一針，讓她睡著，等她醒來……已經被關在籠子裡了。」

所以，打從星期六，朱維拉．德輕靈就醒了。

莫莉安想起香妲女爵，以及她深藍色的憂傷。這個消息鐵定會讓她哀慟欲絕。如果她知道了，會怎麼樣呢？

「他們都被關進籠、籠子裡。」埃娜抽噎道：「最危險的那些都被關起來了，那隻豹、布提勒斯．布朗、胡狼，還有……不曉得，起碼三十幾個吧。他們大部分時候都處於鎮定劑的藥力下，可是他們醒來的時候……天哪，好難過。」

「那次型幻獸族呢？」詩律說：「等他們醒來，也會是一樣的狀況嗎？既然他們比較……妳知道，比較像人……」她看向莫莉安，不確定該怎麼接下去。

「還不知道。」埃娜抽著鼻子，用衣袖抹了一下。「不過，拉特徹醫生說下星期要把主型幻獸族送走。」

「送去哪裡？」詩律問，在背包中翻找，翻出一張皺掉但還乾淨的衛生紙。見到她再次做出充滿善意的舉動，埃娜的眼淚再度決堤，詩律不禁翻了個白眼。

「天知道？我聽到他跟刺藤博士為了這件事吵架，拉特徹醫生說醫院不是動物園，但他們就是這麼對待那些人的呀！像奇獸一樣闖進——」

「卡蘿！」走廊盡頭傳來犀利的嗓音，「卡蘿，妳在哪？這裡需要人手。」

「來了，拉特徹醫生。」

埃娜匆匆抹了把臉，撫平制服，沒再對莫莉安跟詩律多說一個字便快步離去，外表看起來幾乎像是一切正常。

當天午後，莫莉安待在地下九樓，跟十一歲的艾洛蒂與埃茲拉一同學習編織流水，卻絲毫無法專心。她要不是想著埃娜方才所說的話，就是分神瞪著小埃茲拉，怒氣衝天，看他輕而易舉在玻璃杯內創造漩渦。

這堂課十分漫長，難度頗高，不過在課程尾聲，莫莉安已經做出沒人跳進去就有水花飛濺的一汪水窪。她不如另外兩名學生那麼快速精準，而且事後簡直累癱了，可是至少有進步。但願她對水也能跟對火一樣拿手。

這天下午的回家路上，發生了兩件令人不快的怪事。首先，穿過哭哭林前往月臺時，有人乘著降落傘飄然而下，在莫莉安前方落地，相機直貼到她臉上。

「莫莉安．黑鴉，妳在幻奇學會都學了什麼？」那女人氣喘吁吁地質問。莫莉安太過錯愕，啞口無言，毫無反應，那女人於是稍稍大膽起來。「妳真的是幻奇師嗎？怎麼不讓大眾看看妳的能力？大家都知道是騙人的，妳只是想紅——」

「喔，去爬樹啦。」詩律怒聲說，那女人拋下相機，不假思索照做，導致離她最近的橡樹惱火不已。

「放開我！」樹抱怨道：「哎，妳踩的是我的鼻子，討厭鬼！」

她們就此走掉，任由那個陌生人被樹枝一陣揮打，還有一群進階學者圍了上去。（莫莉安猜想，他們之所以大發雷霆，不是因為她突然遭受審問，而是因為那女人擅闖校園。）

幾分鐘後，第二件令人不快的怪事降臨，當時馬希爾打開了雀喜小姐的無線收音機。

「——農業部報告顯示，」冷靜沉著的女子聲音說道：「儘管去年第五區泡泡糖草莓的產量平平無奇，然而今年的收成有望回升，稍後將進行追蹤報導。

「以下播報首都新聞。近期創立永無境民眾深感關切黨的銀區大亨羅杭・聖詹姆斯，於今日宣布懸賞五萬克雷，徵求任何能夠證明《週日郵報》報導內容為真的證據，他表示必須是『以圖像呈現的鐵證』。《週日郵報》在本週末披露，幻奇學會正包庇並訓練一名貨真價實的幻奇師，也就是現年十三歲的莫莉安・黑鴉。」

# 第二十九章　追獵莫莉安·黑鴉

聽聞這個消息，九一九梯大驚失色，雀喜小姐氣沖沖哼了一聲，隨即重重踩著步伐走過去關掉收音機。

「那個王八蛋，」霍桑捶打懶骨頭坐墊發洩怒火，「卑鄙小人！」

「五萬！」薩迪亞嘀咕：「竟然花那麼多錢，只為了看莫莉安有多遜。」

雀喜小姐嘆了一聲，「**薩迪亞**。」

「幹麼？她是有點遜啊。沒別的意思，莫莉安。」

詩律打了個響指，「喔！那個跳傘的女人就是為了這個！她想激妳用幻奇技藝，這樣她就能錄下來拿賞金。真是個蠢蛋。」

「還好妳沒讓她得逞。」雅查說。

「沒錯。」雀喜小姐贊同，「自制力很出色。」

莫莉安一言不發。那跟自制力完全無關，純粹是運氣好，她下午上課時消耗太多氣力，否則很可能在不知情下遂了對方的意。

身邊的人暴跳如雷，幻想要用什麼方法教訓屎蛋聖詹姆斯（他們現在都用這個綽號稱呼他），莫莉安則稍稍審視自己的感受，試著找到痛處，挖出內心的怒氣。她訝異地發現，由於實在太累，加上太擔憂埃娜說幻獸族甦醒的事，她早已沒有餘力在乎這個最新發展。她配合地應和，一起勾勒假想的復仇情景，但她覺得自己彷彿深深沉入冰冷幽暗的湖底，眼望其他人在湖面戲水——這不是她頭一次有這種感覺。

莫莉安拖著沉重的腳步回到杜卡利翁，渾身痠痛，滿腦子想著要先享用熱騰騰的晚餐，再洗個熱水澡，只盼著飯店的大鬱悶尚未波及廚房。她剛開啟房門，正打算去廚房一探究竟，朱比特便踏進房間，邊走邊大力揮動雙手和雨傘，氣得滿臉通紅，把帽子甩在地上踩了一腳。

「吳樂迭根本是個**妖孽！**」

莫莉安盯著他看，整個人傻了。「你之前不是這樣說的。」

「根、本、就、不、是、巴、茲。」他每說一個字便踏一腳，只見帽子徹底變形，隨後狠力一踢，帽子滑過硬木地板，「啪」地撞上遠處牆壁。「是**她**。應該說是**他們**。」

「他們是誰？」

「長老！他們聯合樂迭跟公共移焦部門，一手編排了整齣戲。」他用手抓過捲曲的紅髮，開始發狂地來回踱步，拿傘不斷輕敲腿側。「**當然**。畢竟這就是他們的任務，不是嗎？把民眾的焦點從他們想掩蓋的事情移開，為此會利用最方便的工具或人，把手邊任何人推出去擋刀。在這次的情況，莫兒，這個人碰巧就是妳。」

「你在說什麼?」

「那個去找媒體的『學會匿名內線』就是樂迭，她有長老理事會的許可——不對，是長老指示她這麼做。」

「什麼?不會吧，坤寧長老不會——」

「喔，就是坤寧長老。」朱比特果斷煞住腳步。「她遵循了長老的一貫作風，把學會視為最優先。一切簡直水到渠成，妳看不出來嗎?在妳讓火華樹復生之後，情勢對他們來說好得不得了，再也沒人提起空心症，沒人質疑我們處理疫情的方式。是樂迭想到要利用這點，才會把妳的真實身分洩漏給《週日郵報》，不過相信我，長老批准這個提案時鐵定樂意得很。妳知道嗎?」他忽然深思著說:「我這輩子從沒這麼火大過。我火大到可以把這些怒氣給裝瓶，賣給——天曉得，好鬥的重量級拳擊手之類的。」

一陣令人忐忑的陰翳籠罩莫莉安的內心，史奎爾的話在腦海響起。

**他們會改寫劇本**。

難道真的被他料中了?他所謂的背叛就是指這回事嗎?

「可是，當初是他們想要隱瞞的——我的意思是，坤寧長老**自己**說了每個人都要遵守誓言，保守祕密，還有……**兄弟姊妹**，**一生忠誠**什麼的。太虛偽了!」

「嗯，」朱比特嘆氣。「莫兒，說實話，這本來就不可能永遠保密，總有一天要見光，祕密都是這樣的。但我本來以為會有個預警，讓我們做好準備。我很遺憾到頭來是這樣曝光，真的。」

莫莉安原本已累到極點，此刻更是猶如體內整副骨架都要崩解成灰。最不巧的是，就在這一刻，她注意到床鋪變成了桌子。

她一個嘆息，倚著牆壁滑坐至地板，疲憊地心想：**就睡這好了**。

「我不明白。」她說：「這對學會來說不是更慘嗎？人民那麼怕幻奇師，現在卻發現長老藏匿了一個，這比空心症還糟糕吧！就好像你想掩飾自己有一箱蜘蛛，於是告訴大家你有一箱……會噴酸液的陸海豚什麼的。而且，那個關切民眾黨的人還說要——」

「喔，妳聽說啦。」朱比特面有怒色，橫越房間拾起帽子，試著將它拗回原有的形狀（但失敗了）。

「我只是在想，他們似乎給自己捅了更大的麻煩。」她打著呵欠說：「我覺得長老根本沒考慮清楚後果。」

「我也是。我懷疑他們是在慌亂之中做了這個決定，因為……」朱比特瞥了莫莉安一眼，看似遲疑著是否該往下說。「因為星期六發生了一件事，他們發現自己手上可能爆出更大的負面新聞，說不定會永久加深人類與幻獸族的嫌隙，所以必須轉移民眾的注意力，好讓他們能暗中決定處理方針。莫兒，我接下來要說的絕對不能洩漏，這是高度敏感的資訊——」

「幻獸族陸續醒來了。」莫莉安輕聲說：「他們變成了奇獸。」

他瞪大雙眸。

「埃娜告訴我的。不要跟拉特徹醫生說，好不好？是我跟詩律叫她講的。」

「我不會說，」他同意道：「但妳要保證不把朱維拉·德輕靈的事告訴香妲女爵。她一定會傷心得不得了。」

「我也這麼想，最好等刺藤博士研發出解藥再說。」她斜眼一瞥朱比特，「應該快了吧？」

「嗯，每天都有——」

「進展，對，你每次都這樣說。」莫莉安挑眉，「朱比特，假如唯一能治療空心症的人是……」

「不行。」朱比特堅決地說：「我知道妳在想什麼，我命令妳馬上停止這個念頭。」

她臉色惱怒，「你才管不了我怎麼想。」

「我說過，史奎爾滿口假話。就算是真話，他承諾的回報也絕對不值得他開的條件，我們絕不考慮。莫莉安，刺藤博士很厲害，真的，她就快取得突破了，我很肯定。」

莫莉安思忖，史奎爾所說的話真的全是謊言嗎？幻奇學會確實改寫了劇本，這點他可沒騙人。

朱比特拍了下手，微笑道：「妳一定餓瘋了！我叫人送晚餐來，好嗎？不如來客肋眼牛排，妳需要補點鐵，配上豐盛的青菜，還有妳最愛的整根玉米。當然，開胃菜要來個湯，妳一定要喝點湯——飯後甜點來一大碗桑椹冰淇淋，怎麼樣？棒透了。」這時他早已閃出房門，在走廊回頭喊道：「妳先好好洗個熱水澡，等妳洗好，晚餐就會放在門口了。喔，還要撒巧克力米！撒在冰淇淋上，不是湯。**話說回來……**」

莫莉安心知肚明，朱比特不想讓她追問刺藤博士「快要取得的突破」，索性逃之夭夭，可是她累到無力生氣。她閉上眼。

**明天要記得生氣**，她心想，隨即沉入夢鄉。

隔天早上，莫莉安在原地醒來，維持半坐半躺的姿勢，卻從沒這麼舒服安適過。房間另一頭那張由床變成的桌子不見了，一張新床趁夜在她周遭長了出來，綿軟暖和，有如羊毛毯跟羽絨枕做成的繭，在適當之處提供支撐，給她溫柔的倚靠，讓她彷彿飄在空中。

她面露微笑，享受流淌在臉上那溫暖明亮的陽光，想著可以再多睡一會……隨即猛地坐直，倒抽一口涼氣。

**陽光！**幾點了？這個時間，她應該要到學校了。

莫莉安有些困難地跳出枕頭繭，衝向月臺門口，將印記按在圓形門鎖上……然而什麼也沒發生。門鎖冰冰涼涼，黯淡無光。

「搞什麼？快啊，你這笨東西。」

她試了一次又一次，每次都按得更用力，依舊毫無動靜。

呃。她暗想，睡過頭、錯過家庭列車就會這樣嗎？

莫莉安低頭一看，她睡著時仍穿著制服，此時早已皺掉，但她聳了聳肩。也只好繼續穿著了。她抓起油布雨傘，衝出房門，跑過放著昨夜晚餐的餐車（牛排已經涼了，冰淇淋也已融化），奔下樓梯，發現大廳吵嚷不休。

「親愛的，怎麼不乾脆叫警察？」

「我叫了，香姐，警察今天早上已經來了兩次。」米范說，這是莫莉安頭一次聽到他的音量這麼接近大叫。「他們每次把人趕走，就會來更多！」

香妲女爵心煩意亂地在棋盤地板上來回踱著，身後拖著藍色絲綢禮服，查理與瑪莎則輪流透過窗簾偷看。芬涅絲特拉坐在門口低吼，宛若雕像般文風不動，唯有尾巴帶警告意味地來回甩著，打鼓似地拍擊地板。

外頭喧鬧吵雜，音量大得穿透厚重的雙開門，莫莉安聽清其中幾句，不禁頭暈目眩。

**「出來面對，幻奇師！」**

**「滾出來！讓我們看看妳的能力！」**

莫莉安停在樓梯中途，死命抓住扶手，感覺頸間的脈搏忽然狂跳起來。

芬涅絲特拉低聲咆哮：「米范，就說我去給他們好看，不到一分鐘就能解決這群貪財小人。」

「芬，說過幾百萬遍了，不行。」米范說：「誰都不准出去反擊這群禿鷹，尤其是妳，諾斯隊長清楚說過——」

芬朝他哈嘶噴氣，似乎正在想反駁的說詞，這時前庭陡然傳來「潑喇」一聲，隨即有人尖叫。

瑪莎笑出來，接著微帶罪惡感地一手摀住嘴。「喔老天，他好像在裡面裝了……媽呀，查理，那是什麼，血嗎？」

「應該是黑醋栗汁吧。」

「是哪個**天才**決定把水球給法蘭克——噢！早，莫莉安親愛的。」香妲女爵見到她，裝出毫無說服力的輕快口吻，露出燦爛的笑容，但莫莉安隱約瞧見她額上有青筋跳動。「寶貝，妳睡得好嗎？妳看，這裡一切正常，一切都好極了。不如我們去吸煙室吧？哎呀，妳穿制服真好看，妳太適合黑色——」

「我知道懸賞的事。」莫莉安不忍心看香妲女爵繼續演戲，香妲女爵隨即癱倒在最靠近的沙發上，用手搧風。

「喔，謝天謝地，親愛的，我一秒都裝不下去。」她抬起頭，憂心地端詳莫莉安。「妳想必是怕極了。」

「不會，」莫莉安撒謊，胃裡不適地翻攪了一下。「我沒事。」

在廣播上聽到是一回事；就連先前的跳傘女事件，倘若是只發生一回的特例，還能當成一則笑談。可是如今這個場面又是另一回事，這是她的家，這些人就圍在她的家門口。她自然會怕。

「就是這個態度，」香妲女爵說，儘管她顯然不信。「抬頭挺胸不退縮。」

「朱比特人呢？」

「長老理事會一早把他叫走了，小姑娘。」米范說：「不確定什麼時候回來。」

莫莉安嘆了一聲，抓了抓睡醒尚未整理的亂髮，中指指尖傳來麻麻的刺痛感，她甩了甩手。「我進不去九一九月臺，所以沒辦法去幻學。我本來想搭傘鐵，可是……」

外頭再度傳來響亮的「潑喇」一聲，緊接著是嫌惡的尖叫，米范不安地瞄了瞄門口。「我想還是不搭為妙。要不就淘氣地放一天假？」

「這點子超棒。」查理指著他說：「莫莉安，妳逃學的次數太少了，我常說——哎喲，怎麼了？」瑪莎方才打了他一下，他笑起來：「我又沒說錯，她是很少蹺課呀。」

香妲女爵雙手一拍。「哦！我想到了，來個美妙的女生活動日吧？瑪莎親愛的，妳也來——還有妳，芬涅絲特拉！」

「不要。」

「我們來幫對方綁頭髮，聊聊彼此最愛的夢想、最要不得的祕密，跟……」她注意到莫莉安憂慮的神色，打住話頭，輕捏她的肩膀。「親愛的，別擔心，小朱一定正想辦法處理。」

但願如此。最要緊的是，但願他處理好的時候，香妲女爵還沒把莫莉安的頭髮永久變成另一個樣子。

淘氣地放一天假變成放兩天，接著變成放三天。

頭一天，朱比特在午餐時間回到飯店，怒火沖天、心煩意亂地大步闖進員工入口，卻不肯對莫莉安說長老有何打算，只說月臺門自行上鎖並非意外。

「我們**了不起的**長老理事會，」他咬牙切齒地說：「認為目前讓妳進幻學不安全，除非有人把他們**隨隨便便**捅出來的爛攤子給收拾乾淨。」

（莫莉安強烈懷疑長老真的用了這些字眼。）

每天，長老理事會都要叫走朱比特；每天，朱比特回到飯店時都比前一天更氣惱，偏偏不願說他跟長老談了什麼。每天，他都會帶回一疊回家作業，是雀喜小姐替莫莉安跟老師拿的，但莫莉安每天都擱著那些作業不理，而是細細翻看報紙下的糟糕標題。空心症跟莫莉安，永無境各大報似乎無法決定哪個主題比較吸引人：

**爭取賞金　民眾追逐幻奇師**

**醫院主管：「撐不下去了！」**

**皇家光翼醫院收治遭幻獸族所攻擊的傷患人數破紀錄**

**史奎爾與黑鴉：盟友抑或對手？**

**幻獸族攻擊事件激增　警察需進一步介入**

謎之莫莉安：

她從哪裡來？她想要什麼？

深感關切的永無境民眾有知的權利

「她想要清靜。」莫莉安嘀咕，把那份大報丟進壁爐。

與此同時，在杜卡利翁的生活愈發令人窒息。人群持續前來，猶如在蜂窩四周飛舞的蜜蜂般蜂擁而至，在寬廣的前庭紮營，日夜駐守，彷彿圍城。幸虧老舊的員工通道位於錯綜曲折的石蠶蛾巷，依然可供進出，否則員工真的要被困在飯店裡了。（米范十分明智，把褪色的「杜卡利翁飯店」小招牌拆了下來。）

反正，莫莉安也被禁止出門。她盡可能不去大廳，週二和週三大部分時間都待在房裡，託詞要做功課，其實只是厭倦了聽陌生人對她大吼大叫。位於四樓的臥室窗戶正對前庭，但她拉上了厚重的窗簾，第八十五號房似乎察覺她的想法，隔絕了其他遮不住的外界聲響。

週三下午，她終於停止隱居，走出房間，盼望著朱比特會說服長老解開月臺門的鎖，從幻學凱旋而歸。不過凱旋歸來的是芬涅絲特拉，她叼住一個男人的後頸輕快地跑下螺旋梯，像銜著一隻又大又醜的小貓咪。瑪莎與米范立刻跳起，遮住莫莉安，不讓那男人看到。

「放開我！」男人咆哮：「我要叫警察逮捕妳，妳扯壞我的衣服！這是傷害罪！」

芬涅絲特拉把他丟在棋盤地板上，一臉嫌惡。「我碰到這垃圾在七樓鬼鬼祟祟，說他用滑翔翼從窗戶飛進來的。我要行使公民逮捕的權利，米范，快把手銬拿來！給這賊人上銬！」

米范發出倦怠的嘆息。「芬，我說過了，我們沒有手銬。」

「什麼，到現在還沒有？真是沒用的禮賓部，竟然沒——喂，不要放他跑掉！」

可是米范已經把門拉開一條縫，把魂飛魄散的入侵者推了出去，再藉助瑪莎與查理的幫忙，迅速用力關起門上鎖。不過，莫莉安已經瞥見外頭的人群，其中一兩個人說不定也看到她了，因為喧鬧聲陡然加劇。

「幻奇師——！」

**「莫莉安·黑鴉是騙子！」**

**「她在那！我看見她了！」**

**「如果妳真的是幻奇師，為什麼不出來證明？」**

莫莉安深吸一口氣，壓下想摀住雙耳的衝動。

「那是第幾個？」查理問：「第五個嗎？」

「第六個！」瑪莎說：「我看看，有個假扮水管工人，有個假扮郵差，有個自稱是朱比特失散多年的堂兄弟——」

「還有一個自稱是莫莉安失散多年的阿姨。」查理加上一句。

「噢，還有昨天那個說來應徵工作的！」

「瑪莎說可以給他試用期，」查理引以為榮地咧嘴一笑，「要他熨了三百條布餐巾，然後就叫他滾了。」

瑪莎頗為得意，「傑瑞真是幫了大忙。」

莫莉安試著擠出笑容。她明白，他們是把這些事當成笑話講給她聽，免得她害怕；然而，她就是沒辦法把外人闖進家中當成玩笑看。

她想，起碼這些投機的傢伙懂得用腦。許多人徹夜守在門前，盼著她會突然現身，讓他們看看……是要看什麼？她不解。難不成要她像民眾為埃茲拉・史奎爾編造的傳說那般，披上長斗篷，發出刺耳的狂笑，派出魔物大軍追殺他們？這些人究竟想要什麼？

當然了，最簡單的答案是：五萬克雷。

可是，如果他們相信懸賞金是來真的，就必須相信莫莉安可能真的是幻奇師，而大家都曉得幻奇師是危險人物……想到此處，她不禁疑惑那些人為何膽敢靠近她。

「有的人為了發大財，什麼都肯做。」莫莉安問米范時，他是這樣說的。「貪婪之心能勝過恐懼。」

週二早晨，貪婪的力量再次突顯：莫莉安在吸煙室時，從廣播節目聽見屎蛋聖詹姆斯把金額拉到兩倍。

「**十萬克雷？**」傑克尖叫出聲。

莫莉安揚眉，「他一定是急了。」

「是啊，急著想要更多關注。這星期以來，關切民眾黨天天上頭條，對他那種人來說，上頭條鐵定比十萬克雷重要。」他頓住，一陣沉吟。「莫莉安，不然妳做點幻奇師的事情給我拍，獎金我們四六分？」

「我是六還是四？」

「當然是四啊。」

她假裝考慮了一下。「七三分，我七。」

「嗯，九一分怎麼樣？我九。」

「我們談判破裂怎麼樣？」

傑克伸出手來，兩人握手。「很高興不跟妳合作。」

傑克前一晚突如其來回到家，對朱比特發表了一番慷慨激昂的演說，宣稱這週接下來幾天都不去學校，好「跟莫莉安站在同一陣線」。（莫莉安碰巧知道他沒念週四下午的物理考試，不過沒拆穿他。）整整兩天去不了地下九樓，見不到朋友，她簡直無聊透了，有傑克相伴，無法踏足幻學的日子至少沒那麼難捱。這天早上十分愉快，她幾乎可以無視前庭的群眾在遠處叫囂她名字的聲音。

然而時至午後，由於賞金翻倍的消息傳開，杜卡利翁外的人群數量多了三倍，導致更難忽略。他們不再提出疑問，甚至不再吆喝莫莉安的名字。

現在，他們索性反覆念誦同一個詞，彷彿那是會讓她現身的魔咒。

**幻奇師**。

**幻奇師**。

**幻奇師**。

當天稍晚，來了另一位意料之外的訪客，對方的到來不怎麼讓人高興。

莫莉安、瑪莎、傑克與查理整個下午都在玩桌遊，享受吸煙室寧靜的粉橘色氛圍（水蜜桃煙：勾起夏日的甜美回憶），但他們聽見一陣高聲爭執，走下大廳。

「香妲，用不著大驚小怪，我只是想跟她**談幾句**。」

「請稱呼我香妲**女爵**。而且朱比特三番兩次告訴妳，答案是**不行**——」

「妳不介意的話，我想聽莫莉安親口說。」

「問題就在這，**我們介意！**」

吳樂迭身穿翡翠綠三件式套裝，腳下是一雙金色皮靴，搭配高高盤起的烏亮黑髮，儼然是個時尚雜誌模特兒。她身邊圍了五、六個人，全都穿著黑衣，攜帶各式裝備，包括一組打光燈、一部巨大的攝影機，以及一整桿莫莉安尺寸的服飾。香妲女爵、米范、法蘭克及芬涅絲特拉正與這批人對峙，站在螺旋梯最下方擋住去路，宛如一隊保鑣。

「朱比特人呢？」香妲女爵質問：「他知道妳來了嗎？」

樂迭狀似隨意地聳了個肩，端詳指甲。「應該在跟空心症行動小組開個重要的會吧。」

「這麼湊巧。」女高音瞇起眼來，「樂迭，容我提醒妳，妳**也是**行動小組的一員。妳怎麼不去開會？」

「因為我有件重要的事要找——喔！妳來啦。差不多該收拾這個爛攤子了，妳說是吧？」樂迭說，雙眼緊盯正走下樓梯的莫莉安。

香妲女爵倏地轉身，「莫莉安！妳不用照她的話做。」

「做什麼？」

「好了，你們幾個開始準備，開門前一切都要到位。」樂迭拍了兩下手，工作人員立即開始行動，架起一組看似小型攝影棚的設備，位置就選在杜卡利翁緊閉的雙開大門前。「麗西，我覺得還是不要穿紅裙子好了，侵略性太強，挑件漂亮的嫩藍色，加強無害小女孩的印象。卡洛斯，麻煩不要把頭髮綁起來，但瀏海往後梳，讓大家看到她的臉。麥馨，給她那油亮的額頭上點粉，臉頰拍點胭紅，她實在太蒼白了。」

莫莉安四周突然展開一連串動作，有人拿洋裝往她身上比對，有人拿超大粉撲猛往她的臉拍粉，拍到她打噴嚏，有人拿梳子用力扯她的亂髮。莫莉安徹底驚呆，壓根忘了要把那些人推開。

「再來，妳有什麼把戲？」樂迭問她：「火華樹是很讚，但應該來點新鮮的。

要大膽的，但不能危險，免得外面那些人覺得受到威脅。說不定也可以？一點點就好，讓他們有坐雲霄飛車的感覺，嗯？給他們來點刺激感，這麼說比較貼切。」

「妳要我出去……使用幻奇技藝？」莫莉安皺著眉頭說：「給那些人看？」

「她可不是賣藝的！」香妲女爵說。

然而除了莫莉安，樂迭誰也不理。「羅杭・聖詹姆斯在外面從早到晚講妳，天天講妳，假如不回應，輿論就會被他控制。妳不了解遊戲規則，諾斯隊長也一樣，但我了解得很。妳越是躲，他們越想追殺妳。

「照聖詹姆斯說的，妳要嘛是個傳說，要嘛是隻亂咬人的瘋狗；妳要不是學會捏造出來恐嚇永無境的謊言，就是貨真價實、必須處理掉的危險人物。我們要改變這套說詞，要告訴民眾，永無境再次出現幻奇師可以是件好事，第一步就是證明妳的的確確是幻奇師。莫莉安，羅杭・聖詹姆斯在妳身上畫了一個靶，我是來幫妳拿掉這個靶的。」

莫莉安搖頭。「畫靶的人明明**是妳**。《週日郵報》的匿名線人就是妳，朱比特已經把真相告訴我了。」

樂迭的臉色絲毫不顯尷尬或內疚，她微微俯身，平視莫莉安，用柔和冷靜的語氣開口：「好，妳想聽實話？我告訴妳實話。」

「小姐，請妳離開。」米范堅決地說。芬涅絲特拉伸出爪子，盯著掛在長桿上的那排洋裝，似乎很想將其全數扯碎；法蘭克攔著拿打光燈的女人，每當她想架起打光燈，便擋住她的動作。

樂迭對這一切不予理會。「妳是個負擔。去年萬鬼節妳在保存時光博物館鬧的禍，學會耗費多少心力收拾，妳曉得嗎？」她問：「為了讓妳免於承擔那晚的後果，我們圓了多少謊，花了多少錢，挹注多少資源，用掉多少人情，妳曉得嗎？」

「我……」莫莉安的雙眼陡然泛起淚水，她眨眨眼忍住不掉淚，緊咬牙關，一次不夠，再咬一次。「我不曉得。」

「樂迭，**請離開！**」香妲女爵喊道：「莫莉安，親愛的，別聽她——」

「對，妳不曉得。」樂迭提高音量蓋過她，「不管妳的本意有多善良、多勇敢、多高尚或是多怎麼樣——妳還是闖進不該去的地方，插手跟妳無關的事，留下超大的爛攤子。收拾規模這麼大的爛攤子很費事，妳猜猜是誰來做？」

莫莉安的視線飄向大門，接著飄回來。「是妳。」

樂迭點頭。「我心甘情願地做了，因為那是我的任務，也是我擅長的事。現在，妳也有個任務。幻奇學會需要妳。忍耐一下，裝出笑臉，給我們看一場精采的表演。」

她朝那幾位助手點頭，其中一位立即上前，在莫莉安領口別上麥克風。

「我——我沒辦法，我不知道要怎麼做——」

「妳是幻奇師，永無境唯一的幻奇師。」樂迭雙手按住莫莉安的肩，把她轉過去，再輕推她一把。「妳會想到的。」

不知怎麼地，儘管莫莉安並未答應，甚至無暇停下來細想，卻已走向杜卡利翁飯店的門口。巨大的雙開門逐漸敞開，她停住腳步，不敢走出門外。

群眾在外守候，連續三天早上吆喝著要她出來，下午稍稍安靜了些。然而，飯店門一開，那些人登時警醒，猶如嗅到兔子氣味的獵犬。

**「她出來了！」**

**「莫莉安，妳為什麼要躲這麼久？」**

**「幻奇師。幻奇師。幻奇師。」**

強光打下，刺得莫莉安差點看不清，不禁瑟縮。

群眾反覆念誦，越來越響亮，越來越急迫，人潮中的眼睛與鏡頭有如上百個迷你聚光燈，閃耀著貪婪之光。

樂迭的攝影師豎起三根手指……兩根……一根……接著指向莫莉安，用口型說：「開始。」

**「幻奇師。幻奇師。幻奇師。」**

胸口浮現一陣驚惶，直升到喉頭，用涼冷溼黏的手指掐住她的氣管。她該怎麼辦？召喚幻奇之力？可是除了她跟傑克之外，沒人看得見。編織一朵歪七扭八的花？不夠大膽，不夠**刺激**。

在這麼多陌生人面前，她真的有辦法吐火嗎？**她該這麼做嗎？**

朱比特會希望她怎麼做——他怎麼不在？

**幻奇師**。

**幻奇師**。

**幻奇師**。

莫莉安嚥下口水，沙啞地開始唱，細如蚊蚋。「**晨曦日的孩子活潑乖……**」

迅雷不及掩耳地，巨大雙開門在她面前猛地關閉，撞倒攝影師，害他的設備甩到大廳地板的遠處。莫莉安踉蹌後退，眼見人群消失在實心橡木門後頭。

隨後傳來一連串聲響，有如接連不斷的數十聲雷鳴，始於大廳，迅速傳遞至飯店每個角落——每扇窗戶都拉下了厚重的黑色百葉窗，隔絕所有噪音，直到整棟樓徹底陷入充滿壓迫感的寂靜。

她想，這也是因為大鬱悶嗎？還是杜卡利翁飯店出面救了她？八十五號房總是很擅長預測她的需求，根據她的心情加以調整……但這次不一樣。這次不只是她的臥室而已，是整幢建築，這個反應難道是在……護著她嗎？

「謝謝。」保險起見，她小聲地說。

少了日常生活中的噪音，杜卡利翁彷彿成了陵墓，也像是正屏息以待的巨人。

一個冰冷的嗓音打破靜謐。

「這就是我們的答案，樂迭。」所有人聞聲轉頭，只見朱比特從員工入口走進來，閃耀光澤的黑門仍在身後來回晃盪。他愕然抬頭注視那些百葉窗，看來就連杜卡利翁的主人也摸不透這棟屋子。

他抓準時機接住擺盪的門板，開著門示意不速之客離開。「送客。」

隔天早晨，莫莉安陡然驚醒，心臟怦怦狂跳。她作了個詭異的惡夢，夢裡有打碎的玻璃、團團黑霧，黑暗中隱約有人在吶喊，一雙鈕釦似的閃爍黑眼在陰影中凝視著她，響起一段她記不清的旋律，不知什麼珍貴的東西從她指縫間滑落。

但她驚醒的原因不是這個。

尚未睜眼，她便感覺到新印記的存在。儘管事前毫無心理準備，不知怎地，她就是知道印記已然出現，位在左手中指指尖上，就好比她很清楚自己擁有一根手指頭。

印記害她癢了好幾天，只是發生太多事，反倒成了微不足道的困擾。然而此刻，她全神貫注於印記之上。

如同右手食指上的W字印記，新印記看似小巧的刺青，但實際上不是刺青。它不是藉由外力刺上去，而是由內而外浮現，從皮膚內側擠壓至外側，彷彿從湖底往上浮至湖面的寶物。

時間仍早，太陽尚未升起，不過莫莉安窗外的深藍夜空正逐漸轉亮。她摸索著開了床邊的燈，舉起手指端詳新印記。

是一朵小火焰，亮橘中帶點紅，正中央綴著藍色小點。

「你從哪來的啊？」她睡眼惺忪地啞聲問道，伸到眼前仔細審視。

莫莉安思忖，霍桑、詩律跟九一九梯的大家也有新印記嗎？還是只有她一個？大家最初得到W字印記，是在幻奇學會入學式的隔天早上。他們這次是做了什麼……

喔。

「煉獄。」她低語，從床上坐起，整個人興奮洋溢。是因為火華樹嗎？這代表她終於掌握一種幻奇技藝的竅門嗎？假如只有莫莉安獲得印記……這個印記能做什麼？能**打開**什麼？

莫莉安靈光乍現，好似一道落雷直劈下來。她一躍下床，匆匆穿上衣服。

# 第三十章　爐室中的火種

莫莉安原以為員工入口會像整幢飯店一樣緊閉，但她一路走來並未遇到任何阻礙，唯有一塊正在打呼的毛茸茸大石守著門口。她屏住呼吸，躡手躡腳繞過芬涅絲特拉，走過破舊不堪的員工通道，奔過石蠶蛾巷，迅速溜過錯綜曲折的後側小巷，直抵人才大道的傘鐵車站。

此刻正下著凍寒的風雨，雨滴被風吹得幾乎與地面平行，莫莉安飛越黑沉沉的永無境天際線，牙齒猛烈打顫，卻滿腔叛逆熱血，彷彿擁有無敵之軀。

抵達幻學，在劈啪作響的火華樹下方走過漫長大道，進入傲步院，層層經過地下九層樓，再穿過十三個命名自無人知曉的已故幻奇師、冰冷昏暗的廳堂，這時莫莉安感到新印記開始發麻，像是跟她一樣興奮又緊張。

她喘得胸口隱隱發疼，滿心期待，總算抵達過渡之廳，見到了期盼不已的景象。門上的圓鎖閃耀著明豔如火的橘金光芒，在黑暗中投落一圈光暈。

「我就知道！」她喃喃自語，笑得燦爛。

莫莉安將手指按在鎖上，門扉就此開啟——估計是百年來頭一遭。門後顯露的空間太過奇異，她差點想要轉身離開。

過渡之廳寬敞明亮，莫莉安不得不伸手擋在眼前。這裡有如一座大教堂，每扇窗戶都透入眩目陽光，彷彿太陽就懸在教堂正上方，也在四面八方，距離近得無可遮擋。

她原本覺得杜卡利翁飯店降下百葉窗後太過安靜，但相較於此處，飯店簡直稱得上是搖滾演唱會。要不是莫莉安很清楚自己正在呼吸，要不是感受到肺部鼓起又縮小、鼓起又縮小的徐緩節奏，她還以為這個空間是一片真空。空中沒有飄浮的塵粒在射入室內的陽光下閃爍，沒有任何聲響，連她的腳步都寂然無聲。

廳內空無一物，唯有遠處一角擺著一大落枝條和乾葉，相互堆疊交叉，猶如等待升起的篝火。

莫莉安心想，這是個考驗嗎？她應該噴火將樹枝點燃嗎？還是說，她該做的事恰恰相反？也許她該展現的是自制力。

「給個說明書也好啊。」在這寬闊的空間，她的音量顯得微小。

或許她該等如克、蘇菲亞或康納爾過來。她太急著趕來這裡驗證猜想，壓根沒考慮到地下書呆團。他們見到這景象一定會開心的，畢竟等了這麼多年，況且他們搞不好能推敲出接下來該怎麼辦。

不過，在莫莉安轉身要走之際，某個東西吸引了她的目光。

交纏的木堆深處，一根細枝的尖端，有個小巧的圓鎖閃爍著橘金光輝。她不假思索，將新印記湊了上去……隨即感到火花乍現。

篝火轟然燒起，莫莉安連忙縮手，踉蹌後退，用手遮擋熱氣。過渡之廳開始變窄、變暗，接著消失不見，原先宛如大教堂的明亮場所變成四面高聳石牆，在四周不斷縮小，抬頭竟看不到天花板，不知是太暗還是太遠。她有些驚慌地發現，連門也不見了。

鼻腔充斥煙味，灰色餘燼在空中飛舞，宛若細小的雪花，最終落在她斗篷上。從篝火蹦出的火星不斷向上飄、向上飄，卻什麼也沒照見，徒然消失於黑暗。

莫莉安從沒見過這麼大的火堆，火舌甚至高過房屋。她將背部緊緊貼在溫暖的石牆上，頸部的脈搏狂跳，然後——

她倒抽一口氣。

木柴動了。

柴堆在正常燃燒時難免乍然偏移、垮落，但這是精準刻意的動作。

說不定是光影造成的錯覺。

然而，火焰再度移動。她沒看錯。燃燒的黑柴聚集起來，重新組合，排列成高聳的巨大形體，在強勁的熱度中，莫莉安依然寒毛直豎。那個形體有兩隻手、兩隻腳，以及一張奇妙的大臉，在火光中不太情願地緩緩轉向她。

這不是樹枝滾動，而是伸展四肢的動作。

眼前的人（或者該說生命，因為它的臉看起來不太像人）從沉眠中甦醒，望向她，大眼在火中瞅著，眼珠閃著深紅色，像燒紅的炭，令她想起煙影獵手。

火之眼眨了一下，兩下，彷彿在期盼什麼地凝視著她。

「嗨。」她輕輕說。

深色大眼再度一眨。「妳前來爐室，卻未送上任何祭禮？」

那嗓音宏亮，語速緩慢，聽來凝重蒼老，響徹整個空間，讓莫莉安的雙手不禁微微發顫。聲音中挾帶嘶聲和劈啪聲，一如正在燃燒的火焰；但最要緊的是，那語氣聽來……很難過。失望。

莫莉安亂了陣腳。「噢。我……我不知道該帶東西來。嗯……」她思索片刻。自己口袋裡什麼也沒有，雨傘則放在過渡之廳的門外（再說她也不願將傘拱手送人）。「你要的話，我可以之後再回來。呃，你想要哪種祭禮——」

「火種。」

「……對不起，什麼？」

「妳應以真名稱呼火種。」火焰竄高，紅眼轉亮，莫莉安猜想這代表它不太高興。

她點頭，靈光一閃。

火種。爐室。**煉獄**。

好幾個月前，九一九梯首次踏足聚會堂時，坤寧長老曾提到奧妙神靈，眼前這位該不會正是其中之一？長老當時說，幻奇師擁有無與倫比的天賦，**是由曾經守護此域的遠古神祇「奧妙神靈」親自選中**。莫莉安思考過關於這些天神的事，卻從未想過他們會是真實存在的人物，更別說其中一位其實是能說話的大火堆了。

「對不起。」她說，略顯尷尬地微微鞠躬。「請問火種接受哪種祭禮——」

「妳有徽記？」祂問。

莫莉安點頭，伸出左手，讓對方看指尖的印記。

火種跟著伸出瘦削的手，火燒得正旺。莫莉安還來不及躲開熱氣，那滾燙的手指便輕觸她指尖，爐室頓時消失無蹤，她來到了傲步院外。

熟悉的畫面、聲音、感受倏地閃過，不請自來的情景無比鮮明。葛拉瑟·歌伯里站在屋頂上；雀喜小姐發出痛呼；一股怒火，喉間有灰燼的味道，火球從胸口迸出。

蠟燭。萬鬼節。天使伊斯拉斐爾高懸於空。

更多蠟燭，數不清的蠟燭。

傲步院屋頂，晴朗的秋日。

**星火燎原**。示威。薩加長老。小蘭。**動手，立刻**。她的手按住樹幹，那個感覺，那個感覺，那個**感覺**。

火種在這邊慢下速度。莫莉安覺得祂彷彿翻書似地翻看她的記憶，總算找到感興趣的部分。

遠古火花形成光輝燦爛的綠色樹冠。復甦。生命。力量。

莫莉安睜開眼（她不知何時閉上了眼），頗感詫異地發現自己仍站在爐室裡頭。那雙巨大的火眼再度凝視著她，火光穩定而明亮。

「火種接受妳的祭禮。」

雙方指尖分開，莫莉安將手從火舌前縮回，只見手指白嫩無傷。

她的驚異隨即轉變為震撼：印記在動。刺青般的微小火苗在皮膚上舞動，微微閃爍，恰似正在燃燒的真實火焰。不僅如此，她也感覺得到印記，不同於印記首次出現的狀況，那是種更恆定的感受，像是在說：**我在這，不准忘了我**。印記帶來熾烈但舒暢的暖意；這是她的一部分。

坤寧長老說得沒錯，神靈賜予了幻奇師無與倫比的天賦，這是個贈禮。

「謝謝。」她悄聲說。「祢……祢是神靈，對不對？」

火種狀似驚訝。「這是妳首度來到過渡之廳？」

「對。」

「我很榮幸。少有幻奇師掌握的第一個技藝是煉獄。但妳為何年紀這般大？」

莫莉安聞言有些喪氣。「我十三歲。」

「是，」祂說：「為何拖了這麼久？」

「我應該要年紀多大？」

火種看似思索了一番。「多數幻奇師在妳這年齡皆已三度謁神，或是四度。是否妳天資駑鈍？妳的教師可認為妳進步緩慢？」

莫莉安響起史奎爾在屋頂上對她說的話：**妳遠遠及不上該有的程度**。也許他這話沒有騙人，想來令人難受。

「沒有。」她答道，接著有些負氣地補上一句：「我在火華樹滅絕一百多年之後把樹復活，他們很高興。」

「嗯哼。」

「其他人呢？」她問：「像祢一樣的奧妙神靈？怎麼樣才能見到祂們，該怎麼做？」

火種的眼睛變得黑如煤炭，默不吭聲。莫莉安聽了半晌火焰持續不斷的劈啪聲，暗自疑惑祂是不想回答這個問題，或是正在整理思緒。「幻奇師，妳叫什麼名字？」

「莫莉安．黑鴉。」

「那告訴我，莫莉安．黑鴉，我為何被遺棄了？」

就在此時，莫莉安頭一次注意到祂看起來多沮喪，心中猛地一陣難過，恍然明白自己想必是百年來祂第一個見到的人。祂很寂寞。

「現在都沒人來看我了。」祂說罷嘆息，「碧麗安絲跟葛莉賽達去哪了？埃茲拉跟歐布瓦呢？他們都……不見了。他們是我最明亮的火苗啊。」

莫莉安不曉得該說什麼。該怎麼把事情經過告訴祂？連她自己也不甚明白。

「不知道。」她撒謊，「對不起。」

「他們會……去見其他神靈嗎？」祂的語調流露一絲鬧脾氣的妒意。

她搖頭。「沒有，他們誰都沒去見，真的。」

一陣靜默，火種思索著這些訊息。

「但妳……妳會回來？」

莫莉安點頭。她當然會回來，還得帶其他人來看呢。

「那麼，到時候見了。」火種伸出細枝般的手指，莫莉安未多加細想便做出相同動作。指尖相觸的瞬間，火勢開始轉弱，黑暗消褪，石牆倒退，過渡之廳再次敞亮。火種縮起身子，向莫莉安投來最後一眼熾烈的目光。

「祝妳發光發熱，莫莉安．黑鴉。」

莫莉安狂奔穿越使腳步聲變得微弱的過渡之廳，再跑過地下九樓響徹回聲的廳堂，尚未抵達大理石長廊盡頭燒著爐火的研究室，便放聲大喊學務主任與地下書呆團的名字。

「如克！蘇菲亞！康納爾！你們在哪？」研究室空無一人。她衝回走廊，喊得更大聲——搞不好他們人在某條綿延無盡的廳堂分支中，能聽見她的聲音在空曠的走廊間迴盪。「**蘇菲亞！康納爾！**快出來，我有事要跟你們說——蘇菲亞！妳在這啊。」她氣喘吁吁地煞住車，胸口猛烈起伏，傾身向前，雙手扶住膝蓋。走廊遠處隱約浮現幻狐的輪廓，就在地下九樓的入口前。「妳絕對猜不到我剛剛——蘇菲亞，是妳嗎？」

她噴出一小朵火花立於指尖，就在這個剎那，兩件事發生了。首先，蘇菲亞壓低身體，揚起頭，嗅聞空氣。其次，莫莉安的一顆心猛地直往下沉，手臂上寒毛直豎，感應到危機逼近。在她的腦袋意會過來之前，身體已展開行動，但依然遲了一步。

**啪**。

彷彿打開開關那般——莫莉安打了個響指，掌心冒出橘色火球……蘇菲亞的雙眼則隨之亮起鮮綠色，像是體內燃起一座火爐。幻狐齜牙咧嘴，豎起雙耳與尾巴，順著走廊直衝過來，紅毛與綠眸化為一片光影。莫莉安抬手遮擋，徒勞地企圖阻止她明知必然發生的事，但蘇菲亞瞬間來到眼前，以強勁的力道從地面躍起，直撲喉嚨。她尖叫，感到利齒擦過皮膚的刺痛感，恐懼與腎上腺素竄過全身，用力掙脫蘇菲亞，幻狐被甩至地面，落地時發出哀鳴與沉重的悶響。

「蘇菲亞！」莫莉安喊道，儘管想跑到她身邊，卻心知這麼做就太傻了。她忽視那份衝動，再度一個彈指，蹲下來在地面畫出一條火線，橫亙兩面牆之間，形成屏障。幻狐不加理會，爬起身，又一次撲向莫莉安……只能在最後一刻退後，再度發出痛呼。

驚慌之中，莫莉安呼吸急促，心臟跳得彷彿快要爆炸，臉上布滿汗珠。火舌幾乎直達天花板，保護她的同時也擋住去路。**太棒了**，她思忖：**幹得好，笨蛋**。

「蘇菲亞？蘇菲亞，我知道妳還有意識，**快醒醒**。」

可是即便蘇菲亞的理性仍在，她也聽不進去。她發狂地來回奔竄，喀喀咬動牙齒，想找出突破火牆的路徑，隨即再度退後，惱火地吠出聲。

火勢已開始減弱，在冰冷空曠的大理石走廊，火焰缺少持續燃燒的燃料。莫莉安感覺得到火逐漸吸走自身能量。一旦她跟蘇菲亞之間少了這道屏障，會怎麼樣？蘇菲亞會要了她的命嗎？如果想阻止她，莫莉安是否非傷害朋友不可？

**再來呢？**空心症會奪取一切，把蘇菲亞掏空，直到她體內什麼也不剩。莫莉安永遠忘不了朱比特說的話：「與其被掏空，我寧願死。」以及他這麼說的時候，臉上極其憂懼的神情。

如果蘇菲亞再也不是蘇菲亞，她會變成什麼？

彷彿要解答這個沒出口的疑問，幻狐發出奇獸般的咆哮，最後一次嘗試躍過火焰，終於成功，伸出的狐掌撞中莫莉安胸口，張開狐嘴準備咬住她白皙的喉嚨——

就在這個瞬間，她眼中的光輝消失，空心症離她而去。

莫莉安雙手接住癱軟的小身軀，輕聲發出「哎喲」。火牆消散，奇異的綠光圍繞在她倆四周，半晌後散開，剎那間消失無蹤，有如在風中飛散的蒲公英種子。

蘇菲亞的狐毛尖端燒焦冒煙，不忍卒睹。莫莉安跪在地上，脫下斗篷，顫著手，溫柔裹住輕得不可思議的幻狐。她有點歇斯底里地開始想哭，用力抿緊雙唇，不讓啜泣聲迸出。

莫莉安心想，必須做出抉擇。她坐在地下九樓冰冷黑暗的走廊，就只是哭；她可以等如克與康納爾過來，他們會照顧蘇菲亞，讓莫莉安回家，告訴她一切都會沒事，朱比特會向她保證，這場夢魘隨時會終結，蘇菲亞會痊癒，絕對絕對不會變成奇獸……而莫莉安可以假裝他溫柔善意的樂觀確實有所根據。

這麼做多簡單啊。接受撫慰，沉溺於怠惰的希望中，盼著別人修補所有，讓這份希望像溫暖的熱水澡那樣包裹全身，這樣的感覺多美好啊。

然而，莫莉安無法享受這種奢侈。因為她明白那是謊言，也因為蘇菲亞是她的朋友。既然她知道有另一個選項存在，怎能任由朋友面對比死更慘的命運？她必須選擇另一個答案。艱難的答案。

莫莉安裹好蘇菲亞，奔離地下九樓，腦中有個小聲音不停重複同一句話。

**現況遠比妳以為的更加惡劣。**

**妳很快就曉得了，到時候，妳會自己來找我。**

# 第三十一章　叫我莫兒

不到半小時，莫莉安走出黃銅吊艙，踏上禁忌絲網軌道的月臺，雙手死死抓著雨傘好壓抑顫抖。

原本，她自己也不確定能否成功。傲步院的吊艙可通往大部分車站，但她本來不敢奢望吊艙有辦法穿過錯綜複雜的永無境幻鐵路網，送她前往一個封鎖廢棄的月臺，何況她甚至不記得這個月臺的位置，也不清楚她第一次跟朱比特（違法）使用絲網時，是如何來到這裡。不過她依然順利抵達，唯一做的就是提出請求。

莫莉安暗想，之所以能辦到，說不定是靠了兩個祕密武器：其一是指尖如火滾燙的印記，其二是腦中反覆迴響的史奎爾那句話。

**「總有一天，妳會發現只要妳肯花一點點心思，就能在這座城市呼風喚雨。」**

這座廢棄月臺與她記憶中如出一轍。多年前，政府宣告絲網軌道不適合民眾使用，車站就此關閉。牆上的海報褪色過時，宣傳著八成已經不存在的產品，除此之外，這裡光彩如初，簇新的綠色地磚閃爍光澤，木製長椅幾乎未曾有人使用。

她仍記得，來到永無境的第一個聖誕夜，朱比特帶她搭乘絲網軌道造訪黑鴉宅邸，當時朱比特說：**要是有誰能夠搭乘絲網軌道，那就是妳了**。他給的理由是因為莫莉安搭乘時跟他在一起，但那是騙她的。那時候，莫莉安還不曉得自己是幻奇師。

這才是她能在絲網軌道暢行無阻的原因。使用絲網需要幻奇之力，而她是幻奇師，就算不曉得自己在做什麼也無妨，只要幻奇之力知道就好。

那，為什麼她的手止不住地發顫？

**我應該跟別人說一聲才對**，莫莉安心想，突然滿腔驚恐。**我應該先跟霍桑說我要去哪裡。或是詩律。我應該告訴朱比特！**

但這只是空想罷了。她心知肚明，自己絕不可能告訴他們，因為大家只會阻止她。

她深吸一口氣，將油布雨傘掛在月臺欄杆上。傘會成為她的錨；必須將珍愛的私人物品跟軀體一併留下，如此一來，等她準備好，這件物品會將她拉回真實世界。

莫莉安趕在最後一絲勇氣消失前，閉上雙眼，往前一步踏上黃線，等待絲網列車的汽笛響起。

---

首次使用絲網時，朱比特要她閉上眼，如今她明白了原因。搭乘絲網列車恍若站在實心雲朵上穿越夢境，只不過雲朵像鑽石一樣閃耀，如同幻奇之力那般散發白金色光芒，而夢境就是整個宇宙，眼花撩亂的狂野光景呼嘯而過。這體驗就像一股

熱血直衝腦門，舒暢痛快，讓人無法思考；可是莫莉安需要思考，於是她遮住雙眼。

問題是……她不曉得去哪裡。埃茲拉·史奎爾在哪？莫莉安知道他的公司叫做史奎爾企業，但這公司位在冬海共和國的哪個位置？即便找到，史奎爾人會在嗎？

最終，這些問題似乎都不重要。絲網軌道不需要地圖，不需要別人威脅利誘或說服，就能開往任何地方。她才剛冒出念頭，憑藉幻奇之力運行的白金列車似乎馬上讀到，幾分鐘內便抵達目的地。

莫莉安走出車廂，只見自己身在一個鋪設木板的寬敞房間，讓她想起曾經去過的某個場所。這裡的家具較為奢華、色調較深，裝潢更加華麗，整體看來沒那麼像豬圈……不過，令她憶起天使伊斯拉斐爾在舊德爾斐音樂廳的休息室。屋裡有個大衣櫥、一張高雅的沙發，以及一座梳妝臺，上頭擺了各式物品，包括刷具、化妝品、放小東西的小巧玻璃盤等等。

房門是深色的木製雙開門，附有不尋常的銀色門把，相互交扣，形成精巧的大型W字。

她跑回幻學了嗎？

一定是哪裡做錯了。

莫莉安嘆氣，正要閉上眼描繪雨傘的樣貌來呼喚列車，這時雙開門開啟，一名女子走進房間，停住腳步看著她。

奇怪。莫莉安第一次搭乘絲網時，黑鴉宅邸沒人看得見她，唯獨奶奶例外，朱比特解釋，是因為她希望奧涅拉·黑鴉看見她。

既然如此，眼前這名頂著華麗白假髮、身穿黑袍的女人應該也看不見莫莉安才對，因為在這個當下，莫莉安並不想被看到。

然而……女子確確實實正在看她。

莫莉安倒抽一口涼氣。

她知道這人是誰。腦中的線索迅速拼湊，將一個個點串聯成線，**答**、**答**、**答**……電光石火間，她想通這是什麼地方。她從未親自來訪過，卻聽人談論了一輩子。

門上的W不是代表幻奇學會。

是代表冬海（註5。）

她人在冬海共和國總統官邸，位於首都伊瓦斯塔的中心。

一定是絲網誤會她的意圖，也說不定是——**哎呀**，她真想往自己的額頭一拍——說不定是因為她心裡疑惑史奎爾在「冬海共和國」的哪個位置，於是絲網採取了最有效率的路徑，載她前來共和國正中心。

莫莉安的勇氣逐漸消失。她對這狀況毫無心理準備。

女子仍望著她等待，她想破頭仍想不到正確禮儀，尷尬地行了個不到位的屈膝禮，抬手微微一揮，小聲說道：「妳好……呃，女士。」

冬海共和國總統眨了眨眼。

在整個共和國，每個家庭、學校、政府大樓都掛有總統的官方肖像，但她與那些畫毫無半分相似。畫中的她看來莊重嚴厲、氣勢逼人、難以親近，而她本人有雙

---

註5 冬海共和國的原文為Wintersea，首字母與幻奇學會（Wundrous Society）相同。

犀利的眼眸，神情親切、帶著好奇，儘管臉上塗了一層厚重死白的脂粉。她注視莫莉安的臉色，就像有人看到鴿子從打開的窗戶飛進屋內，還當成自家似的。

「妳是誰？」她簡單地問。

「莫莉——呃，莫兒。」莫莉安本打算回答**莫莉安·黑鴉**，隨即想起在冬海共和國，莫莉安·黑鴉名列詛咒之子清單，兩年半前便準時過世；莫莉安的父親是大狼田邦總理，冬海總統說不定知道她的名字。

總統瞇起眼，「莫莉呃莫？好怪的名字。」

「叫……叫莫兒就好。對不起。」

「莫——兒。」她複述，特意把音發得字正腔圓，「還是挺怪。」

莫莉安不曉得該說什麼，雖然她頗為認同。「嗯，對，滿怪的。對不起。」

「妳為什麼一直道歉？」冬海總統問：「這習慣對女孩子來說很不好，妳一定要馬上改掉。」

「噢，對不——我是說，沒事。對不起。」莫莉安用力閉上眼睛，搖了搖頭。她在這裡鬧什麼洋相？

不過總統再度開口，似乎覺得有些好笑。「喔，妳沒希望了，妳會一輩子為妳沒做的事道歉，至少妳道歉得挺好。莫兒——這名字真的很怪，但既然妳堅持……莫兒，妳在我的私人房間裡做什麼？這樣實在太不正規了。妳是來暗殺我的嗎？」

「什——什麼？」莫莉安急著撇清這項指控，差點噎到。「不是！我根本不曉得怎麼會——」她留意到總統的雙眼閃著促狹的光，停住話頭。「妳是開玩笑的。」

「當然是開玩笑的。如果我認為妳要暗殺我，早就叫護衛來了，不是嗎？」她偏茉德摘下假髮，擺在梳妝臺上，放鬆地長吁一口氣，閉上眼按摩頭皮，稍稍將頭髮撥鬆。她的頭髮大約有好幾吋長，是帶紅的濃豔深棕色，凌亂的髮絲被汗水浸透，不均勻地貼在頭皮上。她從一個玻璃小缽捻起少許半透明粉末，撒上頭髮後用力搓揉，使頭髮變乾、變平順，儘管稱不上無懈可擊，但也足以見人了。

她給人的印象頓時改變，而且跟之前天差地遠。少了白色假髮，她儼然只是個普通人，看起來像個媽媽，像是**茉德**。

她著手脫去冬海總統的服飾，小心地一件件摘下：拿下頸部的金鍊，鎖進木盒，將官服掛在角落的木頭模特兒架上。層層疊疊的黑布之下，她穿著看起來柔軟而昂貴的灰褲與淺藍色毛衣，捲起袖管時，莫莉安注意到其中一邊袖子破了個小洞。

「妳怎麼知道我叫什麼名字？」

「我是**總統**啊。」茉德又說了一次，聽來略感無奈。她回到梳妝臺前，從一個小玻璃罐撈起一坨白色面霜，塗到臉上後大力按摩，一邊抹掉黑色眼線，一面對著鏡子裡的莫莉安說話。「我有一整個部門，專門找出有意思的事情。我知道妳是誰，知道妳逃去自由邦，知道妳是用絲網過來的，知道妳加入了幻奇學會，而且妳是幻奇師。我知道妳讓火華樹復甦，老實說，我大概也知道妳來這裡的原因。」

莫莉安嚥下口水。難道她曉得史奎爾的提議？

「空心症。」茉德說，用毛巾抹掉面霜，直到皮膚變得粉嫩乾淨，毫無一絲化妝的痕跡。「妳是來找我幫忙的。」

「我——不是。」莫莉安遲疑地開口。茉德倏地抬起臉，坐著小凳子轉過身，直接面對著她，雙眼再度懷疑地瞇起。

「不是？那妳來做什麼？」

「不，我是說——對，我就是為這個來的。」她還能說什麼？「我來找妳幫忙。呃，請妳幫忙。」

「麻煩的症頭。」茉德輕聲說，額頭擠出一條皺紋。「當然，我們不是用空心症稱呼它，說實在，我們沒取任何名字。妳看，幻獸族一向自己過自己的日子，等他們終於求援的時候……」她噘起嘴脣，撇開目光。「這麼說吧，要是早點通知我們，我們就能做更多。太多人來不及等到解藥了。」

「解藥？」莫莉安一顆心提到喉嚨，「妳有解藥？」

「當然。我們是冬海黨，全界最厲害的科學家、發明家、思想家都聽憑我們差遣。」茉德把毛巾拋進洗衣籃。

解藥。冬海黨研發出了真正的空心症解藥，而且用不著考慮史奎爾的附帶條件。難不成絲網竟然知道這點？該不會正因如此，絲網才送她來到這裡，還讓茉德看見她？莫莉安開心得簡直要唱起歌來。

「謝謝妳，冬海總統！」她連珠炮地說，難以按捺臉上的慶幸之色。「我真的沒辦法形容這有多——」

「莫莉安——」

「真的，我不知道要怎麼感謝妳，這對我們意義——」

「莫莉安，等一下。等一下。**等一下**。」茉德站起來，抬起雙手，阻止她不停表達感激。「這什麼意義也沒有。我不能就這麼……把解藥給妳。抱歉，事情不是這樣處理的。」她聽來是真心感到遺憾，「我知道妳來這趟很需要勇氣，這是很高尚的行很久以前，還年輕的我充滿理想，」她打住，戲謔地對莫莉安挑起一邊眉毛。「那時我期盼改變現狀，耗費許多年試著爭取跟史第德會談。就算是所謂的敵國，也該保持開放的對話管道，偏偏他完全不肯溝通，我很難想像空心症會讓他改變態度。」

莫莉安心中浮現一絲希望。

「要是我能說服他跟妳談呢？」

「莫莉安。」茱德對她露出和藹而同情的神色，彷彿她方才說了句荒唐透頂的傻話。「妳是了不起的女孩。搭乘絲網大老遠跑來，獨自面對敵國領導人並且請求援助，是勇敢、聰慧、謙卑的義舉。可是，就算妳做了這些，就算妳是幻奇師，也不代表妳能說動一個固執的人，相信我。」

「我不是說我去說服他。」莫莉安澄清。她想到長老、朱比特、樂迭，以及整個幻奇學會，當中總有人能見到首相一面吧？她堅信，只要給朱比特機會，無論是誰他都說得動。「如果有人想辦法讓史第德跟妳談，如果我們創造了——妳是怎麼說的？開放的對話管道——那妳會幫我們嗎？」

茱德看似又是好笑、又是困惑，最後終於雙手一攤，對莫莉安的堅持舉旗投降。

「好吧，」她說：「**好吧**。我會再邀請史第德一次，雙方以領導人的身分見面。要是妳有辦法說服他接受邀請，我就把空心症解藥列入談判條件當中，我保證。」

幾分鐘後，莫莉安站在白金色絲網列車上，感受隱形的鐵軌經過腳下，伴隨著規律的叩、叩、叩聲，心念微微一動。

她明白，應該直接回家才是。畢竟她已經得到想要的結果，雖然是來自她意想不到的對象。她多少有了點希望；她該做的，只是說服執掌永無境大權的人答應要求而已，簡單。

她應該直接回到杜卡利翁，跟朱比特擬定計畫。

然而，她內心某個角落浮現一個小小的念頭，輕輕挑起她的好奇。是啊，她應該回家，可是……既然都在絲網上了，說不定該去看黑鴉大宅一眼。迅速看一眼就好，只要看看打從她上次拜訪以來有什麼變化。想必不會怎麼樣的，她只不過是要——

轉瞬之間，她已來到目的地，迅捷一如思緒。她站在童年時期的家前方，魁偉的黑色外牆映著灰沉沉的天色，聳立在她面前。

用不著敲門，她藉助無形的軀體直接穿過緊閉的前門，暗自希望沒人看得見她，恰巧瞥見奧涅拉·黑鴉最常穿的灰色裙襬翻飛，消失在樓梯最上方的轉角。

「真不敢相信。」走廊盡頭的餐廳有個聲音低語，莫莉安嚇得一彈，正思忖該如何解釋，但那嗓音接著說道：「可惡的老禿鷹，簡直不可理喻。」

「噓，她會聽見的。」

「聽見又怎樣？我受夠了這鬼地方。我要跟仲介說，從沒遇過像黑鴉夫人這麼惡劣的主人——」

「海蒂，或許妳不怕丟工作，但我怕。快幫我收桌子，免得禿鷹回來啄掉妳的眼睛。」

莫莉安翻了個白眼。看來奧涅拉絲毫沒變。

她無聲地快步上樓，追著奶奶走過長廊，卻見她猛地左轉拐進肖像廳，於是停住腳步。整棟黑鴉大宅裡頭，奶奶最喜歡那個地方，甚至可說是最強大的執念。莫莉安小時候怕得不敢進去，經常在門口徘徊，旁觀奧涅拉凝視祖先與已故家人的油畫。

如今她長大了，原想跟著奶奶進去，竟辦不到。這念頭忽然令她反胃，上次來訪的回憶阻斷了她的思緒。

聖誕夜，奶奶驚駭的神情。**妳不應該回來。**

父親柯維斯．黑鴉走來，直接穿過她，彷彿她從未存在。**我們發過誓，絕對不提那個名字。那個名字已經不存在了。**

一片驚懼中，莫莉安陡然頭暈目眩，急急向後一轉，朝來時的方向匆匆走過走廊，遠離肖像廳，那裡有她十一歲時的肖像畫，怒目而視，與其他已逝黑鴉族人並排，凝結於永恆。

**笨蛋**。她在**想什麼**，為什麼要來這裡？

莫莉安在樓梯口停住腳步，一手按住胸口，想壓下暈眩感。她得走了。

她要走出前門，呼喚絲網列車，回到永無境的家，再也再也不要回到這棟屋子。她要——

她要吐了。她快吐了，她忽然確信自己會透過絲網吐在這裡。（不知為何，她仍有一絲餘裕思索：**這種事有可能嗎？**）

聽見身後的聲響，她回過頭，看見奶奶走出肖像廳，將門關緊，用一把巨大的鐵鑰匙鎖好，轉身離開。

**不要看見我**，莫莉安急迫地想：**不要讓她看到我**。

她側身閃進最近的房間，跌坐在昏暗的角落，試著緩過呼吸。

房內另一端，有別的東西也在呼吸。兩個別的東西。在兩張木製嬰兒小床上，有兩個小團，在被毯底下起伏。莫莉安恍然想通這是誰的房間，就在這個剎那，房門輕啟，一名眼熟的女子躡手躡腳走進，她年輕美貌，一頭金髮，身上的藍裙不住窸窣，口中哼著甜蜜的旋律。

不知怎麼地，莫莉安很確定，繼母不會像奶奶一樣看見她。即便如此，她依然藏身於陰影中，旁觀艾薇察看兒子，隨後走出房間。

這名年輕的母親在門邊佇足片刻，回頭迅速望向一雙淺金色頭髮的孩子，臉龐被走廊的燈光照亮。莫莉安從未見過艾薇露出這種神情——如此柔和，充滿母愛，飽含平靜滿足的喜悅。她胸口浮現奇怪的情緒，渾身一震，恍然了悟那是妒羨。

不光是妒羨。還有嚮往。

這不對啊。她才不嚮往艾薇，她甚至不喜歡艾薇！

莫莉安嚮往的是其他事物，是她缺少的一部分。她說不清那究竟是什麼，可是在她心中最幽暗、最隱祕的角落，在她永遠不會與任何人分享的角落，莫莉安明白，無論她缺少的是什麼，那都是她此生從未體驗過的東西。而小沃夫朗與貢特朗連問都用不著問，便分走了她的份。

她感覺心中飄過陰翳。

莫莉安嚴厲地提醒自己：**妳現在過得好極了，什麼都有了**。

她確實有。在永無境，她擁有這兩個男孩一輩子得不到的事物，而且是他們想也想不到的！她能搭乘傘鐵飛越屋頂，能去看歌劇，能在聖誕夜觀賞精采大戰；拜託，她還有個貨真價實的魔法臥室，會根據她的想望與需要來改變陳設。

更重要的是，她有朱比特、傑克、芬涅絲特拉，以及杜卡利翁飯店的每個朋友；她有霍桑、詩律、雀喜小姐、家庭列車跟地下九樓；她是一個菁英組織的成員，組織中都是不可思議的人物，個個擁有傲人才華，還有八個只屬於她、彼此忠誠的兄弟姊妹！她還想要什麼？一個人能有多貪心？

腦中一個討厭的小聲音說：**可是，他們不是妳真正的姊妹，不是妳真正的兄弟啊**。

莫莉安歪過頭，站起身，小心翼翼走出陰影，跨越房間，窺看兩張並排的嬰兒木床。床的頂端分別刻著名字，嬌小的沃夫朗雙頰紅潤，安寧地睡著；小貢特朗似乎感冒了，一面睡一面吸鼻子。

她想，這兩個男孩才是她的親兄弟，她的繼弟。

莫莉安在兩張床中間的狹窄通道跪了下來。

「嗨，」她小聲說：「我是姊姊。」說出來感覺很奇怪，然而她堅持說下去：「是你們的大姊姊。我敢說你們一定不信，一定沒人跟你們說我的事，但這是真的，我叫莫莉安。」她打住，思索半晌。「你們大概不會念，畢竟你們還那麼小。就……叫我莫兒吧。」

貢特朗微微一動，一眼睜開一條縫隙，惺忪地看著她。有那麼一瞬間，莫莉安屏住呼吸，以為他會醒來大叫大鬧吵醒全家，但她只輕輕「噓」了一聲，貢特朗便縮回被窩中。

**真驚險**，她暗想。這下真的該走了。

然而，莫莉安正要偷偷溜出房間時，眼角餘光瞥見某個東西——另一團小小圓圓的東西軟倒在窗沿上，被半透明的窗簾遮住。

她倒抽一口氣：「愛默特！」

他跟記憶中毫無二致，是她破損不堪的兔玩偶，少了一隻尾巴，一雙眼睛是黑色玻璃珠做成……差別在於，如今他覆著厚厚的灰塵，似乎早已遭人遺忘，留置在此許久。她伸手想拿起玩偶，但雙手當然直接穿了過去。

莫莉安喉頭難受地一緊，眼眶陡然一熱，她眨著眼忍住。在黑鴉大宅，她唯一想念的只有愛默特。她想像自己像以往那樣，將愛默特擁入懷中。

如果可以，莫莉安絕不會任他這麼孤孤單單留在窗沿上，他說不定會感冒的，或……或是落枕！

莫莉安氣惱地環顧四周，怒火混雜著悲傷湧上，身軀彷彿無法容納如此龐大的情緒。

**看看這些東西！**她忽然想吶喊。玩具、書本、積木堆積如山，可是唯一曾經屬於她的物品，她唯一遺落在黑鴉宅邸的心愛之物，竟然也給了這兩個不知感恩的小獸，彷彿可有可無，不過是又一個任憑他們忽視、遺忘的玩具。如今，愛默特只落得孤零零的。

莫莉安好想走出絲網抱緊愛默特，帶他一起回家，那才是屬於他的地方。

然而，這是不可能的。

她閉緊眼睛，握緊雙拳，在腦中描繪油布雨傘。遠方傳來絲網列車的汽笛聲。

# 第三十二章　等鴉交換

乘坐絲網列車回家的路上，莫莉安始終滿腔怒氣。她氣沖沖地從車站欄杆一把抓起雨傘，等她返抵杜卡利翁飯店，怒意已沉重得難以負荷，回歸悲哀。

她從大廳直衝上螺旋梯，腳下絲毫不停，也沒注意自己正往哪裡去。她以為那是回房的方向，想不到最終抵達朱比特的書房。

朱比特從桌上抬頭，臉上困惑的笑意漸漸消失，這時莫莉安才意識到，朱比特眼中的她鐵定很不對勁。

「莫兒？」他說，突然滿懷擔憂：「出什麼事了？」

莫莉安暗忖，他看見什麼？今天發生的每個事件，有多少仍在她身邊縈繞？也許是灰霧、黑漬，天知道還有哪些痕跡，以形象化的方式記錄世上最漫長的早晨。

（現在還是早上嗎？怎麼好像過了一年？）

「是……是愛默特！」

莫莉安的眼淚奪眶而出，臉一垮，像空牛奶盒般皺成一團。她努力將悲傷重新轉化為憤怒（這種情緒好處理得多），大步橫越狹小書房，拿起皮面扶手椅上的靠枕，使勁扔出，打掉牆壁上的一個相框。朱比特一頭霧水地看著。

「他們根、根本不需要他，他是**我的**，從我**小時候**他就是我的，艾薇老是說他髒死了，幹麼把愛默特給他們？」

「他們是誰？」

「沃夫朗跟貢特朗！我……**弟弟**。」她在壁爐前來回走著，雙手握拳，淚水盈眶。

「好……不過愛默特是誰？」朱比特試著搞懂她抽噎著說的一串話，仍一副摸不著頭腦的樣子。

「我的兔子！」她啜泣，「我的兔玩偶，我的**朋友**。」她心想，是**我唯一的朋友**。

「我把他丟在那、那裡，他是我的朋友，可是我把他……丟在那裡。」

她想起兩年半前的夕暮日之夜，身負詛咒的她本該在那天死去。那夜，朱比特不請自來救了她一命，將她帶來永無境，給她超乎想像的嶄新人生。

她記得煙影獵手緊追在朱比特之後來到黑鴉宅邸，而朱比特帶著她頭也不回，逃脫死去的宿命。在危機四伏的緊張情勢中，她壓根沒想到髒兮兮的小愛默特正躺在床上的枕頭之間，忠心耿耿守候她歸來。

莫莉安重重地跌坐進扶手椅。

她心知這很不理性——她已經長大了，曉得填充玩偶沒有神智、沒有感覺，也不至於受傷。

可是那不重要，十一年來，她投注那麼多情感在小兔子身上，傾訴那麼多恐懼、希望、不為人知的傷痕。在身為詛咒之子的孤單童年中，愛默特承載了一切，是她唯一的朋友。

朱比特同情地嘖了幾聲。「噢，莫兒，妳沒有丟下他，那時妳忙著逃命啊。就算是誰的錯，也是我不好，是我一聲招呼都沒打就闖進去把妳帶走。」

「我要回去。」她說，跳起身再次來回踱步，整個人坐立不安、激動不已，充滿浮躁之氣。「不是搭絲網，是真的回去，我要去救他——」

瞥見朱比特警覺的神情，莫莉安收住話頭。

「不行，妳知道不行的。」他用小心的語氣說：「我很遺憾妳弟弟沒像妳一樣好好照顧愛默特，但聽我說——他們一定比妳想像的更愛他，就算現在沒有，以後也會。等妳弟弟長大變聰明，就算沒有意識到，內心深處也會明白愛默特原本屬於誰。像愛默特這樣的朋友都是如此，他們曾經得到深深的愛，那份愛會像隱形的外套一樣留在身上，永遠不會消失，永遠存在，在某些平靜的時刻就會感受到，沃夫朗跟貢特朗總有一天也會感受到。」

莫莉安很想從這些話語中找到慰藉，真的很想，但她很清楚，這些不過是空話。朱比特只是想讓她好過一點罷了，她半句也不信。

朱比特蹙起眉頭。「再說，妳究竟跑去那裡做什麼？妳不該自己使用絲網軌道，莫兒，我說過那很危險！」

「喔。對。嗯——」她像要甩掉耳裡的水般搖搖頭，瞬間覺得自己好傻。她提兔子玩偶做什麼？在黑鴉大宅的經歷令她大失方寸，反而徹底忘了正事。「我……我去找解藥。史奎爾說——」

「**史奎爾**說——？」

「對，在屋頂那天，記得嗎？我跟你提過，他說他有辦法治空心症，也願意把解方給我們，條件是——」

「要妳拜他為師，對，不管妳信不信，我記得。」朱比特雙手掩住臉，透過指縫看著她，「莫兒，拜託，**拜託**告訴我妳沒有——」

「沒有！」她連忙答道。「我是說……我本來是想找他——」朱比特發出微弱的哀叫，「——可是絲網軌道弄錯了，把我帶去另一個地方，結果我遇到——朱比特，不要再扯頭髮了好不好，聽我說——我遇到冬海總統！」

他停止扯頭髮，靜下來聽。

「是喔。」他呆看莫莉安，「這樣啊。」

「對。」莫莉安聳肩，「我猜……我當時想的東西不對，所以絲網軌道誤會我的意思，然後……算了，那不重要。我遇到她，她知道我是誰，知道我是幻奇師，也知道空心症跟所有的事情。」

她描述在官邸的經過，朱比特全神貫注聆聽，聽得嘴巴微張。

「——然後茱德說冬海黨就像很老的巨龍，完全沒辦法控制——」

「等一下，」他打斷：「妳跟冬海共和國總統熟到可以互喊名字？」

「對，噓。茱德說，如果有個等鴉交換，冬海黨或許肯幫忙。」

「等價交換？」

「對，之類的。她說他們不能無償付出，但要是我們能說服史第德首相跟她見面，談談就好，那她會試著說服冬海黨給我們解藥。所以，你有辦法嗎？或者長老有辦法嗎？你們總有人認識史第德吧。」

「我是碰巧認識他，雖然我不怎麼喜歡那傢伙。不過莫莉安……」朱比特打住，搖搖頭，臉色驚恐。「冬海總統是敵國領袖，沒告知自由邦政府就私自跟她談條件，也沒取得背書，嚴格來說是……**叛國罪**。這件事不能告訴任何人。」

「這不是叛國，是協商！是請求幫助！反正，她也不是說要統治自由邦，或砍掉女王的頭之類的，她只是想跟史第德對談。就算是所謂的敵國，也該保持開放的對話管道。」

朱比特挑起一邊眉毛，「是妳自己這樣認為，還是她告訴妳的？」

莫莉安不理會這個問題。

「茱德想要改變現狀。她其實很——我的意思是，她看起來……」莫莉安一陣猶疑。她說不出總統「人很好」，對方有個令人害怕的特質，實在無法用**人很好**這個詞形容。「很真誠。」

他面露懷疑。「我認識很多冬海共和國國民，他們都會強烈反對這句話。」

「朱比特，她用不著是個完美的人，只要幫忙救我們的朋友就好了！」

「莫莉安。」他捏了捏鼻梁。「我半點也不相信冬海黨肯救任何幻獸族，遑論我國的幻獸族。按照他們訂的法律，幻獸族在共和國是次等公民，過著危險的生活，他們才是人口走私集團存在的原因，這種情況已經持續好幾個世代了。」

「但要是她真的有心改變現狀呢？冬海黨研發出能救幻獸族的解藥了啊，不是嗎？我敢說那就是她促成的。如果不給她機會，她能改變什麼？」

朱比特琢磨著她這句話。「莫兒，妳要知道這事處處都是陷阱，不能貿然行動——」

「朱比特，今天早上蘇菲亞……」莫莉安喉頭一哽，說不下去。不過從他悲傷的神情看來，他已收到蘇菲亞住院的消息。「還要等多少幻獸族感染才能行動？要是你肯跟首相談談——」

「好啦！只是……給我一點時間想想。」他不知如何是好地嘆息，往後靠向辦公椅的椅背，仰望天花板。「我需要消化這些消息。真不敢相信妳自己跑去共和國，也不跟我打個招呼。」

「只是用絲網軌道去而已。我總該做點什麼，不是嗎？」

朱比特再度坐起，語無倫次地道：「什、什麼——我是說——**誰要妳做了**？有嗎？為什麼？妳怎麼會這樣想？學會裡的大人明明組成了行動小組，大家都投注心血努力**做點什麼**。抱歉這麼說，但沒人要妳**做任何事情！**」

莫莉安瑟縮了一下，彷彿他剛朝自己潑了杯冷水，腦中忽然閃過吳樂迭說過的話——她也怪罪莫莉安**闖進不該去的地方**，**插手與她無關的事**，留下爛攤子。受傷的心情轉為氣憤，在體內捲起大浪，翻江倒海。

「那你們這些大人到底做了什麼？」她喊道：「研究出解藥了嗎？刺藤博士是**每天都有進展**，還是這星期、上星期跟上上星期都在原地踏步？你說得對，沒人要我做任何事情，但我**還是自己做了**，奇蹟般地找到一個**真正的**大人，願意做**真正**有用的事，只不過對方不在自由邦而已。」

這回輪到朱比特瑟縮。

「去跟史第德談，」她忍住憤怒的淚水，強硬地說：「我不在乎你不怎麼喜歡他，去找他交涉就對了。冬海會再次邀請他以領袖對領袖的身分會談，只要他終於願意接受邀請，我們的朋友就會痊癒。拜託，你一定要說動他。要是說不動，我就——我就沒有選擇了。」

朱比特登時失去血色。「什麼意思，沒有選擇？」

「我的意思是，假如史第德不接受冬海的幫助，我就去找史奎爾。」

# 第三十三章 親愛的首相

莫莉安沒坐過雲霄飛車，可是在與朱比特爭執之後的四十八小時中，她似乎能體會雲霄飛車的感覺。

出乎她的意料，朱比特看似徹底接受了這項使命。他在那場口角過後即刻動身，決心說動首相與冬海見面，接下來整天不見人影。那天他很晚回來，到家時大步掠過大廳的莫莉安、瑪莎與芬涅絲特拉，直接走進玻璃電梯，對誰一句話都沒說。無論他跟史第德談了什麼，顯然沒有好結果。

「這個人啊，身上承擔太多責任。」眾人望著他遠去時，瑪莎同情地搖了搖頭，「他給自己太多壓力了。」

莫莉安一言不發，心中微微泛起內疚。畢竟，這次對朱比特施加壓力的人是她。

「對啊，我也發現他壓力有點大。」芬涅絲特拉打了個大呵欠，她正腹部朝天，躺在禮賓櫃檯上伸懶腰，壓根不管米范整天下來已經好幾十遍叫她下去。「所以我送了個禮物給他，放他床上。」

莫莉安跟瑪莎吃驚地互望一眼。

「我──哇，芬，」莫莉安說：「妳真體貼，妳送了什麼──」

「**芬涅絲特拉──！**」朱比特的怒吼響徹空蕩蕩的飯店，從螺旋梯一路傳下來。

瑪莎縮了一下，斜眼瞥向芬。「魚嗎？」

「老鼠。」眼見禮物得到的評價如此之差，魁貓顯得極其氣餒。「很大隻耶。真是不知感恩。」

杜卡利翁飯店與業主一樣，心情陰鬱惱怒。跟朱比特不同之處在於，杜卡利翁鬧脾氣的方式越來越詭異。

儘管瑪莎、查理與米范千方百計想把窗戶打開，百葉窗依然緊閉，如今，所有客房與多數員工宿舍都又黑又冷。莫莉安的臥室也快撐不下去了，一整天來，她十幾次重新點起爐火，此外，鳥爪浴缸平時會在水位剛好時自動關掉水龍頭，現在卻會漫溢出來，導致浴室淹水。她最擔心的是章魚扶手椅，那椅子已經連續好幾天連根觸手都沒動過。

不過，儘管杜卡利翁大部分區域陷入沉睡，有些區域反而進入效率過剩的高速運轉狀態。南廂房外的果園狂野地飛速生長，收穫是往年秋季產量的七倍，已經無法稱之為果園，倒不如說是能吃的叢林。

大廳同樣比以往更有活力，每隔幾小時就會改頭換面，發了瘋似地盡情打扮，迎接為法蘭克並未規劃的不存在盛會。清晨六點，充滿情調的燈光搭配酷派爵士樂，彷彿要舉辦高雅的雞尾酒會；接著是沒有壽星的生日派對，氦氣氣球多到不可思議，令大家難以通行。（到了午餐時間，芬涅絲特拉喜不自勝地磨尖爪子，解決掉整批氣球。）

傍晚，大廳搖身一變，成了奢華隆重的婚宴，燃起上千根白色錐形蠟燭，點綴瑰麗的花飾，走道灑滿五彩紙屑。香妲女爵覺得浪費這些擺設實在可惜，不停對瑪莎與查理說，來場臨時起意的婚事簡直浪漫到不行，而且絕對能讓大家高興起來，偏偏兩人固執地不理會香妲女爵的暗示。

杜卡利翁飯店每變化一次，法蘭克與米范便試著溫和勸導杜卡利翁別亂來，該趁這段時間休息充電，不久後一切都會恢復原狀。可杜卡利翁不聽，在白色婚宴轉變為泳池派對時（螺旋梯變成滑水道），他們覺得還是隨杜卡利翁去吧。

「哎呀，可憐的小姑娘。」米范嘆道。他戴著泳鏡，穿著粉色格紋泳褲，站在禮賓櫃檯所變的跳水板前端，審視一片汪洋的大廳。「打扮得光鮮亮麗，卻辦不成派對。」

隔天早上，莫莉安鼓起勇氣，敲了朱比特的書房門。她做好迎接壞消息的心理準備，卻驚詫地見到朱比特神色滿意，將永無境的三大報放在桌上給她看：

# 解方？首相：不用了，謝謝不是空頭支票？

冬海來函外洩　史第德不願拯救人民

## 首相，請你答應吧

「第二版。」朱比特用手指輕點《斥候報》。

莫莉安翻過頭版，只見紅字大大印著「披露！」，下方是一張手寫信的照片，信上有冬海總統之印：蝴蝶形狀疊著精緻的W字。她翻開《早晨郵報》跟《鏡中報》，這兩份報紙也刊登了同樣的信函。

莫莉安清清喉嚨，開始朗讀。

「親愛的首相：

感謝您同意與我會面。很遺憾我們無法達成協議，然而您卻拒絕溝通，恐怕會讓您服務的『自由邦』人民更感遺憾。

在此，對於您面臨的難關，我再次深表同情並傳達援助之意，不僅是基於同樣身為國家領袖的立場，更是基於一個人類的立場。您以『空心症』之名稱呼的疾病帶來相當急迫的危險，將導致看似無可挽回的可怕後果，這是我的經驗談。

然而，正如我今晨所說，這些後果確實有辦法挽救。

我們在失去眾多生命之後，才由一位國民找到終結這場瘟疫的方法，傳授給全國。如今，我國的幻獸族與人類皆不再受此恐怖疾病所苦。我希望能將這項善舉傳承給您與您的人民；我們願意奉上解方。

我要求的唯一回報，是希望。

希望終有一天，貴國與我國能跨越彼此之間的嚴重隔閡；希望您與我身為關心人民未來繁榮福祉的進步派現代領袖，能夠開啟對話，療癒長達數世代的傷痕。

冬海共和國也曾身處貴國如今的處境，走過艱辛的路途。謹代表我國伸出援手，也請您明白我之所以這麼做，是抱持開放、真誠的精神尋求和解。

您最誠摯的

冬海總統」

莫莉安皺起整張臉。「我不懂。他們……見過了？」

「嗯。冬海一定是在妳見過她之後馬上提出邀請，因為我去找長老的時候，他們已經知道了。」

「他們怎麼會知道？」

「喔，幻奇學會在首相辦公室一直有線人，史第德去個廁所也會有人回報給坤寧長老。長老聽說史第德預計婉拒冬海的邀請，便立刻召見空心症行動小組。當然，我裝作什麼也不曉得。」

「為什麼？」

「妳沒想通嗎？這樣一來，是他們告訴我冬海的消息，而不是我告訴他們。不會有人知道妳用了絲網軌道，不會有人知道妳做了交易，一切都沒事。」

「喔，嗯，太好了。」莫莉安再度感到一絲愧疚，但坦白說，也有些驕傲她設法促成了這一切。朱比特只是揮揮手，撇下她叛國通敵的小問題不談。

「於是我們三個去見史第德。」他繼續說：「我發飆，刺藤博士說理，里維斯探長交涉，可是那個大蠢材什麼都聽不進去，最後還威脅要把我們趕走……所以我們出動了終極武器。」

「坤寧長老？」

「坤寧長老。」他挑起一邊眉毛，「她簡直太厲害了，一個人又發飆、又說理、又交涉，說服史第德同意會面——外加開始吃維他命、剪個好看點的髮型，還有打電話給他媽媽！簡直勢如破竹。」

「然後呢？」

「然後……沒了。史第德去見了面，雙方透過絲網對話，我們大家旁聽。冬海十分親切，甚至稱得上討喜。她願意提供解藥，唯一的要求是史第德要給些表示，證明自由邦跟共和國能共同努力，建立比較不具敵意的外交關係。史第德拒絕了。」

「**為什麼？**」

「一部分是因為他拉不下臉，他覺得冬海有效解決問題會傷到他的形象。另一個理由是他不想因為跟敵國交涉，讓人以為他很軟弱或很像叛徒。也因為他是蠢材——這我之前講過了。結束。」

莫莉安低頭看著報紙，「但其實……還沒結束。」

「還沒結束。」朱比特同意道：「就在昨晚，冬海寫了封信給史第德，然後……他往桌上的報紙一比，「……信件被外流給永無境的每個主編。」

「是吳樂迭？」

「是吳樂迭。」

莫莉安苦笑，「這次她是天才，還是妖孽？」

「也許兩個都是。」他偏過頭，「也許兩個都不是。這招有點卑鄙，會讓史第德面臨猛烈的輿論炮火，不過也是他自找的。」

「也對。」她深吸一口氣，「接下來呢？我們應該繼續施加壓力——」

「莫莉安。」

「要不要開始聯署？或是……我們應該示威！就在國會外面——」

「莫莉安。」朱比特大聲說：「沒有什麼『接下來』。到此為止。」

她目瞪口呆看著朱比特。「你不是說真的吧！你要這樣放棄？」

「我照妳說的做了。」他說：「我去了首相辦公室，盡我所能說服他，不過莫莉安……我們用上了所有能用的手段。但願這會向史第德施加足夠的壓力，讓他去做對的事，至於妳跟我——」

「我們不能就這樣——」

「——就到此為止。」

他倆站在原地互瞪，陷入世上最憤怒、最難熬的靜默，直到敲門聲救了兩人。

「進來！」朱比特嚷道，米范走進書房，一手將小無線電按在耳邊。

「小朱，你聽到了嗎？」他問，指向書桌上那臺大收音機，朱比特撲上去將音量轉大，基甸．史第德嚴肅的聲音響徹書房。

「……證明能有效阻止夜間發生空心症襲擊事件，紓解警方與緊急救護人員的壓力。然而，從最新的慘案看來，這些措施恐怕仍然不夠。」

朱比特望向米范，「最新的……？」

「不到一小時之前的事。」米范沉重地說：「新聞都在報，是永無境大學的一位幻獅教授……」他搖頭，緊抿雙唇，似乎說不下去。

「有任何死傷嗎？」

米范嚥下口水。「四人死亡。兩名老師，一名學生，加上幻獅自己。他被潛伏者擊斃。」

朱比特發出噎住般的聲音。莫莉安一陣暈眩，只得靠著扶手椅的椅背，緊抓皮面。史第德的聲音繼續往下說。

「——因此，即日起，政府將採取新的特別措施以對抗空心症。宵禁取消，所有幻獸族全天候進行居家隔離，本日中午十二點即刻生效，一旦發現任何幻獸族不在家中，將予以逮捕並求處最高一年的刑期。這些措施將持續到空心症獲得控制為止。以下不開放提問——」

朱比特伸手關掉收音機。

「什麼意思，『持續到空心症獲得控制為止』？」莫莉安皺起眉頭，「現在大家一定都知道冬海願意給他解藥了啊！他沒看報紙嗎？」

「他鐵定看過，」朱比特喃喃道：「所以他才會說要實施宵禁跟隔離。這套是跟幻奇學會學的，他想轉移民眾的焦點，改變輿論，但不會管用。」他頓住，收拾報紙，往門走去。「只會讓事態更惡劣。」

朱比特再度不見蹤影，估計是動身召集行動小組，再找長老一起設法跟首相講道理，至少莫莉安希望如此。與此同時，她和杜卡利翁飯店的所有人坐在收音機旁，度過一整天，消化不斷來臨的壞消息。

幻獸族禁令尚未生效，臭架子便開始抓人。根據新聞報導，截至十點為止，已有十七名幻獸族人遭到拘捕。

從那以後，事態彷彿滾雪球般越演越烈。為了聲援錯遭逮捕的同伴，更多幻獸族不顧隔離令出門示威，湧入街頭。

那天早上稍後，新聞臺開始進行上議院實況轉播，吉斯卡・銀背議員出人意料地進行演講，力促史第德首相放下自尊，接受冬海的提案。

對於銀背的溫和建言，首相的反應是在十二點零一分整，讓警察闖進上議院，以違反隔離令的名義逮捕他，當時他的演說甚至尚未結束。逮捕行動同樣透過收音機轉播出來。

銀背並未表達抗議，然而他的支持者可不甘如此。警察逮捕銀背引發眾怒，到了下午，上街抗議的幻獸族人數翻了一倍，甚至兩倍。不久，人類也跟著走上街頭力挺示威，要求史第德接受冬海共和國的解藥。

永無境四處爆發遊行，有些甚至鬧出人命。在秋海棠山丘，一名大型幻犬轉而攻擊參與示威的夥伴；在高牆，一名幻象踢翻馬車，沒人敢肯定他是感染了空心症或純粹很火大。

攻擊事件不斷發生。空心症彷彿感應到永無境的氣氛，並做出相應的行動，數十名幻獸族陡然同時進入高峰期，隨後飆升至上百名，導致全城陷入無可控制的緊急事態。

約莫中午時分，朱比特派信差來到飯店，嚴令所有人留在屋內。其實他用不著擔心，即使大廳拚命吸引大家的關注，每隔一小時變換四周陳設，從小型高爾夫球場變成賭場，再變成三環馬戲團，眾人依舊待在收音機旁。

傑克預計那天下午從格雷史馬克學校返家，朱比特請查理開車載他，這麼一來就用不著搭幻鐵。見到他，莫莉安鬆了口氣，但她依然擔憂霍桑、詩律跟同梯的安危。通往九一九月臺的門扉仍然緊閉，她沒有任何管道確認大家是否安好，唯有企望他們都平安留在學校或家中。她繞著禮賓櫃檯踱步，猶如困獸，把指甲咬得幾乎不剩。

整天下來，他們盼著一點希望，一點好消息。然而，他們等到的是政府宣布全市封城，無論幻獸族或人類，一概不許外出。

「今夜可能是空心症疫情蔓延最危險的一夜，史第德首相命令永無境全體市民留在家中。」凝重的女聲宣告。

在這個剎那，香妲女爵受夠了。

「好了！」她厲聲說，起身關掉收音機。「停止，別再耍憂鬱，別再等史第德變得有骨氣，坐在這裡發愁一點用也沒有。芬涅絲特拉，拜託把這個製造惡夢的可怕東西帶走，藏起來別讓我們看見。」她把收音機扔給芬，芬用牙齒咬住，銜著奔上螺旋梯。

莫莉安胃裡一絞。「要是——」

「要是有任何好消息，我們總會知道。」香妲女爵堅決地說：「小朱會回家親口告訴我們。在那之前，我們該聽聽別人的話了。」

她意有所指地環顧四周。莫莉安等人打起精神，甩開新聞聽久了的疲乏，好幾個小時以來首度注意到周遭。

杜卡利翁再度變化，這陳設或許是目前為止最棒的，至少無疑是最舒適的。放眼所及，每個平面都擺上靠墊，鋪設顏色柔和的軟布，整個大廳看起來像是超大的棉被窩。每個角落都堆了一落落書本跟桌上遊戲，還有塞滿毛襪的籃子、裝滿熱水的水瓶。在熊熊燃燒的壁爐周圍，設置了蓬鬆的扶手椅、懶骨頭沙發、枕頭、羽絨被、床墊。空氣中飄著乾淨布料、熱巧克力與奶油爆米花的氣味，撫慰人心。

「睡衣派對！」米范熱情地說，套上一雙毛襪。「這小姑娘很懂我們需要什麼。」

眾人一哄而散，換上睡衣睡袍。傑克跟莫莉安從廚房搜刮大把棉花糖，又替大家做了一大疊花生醬與覆盆子果醬三明治；法蘭克放起輕快的音樂，用小彩燈設計出頗富巧思的裝飾，增加情調；香妲女爵幫莫莉安綁辮子，法蘭克給查理塗指甲油，米范朗讀他最愛的一本詩集，大夥通宵玩著比手劃腳、桌上遊戲，即使有誰想著外面可能正在發生可怕或嚇人的事，也沒人宣之於口。

莫莉安從惡夢中驚醒，夢裡有群獅子追她，接著獅子幻化成狐狸，個個長著蘇菲亞的臉、穿著蘇菲亞的酒紅色外套，都想把莫莉安生吞活剝。

她從懶骨頭沙發中坐起，渾身微微打顫，拉過一條針織毯子裹住雙肩。壁爐中只剩小火，其他人仍在夢鄉。芬涅絲特拉原本睡在火爐邊的大型被窩，夜裡不知何時跑去員工通道的門前蜷縮著睡，可能是在等朱比特，或是為了守門。她熟睡中發出的呼嚕聲在寬闊的大廳迴響，令人無比安心。

此情此景理應讓莫莉安再度入夢，她卻睡不著。既然醒了，她實在很想知道外頭的情況。她躡手躡腳溜進朱比特的書房，打開收音機，轉動旋鈕，找到她要的頻道。

「——法案廣受第四區的製造業工會好評，」播報員說道：「稍後本臺將為您深入報導。回到我們的頭條新聞，首相辦公室在午夜過後不久發布聲明。」

莫莉安捏緊朱比特的辦公椅扶手，不敢心存希望。

「永無境與共和國的邊境已封鎖數世代之久。」基甸．史第德熟悉的嗓音傳出，聽來有些疲累。「多年來第一次，冬海黨向我們伸出友誼之手，我國抱持謹慎但歡迎的態度予以接受。自由邦乃獨立的國度，更是擁有傲氣的強大國度，但不會驕傲到拒絕向我們伸出的援手，尤其是在人民生命安全面臨威脅的情況下。」

他答應了。莫莉安萬分慶幸，欣喜若狂，簡直想高聲歌唱，又想大哭一場。真的辦到了！史第德接受了茱德的幫助，蘇菲亞會得救，朱維拉、布提勒斯、柯林跟永無境的所有幻獸族也是，大家都會痊癒！她抱緊無線收音機，開心得忍不住尖叫一聲。

「今天早上九點，」史第德繼續說，莫莉安反射動作地一瞥牆上時鐘，時間剛過三點。「永無境將締造歷史。在極為嚴格的運作條件下，將暫時開啟兩國邊境，也就是自由邦第一界和冬海共和國之間的邊界。

「在我的邀請下，冬海總統將偕同另一位共和國代表，入境自由邦進行外交活動。該名冬海共和國大使是位慈善家兼能源業領袖，也是空心症唯一解方的研發者。」他頓了一下，莫莉安的笑容僵住，思索著這些字眼，蹙起眉頭。

**能源業領袖**。

基甸·史第德的聲音逐漸遠去，茱德·羅里的嗓音在腦中響起。**一個十三歲少女，怎麼會對能源業的運作情形感興趣啊？**

強烈的不適感逐漸蔓延，彷彿有個力量掐住她的五臟六腑。熱度從頸部一路爬上額頭，小書房的空氣似乎瞬間抽乾。

史奎爾就是能源業領袖。他就是大使。

史第德即將開啟邊界，迎接自由邦最大的敵人入境。別人就算了，首相怎麼會沒想到這點？他想必知悉史奎爾企業的存在，一定能想通所謂的大使是誰，一定拼湊得出事實吧！

莫莉安關掉收音機，睡衣領子驟然令她難以呼吸，伸手拉了下衣領。

**看來這就是真相**，她呆看著牆壁心想。邊界將會開放，迎接史奎爾進入永無境。他總算找到回歸永無境的方式，全是莫莉安害的。天啊，她好想吐，覺得自己蠢得不可置信、無法原諒。

是她把這一切奉送給史奎爾！史奎爾操控了她，編造整套荒謬至極的戲碼，但傻得跳進陷阱的人卻也是她。絲網軌道帶她去官邸果然不是意外，史奎爾就是要她去那裡！他製造空心症不是為了騙莫莉安拜他為師，他的目標比那大多了。自始至終，這些詭計都是為了讓他重返永無境。

莫莉安思忖，冬海總統曉得嗎？她會是參與計畫的一分子，抑或同樣受到操弄？冬海共和國仰賴史奎爾企業，倚重這名危險的企業領導人。相較於自由邦，共和國的幻奇之力較為稀缺，史奎爾是全國唯一能夠匯集、驅使並分配幻奇之力的人，負責供應國內所有民生需求，倘若他想討點好處，冬海總統自然毫無拒絕的餘地。她是否跟莫莉安一樣，不過是史奎爾這齣戲中的傀儡？

莫莉安該設法警告她嗎？她的思緒風馳電掣，脈搏狂跳。

史第德真能讓邊界向史奎爾開放嗎？當然，他可以號令陸軍、空軍、梟架子、潛伏者、皇家巫術協會、超自然聯盟及所有監控邊界的單位，要求所有人按兵不動。可是，永無境據說能阻擋史奎爾的古老魔法？它依然有效嗎？少了其他人的支援，這個魔法一樣管用嗎？莫莉安無從確認。

她得告訴誰，得告訴朱比特！他會不會已經想到了？朱比特知道史奎爾的身分，想必曉得該怎麼辦。他人在哪？幻學？國會大廈？莫莉安從沒去過國會大廈，但從那裡開始找似乎挺合理的。她了解朱比特，在任務完成前，他會待在首相身邊。

莫莉安衝回臥室換衣服，一面手忙腳亂套上靴子，一面在腦中喚起永無境地圖，試著擬定從杜卡利翁飯店到國會的最快路線。她從骷髏帽架的細瘦手指上抓起雨傘，以防萬一，隨即衝出房門，奔過四樓昏暗陰冷的走廊——然後停住腳步。

走廊上有個人。

那人轉身面對她，神情惶急，雙眼圓睜，臉色白得像鬼，衣服只紮了一半，頭髮凌亂，莫莉安幾乎認不出來。然而他一開口，莫莉安便透過絲網，感覺到對方的驚慌如電流般竄過。

「不要讓他們打開邊界！」

那個人是史奎爾。

# 第三十四章　大使

莫莉安呆看史奎爾，試著理解他所說的話，胸口如湧泉般冒出一串歇斯底里的輕笑，隨後突兀地打住，彷彿卡在喉頭。

「不好意思——什麼？」

「大使就是我。」史奎爾急促地說，踉蹌地沿著走廊朝她走來，按住胸口，像是剛跑完馬拉松，瞳孔縮小，眼白清晰可見。「是我，我是冬海的大使。妳聽說了吧？史第德要開放連接冬海的邊境——」

「是你，對，我知道是你。」莫莉安反射性退後一步，「我猜到了。」

「妳要阻止——他絕對不能——**妳聽見沒？**」

他伸長雙臂撲過來，像要抓住莫莉安的肩膀，然而雙手理所當然穿透她的身體。

莫莉安的後頸寒毛直豎。史奎爾有些言行舉止令她膽寒，但眼前光景更使人心驚。對莫莉安而言，比起他說過的話、做過的事，他如此畏懼的模樣，才是最嚇人的。

假如你是世上最邪惡的人，究竟什麼事會把你嚇成這副德行？

「但這就是你要的啊，」她說，反感地往後縮，「一切都按著你的計畫走！」

「不對，聽我說──」

「是你製造空心症，這樣你才能回到永無境消滅它。你不顧上千條人命，害死人類，害死幻獸族，只為了偷偷摸摸回到──」

「我製造所謂的空心症，」他提高音量壓過莫莉安的聲音：「是因為有人**要我做的**。因為我拿到豐厚的酬勞，況且稱霸全域的人有求於我的時候，連我也沒有拒絕的餘地。」

莫莉安感到天旋地轉。「稱霸全域──你在說什麼？」

問句才說出口，她腦中便喚起一段回憶，是許久以前的對話。那是投標日當天，在豺狐鎮的鎮政大樓，當時她還沒來到永無境，還沒遇見朱比特，一切尚未開始。他親口告訴莫莉安，埃茲拉·史奎爾不過是共和國第二有權有勢的人，僅次於……

「冬海總統？」她再次笑出聲，儘管這實在沒什麼好笑的。「你以為我會相信叫你製造空心症的人是冬海總統？」

「那是滅絕計畫。」史奎爾說：「原本的目標不是永無境，而是共和國，但她看到迫使自由邦敞開門戶的契機。這不在我們的協議範圍內。是她讓疾病傳播過來，用間諜潛艇載著一名感染的幻獺進入朱若河，他以為自己從冬海黨手中逃出生天，其實冬海黨是拿他當武器。」

莫莉安胃中翻絞。「滅絕幻獸族？她要你替她消滅一整個種族……你就這樣做了？」

「是。」

「為什麼？」

「因為我辦得到。」史奎爾厲聲說，雙手惱火地往上揮，「而且因為我非做不可。因為我是幻奇師，我們就是這樣的人，什麼都答應，應在上位者的要求做出傷天害理之事，也做善事，到頭來沒人把好事歸功於我們，我們卻要承擔所有罵名，我們**就是這樣的人**。」

「不要扯到別人身上。」她怒斥：「再說，既然你巴不得共和國的幻獸族滅亡，怎麼突然在乎起自由邦的幻獸族來？」

「我不在乎！」他說：「他們是死是活壓根不關我的事，我對他們一點感覺也沒有，那是冬海的目的，不是我的，我只在乎永無境。但我可以向妳擔保，冬海跨越邊境之後，不會把空心症的解藥給你們。她不想幫你們。

「冬海黨想要的是吞併永無境，而且他們必然會採取行動，正如當初從大狼田邦出發，以鐵腕手段拿下豐饒邦、南光邦和歌邦。我清楚得很，因為是我協助他們辦到的。他們會一舉攻下永無境，如同當初一舉攻下那些地區。妳以為妳的幻獸族朋友會得救？不，幻獸族會首當其衝被消滅，而且他們不會就此罷休，凡是反對黨的人，凡是對黨帶來一丁點威脅的人，全都會被斬草除根、逮捕下獄、淪為奴隸。妳那些擁有實用本領的幻奇學會好朋友個個都會落得這個下場，要是妳以為不會，那就大錯特錯了。」

「但你是幻奇師啊。」莫莉安滿腔疑惑，「要是他們會帶來這麼多問題，你怎麼不阻止他們？我不懂！」

「妳以為我沒有——」史奎爾咆哮，隨即驟然止住，閉緊嘴巴瞪著她，鼻孔發出粗重的喘息。再度開口時，他語氣緊繃，瀕臨失控地低吼：「一旦放她進來，就擋不住冬海黨，妳只要明白這會招來多麼毀滅性的後果就好。」

莫莉安想起，朱比特針對史奎爾說過一句話：**我們阻止不了他透過絲網進入永無境，但一定要阻止他操弄妳的想法**。

難道這又是一樁精心設計的騙局？

她搖頭，「我不相信你！」

「相不相信我無所謂，你們面臨的困境還是一樣。假如史第德開啟自由邦邊境，自由邦將不復存在。」

「我怎麼說服他不要開？」

「妳辦不到。妳只能主動出擊，讓他的解決方法派不上用場。妳要親手毀掉空心症。」

莫莉安發出不可置信的短促笑聲，「要怎麼做？」

「我幫妳。」

「喔，我想也是。」她沉下臉來，「我猜猜，你想做交易？你會治好空心症，只要一點小小的代價，也就是我拜你為師？這我好像在哪裡聽過——」

「沒有交易。」史奎爾面色嚴肅，「不用代價。我會給妳需要的一切，讓妳根除空心症，妳什麼也不欠我，我只求邊界保持關閉。」

莫莉安緊緊閉上雙眼，努力想找出他的意圖，想得頭發疼。「可是你……你想回永無境啊！你說離開永無境讓你很痛苦！」

「我對永無境的渴望超越一切。」他同意道，「超越性命。」

她戒備地看著史奎爾。這無疑是她人生中最詭異的對話，埃茲拉．史奎爾要她幫忙……阻止他自己進入永無境、治療空心症，卻沒提出任何要求、任何談判、任何附帶條件？

「我打開天窗說亮話。」史奎爾咬牙切齒，語氣陰狠地沉聲開口，神情因憤恨而扭曲，黑色眼瞳卻帶著冷酷的清明。「如果能回永無境，我什麼都願意做，我願意把城市夷為平地、終結文明。即便我的肉身在邊界的這一端，但我剩下的每個部分，包括理智、心靈、靈魂，倘若我還有靈魂——我身上殘留任何價值的每一吋都留在那裡，在永無境。假如能讓我回家，我很樂意將共和國所有生靈趕盡殺絕。

「所以，既然我說不要讓我進去，既然我說妳將面臨遠超過我的危機，妳最好嚴肅看待。我寧願永生流落在外受寒冷侵襲，也不願讓她品嘗永無境的片刻溫暖。

「妳認為我是危險人物。」他繼續低語：「妳是對的，我幹盡壞事，喪心病狂，製造怪物。然而，冬海本人就是怪物，永遠如飢似渴，永遠不可能饜足。萬一妳放她進入我們的城市，她會將其吞食殆盡。」

莫莉安打了個顫，呼吸在幽暗涼冷的走廊凝結成霧。

「我有什麼理由相信你？」她終於問道。

「我從沒騙過妳，黑鴉小姐。」

「你只會扯謊！」

「我從沒騙過……妳。」

大出莫莉安意料之外的是，她恍然醒悟，自己確實相信他。如果說埃茲拉・史奎爾突然良心發現，願意不求任何回報便將解方奉送給她，未免太說不通了。可是，如果說埃茲拉・史奎爾由於深植於心的厭恨及強烈的不甘，情願抹殺自己打的算盤？這她倒覺得可信。

「我該怎麼消滅空心症？」

他吹了聲短促的口哨，哨音低沉奇詭。煙影獵手隨即現身，湧入走廊，團團包圍住他們兩人，宛如一陣黑色濃霧，直到莫莉安只看得見史奎爾的雙眼在漆黑中閃爍。

「全部照我說的做。」

# 第三十五章 召者與匠師

「幻奇之力無處不在。」

莫莉安上一回與埃茲拉·史奎爾站在杜卡利翁飯店的頂樓，是將近一年前的事。這次，她覺得自己的準備並沒有多到哪去。

「**……夕暮日的孩子招來猛烈風暴**。」她輕唱，金線在她指間巡遊，速度快捷、充滿好奇，閃耀著光芒。

「召喚一部分幻奇之力，」在她唱的同時，史奎爾繼續朗聲說：「等於召喚所有幻奇之力，因為萬事萬物彼此相連。這麼做是在啟動幻奇之力，讓它們準備就緒，像是轉動鑰匙點燃汽車的點火系統，讓引擎怠速。」

「**……晨曦之子啊，你去哪裡？**」

莫莉安專心致志，皺起眉頭。幻奇之力在四周的空氣中躁動，向她靠近，她從未刻意一次召喚規模這麼大的幻奇之力。力量源源不絕的熟悉感覺隨之而來，但她深知自己瀕臨能夠負荷的極限，隨時可能失控，內心隱隱不安。她緊緊抓住雨傘抱在胸前，彷彿這麼做能穩住心神。

眼前是一望無際的永無境，向中心看去，可以瞧見大塊大塊的光害，是來自舊城、波希米亞，以及布洛薩姆、麥格理這兩個永不停歇的工業中心。往反方向看去，黯淡的城市向外綿延，猶如一片描繪星夜的地圖，漆黑中綴著星星點點的光，街道好似星座。

「**高高的天上，那裡風和日麗……**」

「不要這麼用力。」史奎爾警告。

「可是你說——」

「我要妳召喚比妳以前匯集過還要多的幻奇之力，不是要妳像挖石油一樣把它從土裡硬挖出來。它已經把注意力放在妳身上了，妳看——它恨不得取悅妳，看到了嗎？」

「沒看到。」

「注意看。」他說：「記住，**受召喚，形貌現，召者、匠師皆可見**。」

莫莉安忍住想翻白眼的衝動，試著反過來放鬆雙眼，在幾乎閉起眼時瞧見了——絲絲縷縷的幻奇之力能量在空中盤繞，從四面八方湧來，太陽般在她四周照亮天空。她深吸一口氣，再度睜大雙眼，光亮隨之減弱。

「看見沒？」史奎爾說：「召喚一部分，等於召喚全部。萬事萬物彼此相連。」

莫莉安伸出一隻手抓住欄杆，穩住自己。

「現在，想像一幅永無境地圖，」他接著說下去：「上面能告訴妳幻奇能量在任何時候最集中的區域。想像這張地圖是一幅城市夜景，正如眼前所見，只是每個光點代表一單位的幻奇之力。不管妳往哪裡看，都有上百萬、上千萬的光點，但某些地方比其他區域更亮。會是哪些地方？」

莫莉安思索半晌。「幻奇學會。」

「還有呢？」

「高伯爾圖書館。」他點頭，要莫莉安繼續說。「嗯……瀑布之塔，傑密提遊樂園……保存時光博物館？」

「沒錯，如果妳沒把它夷為平地的話。」他說：「還有光翼宮、永無境歌劇院、杜卡利翁飯店等等。永無境各地散布著上百個類似這樣的地方，每一處都會製造並消耗大量幻奇能量，不斷反覆循環。在這張想像的幻奇之力密度分布圖當中，這些場所在多數時候會是最亮的。

「不過，在一年當中的特定時節，某些地方會比它們更亮，比如說夏天每週五晚上的舊城。」

「因為永無境奇市？」

史奎爾點頭。「以及聖誕夜的英勇廣場。這些地方將成為光亮眩目的烽火，令其他幻奇能量源相形失色，哪怕只有一晚或一小時。」他停頓片刻，遠眺天際。「今晚，妳必須成為永無境最閃耀的烽火，扮演避雷針。我們要用這個方式引空心症出洞。」

「什麼意思？」

「妳比多數人了解空心症。」他說：「它不是疾病，只是行為表現像疾病的魔物。

它以幻奇能量為食，而幻獸族身上有不少能量。空心症就是這麼摧毀幻獸族的：像寄生蟲般入侵宿主，蠶食讓幻獸族宿主異於普通奇獸的一切，搾取殆盡，直到宿主只剩空殼。吸乾所有幻奇之力後，寄生蟲便離開尋找下一個食物來源，同時不斷繁殖。

「有時，它會發覺附近有更龐大的幻奇之力來源，是它無法辨識的活物。它感覺得到那生物四周聚集豐富的能量，想要入侵，想要吞噬，卻辦不到。」他轉頭直視莫莉安，「因為妳是幻奇師。幻奇之力不是消極地圍繞在妳身邊，而是會主動為妳抵禦外敵，剽悍地保護妳不受抱有惡意的外力所傷，例如空心症。」

「噢。」莫莉安緩緩說道：「難怪我身邊一直有幻獸族感染。」說不定也是因為這樣，蘇菲亞才會躺在醫院。思及此，她不禁心跳加劇，原本就為朋友感到傷心擔憂，如今更驟然添上令人喘不過氣的愧疚。她按住胸口，像要把所有情緒壓下去。

史奎爾探出欄杆，望向底下的人才大道。「空心症的智能有限，它對妳感到困惑。它知道在幻奇能量的光譜上，妳位於幻獸族跟我之間；我是它的創造者，自然能任意將其摧毀，這代表妳要不是獵物，就是天敵。好了，低頭看看街道，妳看到什麼？」

莫莉安小心地越過屋頂邊緣向下看，和史奎爾保持距離。「什麼也沒有，很黑。」

「嗯。現在用幻奇之力做點事情，什麼都好。」

她朝手心吐出一小顆火星，形成火球，接著回想與葛拉瑟・歌伯里度過的最後一堂課，使火球化為動物形貌，這次是一匹馬。那馬撒腿疾馳遁入夜空，映著星夜大放光芒，隨後消融為火點，在空中飄散。

當然，她是刻意炫技，眼見史奎爾看似驚豔地微微挑眉，不禁暗感暢快。不過，他接著低頭瞥向街道，莫莉安再度探出欄杆一瞧，忍不住驚駭地往後跳開一步。

下方街道閃現幾十個細小綠光，四周的街上浮現幾個人影，開始走向杜卡利翁飯店，聚集在前庭。她感覺得出來，那些人都在抬頭看她。

莫莉安聽見一陣低嗥，接著是一陣刺耳的尖鳴，她聳起肩膀，後頸倏然竄過一股寒意。一群人影走過路燈下，她隱約看見擁有一雙擁有捲曲巨角的魁梧黑影，另一人無庸置疑是名幻蛇，滑行著穿越燈光範圍。

「他們知道妳不是我，因為他們感覺得到，妳遠遠沒有那麼強大。」史奎爾說，態度毫無自滿之意，而是實事求是的語氣。「但妳的確有個熟悉的特質。妳在附近時，那些人體內的魔物會被喚醒，像隻狗在睡夢中聞到味道，卻分不清那味道屬於主人還是兔子。空心症急於判別妳的身分，所以奮力擺脫自己奪取的囚牢，也就是宿主的軀體。我問妳，妳帶了雨傘嗎？」

莫莉安點頭，心不在焉地舉起傘。打從在走廊撞見史奎爾，她始終將傘緊抓在手中。「然後呢？」

「然後，讓空心症獵捕妳。」

伴隨這聲令人不安的宣告，史奎爾平舉雙臂向前傾，直接穿過欄杆往下墜，彷彿欄杆根本不存在。落地前，一團混沌不明的煙影黑雲接住他，隨後彷彿呼應莫莉安稍早創造的動物形態，凝結幻化為一匹馬。史奎爾手持韁繩，縱馬馳入黑夜，奔過一個街區後，莫莉安看見他回頭望來，似乎正在等待。

慌亂感使她喉頭一緊。她具體來說該怎麼做？跟上去嗎？像晨曦日那天一樣，撐開傘跳下屋頂？到時會怎麼樣？她會不會……飄進前庭，被一群發狂的幻獸族攻擊？這實在太像陷阱了。

她死死抓著雨傘，喃喃自語：「我不知道該怎麼辦。」

這時，杜卡利翁飯店回應了。

莫莉安看見欄杆尾端長出一條閃爍光芒的金色長線，直伸到遠處的街道上，長得看不清線的盡頭，說不定根本沒有終點。

就這樣決定了，莫莉安想道。她不信任史奎爾，可她信任杜卡利翁。

她心臟狂跳地爬上欄杆，雙腳跨過去，伸手將雨傘扣進線上的圓環，扯了扯，確定這是確實存在的真線。

接著她聽見樓梯口的門猛地摔開，身後傳來耳熟的叫喚。

「莫莉安！妳在這啊，妳在做——**不要！快住手！**」

她回過頭，見到芬涅絲特拉從門口現身，雙眼大睜，神色恐慌，一個後退，隨即飛速奔過屋頂衝向她。莫莉安抓緊雨傘，閉上眼，傾身向前，任自己向下墜落。

# 第三十六章　英勇廣場

搭乘傘鐵一向讓人心神暢快——高飛翱翔天際，低空掠過街頭，接著高度爬升橫越屋頂，準備好在正確時機、正確降落地點一躍而下。這是奇特的永無境體驗，帶來恰到好處的痛快酣暢與驚心動魄。

比那更驚心動魄的是，你所用的纜線五分鐘前尚不存在，而是在你滑行的同時一邊延伸成形，但你不曉得該在何處降落，甚至究竟是否會降落。

莫莉安盡力全神貫注於跟隨史奎爾，希望他不是要帶自己去送死。但她仍忍不住偷瞄了背後一眼，大批綠眼幻獸族正追在後方，速度越來越快，數量遠比她想像的要多，有的奔跑、有的滑行、有的飛翔、有的馳騁。正如史奎爾所言，莫莉安是指引他們前進的烽火，誘出空心症，引領受害者前去……去哪裡呢？是他們在獵捕她，抑或是她正設下陷阱？

唯有史奎爾知道。

好歹她能安慰自己，假如史奎爾要她死，這方式還真是出奇沒效率。

在城中飛馳好長一段時間，莫莉安的手臂漸漸失去力氣，正忖度自己還能緊抓雨傘多久，目的地陡然明朗起來。

她緊跟著史奎爾穿過舊城的西門，飛過永無境歌劇院，順著雄偉大道前往市中心。領頭的史奎爾已抵達英勇廣場中央的金色噴泉，翻身下了影馬，馬消失於絲網之中。

莫莉安跳下傘鐵，姿態遠不及他優雅，落在石子路上時雙腿震得發疼，踉蹌地往前衝了幾步，不過至少還站著。直到她回頭望向來時的路，不禁雙膝一軟。

每條通往英勇廣場的街道巷弄，無數綠色光點閃現，組成擁有獸角獸蹄、尖牙利爪的上萬大軍，團團圍住她和史奎爾，發亮的雙眼全盯著莫莉安。

然而，那些感染者越是靠近，神情便越是警戒，咆哮、嘶吼、流涎、低鳴，稍稍靠近又隨即往後跳，每個人顯然都等著其他人發出某種訊號。

史奎爾說得沒錯，他們搞不懂她。

「該怎麼做？」她顫抖著問。

「消滅它，」他說：「無須手下留情，無須猶豫。最重要的是，務必**斬草除根**。想讓空心症在永無境真正消失，務必一次將其根除，哪怕留下一小顆粒子，都等於給它再度壯大的機會。妳必須一擊成功。」

「對，可是該怎麼──」

「等。」他說著舉起一手，「讓他們靠近點。」

他們慢慢靠過來，莫莉安可以逐一看清每個人，其中幾個她甚至似乎見過。她確定自己認識那名高大的白色幻熊，那人在距離杜卡利翁幾個街區外的奧麗安娜飯店擔任門衛；以及那位幻蜥，他在法蘭克最愛的伊瓜拿拉瑪樂隊當貝斯手。

「把他們視為單一存在，」史奎爾說，彷彿讀到她的思緒。「同一個敵人，同一個魔物，只不過擁有多副軀殼罷了。能夠使役其一，即可使役全體。明白嗎？」

莫莉安嚥下口水。「不太懂。」

史奎爾將他們引來此處，究竟有何目的？他說要消滅，意思該不會是要莫莉安**殺了他們？**她想要的是幫助他們，不是引誘他們步入死地。

一隻色彩鮮豔的龐大幻鳥從半空對準莫莉安的頭一撲，她尖叫一聲將鳥摔開，試著保護自己。

「等。」史奎爾語帶警告地說。

「等**什麼？**」她喊道：「等他們一起攻擊我嗎？」

史奎爾緊盯迅速縮小包圍圈的幻獸族，看起來鎮定無比。

他當然鎮定，莫莉安心想。史奎爾隨時可以從絲網逃走，她可不行，她盲目地遵從了對方的指示，公開把自己當成誘餌，說不定到頭來發現自己走進世上最顯而易見的陷阱。如今，她已插翅難逃。

莫莉安的脈搏劇烈跳動，頭也隨之發脹，胸口猛力起伏，像是吸不夠空氣。她覺得自己是大蠢蛋。她會不會真的死在英勇廣場？沒人會曉得她為何來到這裡、打算做什麼，後人將永遠記住她是那個不管封城令的呆瓜，竟然在空心症危機最嚴重的一夜出門，也因此送掉小命，大家只會說她活該。

「好，」史奎爾靠近她，提高音量，壓過幻獸族厲吼、嘶叫、尖啼的聲音。「時間差不多了，等我訊號。」

「要做什麼的訊號？」莫莉安大叫。一名花色斑駁的大幻蛇張開大口，發出嘶聲展開攻擊，她往後躍開。

「被熊追的時候，妳怎麼辦？」

基於最近的實際經驗，她果決地說：「跑。」

「不對，妳要把自己變得比熊更大。」

「我要怎麼——」

「妳召來的不只是幻獸族而已。」史奎爾打斷她，頭往逐步逼近的群眾一點。「看看妳四周，**仔細看。**」

再一次，莫莉安費勁讓雙眼放鬆，直到近乎閉上……英勇廣場隨之亮起。她在屋頂匯集的白金色幻奇之力熠熠閃亮，像這批幻獸族一樣隨她而來，數量也一如人潮那般呈倍數增長，耀眼刺目。

「我要拿它做什麼？」

「做件大事。運用所知與長處，不需要無懈可擊，規模夠大即可，大到能從每個幻獸族身上一次引誘出空心症，好比從傷口吸出毒液。」

規模夠大的事情。**規模夠大**的事情。

莫莉安想破了頭，卻想不出半個主意。史奎爾對她的看法一點不錯，她還遠遠及不上該有的程度。

她釘在原地，彷彿恐懼生了根，向下伸入地底。「我——我辦不到，我學得還不夠，你也是這樣說的。」

史奎爾倏地轉頭看向她，眼中閃著怒火。

「現在不是膽小怕事的時候！」他喝道：「讓已死的火華樹復甦的莫莉安・黑鴉去哪了？那女孩擊潰惡鬼市集，在保存時光博物館指揮了一場盛大的死之交響曲，這樣的莫莉安・黑鴉去哪了？叫她回來！」

「那不一樣！那些事情不是我計畫的，是自然而然地發生，我沒辦法——」

**「莫莉安！莫莉安，我來了！」**

遠處傳來慌亂的吶喊，莫莉安越過一大片發亮的綠眼，循聲望去。

那不是她的幻想。不可思議地，地平線上有個巨型灰影，在雄偉大道中央狂奔，朝著英勇廣場而來。

「芬涅絲特拉！」

她的心臟直提到喉嚨，只見芬抵達廣場，毫不猶豫縱身躍入人海，在空隙之間撲來撲去，跳過那些幻獸族的背，只為了趕到她身旁。莫莉安這輩子從沒這麼高興見到誰，又這麼替對方著急。

「芬，小心！」一群幻鳥在魁貓頭頂盤旋，輪流朝她撲去，莫莉安驚叫。

但芬涅絲特拉似乎壓根沒注意到他們，身手敏捷地落在莫莉安前方的空地，轉身對幻獸族咧嘴發出凶猛的怒嗥。

莫莉安不及細想，蹲低身體，在芬涅絲特拉與幻獸族之間的地面畫出一條火線，接著畫成整個圓，把她、芬與史奎爾三人包在熾烈燃燒的火圈當中。

「妳跑來這裡做什麼？」芬厲聲對她說：「妳在想什麼？竟然這樣跑掉，**還從屋頂往下跳**，妳搞不好會——」

「那是不得已的！」莫莉安急急說道。四周的火焰竄高、收攏，汗水流入眼中，讓她難以看清眼前景象，火牆後的幻獸族變得面貌模糊。「我晚點會解釋！」

「要是妳的笨蛋同學沒撞開妳房裡那扇門——」

「我的——妳在說什麼？」

「那個沒禮貌的男孩，跟一個……有另一個人跟他一起來……我忘了——」

「詩律！霍桑跟詩律撞開我的月臺門？」莫莉安本以為自身的恐懼已經到達極限，然而在那一刻，她竟然更加驚慌失措，心中一涼，猶如刀割。「他們沒事吧？出了什麼事嗎？」

「他們很好，他們擔心的是**妳**。」芬飛快地往下說：「一邊大喊妳的名字一邊衝進大廳，說另一個朋友夢到還是用靈視看到……妳『被火焰與利牙包圍』。他們本來要跟我一起來找妳，但是——」

「小蘭。」莫莉安悄聲說。

滿場紛亂中，她驟然感到一陣奇異的寧靜，肩上本來沒意識到的重擔消失了。

史奎爾說幻學會將改寫劇本，說刺藤博士無法研發出解方，這些他都說中了。可是他說幻奇師沒有朋友，卻是大錯特錯。

莫莉安有朋友，真正的朋友，會擔心她的朋友，她也會擔心他們。這些朋友不是地下九樓的往日幽魂，而是真實存在、活生生的朋友，會在她面臨危機時破門而入，只為了聯絡她。她還擁有如同家人的朋友，有人願意挺身為她抵禦任何事物，像是朱比特；有人為了守護她，願意衝過一群發狂的幻獸族，像是芬。莫莉安知道，她也願意不顧一切為他們做同樣的事。

這就是她與史奎爾的不同之處。莫莉安不是他——這份突如其來的確信，令她精神一振，充滿勇氣。

「黑鴉小姐，**快沒時間了**。」史奎爾迫切地說，芬涅絲特拉這才注意到他，嚇得蹦上天去，簡直魂飛魄散。「妳擋不了一輩子，要是不馬上採取行動——」

「我知道！噓，我在想。」

「史奎爾。」芬涅絲特拉低吼，渾身貓毛豎起，像被電過似的。

「他要幫我消滅空心症。」莫莉安說，芬涅絲特拉張大了嘴，不知是出於驚嚇或不安，也可能兩者皆有，似乎說不出話來。

「黑鴉小姐——**就是現在！**」史奎爾喊道。

她閉上雙眼，隔絕外界的喧囂，試著假裝這裡只有她一人。

**運用所知與長處**。

**煉獄**，她心想。**我擅長煉獄**。

**萬事萬物彼此相連**。

莫莉安睜眼，低頭凝視地面，凹凸不平排列的石子之間形成紋樣。

她跪下來，往地面伸出手，深吸一口氣——隨即被一隻灰色巨掌拍到一旁，發出驚呼。

「好痛！芬，做什——」

「**莫莉安，趴下！**」

高大的白色幻熊發出受傷巨人般的咆哮，突破火牆朝她衝來，然而芬涅絲特拉的體型是幻熊的兩倍大，越過莫莉安的頭反吼回去，響亮得令耳朵發疼，全身隨之震動。幻熊後退，但很快便回過神，再次撲向莫莉安。芬及時擋在中間，幻熊緊緊咬住魁貓的頸部，隨之一扭，將芬臉朝下甩在石子地面，發出震耳欲聾的「啪」。

「芬！」莫莉安叫道。

突然之間，彷彿收到等候良久的訊號，幻獸族猶如成群的書蟲，朝芬涅絲特拉一擁而上。不到幾秒，芬的身影便被淹沒，只看得見一隻貓掌盲目亂抓，利爪每碰到一人便鮮血直淌。

莫莉安發出不成句的怒喝，有如戰吼，接著雙掌按住地面，將體內每一分懼意與狂怒向外輸送，爆出連她自己都驚訝的一波烈焰。透過石子之間的裂隙與間隔，火光迅速傳遍整個英勇廣場，地面宛若被雷劈中的電網，亮起光芒。那不僅僅是火焰，而是灼灼燃燒的能量，廣場上的幻獸族全數浮起，像是蒸騰的熱氣般向上飄去，離地好幾公尺高，動也不動地懸在半空片刻，直到火勢燒盡，陷入黑暗。

幻獸族紛紛跌落地面，發出好比整片林木同時被砍倒的聲響。如同黃昏盛宴那天，空心症閃著朦朧綠光飛離軀殼，升上半空，猶疑不決地徘徊。

莫莉安在原地搖晃了一下，凝視這個詭譎的光景，不住耳鳴。英勇廣場陡然的沉寂像張毛毯，沉重而柔軟，感覺好似站在暴風眼之中。

她辦到了。她做了件大事。

「然後呢？」她輕聲問，語氣難以傳達內心的慌亂。她感覺得到，現在正是關鍵時刻：假如此時無法一舉摧毀空心症成百上千的碎片，這些寄生蟲可能再度分裂，逃入黑夜，躲進天知道什麼地方，感染成千上萬名幻獸族。

光點在她身周閃爍，恰似微小翠綠的螢火蟲，一時聚攏、一時分散，但始終對她敬而遠之，等待著什麼。

莫莉安轉頭望向史奎爾，史奎爾則抱著好奇但疏離的態度，注視這些綠點。

「它以為我是你。」她的腿有些撐不住，好累。「對不對？它以為……我是主人。」

史奎爾把頭一偏。「既然如此，妳要怎麼讓它不復存在？」

莫莉安回想他方才所說的話。空心症是同一個敵人，同一個魔物，只不過擁有多副軀殼罷了，他是這樣說的。**能夠使役其一，即可使役全體**。

「我要……給它一個指令？」

「清楚明確的指令。」他看向莫莉安。「妳必須發自內心下達指令，黑鴉小姐。倘若它懷疑妳給予指令的意志不堅，就不會聽從。」

一些幻獸族開始甦醒，她聽見那些人迷茫困惑地互相低語。高大的白色幻熊微微悶哼，撐起身體坐起。

就在莫莉安覺得快要累倒在地時，某個柔軟、溫暖又毛茸茸的東西走來，站在她身後，及時扶住她。芬用灰色大頭輕輕撞了一下她的肩膀。

「我做不到。」她小聲說。

「妳做得到。」芬涅絲特拉與史奎爾異口同聲。

光點飄近，凝視著她等候。

她原以為如果徹底消滅空心症，讓永無境免於陷入無可挽回的災禍，自己會心情痛快，卻沒料到會隱隱感到奇異的愧疚。畢竟，無論這東西是疾病、是魔物，抑或是任何存在，都不是自願被創造出來的，如今卻等待她宣判結局。

「你必須離開。」她悄聲說道：「我希望你離開。」

「要清楚明確。」史奎爾說。

莫莉安想起蘇菲亞，口吻轉為堅決。她渾身湧起一股力量，既令人作嘔也令人沉醉，是她此生最美妙也最可怖的感受。

「你必須死。」

空心症聽從了命令。遍布英勇廣場的眾多綠光逐個熄滅，一切陷入黑暗。

# 第三十七章　臥床休養

「妳先前知道嗎？」

「知道什麼？她能——」

「對。」

「老天，我不知道。我猜沒人知道，連她自己也未必知道。」

這段對話穿透睡眠之霧，傳到莫莉安耳邊。剛開始只是單純的聲音，宛如敲打窗戶的輕響，試著吸引她的注意力；在她徹底清醒前，無法分辨的低喃化為語言，驀然間，儘管毫無這麼做的意思，她已經開始偷聽對話。

「她那個瘋瘋癲癲的贊助人呢？」

「假如諾斯隊長知道，那他裝得可真好。喂，妳為什麼能從圖書館一次借這麼多本書？」

「工作福利。」

莫莉安將眼睛睜開一條縫隙，看見雀喜小姐在她的床附近，繞著另一張收拾整齊的床忙來忙去。羅詩妮・辛格坐在床尾，手裡抓著一雙拐杖，看著雀喜小姐的動作，臉上帶著疑惑的笑容。

「妳不用做這些啦，小瑪。我可以——」

「妳可以坐在這個位置閉嘴。還有不要再亂動了，萬一妳又拉到縫線，他們今天可不會放妳出院回家。」

「我哪裡動了！」羅詩妮邊笑邊說，抓住雀喜小姐的手，把她拉近，挺直上身往她脣上迅速一啄。「大驚小怪。」

莫莉安仍在裝睡，不希望她們發現她在偷聽，可是雀喜小姐接著放下強硬的保母姿態，誇張地假裝暈倒在羅詩妮身邊的床上，兩人像小孩一樣格格笑，真的很難不跟著微笑起來。

這似乎是個「醒來」的好時機。莫莉安裝出剛清醒的模樣，伸了個懶腰，大聲打呵欠，這才將雙眼完全張開。

雀喜小姐一躍而起，衝到莫莉安床邊。

「天哪，妳醒了！妳真的醒了。」她放低音量悄聲說，越過肩膀往後一瞥。除了她們之外，病房只有兩位住客，一位是睡得正熟、鼾聲大作的女人，另一位則是年紀較大的老先生，正編織編得入迷。「妳感覺如何？還好嗎？快告訴我，莫莉安，說句話！」

「瑪莉娜，妳先給她機會說話吧。」羅詩妮建議道。

「嗨。」莫莉安嗓音乾啞，「我沒事，只是很累。」

「我想也是，妳睡了兩天。」羅詩妮說。

莫莉安剛甦醒的大腦仍有些渾沌，片段的記憶在腦中浮現。

「芬涅絲特拉！」她衝口而出，試著坐起卻失敗了（身上的肌肉也還沒徹底清醒）。「芬在哪？她沒事吧？是我的朋友，我們的房務總監，她是魁貓——」

「喔，妳說那隻**大毛球**？」羅詩妮雙眼一亮，「是她送妳來住院的。醫院人員顯然不想要她待在這裡，因為她不是學會成員，而且體型比門還大，還有——她的態度老是這麼差嗎？」

「對。她還好嗎？」

「她恐嚇要吃了拉特徹醫生，我想她好得很。」

莫莉安怕得幾乎不敢問下一個問題。「那——邊界，有沒有——史第德首相有沒有開放邊界？」

「沒有。」雀喜小姐說，莫莉安立即鬆了一大口氣。冬海沒有入境，這代表史奎爾也沒有入境，他信守了諾言。雀喜小姐不解地偷瞄羅詩妮一眼，遲疑地緩緩說道：「嗯，畢竟……最後沒必要了。對吧？」

兩人一同望向莫莉安，像是期盼她收到暗示，主動開口敘述整個經歷，但她挪開目光，假裝沒注意到。

「妳們有看到我的衣服嗎？」莫莉安穿著醫院的法蘭絨睡衣，這樣回家實在不妥。她留心審視周遭的物品，看見堆成山的「早日康復」慰問卡、兩盒甜食、幾束花，以及一大把奢華的牡丹與玫瑰花，插在花瓶中，上頭附的小卡有香妲女爵的字跡。可是除了椅背上掛著斗篷之外，不見其他衣服的蹤影。「還有，我的鞋子去哪了——」

「哇，慢點。」雀喜小姐一手按住莫莉安的肩膀，引導她躺回枕頭上。「醫生說等妳醒來以後，至少得再住院一晚觀察情況。」

「可是我不想——」

「再一晚！不會怎樣的。」

莫莉安癱靠在枕頭上，嘆了口氣。她只想回家。醫院床鋪又硬又窄，永遠比不上八十五號房為她做的一床被窩。

「朱比特呢？」

雀喜小姐遲疑一下。「他本來在。妳住院之後，他寸步不離守在這裡，不過嘛……羅詩妮說提姆護理師昨晚把他踢出去，等妳醒了才准回來。」

一陣靜默，莫莉安感覺得到她倆的視線黏在身上。終於，雀喜小姐小心翼翼地說：「英勇廣場上發生了什麼？」

「我不——」她張口，隨即打住。「我沒辦法……我不能告訴妳。」

雀喜小姐臉上迅速閃過好幾種情緒，莫莉安逐一看得真切：不解，接著是受傷，接著是擔心，最後是不情願的接受。然而，她只說：「沒事，在妳準備好之前，什麼都不用說。一定很可怕吧。」

「不是這樣的，只是——」她停下話頭。該怎麼不著痕跡地表達：**我不能說我怎麼消滅空心症，因為妳會馬上發現我不是靠自己辦到的，然後會問更多問題，如果我想回答，就必須承認幫我的人是永無境的頭號敵人，而且多數人都認定他是史上最邪惡？**她疲憊不已，什麼藉口也想不出來。

還是選擇最省事的路比較好。她點點頭，垂下頭去，暗自希望自己表現出的是不安，而非心虛。「對啊，真的很嚇人，我還沒準備好要談。」

「不管花多少時間都沒關係，」引導員溫柔地說：「我不會讓任何人逼妳，就算是長老也不行，我保證。」

「謝謝。」莫莉安說，鬆了口氣，這下爭取到時間想個比事實更可信的說詞了。她環顧四周，想找件事轉移話題。「蘇菲亞怎麼樣了？」

雀喜小姐表情一垮。「蘇菲亞她——她還沒醒。」

莫莉安眉頭一皺，「還沒醒？但妳說已經過了兩天。」

「兩天？」

「我們……我消滅空心症之後。」

眼前兩位年輕女子彼此互望，面露擔憂。

「莫莉安，」雀喜小姐說：「妳是說……妳以為幻獸族全部病好了？」

「一定好了才對，英勇廣場的幻獸族都沒事，」她邊說邊坐直，「我親眼看到的，他們醒了，看起來——」

「多數人是徹底痊癒了。」雀喜小姐同意道：「但不是所有人。刺藤博士說空心症在每個人身上的進程不同，有些人到現在都沒醒。」

「住院的那些人呢？那些已經隔離的人，難道……」莫莉安說不下去。**難道依然是被掏空的狀態？**

「老實說，我們不曉得。」羅詩妮說：「什麼也沒人告訴我們。」

雀喜小姐輕捏了莫莉安一把，說：「九一九梯今天早上來過，大家很想見到妳，尤其是霍桑跟詩律。要不要我告訴他們——」

「**終於醒了是吧！**」

「看來不用了。」聽見霍桑的嗓門響徹整個病房，雀喜小姐接著說。

詩律打了霍桑的手臂一下，「噓！你想害我們又被趕出去嗎？」

見到朋友，莫莉安不禁雀躍。距離上次相見才不到一週，但中間發生太多事情，恍若隔世。

「還以為妳打算睡掉這一整年。」霍桑用稍稍調整過的音量說，咧嘴笑著一屁股坐在床尾，「懶蟲。」

雀喜小姐不久便離開，好送羅詩妮回家，臨走前嚴正警告霍桑**便盆不是帽子**（莫莉安不想知道霍桑在她睡著時做了什麼）。三名重逢的好友壓低音量，飛快地報告過去幾天的事件，搶著說話，一句不漏地描述細節。莫莉安全盤托出英勇廣場的整個經過，即便霍桑臉色變得慘白，詩律則用雙手緊抓棉被邊緣。向雀喜小姐跟長老掩飾真相是一回事；詩律跟霍桑不同，是她在世間最好的朋友，她不願隱瞞任何祕密。

「詩律，妳在高伯爾圖書館說的那些話，」最後，她鼓起勇氣說：「也許妳說得沒錯。也許我最近是很不對勁。地下九樓，還有其他幻奇師……說起來很怪，可是……有時候，我覺得他們好真實，開始把他們當成某種形式的……朋友。我想我對他們的確是有點迷戀。」

「是啊。」詩律聳了聳肩，「所以呢？要是我們都能跟鬼魂瞎混，在專屬的祕密學院學禁忌魔法，我們也會整天只想這些事，不是嗎？聽起來超棒的。」

莫莉安帶著歉意一笑，「薩迪亞說我整天只會講這個。」

「呿，誰管薩迪亞說什麼？」霍桑插嘴，「她只是嫉妒而已。老實說，我想大家都有點嫉妒。真希望我也可以看幽魂時刻。」

「我也是。」詩律承認。

莫莉安揚起雙眉，「可以啊！我是說……要抓好時機，免得被迪兒本或默嘉卓逮到，但我敢說能幫你們兩個溜進地下九樓！」

三人花了半小時興奮地規劃這樁祕密任務，霍桑堅持要像複雜縝密、風險極高的珠寶盜竊行動那樣擬定計畫，包括把風、監控、抓鉤等環節（他還沒想到要怎麼用上抓鉤，但他打定主意非用不可）。他們絕口不提仍在隔離的幻獸族，莫莉安很高興能暫時拋開揮之不去的憂慮。

不過，她還有件事得跟詩律說，免得錯失良機。趁著霍桑在一張慰問卡背面歪七扭八地畫起鉅細靡遺的傲步院藍圖，她把握機會。

「先前我叫妳替我為了那本書說謊，」她悄聲說：「對不起。」

「妳怎麼以為妳叫得動我去做任何事，真好笑。」詩律回以狡黠的微笑。

「妳知道我的意思。」

「嗯。沒關係。妳還是欠我。」

「好。」

過了半晌，莫莉安才意識到覺得無趣的霍桑默默從她床邊消失。

「他跑去找便盆當帽子戴了，是不是？」

詩律點頭。「鐵定是。」

提姆護理師來替莫莉安做檢查，邊做邊發牢騷。

「……然後八個人忽然通通擠進來，搶走整個病房的氧氣，到處掛些手做布條！拉小提琴！**邀年紀大的病人比腕力！**我說，不好意思，這裡是醫院，不是我克里夫叔叔跟楚迪阿姨在科羅普列昂海教堂辦的紅寶石婚派對，別搞得像水手在狂歡似的。」他把聽診器從莫莉安的背脊中間移到上背，「再一個深呼吸，就是這樣。」

莫莉安用鼻子深吸一口氣，從口中呼出。

「我是說，妳沒惹什麼麻煩，但我說句老實話，妳朋友簡直是惡夢一場。拜託不要再回來了，沒在跟妳開玩笑。」

「我盡量。」

「然後昨晚，大驚小怪隊長跟長老又鬧了那一齣！唉喲喂。再給我一個深呼吸。」他再次挪動聽診器，莫莉安的胸口再次起伏。

「哪一齣？」

「跟鞭炮一樣炸個不停，他們四個都是。大吼大叫的！醫院裡耶！虧他們還是成年人。」

「他們在吼什麼？」莫莉安問，雖然她心中略略有個底。

「喔，天曉得。坤寧長老說等妳醒了，要來找妳問些問題，然後翁長老說不如帶個公共移焦部門的人，準備關於不知道什麼事的媒體新聞稿，那個話很多的紅髮男聽到這句話就爆炸了。『**你們沒人在乎怎樣對莫莉安才是最好的，**』他這樣說，『**要不**

**是我一直大力反對，你們會直接推她去送死！』**我以為坤寧長老會甩他一巴掌，但他一發飆起來就不是說著玩的，是吧？他真該去參加業餘劇團。」

**他本人就是個業餘劇團。**莫莉安暗想，又做一個大大的深呼吸。

「我承認，這讓我的晚餐時間增添不少娛樂，但吃完乳酪扁豆派之後，我就不得不把他們趕出去了。可憐的柏金斯老太太受不了這些刺激，血壓會飆升。」他邊說邊朝角落那張病床的女士點了個頭。

莫莉安內心一陣憂懼。想到要複述當晚的經歷，小心略去某些有犯罪嫌疑的細節，精心編造有辦法一再重述的謊言，讓長老不疑有他全盤接受，莫莉安便感到精疲力竭。

「來，含在舌頭底下三分鐘。」提姆護理師把玻璃體溫計塞進她嘴中，起身拿放在床尾的紀錄板。「這次是出什麼事了？」

「喔，你懂的，」她含著玻璃說：「從大樓跳下去，被幻獸族追，在英勇廣場放火。」

「哎呦，妳是怎麼搞的？」他心不在焉地看了眼手錶，在紀錄表上寫了個筆記。「舒茲先生又因為趾甲內生住院——**舒茲先生，我在跟她說你的腳趾甲呢。**」他提高音量說，病房另一端的老先生微笑著揮了揮鉤針。「大家都多病多痛的，你們幾個。喝杯茶嗎？」

「好，謝謝。」

「我想我最好通知那個大吼大叫的傢伙說妳醒了。」

「好，謝謝。」

儘管疲憊，但想到朱比特痛斥了長老一頓，莫莉安依然忍不住微微泛起笑意。大驚小怪隊長永遠站在她這邊。

「還要水嗎？還要果汁嗎？這果汁看起來不怎麼好喝。要不要我替妳帶些家裡的新鮮果汁？我們打算辦個盛大的重新開幕會，廚房也恢復運作了，我什麼都能替妳帶！妳要什麼——鳳梨汁？柚子汁？火龍果汁？冬青果汁？檸檬果汁？兩種綜合莓果？三種綜合莓果？日落蜜桃？日出獨角獸？鬼靈精春季汽水冰沙？」

「不用了，謝謝。」莫莉安嘆氣，「而且我聽得出來，起碼有三種是你掰的。」

提姆通知朱比特之後，他幾分鐘內便衝進教學醫院，接著對莫莉安各種噓寒問暖，像隻緊張的蝴蝶飛來飛去。上一刻，他摸著莫莉安的額頭檢查是否發燒，下一刻，他卻拿來好幾條莫莉安不需要的毛毯。他問了三遍想不想換張更好的床（莫莉安告訴他「每張床都一樣」），兩遍需不需要找個視野更好的位置（她說「哪有視野更好這種事，這裡是地下三樓，又沒窗戶」）。剛開始還有些好笑，漸漸變得讓人心累，最終演變成令人抓狂。

他唯一沒有瞎擔心的時刻，是他們討論英勇廣場事件的當下。兩人壓低音量交談，對話簡短而嚴肅。

一如莫莉安預料，朱比特已經從芬那裡聽說了大概，她則填補了缺漏的部分。他仔細傾聽莫莉安的版本（聽了兩遍），偶爾才會打岔好釐清一些細節，然後要她把故事講**第三遍**，這次抹除有關史奎爾的一切，用小小的假話縫補漏洞。他倆合力編造可信的理由，交代她那晚為何要去英勇廣場（她在杜卡利翁關得太久，悶壞了，決定搭傘鐵在城裡迅速兜個風，再安安穩穩回到家，沒想到在英勇廣場摔了下來），又杜撰一套夠可信的片斷記憶，只說她不知怎地用了自己從沒想過行得通的方式，發揮幻奇技藝消滅了空心症，但她不全然明白是怎麼做到的。這套說詞大半是實話，當然也因此成了絕妙的謊言。經過幾次練習，莫莉安有把握能說服長老。

現在，她只想說服朱比特冷靜點。

她望著朱比特拿起掛在床尾的紀錄表，接著又放回去。他已經讀那份表讀了十幾二十遍，莫莉安覺得未免誇張，畢竟上面只用大字寫著「臥床休養」。

「朱比特，」她堅定地說：「請你坐下，我有件事想問你。」

他走過來，抽出莫莉安頭底下的枕頭，第一百萬次將它拍鬆。「沒問題，我先把──」

「**坐。下。**」

她音量太大，就連病房另一頭耳背的舒茲先生都驚得一跳，鉤針喀啷掉到腿上。

終於，朱比特不甘不願地坐進莫莉安床邊的椅子中，看起來很想再度跳起身，動手整理眾多插了花的花瓶。莫莉安意味深長地看了他一眼，他趕忙正襟危坐。

「當然好，」他大方地說：「盡量問。」

莫莉安直視他的雙眼。「那些感染的幻獸族，在這裡住院的那些人……他們沒有痊癒，對不對？空心症消滅之後，他們沒被治好，還是一樣……」她壓低聲音，「一樣是奇獸，對不對？」

朱比特揉搓後頸，半晌才回答：「刺藤博士正在──」

「不要說那句話，」她怒聲說：「不要說她快研發出療法了，朱比特，除非你是真心的，除非那是實話。」

她瞪著朱比特等待，他的表情則隨著內心的掙扎而變化。顯然，他很想唱反調地堅持那套樂觀說法，但他似乎明白這套已經不管用了。

「他們……對，他們還是奇獸。」他招認道：「我是說，那些醒來的病人。」

「其他人呢？」莫莉安問，想到了蘇菲亞，雙手捏著棉被，緊握成拳頭。「他們醒來之後會怎麼樣？會……被掏空嗎？」

「我們沒辦法肯定。」

「那你的推測呢？」

朱比特沒答腔。用不著回答。他們靜靜坐了一陣，這番對話凝重地壓在心頭。

「我沒騙妳。」他總算開口：「我說那些話的時候。刺藤博士真的很接近了，至少……她是這麼認為的。」他打住，抬頭凝視天花板片刻，整理心情。「我們不打算放棄，莫兒，我們會讓大家恢復原狀。」

他迎上莫莉安的目光時，睜著大大的藍眼，十分真誠，但她看得出來，朱比特想說服的不僅是她，也包括自己。她點點頭，緊抿著嘴脣微微一笑，暗自希望自己裝得夠像。

「說到這個，我也有東西要給妳。」他環顧圍繞在床鋪四周的各種東西，「沒有香妲女爵的花束那麼奢華，可是我覺得妳會喜歡。為了拿到這東西，我可當了一回小偷。」

莫莉安挑眉，「什麼？」

個新鮮。」

「嗯。」他抓了抓頭髮，聳聳肩，明顯想裝得若無其事，「我昨晚決定試試看，圖

「你決定試試看……當小偷。」莫莉安複述了一遍，語氣藏不住懷疑。

「是啊，就這一次，我不會變成慣犯的。」朱比特吸吸鼻子，加上一句：「告訴妳，我偷起來厲害得很。」他一面說，一面輕巧起身，快步走去拿大衣，將手探進內袋，拿出一件莫莉安以為這輩子再也不會見到的物品。他將東西遞給莫莉安。

「愛默特。」她低語，雙手接過破損老舊的兔玩偶。

胸口有什麼揪了一把。

愛默特，她的**朋友**。

莫莉安抬頭看向朱比特。「你大老遠跑去豺狐鎮，闖進黑鴉大宅。」她聲音一啞，喉間哽住，難以吞嚥。「就為了……為了幫我把他偷出來？」

朱比特有些心虛地笑，「這個嘛，嚴格來說不算偷，他本來就屬於妳。」

莫莉安默然半晌，盯著兔玩偶拚命眨眼，清了清喉嚨。「謝謝。」

「不客氣。真是討人喜歡的小東西。」朱比特伸手拉拉愛默特的鬆軟耳朵，莫莉安本能地將兔子一把拉回。他停住動作，將雙手舉起來：「對不起。」

「不會，沒關係，只是……」她一陣倉皇失措，忽然感到尷尬：「只是他太舊了而已，都快散掉了。」

「可以借我一下子嗎？」朱比特問，匆匆補上一句：「我會小心。」

莫莉安一個遲疑，「呃……好吧。」

朱比特輕柔謹慎地從她手中拿過愛默特，捧著兔寶寶，細瞧縫線與補洞的痕

跡，泛黃的白皮由於過度撫摸而有些脫毛，背後蓬鬆的尾巴在某次洗滌時掉落，不知所蹤，只留下一根伶仃的棉線。

「可以跟妳說一件事嗎？」

「是什麼？」

「妳很愛這隻兔寶寶。」

她翻了個白眼，「我早就知道了。」

「其實不，妳不知道全部。」朱比特再度坐進床邊的椅子，仍像抱著活生生的奇獸般，溫柔捧著兔玩偶。「妳以為妳之所以愛他，是因為他從妳小時候就陪在身邊。妳以為妳之所以愛他，是因為他傾聽了妳十一年來的祕密與故事。也因為在妳睡著時，他總能剛剛好趴在妳的頸窩，而且在吃晚餐時，總能藏在妳旁邊的座位上。」

莫莉安面露笑容。確實，她偶爾會在晚餐時間讓愛默特坐她旁邊，由於從來沒人跟她坐在同一側，所以從未有誰發現。當然，要是奶奶瞧見那個「髒兮兮的舊東西」被帶進餐廳，準會大發一通脾氣，但這麼做讓莫莉安覺得她有同一陣線的夥伴，即使愛默特沒法替她說話。

「妳以為妳之所以愛他，是因為他柔軟蓬鬆的耳朵，以及可愛的小背心。」

此刻，愛默特沒穿著背心……但他從前穿過，恰似他從前有條毛茸茸的尾巴。

不過，朱比特自然看得見那件丟了的背心，正如他看得見莫莉安的惡夢與煩憂、被掏空的幻獸族，以及香妲女爵亙古不變的善良。

「也因為他像鈕釦一般黑的眼睛，」他接著說：「因為會讓妳想到自己的黑眼。還有，因為他是妳小時候唯一的朋友。可是，這些都不是妳如此愛惜愛默特的原因。」

偷偷溜回走廊準備回家。從那時起，她便算著時刻，直到那「一小段空檔」到來。

她善加運用了這段等待時間：發誓要給自私的拉特徹醫生好看；對刺藤博士感到怒火中燒，這個假好人，明明宣稱不會放棄研究解方，卻樂得把一票不好處理的幻獸族送去動物園。

然而最要緊的是，她擬定了計畫。莫莉安躺在黑暗中，仰望著天花板，聆聽時鐘滴答作響，愛默特像她小時候那樣窩在臂彎中，謀劃著下一步，如同下棋高手般耐心。

她閉上眼，等待值大夜班的護理師踩著輕巧的腳步聲走過，聲響遠去後，她在床上坐起來，吹了聲口哨。

簡短的一聲哨音，低而奇異。

有那麼一刻，她懷疑這招不會有用。隨後她便聽見了，帶著回音的深沉低嗥穿透呼吸聲與鼾聲。

聲音來自床底下的陰影。

「出來。」她低聲說，試著用命令的口吻而非請求，與此同時，一股本能的恐懼沿著背脊逐漸向下蔓延。

陰影轉為狼形，從床底潛行而出，一張大臉湊近她，齜牙咧嘴，紅眼發著亮光。莫莉安更加用力抱緊愛默特，鼓起所有勇氣，向漆黑魔物發話，聲音並未打顫。

「我要跟他談談。」

# 第三十八章　打開一扇門

那狼彷彿打量了她半晌，接著化為一縷黑煙。

就這樣嗎？莫莉安思忖。總沒那麼簡單吧。她原以為得做些什麼才能說服它聽話，也許露個一手幻奇技藝之類的。但果不其然，那狼消失片刻，隨即再度現身，帶回整批狼群——以及狼群之主。

「別以為妳能像這樣隨便召見我，」史奎爾輕輕地說。他立在床尾，籠罩在陰影之中。「不會每次都有用的。」

「這次有用。」

「因為我在等妳。不過，妳花的時間確實比我預期的久。」

「我睡了兩天。」

他的雙眼往上飄了一瞬。「我想也是。妳的體力差得不像話。」

莫莉安不理會他的貶損。「你說你會解決空心症。」

「我是解決了。妳叫我來是為了謝我嗎？」

「你沒有，」她堅持：「幻獸族一樣被掏空，一樣是奇獸。你答應過——」

「我答應消滅空心症，也實現了諾言。」

「你答應的是**治好他們！**」莫莉安提高音量，立刻聽見角落的舒茲先生在睡夢中一頓嗆咳，不禁一縮，稍後舒茲先生才恢復穩定而重濁的呼吸聲。「你答應會給解方。」她壓低音量，怒聲重複一遍，傾身向前。陰影之狼警告地低吼，但她沒住口。「那天在傲步院屋頂，你是這樣說的：『我親手創造之物，妳認為我毀不了？』」

「但治療和消滅完全是兩碼子事。」他的臉色高深莫測，「我告訴妳的是，若妳拜我為師，我就治癒空心症，我可不記得我是因為好心才提議要治的。英勇廣場那是一場公平互利的協議，我要的是阻止冬海進入永無境，妳要的是阻止空心症散播，在我看來，我們的交易已經了結。假如妳要更多東西，就必須給予相應的回報。」

「好。」莫莉安挺直背脊，推開棉被下床，套上朱比特為她帶來的溫暖拖鞋，拿起椅背上的外套，披在睡衣外面，扣上鈕釦。「好，我同意，我拜你為師，走吧。」

一陣漫長緊繃的沉默，只聽得見病房各處的鼾聲。她等著史奎爾的反應，他卻凝滯一如大石，黑眼在昏暗中閃爍光澤。

「我不信。」他終於開口，「妳為什麼要這樣做？」

莫莉安想把雙手往上一揮對他咆哮，可惜只會引得大夜班護理師衝進來而已。

「你覺得呢？」她沙啞地小聲說：「更重要的是，你何必管？反正你如願以償了！」

「萬一我改變主意了呢？」史奎爾問。「萬一我再也不想要了呢？搞不好我認定妳這幻奇師不夠格，妳永遠沒辦法——」

「你沒有，」她反駁：「所以不要裝了。從我們認識的第一天起，這就是你想要的，**瓊斯先生**。你從沒放棄過，一直回永無境，一直想要說服我。好了，恭喜！比起我不想當你的徒弟，你總算拿出了我更想要的東西。」

「是什麼？」

「我想要蘇菲亞回來！」莫莉安氣自己忍不住哽咽，也氣他聽見。「我想要跟她說話。我想要香妲女爵的朋友恢復正常，她就會開心起來。我想要布提勒斯・布朗回到家人身邊，柯林回到圖書館，醫院裡所有的幻獸族都能……繼續當幻獸族。這不公平，這樣太慘了，他們**被關在籠子裡**，天哪，這樣是不對的。」她用單手摀住嘴，壓住一聲啜泣。史奎爾不帶情緒地注視她。「告……告訴我怎麼治好他們就對了。」

「妳？」他蹙眉，看似真心感到不解。「妳治不好的。」

「我原本也沒辦法消滅空心症，」莫莉安說：「但我辦到了。這次我也能辦到。告訴我步驟，我會照著做，就像在英勇廣場那樣。」

史奎爾輕笑，彷彿她說了個精采的笑話，接著突兀地停住，喉嚨深處微微發出一個怪音，介於憐憫和嫌惡之間，讓莫莉安覺得自己渺小至極。

「黑鴉小姐，消滅空心症跟治癒感染者的技術天差地遠，妳就是……」他將手上下一擺，投來輕蔑的眼神：「……一把粗鈍的工具。妳在英勇廣場的表現，等於是拿大鐘敲茶杯。消滅很簡單，妳當時不過是把長久累積的沮喪怒氣向外爆發，到頭來沒什麼難的，是吧？

「但這件事不同。要讓幻獸族恢復過去的狀態，唯有技巧高超的幻奇師辦得到，至於妳，連個技巧普通的幻奇師都稱不上，現階段妳甚至不夠格說是個幻奇師。」

「我有煉獄的印記，」莫莉安舉起左手，「我見過火種，還讓火華樹重生，已經夠格的幻奇師了。」

「妳會燒東西，好厲害。」史奎爾挖苦地說，用兩根手指給了她迷你拍手。

莫莉安不耐地一哼。他在英勇廣場可不是這麼說的。**擊潰惡鬼市集的女孩去哪了？叫她回來！**他還叫莫莉安不要膽小怕事呢。

她揚起下巴，打定主意毫不退讓。「告訴我就是——」

「把那張床燒了。」

「我——什麼？」

「那張床。」他重複道：「燒、了、它。」

莫莉安瞄了門口一眼，突然有些不自在（一旦她的床冒出火光，鐵定會有人衝進來），不過仍深吸一口氣，接著——

什麼也沒發生。

她又試一次。

什麼也沒發生，連個火星都沒有。

「妳懂了吧。」史奎爾柔聲說，面露嫌棄。「『怎麼做』不是重點。撇開這遠遠超出妳的能力不談，單說妳……現在這德行。妳的電池已經耗盡，即便過了兩天，依然毫無氣力，連件最簡單的事都做不了。妳身旁圍繞的所有幻奇能量正拚盡全力，讓妳撐著別死。」

莫莉安望向牆上的時鐘，埃娜說的那一小段空檔逐漸逼近，她沒空繼續爭辯。

「那要過多久才能——」

「**妳沒聽進去**。」他提高音量，「妳必須花上數天靜養，再花上數年用功練習。在妳成為能夠拯救他們的幻奇師之前，那些幻獸族就會凋零死去。妳一無力量，二無技巧——」

「你有。你兩項都有。」

「然後呢？」

「然後……去年，你說我替你打開了通往永無境的門，你透過絲網借用我的力量，所以我才能做出從來沒學過的事情。你說，只要我開始學幻奇技藝，開始使用我身邊匯集的幻奇之力，就沒有足夠的力量讓你借用了，那扇門會關上。」她深吸一口氣，幾乎不敢相信自己接下來要說出這句話。「要是我想打開呢？」

莫莉安盡可能躲在陰影裡走，然而在燈火通明的醫院，實在很難找到暗處。「我朋友在醫院當助手，她說換班期間會有五分鐘左右的空檔。隔離廂房全都上鎖了，不過拉特徹醫生那邊的抽屜有鑰匙——」

「我們用不著偷偷摸摸，而且愛花多久時間就多久。」史奎爾說，頗有幾分不屑。「我們可是**幻奇師**。過來，伸出妳的手，像這樣。」他脫去黑色皮手套，塞進口袋，接著舉起白皙的雙手，掌心面對莫莉安。他有兩個與莫莉安相同的印記，一個是右手食指上閃爍金光的W字，另一個是左手中指上搖曳的小火苗。也是，他當然有同樣的印記。（照理來說，他一定有其他莫莉安看不見的印記；她知道，自己必須擁有相同的印記，才能看見別人的。）

她的手垂在兩側不動。

史奎爾挑眉，「妳究竟想不想拜我為師？」

看來就是現在了，莫莉安忖度，畏懼與好奇在內心交戰。這想必是某種將他倆聯繫在一起的幻奇師儀式，做了就無法回頭。

她微微發顫地抬起手，模擬史奎爾的動作，隨即猛地縮回。「等等！先把話說清楚，我答應當你的幻奇師學徒，意思是你可以教我**幻奇技藝**，不是……上什麼邪惡的課。」

「真幽默。」

「我不是在開玩笑。我不是你的傀儡，不是代理人，也不是犯罪同夥！這不代表我同意替你征服永無境，也不代表會對你言聽計從或是做**其他任何事**，我只答應學習如何以正常、不邪惡、幻奇師理應運用的方式，來使用幻奇技藝。明白了嗎？」

「清清楚楚。」

「我就全部攤開來說：在這次交易中，你該做的是永久根治空心症，沒有任何附帶條件。每一名幻獸族患者——」

「黑鴉小姐，夠了。時間有限，我無意違背諾言，幻獸族留在掏空狀態也對我毫無益處，那不是我的目的。此外，」他邊說邊再次抬手，看起來有些受辱：「我既許下諾言，必定保守信用。」

莫莉安深深吸了口氣。她不曉得能不能相信史奎爾，但她別無選擇。這些幻獸族明天就會被送走，誰知道多數會送去哪裡？要做的話只能趁今晚。

趁著自己尚未回心轉意，她再次舉手。雙方指尖相觸，陡然之間，儘管兩人都沒動，他卻迎面直衝而來，彼此相互衝去，兩片冰冷黑暗的汪洋合而為一。

剎那間，莫莉安一陣寒意，心智澄明。

她犯了天大的錯。淘金之夜事件彷彿再度重演，可這次灌入她肺部的不是水，而是其他事物。

混亂。瘋狂。力量。

不管那是什麼，她即將在其中沒頂。她想拉開雙手卻辦不到，宛若磁鐵相吸。

**危險！**心跳傳遞著訊息：**危險！危險！危險！**

「冷靜。」史奎爾輕柔的嗓音穿透慌亂，有如黑暗中的火光。

「這是什麼？發生什麼事？」

「我們在建立通道，也就是透過絲網建立暫時的橋梁。**冷。靜。**」

感覺過了許久，但現實中想必只有片刻，兩片汪洋停止漫灌，恢復平靜。莫莉安產生十分奇異的感受，那是種平靜無為的自信，像駕著一艘船，只是那船自己明白該駛向何方，掌舵的人依然是她，不過她幾乎用不著出手控制方向。

她猜想，在劇院演戲的演員大概就是這種感覺，說不定在香妲女爵飾演女反派愉菲雅娜時，穿上華麗戲服、戴上面具後，就是這種感覺。她覺得自己像是披上了史奎爾的皮膚，或是史奎爾披上了她的，想來令人發毛。

「小烏鴉，小烏鴉，」她唱道：「一雙眼睛是鈕釦黑……」

幻奇之力匯聚，規模遠勝她自身足以召喚的程度。史奎爾僅僅透過她唱了幾個音，幻奇之力便在四面八方竄動，風雨欲來。

史奎爾穿過絲網借用她的力量時，她本以為自我會漸漸遭到蠶食，變得弱小，不過實際情況並非如此；她反倒覺得自我膨脹擴張，好像終於獲准在世上占有一席之地。這次一點也不嚇人，跟從前不同，她並未在不知情的狀況下遭人奪取力量，而是雙方互助合作。

電流奔過她的血液，彷彿只要她肯，就能憑眼神壓倒太陽。她勢不可擋，堅不可摧，不容欺凌。

也因此，她總算明白史奎爾的能力與她有多大的差距。他……一直都是這種感覺嗎？

這就是身為幻奇師的真諦嗎？

他們並肩走在空曠的走廊上，莫莉安瞥見玻璃上的倒影，詫異地發現自己的外表一如既往（幾乎有些失望）。她體內潛藏一整個宇宙，外表怎麼依舊是個普通女孩？

然而，她普通女孩的外表並未維持多久。每走幾步路，他們便會經過另一扇窗，映出莫莉安的倒影。每經過一扇窗，她都逐漸改變。

這過程讓她想起迪兒本變成默嘉卓，或是默嘉卓變成如克。她眼看自己的身軀越縮越小，直到矮了一個頭，髮絲灰白乾枯，四肢細瘦無力。

「這是什麼？」莫莉安問。她不覺得驚慌，只隱隱感到好奇。

「裝扮。」史奎爾簡單回答。

抵達通往隔離病房的大橡木門時，莫莉安的倒影已經變成坤寧長老。然而，她低頭注視雙手與身軀，眼中所見依然是原本的樣子。看來，她不是真的變身，只是幻象罷了。

史奎爾透過絲網施力，莫莉安看見自己的手推開門，聽聞門鎖轉開的聲響，感覺雙腳帶她進入病房。一名護理師面露驚愕，快步上前擋住她，直接穿過了史奎爾，彷彿他不存在。當然，對莫莉安以外的人來說，他確實不存在。

「坤寧長老！恕我冒犯，可是這間病房禁止所有人進入，即便是——拜託了，請等一等，您沒穿適合的——」

「大家出去。」莫莉安感到聲帶震動，口型變化，氣流自雙脣間噴出，即使如此，依舊難以相信這話出自她口中。坤寧長老的嗓音極其逼真，孱弱、沙啞、蒼老，卻隱含威嚴。值班護理師毫不遲疑地聽從。「出去後把門關上，誰都不准進來。」

莫莉安與史奎爾單獨留在病房內。

當然，房中實際上並非只有他們。牆邊排列著體型或大或小的幻獸族，有的臥床，有的關籠，數量實在太多，難以在這個空間妥善收容。多數病患都受到鎮定劑的藥力影響，至少是處於半夢半醒的狀態，幾乎稱不上活著。

「感覺得到嗎？」史奎爾問：「那種空洞。」

「感覺到了。」

如同朱比特的描述，他們每一個人都是空的。莫莉安看不見贊助人眼中的景象，可她感受得到，她從未經歷過這麼焦灼難耐的體驗，好比她想吐，偏偏想吐的源頭竟是心臟，而不是胃——違反自然，全然不對。

難怪埃娜最近這麼低落。假如莫莉安得從早到晚待在這附近，八成也會哭個不停。

她好奇地瞥了史奎爾一眼，只見他盯著天花板，顯然無法直視被掏空的幻獸族。莫莉安感覺到他內心交織的懼怕、駭怖與厭惡，這反而讓她怒不可遏。

「這都是你幹的，」她恨恨地低聲提醒：「看看他們。或許是冬海要求的，可是做的人是**你**。」

他沒答腔。

莫莉安領著他從一間病房走過另一間，再走向下一間，一路默然。終於，她找到了正在尋覓的對象。

「蘇菲亞！」她叫道，奔向那位朋友。幻狐縮在小籠子中的另一側，不斷發出微弱尖銳的哀鳴，搔抓金屬柵欄，似乎發狂地想離她遠點。「蘇菲亞，是我！我是莫莉安，妳認識我啊！」

「她還在，」史奎爾說：「他們都還在。我能感覺到他們……在某個臨界點。妳也感覺得到，對吧？」

莫莉安點頭，淚水盈眶。她完全明白史奎爾的意思，蘇菲亞的意識中深埋著什麼，只是個熟悉的小火花，深到或許連擁有見證者能力的朱比特都看不出來。她的朋友還在其中，儘管立於深淵邊緣，隨時可能摔落，可確實還在。

「我們可以把他們拉回來。」史奎爾低喃：「但妳確定要嗎？妳確定這是他們想要的嗎？」

莫莉安轉過身，正想怒斥史奎爾別再企圖操縱她的想法，臨到口邊卻說不出來。史奎爾凝視著蘇菲亞，眉間皺起細紋。

「畢竟，他們要面對的是什麼？」他繼續說：「一個不理解他們的世界，一個勉強容忍他們存在的社會？我們可以輕推一把，送他們落入深淵，他們想必不會有什麼感覺。說不定這才是幫他們。」

莫莉安回頭望向她嬌小畏懼的朋友，伸出手指穿過籠柵，並且下達指令。清楚明確的指令。

「讓他們恢復正常。」

這項工程繁複艱難，進度緩慢，莫莉安也幾乎無法理解。目視自己的雙手做出看似不可能辦到的動作，耳聞自己的聲音說出從未聽過的音調和言語，是相當奇異的體驗。她旁觀史奎爾運用無數白金色的幻奇之力絲線，在每位幻獸族身上織了又織，由內而外重建，將他們失去的一切、所有令他們成為幻獸族的元素復原。

史奎爾所做的，不僅是在編織新東西，不是在皮開肉綻的傷口上貼塊魔法貼布。正如他先前所說，他是在回溯自己親手創造的事物，把空心症造成的影響恢復原狀，慢慢進行，以水磨工夫逐一拆解。正如葛莉賽達·北極星將小水晶宮碎成細沙，他對自己的作品施加幻奇技藝之滅盡，從內部使其消解。整個程序精細得難以言喻，繁瑣得令人苦不堪言，莫莉安分分秒秒定睛觀看，驚嘆得大氣也不敢喘。

幻獸族獲得治癒後，個個動也不動、神態平靜，幾乎像是出了神。不過，莫莉安知道這方法奏效了，她能感應到眾人的心靈一一回歸，意識重返屋內，帶來舒適的重量。

她任由每個經過的籠子開著門。

「大家會記得自己是誰嗎？」不知過了多久，莫莉安問史奎爾。

「會，因為幻奇之力記得。」他說：「幻奇之力的記憶力絕佳。」

他們把蘇菲亞留到最後。莫莉安提心吊膽地旁觀，等史奎爾總算完工，他回頭看了眼自己的傑作，接著轉向莫莉安。「準備好了嗎？」

莫莉安感受到屋內的幻奇之力蓄勢待發，等候最終命令。「好了。」

幻狐就這麼抬起頭，眨著眼，好將她看清楚。

「莫莉安。」蘇菲亞終於開口，微小的嗓音帶著疑惑。「嗨。」

伴隨這幾個字，世界重回正軌。

整個隔離廂房中，幻獸族一個接一個恢復清明，過程輕柔得像海浪回岸。

史奎爾用陰影之幕覆蓋莫莉安，兩人就此離開。

穿越教學醫院的路上，莫莉安察覺她與史奎爾之間的橋梁一點一滴崩垮。他創造的影幕緩緩消逝，但不要緊，沒人把注意力放在莫莉安身上——醫院員工聽見幻獸族甦醒所發出的聲響，紛紛趕往隔離病房。

莫莉安停在一條空曠走廊的途中，抬手示意史奎爾停下來。

「然後呢？」她滿懷戒心地說。此刻，少了史奎爾的力量透過絲網扶持，她的腦袋和身體遲滯得不可思議，費盡全力才不讓自己摔倒在地。

「啊，」史奎爾道：「說得是。」

他低吹一聲口哨，狼群步出陰影，眼眸灼亮，圍住兩人兜圈子打轉，直到莫莉安眼前是一片朦朧的黑色煙影與陣陣紅光，隨後只剩空無的漆黑。

接著狼群消失無蹤，如同現身時那般迅疾。光線回歸，莫莉安手中多了張紙，輕巧地平衡在向上攤開的雙掌掌心。

「這是什麼？」

「看就是了。」

**茲訂定幻奇技藝師徒契約**

**立約雙方：**

**幻奇師埃茲拉．史奎爾**

**幻奇師莫莉安．黑鴉**

**合約終止條件：**

**雙方同意，或學徒已精通九項幻奇技藝，包含謁見適當神靈並取得相應徽記。**

下方是兩個空白的簽名欄位，分別標註「師父」與「學徒」。

莫莉安呆看這張紙，不停眨眼。這張紙輕得恍若無物，彷彿是用空氣做的。瞇起眼時，紙張四周閃耀著能量的光芒，果不其然，她抽開雙手後，合約仍停留於原位，飄浮在兩人之間。

「它存在於絲網。」史奎爾說：「不在此處，亦不在彼處。」

莫莉安皺起眉頭。她想錯了。稍早，他們手指互觸時……那動作和拜師一點關係也沒有，不是什麼會把他們綁在一起的立約儀式，只是給予史奎爾治癒幻獸族的必要管道。這表示（下個念頭接踵而至）——這表示，他沒有訂立具強制力的協議，就實踐了他的承諾。這張紙才是契約。

全盤真相在莫莉安腦中成形，她不敢置信，喜出望外。

她根本用不著簽這紙契約！史奎爾已經治好幻獸族，倘若莫莉安不配合，他也無法毀掉成果。莫莉安得到了她要的東西，大可轉身就走，不必給他任何回報。

史奎爾默不吭聲，在絲網中抬起手，用煉獄印記觸碰合約，劃過紙張，留下一筆焦痕，痕跡隨即自動蜷曲彎繞，化為黑色的小巧書法簽名。

「黑鴉小姐，我不想教導無意學習的學生，也不想教導純粹是來履行義務的學生。我想要的不是負擔，而是後繼有人。

「妳已見證各種可能，明白妳能成為什麼樣的幻奇師，開啟了一扇門，通往可能的未來。然而，假如妳並非滿懷熱情、無比狂熱地穿過那扇門，親手抓住這個未來，那麼……就將門關上吧。」史奎爾的聲音細如耳語。他聳聳肩，滿不在乎的動作近乎熟練，可惜那雙黑眼的熾熱目光背叛了他。他並未挪開視線，莫莉安也沒有。

「我不會強迫妳實現約定。」

莫莉安差點相信他不過是在虛張聲勢，但在那冷靜堅決的表象之下，他看起來是這麼……害怕。彷彿他已徹底接受現實，認為莫莉安會欣然照做，關上那扇門，掉頭離開。

可是，她當然不會。她做不到。

在遙遠的未來，有天，莫莉安會想起這一刻，然後自我說服她是基於某種不成文的道義，遵從在她腦中輕唱「妳答應了」的仗義之聲。畢竟，她已許下承諾，守信用才是正理。

然而，在這個瞬間，當她將手伸向那張紙，烙下自己的名字，莫莉安想的不是道義。她想的，是體內潛藏整個宇宙的感覺。那宇宙已然消逝，可是它占據過的空間仍在，形成匱乏的大洞，滿載她從未體驗的飢渴。

這份飢渴說：「**我還要。**」

---

回到病房，病人的鼾聲與呼吸聲此起彼落，一片平和，對外界狀況渾然不覺。莫莉安獨自站在床邊，拿起愛默特，摟在胸前。光是這個簡單的動作，便耗費極大的意志與氣力。她無比渴望回到自己的床鋪入睡，由杜卡利翁飯店的安全與暖意包圍。她好想回家。

不知花了多久，莫莉安穿著拖鞋，套著睡衣，披著斗篷，走出醫院，在傲步院往上爬三層樓，一路走到火車站。想必費了好幾個小時吧。她簡直是拽著自己過去的，不知是疲乏的身軀拽著疲乏的腦袋前進，抑或是相反。她只知道得走下去，拖著腳，一小步、一小步往前走。穿越哭哭林的小路十分漆黑，樹木以低沉的聲音喃喃細語，林間某處傳來長嗥，她疏離地想著，自己應該害怕才對。換作其他日子，在伸手不見五指的暗夜獨自走過哭哭林的小徑，想必會讓她驚懼不已。

可是，莫莉安累到沒力氣怕了。

儘管回到自己弱不禁風的軀體，少了從史奎爾身上借來的力量撐著她，她仍記得身為真正的幻奇師是什麼感覺。她揣著這份記憶，像戴著護身符，像在肘窩緊抱著破舊兔玩偶。她要緊抓這份記憶不放，盡可能越久越好。

這份記憶伴她來到車站，坐進黃銅吊艙，直達九一九站；伴她跨越黑門，穿過更衣室，躺進臥室好意提供、輕輕搖晃的水床，最終沉入她這輩子最深、最暖的夢鄉。她安穩回到了家，回到杜卡利翁，回到家人身邊。

翻到下一頁，閱讀特別版追加篇章

在祕密城市永無境的舊城北區，坐落著幻奇學會的百畝校園，中央屹立著美輪美奐的紅磚樓，名為傲步院。在那傲步院地底深處，位於地下七層樓的玄奧之術學院……莫莉安・黑鴉快遲到了。

這是她本學期倒數第二堂課。儘管她就要遲到了，問題是，地下七樓的法術廂房嚴禁奔跑，因為任何形式的「趕路」都有違女巫的尊嚴。

抵達地下七樓最東邊的廂房後，莫莉安在黑磚走廊上慢下腳步，暗自希望（但強烈懷疑）能表現出莊嚴徐行的樣子。就在這時，詩律・雷克本也從對面走廊走了過來。

「太好了。」莫莉安小聲說，兩人一同轉進大廳（大聲說話顯然也有違女巫的尊嚴，雖然她也不曉得自己為何要遵守這套規則，畢竟她又不是女巫）。「妳也遲到。」

「我從來不會遲到。」詩律悄悄答道：「如果沒人會發現妳到了沒，那妳就不可能遲到。呃，我超討厭這個醜大廳。」

莫莉安也不喜歡。地板到天花板全是清一色的閃亮黑磚，這部分還行，除此之外，裝在托架中的火把燒著詭異的紫色火焰，營造出頗為討喜的戲劇氛圍；只是，雖說她偏好恐怖詭譎的風格，但那些畫作仍未免太慘烈了。走廊沿路掛著巨幅油畫，描繪女巫在歷史上遭到迫害的情景，以及迫害方得到報應的畫面。比如在其中一幅畫當中，憤怒的村民將可憐又不幸的女子送上火堆，旁邊便搭配另一幅悉心繪製的畫作，是有人為了替那女子報仇，將村民的腸子掏出來下鍋煎炒。莫莉安相當敬佩女巫如此執著於創意復仇之道，可是用不著以視覺呈現吧？她剛吃過午餐耶。

莫莉安與詩律來到法術廂房的走廊盡頭，懷著熟門熟路的自信，推開教室的門，自信隨即消失無蹤。通常忙碌吵鬧的教室內，此時竟昏暗靜謐，空空蕩蕩，唯有聚在角落的一群陌生人。

七名渾身黑衣的女子動作一致，轉頭望向莫莉安跟詩律。她們臉上罩著黑色網紗，圍在一個大鍋旁，鍋裡的東西呈現鮮豔的紫褐色，散發惡臭。

是十三號女巫團——莫莉安立刻認出她們，一年多前，她在試膽考驗中見過這些女巫。一股涼意沿著背脊爬上來。

她們看起來火冒三丈。而且她們有隻山羊。

「呃……」莫莉安開口，卻不曉得怎麼接下去。她呆看那隻被綁在暖氣散熱葉片上的山羊，山羊對她眨了眨眼。「嗨？這間教室應該是我們要用。」

七名女子默默瞪著她，過了幾秒，異口同聲用毫無起伏的冷淡音調吟誦道：「吾等乃十三號女巫團，總數為七。此處今日預定由吾等所用，十一點起。」

莫莉安一聲不吭，偷瞄詩律一眼，困惑地聳了聳肩。

「妳們確定？」詩律毫不動搖地說，一把拿走莫莉安的課表，舉起來給十三號女巫團看。「因為根據這張表，這間教室今天下午是我們的，看，上面有寫。」

七雙眼睛整齊劃一地翻了個白眼。

「十三號女巫團不願聽汝的藉口，」女巫一同用平板的語調惱怒地說，臉上掛著如出一轍的不悅神色。「出去，否則吾等將用陰溝魚鱗施予詛咒。」

「噢……呃，好。」莫莉安遲疑地說，「對不起，我們不是故意要打擾妳們的……事。」她擔憂地瞥向山羊，羊發出哀傷的咩咩咩。「只是，通常帕契特太太的課都在這裡上，每個星期五——」

莫莉安跟詩律陡然退後，因為大鍋開始激烈冒泡，昏暗的燈光此時一個閃爍，女巫隨之咧開嘴，露出能看見牙齒的甜笑，令人心裡發寒，那鍋東西發出駭人光輝，由下往上將她們的笑容照亮。

「親愛的小小學者，」她們提高音量吟誦道：「請聽取建議：再過整整十二秒，吾等將舉行年度儀式將山羊獻祭，若是不想被山羊內臟噴得滿臉，汝等應快快離開此地。」

兩人收拾東西衝出教室，任由教室門在背後甩上，十三號女巫團響亮的聲音仍在耳邊迴盪。她們跑過好幾間教室才緩下腳步，總算停下來喘口氣。

「妳覺得……她們每次講話都會押韻嗎？」詩律氣喘吁吁地說。

「嗯，我想是吧。」

「天哪，有夠累的。」

幾分鐘後，她倆的老師終於現身，沿著法術廂房的陰冷長廊走來，身後一如既往跟著一大群喵喵叫的貓。

「噢！妳在這呀，莫莉安。」帕契特太太說。

「詩律也在。」莫莉安習慣性地說。她發現需要向大部分老師時不時提醒詩律的存在，即便詩律就站在他們面前。詩律似乎不介意；多數人不會注意到她，這是她身為催眠師的副作用，會跟著她一輩子，可是莫莉安非常介意。

「哎呀。」帕契特太太眨了幾下眼，盯著詩律，消化她存在的事實。「確實也在！嗯，妳們兩個今天可以早點走，坤寧長老要妳們提早去地下二樓上最後一堂課。真是搞不懂，明明妳們就要放兩個星期的假了，為什麼還要跟我的法術課搶時間……

但總之就是這樣。」說完，她嘆了口氣。

帕契特太太（她比較喜歡別人喊她「帕太太」）負責教為期八週的法術課，課名是「找出屬於你的使魔」，不過與其說是上課，其實更像是每週替她的大批貓兒準備貓食。在第一堂課的頭五分鐘，她就解釋：「找出屬於你的使魔」這名稱不太恰當，畢竟倘若你是女巫，使魔會自己找上你，你除了等待也做不了什麼。打從那之後，莫莉安、詩律跟其他同學每週五下午都在切雞肉、魚肉，準備整個週末的貓糧，好餵飽十二隻虎斑貓、十四隻三花貓、兩隻橘貓、七隻褐紋虎斑貓、九隻黑貓。

莫莉安與詩律對此沒有意見，畢竟她倆不打算發展法術事業。要是你不介意處理生肉，同時有四十幾隻貓咪在腳踝旁黏人地蹭來蹭去，像這樣消磨週五的午後也挺好的。

況且，莫莉安喜歡帕太太。可愛的貓咪是原因之一，不過最主要的因素是，儘管帕太太也算是女巫，卻跟其他玄奧老師一點也不像。她強健精悍，不喜歡水晶跟捕夢網，全身上下毫無陰森可怖之氣，喜歡穿舒適平實的鞋子跟起毛球的開襟毛衣，在氣氛陰鬱的法術廂房總是顯得不太搭調，而且她也有些受不了這麼毫無節制地展現女巫本色。簡而言之，她是玄奧之術學院最平凡世俗的教師。

如今，莫莉安的課表塞滿諸如此類的課程：「亡者為何復甦」、「破解夢與惡夢」、「個人行星學：從人類角度判讀天文運行做為娛樂及提升收入」，她很高興課表裡保留了點世俗味。

「既然這樣，」帕太太說，彎身抱起她最愛的貓：年紀大的貓靈斯坦小姐，搔搔牠的耳後。那隻貓用頭摩娑帕太太的灰白長髮，大聲呼嚕。「貓靈斯坦，這週末只好叫外送了。好啦，妳們快去吧。」

莫莉安與詩律從善如流，轉身離開，前往蘭貝斯・阿瑪菈的教室，打算三個人會合後一起去地下二樓。莫莉安回頭喊道：「再見，帕太太！耶誕——不是，冬至愉快！」

然而老師並未聽見，她已走向十三號女巫團舉行駭人儀式的教室。一陣咩咩咩驟然傳出，隨之一聲巨響，帕太太的叫嚷響徹走廊。

「喂！妳們這些押韻笨蛋，不是說過這棟樓裡不准獻祭山羊嗎！老天爺，難怪『照料家畜』課的人剛才到處亂跑，簡直像沒有頭的雞。好媽媽妮爾，我以為妳會當個好榜樣。把這隻可憐的羊送回地下三樓的小農場，現在就去！真是，為什麼每次冬至快到之前每個人都瘋瘋癲癲的？」

# 測測看你的本領是什麼！

**1.你怕什麼？**
A. 孤單一人
B. 惡霸
C. 詛咒
D. 什麼也不怕

**2.選一個姓氏：**
A. 綏夫特
B. 諾斯
C. 黑鴉
D. 布雷克本

**3.選一種顏色：**
A. 綠色
B. 藍色
C. 紅色
D. 灰色

**4.選一種動物：**
A. 馬
B. 狼
C. 貓頭鷹
D. 貓

**5.選一個詞：**
A. 光
B. 謎題
C. 魔法
D. 力量

**6.選一種元素：**
A. 水
B. 風
C. 火
D. 土

**7.你的朋友形容你是：**
A. 友善
B. 聰慧
C. 善良
D. 勇敢

**8.選一樣東西：**
A. 鑰匙
B. 書
C. 地圖
D. 斗篷

翻到下一頁，
看看測驗結果

大部分是Ａ：

**催眠師**

有能力讓別人做任何你要他們做的事。

大部分是Ｂ：

**見證者**

能夠看穿每個人的祕密與真實的那一面。

大部分是Ｃ：

**幻奇師**

能夠控制幻奇之力，力量強大無比。

大部分是Ｄ：

**龍騎士**

能夠駕馭龍，而且技巧極為高超。

# 致謝

首先，我最想感謝的就是你們——各位讀者。謝謝你們和我一起，看著莫莉安的冒險一路走到今天。你們充滿耐心、熱情洋溢、給予無限支持，但願本書能讓你們感到等待是值得的。

說到充滿耐心、熱情洋溢、給予無限支持……露絲·奧泰，妳真是了不起。有妳當我的編輯，是我三生有幸，萬分感謝妳犀利的眼光與善良的心。

十分幸運也無比感激能與這支夢幻團隊合作：奧維娜·林、蘇珊·歐蘇利文、瑞秋·韋德、莎曼珊·史溫頓、魯凱耶·達德，謝謝你們將專業、才華、創意與能力投注在這個系列。

在整個阿歇特童書出版集團、阿歇特澳洲分公司、阿歇特紐西蘭分公司、利特爾&布朗童書線，永無境團隊的所有成員挹注了無窮的熱情、長才與努力，我對大家感謝不盡：多明尼克·金斯頓、尼可拉·古德、費歐娜·伊凡斯、凱蒂·克提爾、塔妮雅·麥肯西–寇克、凱瑟琳·麥納尼、露易絲·薛文–史塔克、希拉蕊·穆瑞·希爾、梅根·廷利、梅爾·溫鐸、費歐娜·哈札、琴瑪莉·莫羅欣、海倫·休斯、塔許·惠里提、黛朵·歐萊利、凱瑟琳·福克斯、傑米瑪·詹姆斯、安德魯·柯亨、凱特琳·墨菲、克里斯·席姆、丹尼爾·皮金頓、海莉·紐、伊莎貝·史塔斯、凱特·

弗洛德、綺拉・利可蘭佐、莎拉・福爾摩斯、尚恩・寇徹、蘇菲・梅菲德、凱茲・芬尼、珍妮・塔罕、凱西・納卡德、艾瑪・拉瑟、蘇西・瑪多斯－凱恩、艾利森・修史密斯、莎恰・貝葛利、艾米利・波斯特、比爾・葛雷斯、薩瓦納・凱聶利、維多利亞・史黛波頓、蜜雪兒・坎貝爾、貞・葛拉罕、維吉尼亞・勞瑟。

謝謝才華橫溢的吉姆・麥德森與漢娜・佩克繪製精美插圖，也謝謝愛麗森・帕德利、莎夏・依林沃斯、克里斯塔・墨菲特、安潔莉・葉普設計的精緻書封，你們讓這本書變得美極了。

一如往常，我要大大感謝珍妮・本特、茱莉・凱・韓、艾蜜莉亞・哈德森、維多利亞・卡佩羅，以及本特出版經紀優秀的全體團隊，也謝謝組成庫柏小組的各位夢幻作家。出版業是個讓人暈頭轉向的奇異世界，能坐上一艘大家互相支持鼓勵的小救生艇，真是難以言喻的美好。你們每個人都極其出色，總是啟發著我。

謝謝凱瑟琳・道爾帶給我德輕靈這個禮物（我就說會寫在第三集吧）。我想不太起來當初怎麼冒出這個點子了……是卓特咸文學節結束後，在冷風刺骨的車站？還是一時聽錯？我不知道！但我當時的確笑得很開心。

謝謝為永無境製作有聲書的朗讀者潔瑪・韋倫（妳為角色創造了好多好多聲音）。聽妳為書中世界和人物賦予生命，帶來這麼多歡笑、感動和驚奇，給了我許多樂趣。妳這麼有才實在很過分，但請妳繼續保持下去吧。

謝謝全球出版社和譯者將我的書翻譯成四十種語言，給世界各地的孩子閱讀。我很幸運能跟你們當中的一些人見面，你們的關注、能力和細心程度令我讚嘆。太感謝你們了。

數不清的感謝，獻給書商、圖書館員、老師、部落客、Instagram 推書網紅、說書 YouTuber，你們對《永無境 I：莫莉安與幻奇學會的試煉》和《永無境 II：莫莉安與幻奇師的天命》展現無比的厚愛，並把這份愛傳達給其他人。你們對童書的支持，讓這個世界變得更溫暖、美妙、魔幻。

給我的親朋好友：謝謝你們無窮無盡的愛與支持。我要特別為雪莉・戈登—哈里斯喝采，她同時是我的家人兼好友，這些年撰寫本系列的過程中，我在她的沙發、廚房桌子、客房度過許多時光；也感謝克羅伊・馬斯古，回答我多得不得了的劇場相關問題。

給我的經紀人兼好友潔瑪・庫柏：妳是威猛的女強人，富有智慧與熱情，是我夢寐以求的最佳擁護者和最棒的夥伴。我們在這場歡樂冒險中共度了精采的五年，沒有妳，我絕對辦不到。謝謝妳總是這麼支持我。

最後，特別感謝老朋友小莎（「那什麼味道？」的天才創意就是源自於她，害我們兩個毫無顏面可言地瘋狂大笑，但這也沒什麼好意外），以及我了不起的老媽，妳在人類中要數九星級的，簡直是媽媽中的杜卡利翁飯店。

奇炫館

# 永無境Ⅲ：莫莉安與空心症的獵物

（原名：Hollowpox: The Hunt for Morrigan Crow (Nevermoor, 3)）


著　　者／潔西卡・唐森（Jessica Townsend）
譯　　者／陳思穎
榮譽發行人／黃鎮隆
總　經　理／陳君平
協　　理／洪琇菁
總　編　輯／呂尚燁
美術總監／沙雲佩
美術編輯／陳聖義
執行編輯／劉銘廷
企劃宣傳／楊玉如、洪國瑋
國際版權／黃令歡、梁名儀
文字校對／施亞蒨
內文排版／謝青秀

出　　版／城邦文化事業股份有限公司　尖端出版
台北市中山區民生東路二段一四一號十樓
電話：（〇二）二五〇〇—七六〇〇
傳真：（〇二）二五〇〇—二六八三
E-mail：7novels@mail2.spp.com.tw

發　　行／英屬蓋曼群島商家庭傳媒股份有限公司城邦分公司　尖端出版
台北市中山區民生東路二段一四一號十樓
電話：（〇二）二五〇〇—七六〇〇（代表號）
傳真：（〇二）二五〇〇—一九七九

中彰投以北經銷／楨彥有限公司（含宜花東）
電話：（〇二）八九一九—三三六九
傳真：（〇二）八九一四—五五二四

雲嘉經銷／威信圖書有限公司　嘉義公司
電話：（〇五）二三三—三八五二
傳真：（〇五）二三三—三八六三
客服專線：〇八〇〇—〇二八—〇二八

南部經銷／威信圖書有限公司　高雄公司
電話：（〇七）三七三—〇〇七九
傳真：（〇七）三七三—〇〇八七

香港經銷／城邦（香港）出版集團有限公司
香港灣仔駱克道一九三號東超商業中心1樓
電話：（八五二）二五〇八—六二三一
傳真：（八五二）二五七八—九三三七
E-mail：hkcite@biznetvigator.com

新馬經銷／城邦（馬新）出版集團Cite（M）Sdn. Bhd.
E-mail：cite@cite.com.my

法律顧問／王子文律師　元禾法律事務所
台北市羅斯福路三段三十七號十五樓

二〇二一年十月初版一刷




■中文版■

郵購注意事項：

1. 填妥劃撥單資料：帳號：50003021戶名：英屬蓋曼群島商家庭傳媒(股)公司城邦分公司。2. 通信欄內註明訂購書名與冊數。3. 劃撥金額低於500元，請加附掛號郵資50元。如劃撥日起 10～14日，仍未收到書時，請洽劃撥組。劃撥專線TEL：(03) 312-4212 ・ FAX：(03) 322-4621。E-mail：marketing@spp.com.tw

**國家圖書館出版品預行編目(CIP)資料**

永無境. III, 莫莉安與空心症的獵物 / 潔西卡・唐森(Jessica Townsend)著 ; 陳思穎譯. -- 1版. -- 臺北市 : 城邦文化事業股份有限公司尖端出版 : 英屬蓋曼群島商家庭傳媒股份有限公司城邦分公司發行, 2021.10

面 ;　公分

譯自 : Hollowpox: The Hunt for Morrigan Crow

ISBN 978-626-316-121-4 (平裝)

874.57　　110014330